BUZZ

Título original: *A Lady's Guide to Selling Out*

Publisher ANDERSON CAVALCANTE
Coordenadora editorial DIANA SZYLIT
Editores-assistentes ÉRIKA TAMASHIRO e NESTOR TURANO JR.
Preparação ELISABETE FRANCZAK BRANCO
Revisão ALINE GRAÇA e GIOVANNA CALEIRO
Projeto gráfico e adaptação da capa ESTÚDIO GRIFO
Assistente de design JÚLIA FRANÇA

Nesta edição, respeitou-se o novo
Acordo Ortográfico da Língua Portuguesa.

Dados Internacionais de Catalogação na Publicação (CIP)
(Câmara Brasileira do Livro, SP, Brasil)

Franson, Sally
Como não ser uma vendida / Sally Franson
Tradução: Bonie Santos
Título original: *Lady's guide to selling out*
São Paulo: Buzz Editora, 2024.
328 pp.

ISBN 978-65-5393-305-7

1. Ficção norte-americana I. Título.

24-201223 CDD-813

Índice para catálogo sistemático:
1. Ficção: Literatura norte-americana 813
Cibele Maria Dias, Bibliotecária, CRB-8/9427

Buzz Editora Ltda.
Av. Paulista, 726, mezanino
CEP 01310-100, São Paulo, SP
[55 11] 4171 2317
www.buzzeditora.com.br

Sally Franson

Como ~~NÃO~~ ser uma VENDIDA

Tradução BONIE SANTOS

Para as minhas Nancys,
por acreditarem em mim

1.

Marcas, marcas, marcas!

Acho que podemos dizer que essa coisa toda começou no dia em que colamos a cara de Ellen Hanks no nosso quadro de objetivos e começamos a pensar seriamente em qual seria a melhor maneira de pegar esse ser humano incrível e transformá-lo em uma marca. Ellen Hanks era *a cara* da franquia de Minneapolis de *Real Housewives*, e tinha, poucos dias antes, procurado a agência de publicidade People's Republic para fazer a integração de suas identidades de marca. A PR era *a* melhor agência boutique da cidade, e Ellen precisava de nós. Ela havia lançado diversos produtos de sua marca própria — vodca de baixa caloria, snacks de proteína e uma linha de lingerie modeladora chamada Shape UP —, mas sentia que faltavam a essas marcas intercoerência, intracoerência e metacoerência. De acordo com ela, as marcas não refletiam seus valores centrais. Ela nos deu um adiantamento para o que estávamos chamando de "gerenciamento de marca coeso", não apenas para apoiar o crescimento da base de consumidores, mas também para agregar valor à vida de todas as garotas de Ellen Hanks. E era por isso que, naquele deprimente dia de março, nós — Annie, Jack, Lindsey e eu, a equipe mais incrível que a PR já reuniu — estávamos quebrando a cabeça diante do rosto enorme de Ellen e suas implicações.

Na verdade, era o dia dos Idos de Março* — sempre tive um fraco por dias em que gente famosa era assassinada — e

* No calendário romano antigo seria o equivalente ao dia 15 de março, data associada ao azar e à ruína. É o dia do assassinato de Júlio César. [N. E.]

eu usava calças *palazzo* na esperança de parecer mais europeia. Apesar da temperatura congelante, eu também estava de sapato aberto, na esperança de me vestir para o clima que queríamos, e não para o clima que conseguiríamos em Minnesota. Susan, minha melhor amiga, uma vez me disse que meu otimismo beirava a loucura, e eu retruquei que provavelmente as pessoas diziam a mesma coisa sobre Gandhi. Ela disse que duvidava, e eu respondi que a grandeza sempre parece meio maluca no início, o que era algo em que eu pensava às vezes quando estava escrevendo no meu diário, e também a paráfrase de uma citação que eu lera uma vez no Pinterest.

Juntos, nós quatro parecíamos uma propaganda daquele tipo de vida urbana glamorosa que se poderia ter ao entrar para o mundo da publicidade: três mulheres lindas e estilosas e um gay charmoso. Bem, me dói dizer que Annie não era empiricamente linda, mas, quando as pessoas a viam com Lindsey e comigo, tendiam a gentilmente jogá-la para cima na imaginação.

— Estou amando... — começou Jack. Ele fez uma pausa, apoiando uma mão-masculina-de-unha-feita sobre a camisa xadrez, logo abaixo da gravata-borboleta. — *Amando* o que estou vendo aqui.

Ele era o diretor de arte sênior da equipe; em outras palavras, o trabalho dele era criar o "éthos visual" de cada braço (impresso, digital, audiovisual) da campanha de uma marca.

— Uhum — completou Annie, assentindo. — Total. Uhum.

Annie era a redatora, uma jovem de vinte e três anos. Estava sempre de cardigã e era muito dedicada. Trabalhava duro, mais duro que o restante de nós. Tinha talento suficiente para entender que não tinha *tanto* talento; seu medo de não ser reconhecida lhe dava um nível de comprometimento que beirava o alarmante. Mas até então eu já tinha lido livros sobre liderança feminina suficientes para saber que verdadeiras líderes reinavam não pelo medo, mas pela inspiração, então passei a proteger Annie, elogiando seus cardigãs, valorizando seu trabalho e lhe dando conselhos que acho que ela nem pedia, mas dos quais, eu acreditava, ela poderia precisar algum dia. Annie retribuía essa gentileza com devoção, o que só servia para aumentar minha beneficência natural. Ela também não se importava, durante reuniões longas, de servir como audiência admiradora do restante de nós enquanto conduzíamos nossas campanhas de sempre.

— Bom, é o seguinte — disse Jack. — Fazemos um anúncio de página dupla brilhante, colocamos na *O* e na *Us Weekly*, retocamos o rosto, deixamos o cabelo esvoaçante e colocamos o nome dela na parte de baixo, com o logo. — Ele fez um gesto com os polegares e indicadores, marcando o espaço ocupado pelas palavras. — ELLEN HANKS...

— Ellen Hanks — repeti. — E aí a *tagline*. "Donas de casa são duronas" ou algo assim.

— Casey, chega de *taglines*. Não precisamos de uma — respondeu Jack.

Ele estava irritadiço naquela manhã. Johnny, seu shih tzu, precisava fazer uma cirurgia no olho.

— Eu acho que talvez a gente precise de uma *tagline* — falou Lindsey, se encolhendo.

Ela se encolhia sempre que dizia alguma coisa controversa. Lindsey conseguira seu diploma de arte da Rhode Island School of Design pintando bonequinhas em pires de porcelana. Um ou dois anos depois de se formar, quando ficou claro que ela não conseguiria se sustentar apenas com a renda da sua loja na Etsy, ela desviou os olhos dos pires em direção à publicidade.

Lindsey tinha acabado de se envolver no que chamava de "Artes Curativas". Ela bebia uma substância esquisita em canecas de vidro Mason e sempre sugeria que eu segurasse cristais e cheirasse coisas.

— Toma — ela dizia quando eu reclamava de estar esgotada, empurrando uma garrafinha marrom na minha direção. — É pra te dar energia.

— Isso aqui também é — eu respondia, virando de uma vez um café americano.

— Não precisamos de uma *tagline* — repetiu Jack, impaciente. — Tudo o que precisamos fazer é criar reconhecimento de marca.

Coloquei as mãos na cintura.

— É, mas as pessoas não entendem *o que* estamos divulgando.

Jack também pôs as mãos na cintura.

— Então vamos incluir os nomes das linhas de produtos dela na parte de baixo do anúncio.

Enquanto discutíamos, Annie olhava de um para o outro como um gato tentando perseguir uma luzinha de laser, coitada. Quando ela estava assistindo, aquela parte de mim que achava que eu precisava de audiência para existir era satisfeita. Jack e eu continuamos discutindo por um tempo, mais por diversão do que qualquer outra coisa. O tédio vivia tentando se infiltrar em nós pelas beiradas, como o preto naquelas fotografias antigas. Era importante, para a nossa saúde mental, mantê-lo nas margens.

— A gente não pode simplesmente usar o rosto dela, Jack — comentei. — O rosto sozinho não significa nada.

— Do que você tá falando?! — retrucou ele. — O rosto dela é toda a identidade da marca!

Por fim, Lindsey interferiu.

— Gente — disse ela, se encolhendo. — Sério, calma aí um pouquinho.

— Ótimo. Já para as janelas! — Caminhei resoluta até elas.

A People's Republic ocupava o último andar inteiro de um prédio no centro da cidade, e a primeira coisa em que as pessoas costumavam reparar ali eram as janelas que iam do chão ao teto, com bancos em frente e almofadas decorativas. "Para as janelas", na linguagem da PR, significava dar uma pausa em qualquer problema ou desentendimento mundano que estivesse nos perturbando. Havia pequenas prateleiras com *snacks* orgânicos perto das janelas, e no fim do dia costumávamos ir para lá com uma taça de vinho do refrigerador sempre abastecido. A geladeira, assim como as almofadas e os *snacks* — sem falar nos sofás, nos jogos de dardos e nos pôsteres nas paredes (o meu favorito dizia "gosto de você"), além do som de pessoas quicando bolinhas de tênis, mergulhadas nos próprios pensamentos, no piso de concreto, e os rabiscos caprichosos nos quadros-brancos —, eram peças que somavam àquela ideia de que deveríamos nos sentir em casa quando estávamos no trabalho. Ou mesmo de que não havia diferença entre casa e trabalho — de que o trabalho era divertido! Era disso que mais gostávamos de nos gabar para nossos amigos, amigos que estavam presos em trabalhos menos empolgantes, arrastando-se por planilhas de Excel, documentos jurídicos ou *softwares* desatualizados em ONGs que pareciam nobres quando se tinha vinte e dois anos, mas que, aos vinte e oito, pareciam pobres e tristes. Nós podíamos ir trabalhar usando jeans rasgados estilosos, rabiscar em Post-its e colar fotos de estrelas de reality shows em paredes móveis de feltro! E ainda nos pagavam por isso! E pagavam muito bem, na verdade!

Lindsey, Jack e eu fazíamos piada sobre sermos uns vendidos quando saíamos depois do trabalho para beber, o que acontecia com frequência: tanto as piadas quanto a bebida. Acho que queríamos evitar que alguém dissesse aquilo antes de nós, um medo que compartilhávamos. Para mim, esse alguém era minha melhor amiga, Susan. Nós duas tínhamos estudado letras na faculdade, onde nos conhecemos, e mesmo agora, quase seis anos depois de nos formarmos, eu conseguia sentir as acusações dela penetrando fundo no meu crânio. *É isso?*, ela dizia com os olhos azuis implacáveis. *É isso mesmo? Ficávamos acordadas até as três da manhã todos os dias falando de teoria marxista-feminista, e você está escrevendo campanhas para calcinhas modeladoras?*

Susan era o tipo de amiga que só precisava dizer "calcinha" de um determinado jeito para eu morrer de rir. Eu a amava mais que qualquer outra pessoa no mundo. Antes de a conhecer, eu havia passado a vida toda me sentindo um tanto distante de todos ao meu redor. Não que desse para ver, necessariamente — eu era popular e tudo o mais na adolescência, tinha um monte de amigos, vários caras correndo atrás de mim como moscas em volta de um cavalo —, mas havia uma estática no ar quando eu estava com as pessoas. Às vezes eu até cancelava planos, fingindo estar doente, para ficar em casa lendo romances e mexendo com a antena no meu cérebro, tentando ajustar o sinal. Às vezes eu ficava dias ou semanas sem conseguir, ouvindo aquele chiado chato ininterrupto. A estática só parava, ou meu cérebro voltava a se conectar com o mundo normalmente, quando eu caminhava ou lia romances. Em outras palavras, quando estava sozinha.

Na época eu pensava: bem, para mim é um saco que eu só consiga clareza quando estou sozinha, mas todas as outras pessoas parecem estar bem. Esquisito. Provavelmente é melhor fingir que a estática não existe. Foi exatamente nessa época que comecei a sair para festas e a fazer exercício o tempo todo.

Mas, quando conheci Susan, juro que eu conseguia ouvir um zumbido baixo vindo de algum lugar lá no fundo da caixa torácica dela que se encaixava perfeitamente no meu. Eu tinha dezoito anos, e foi a primeira vez que entendi o que significava ter companhia. De dentro para fora, quero dizer, não só uma coisa de corpo presente. Às vezes fico triste quando penso nisso, que tenha demorado tanto, que minha vida toda eu tenha sido solitária e nem sequer soubesse. Mas também sinto uma alegria, uma alegria infantil, como correr para casa morrendo de sede depois de brincar lá fora a tarde toda e beber um copão de água. Você pensa: *caramba, por que fiquei tanto tempo sentindo sede?* E também: *que alívio.*

— Aposto que Ellen é uma vaca — disse Jack. Estava deitado de costas em um banco à janela, batendo os joelhos e com as mãos apoiadas na barriga, como um Buda. — No programa ela é tão vaca!

— Do que você está falando? — retruquei. — Ela não é vaca. Só não tem paciência com gente idiota!

— Eu não acho que elas sejam idiotas. Elas estão perdidas, sabe? — comentou Lindsey. Ela estava sentada de pernas cruzadas em um banco estofado azul-vivo, abrindo uma garrafa de kombucha. — Tipo, na cultura. — Ela tomou um gole. — Peraí, ela é aquela de New Jersey?

O rosto de Annie se iluminou, porque ela sabia a resposta.

— Uhum. Ela veio pra cá porque o ex-marido arranjou um emprego de CEO na...

— Blá-blá-blá — interrompi, impaciente. — E eles se divorciaram, e tinha um acordo pré-nupcial, então ela não recebeu nenhum dinheiro, mas graças ao trabalho duro, e à beleza, e à inteligência ela conseguiu se reerguer a partir do nada.

Não sei como alguém podia *não* conhecer a história de Ellen Hanks. Além das subcelebridades que ficavam por aqui depois de vir para a reabilitação naquela clínica metida nos arredores da cidade, não havia tanta gente ambiciosa. Eu sabia bem. No meu trabalho na PR, eu havia tentado cair nas graças de todos eles, e insistido demais com vários.

Mas Ellen era uma exceção, talvez porque ela estivesse sempre viajando para Nova York, ou Los Angeles, ou onde quer que as pessoas fossem de avião quando prefeririam morar em outro lugar. Eu nunca a via pela cidade, o que me decepcionava, porque, depois de assistir a duas temporadas do programa dela, eu tinha desenvolvido algo que acho que se pode chamar de "*crush* feminino" por ela, aquela sensação estranha de querer passar a mão no cabelo de outra mulher, colar o rosto no dela e contar a ela todos os seus segredos, enquanto talvez a beija um pouco, só talvez, ou talvez até mais que isso, talvez até enfia o rosto nos seios dela, mas, de novo, talvez não, não sei, era difícil ter certeza.

— Sabe, acho vocês duas meio parecidas — comentou Jack. Ele estava rolando o *feed* do Facebook, distraidamente curtindo um ou outro post.

— Alouuu — respondi —, você acabou de chamá-la de vaca!

— Você também é uma vaca — disse ele. Soltei uma exclamação, embora não tenha ficado nem um pouco ofendida. Ele virou o pescoço para olhar na minha direção. — Uma vaca adorável — explicou.

— Vocês não acham que Casey ia se dar bem na TV? — perguntou Lindsey. A kombucha a estava despertando. Ela se endireitou um pouco no banco.

— Ai, meu Deus — respondeu Annie. — Super sim.

— Gente, para — comentei, mas todos eles sabiam que eu queria dizer "continuem, por favor".

— Sério! — disse Lindsey.

Ela adorava elogiar as pessoas. Era uma de suas melhores qualidades, mas também, de um jeito esquisito, a mais irritante. Acho que Lindsey pensava que isso nos faria gostar mais dela. Sua infância fora difícil, seu padrasto era péssimo e tudo o mais, e ela parecia achar que sua função na vida era tentar fazer todos nós felizes. É claro que eu gostava de todos os presentinhos e cartõezinhos escritos à mão, dos elogios na hora certa, a cada hora, mas às vezes era exaustivo. Às vezes eu queria chamá-la de canto e dizer: "Está tudo bem, você não percebe que todos nós já te amamos bastante?". Mas não rolava dizer esse tipo de coisa para Lindsey. Ela desabava fácil.

— Sério — repetiu ela. — Vocês duas são superengraçadas, supersexy, super, tipo...

— Ah, não acho que seja *tudo* isso — comecei.

—... vacas — interrompeu Jack.

— Eu ia dizer "focadas" — continuou Lindsey. Ela tomou mais um golinho da kombucha.

*

Não conseguimos pensar em muito mais para dizer a Ellen antes que ela chegasse, naquela tarde. Mas não importava. Estávamos em território desconhecido — uma pessoa, e não uma empresa, nos pedindo aconselhamento de *branding* —, e a coisa mais importante era deixá-la confortável. Para que *ela* nos conhecesse e para que *nós* a conhecêssemos. Como poderíamos criar uma campanha de marca para uma pessoa se sequer a conhecíamos? Bem, de qualquer forma, esse era o tipo de coisa que dizíamos a nós mesmos enquanto petiscávamos, fofocávamos e navegávamos na internet checando o Facebook, o Twitter e o Instagram, evitando trabalhar e tirando o que eu gostava de chamar de "intervalo para fumar moderno". Não inventei isso, roubei de algum lugar, mas eu não contava às pessoas porque é legal sentir que você é a pessoa que tem todas as boas ideias.

Celeste Winter, minha chefe e a fundadora da People's Republic, tendia a gostar das minhas ideias. Eu era considerada uma de suas favoritas (de um jeito meio vaca, é verdade). O que, para mim, não era problema (de um jeito meio vaca também), já que esse favoritismo era o resultado direto do meu trabalho duro, sem falar no meu talento natural. Celeste era uma dessas chefes evidentemente difíceis de agradar, e que adorava esse fato. Ela havia sido uma profissional talentosa de relações públicas quando era jovem na Nova York do início dos anos noventa, antes que a cocaína a vencesse. Veio para cá para a reabilitação, depois acabou ficando para recomeçar a carreira por aqui.

O fato de que Celeste era difícil de agradar só me fez querer o trabalho ainda mais. Eu atribuí isso à minha infância. As pessoas da minha idade costumavam estar muito interessadas em sua própria infância. Nossos pais carregavam um monte de culpa. Conseguíamos lidar com nossa infância e lutar contra nossos pais com terapia, livros de autoajuda e budismo leve a médio em aplicativos e áudios de meditação. A partir da minha jornada de autodescoberta, entendi que, embora minha mãe, Louise, não fosse alcoólatra, a mãe dela era, e essas coisas escorrem pelas famílias como infiltrações em prédios antigos. Por exemplo: quando minha avó não estava bebendo, ficava tão obcecada com limpeza que fazia minha mãe andar nas pontas dos pés pelas laterais dos cômodos acarpetados, para não bagunçar as linhas criadas pelo aspirador. Minha mãe não era tão ruim, mas ainda assim todo sábado de manhã ela me tirava da cama para fazer as tarefas domésticas e me fazia faxinar por horas até que a casa estivesse à altura das exigências dela. Foi assim que aprendi que existe um grande abismo entre as habilidades de uma criança e as exigências de uma mãe — um abismo que, até agora, ainda precisava melhorar com a idade.

Eu me candidatei a esse emprego assim que saí da faculdade. Quando Celeste se recostou na cadeira durante a minha entrevista, de braços cruzados e o rosto preparado para a decepção antes mesmo que eu abrisse a boca, não fiquei surpresa; me senti em casa. *Mamãe!* É como aquele experimento sobre o qual li no livro *Psych 101*. Quando chimpanzés bebês, separados de suas mães ao nascer, recebem cabides de arame com mamadeiras no laboratório, eles automaticamente transformam os cabides em mães. É bem fofo, na verdade. Os filhotes se aninham neles à noite, brincam com eles etc. Mas a coisa engraçada é que, quando os cientistas *removem* as mamadeiras dos cabides e as prendem a outros cabides, mais confortáveis e forrados de tecido, os chimpanzés bebês sempre preferem os cabides de arame. Na verdade, os preferem tanto que praticamente morrem de fome.

De qualquer modo, na entrevista, em vez de falar sobre minhas qualificações, que eu imaginei que fossem impressionar Celeste tanto quanto um chimpanzé bebê conseguia impressionar um cabide, fiz um pouco de jiu-jítsu emocional. Celeste estava fechada para mim; eu queria que ela se abrisse. Mas como? No jiu-jítsu, você usa a energia do seu oponente contra ele mesmo. Se Celeste era uma pedra, eu seria... a dinamite que destrói a pedra em uma detonação bastante desordenada.

Então me decidi pelo elemento surpresa. Em vez de listar minhas atividades extracurriculares ou meus objetivos para os cinco anos seguintes, eu havia embarcado em um ensaio em fluxo de consciência sobre o episódio de *Survivor* da noite anterior. Contei a ela que, se eu estivesse no programa, teria começado vestindo minha bandana tribal como parte de cima do biquíni para que todo mundo me subestimasse.

— Depois — continuei, me inclinando para a frente —, quando eles estivessem começando a ser bonzinhos, a baixar a guarda, porque pensariam “dane-se, quem se importa”, “vão votar em mim para sair mesmo, certo?”, BAM! Eu conseguiria a imunidade em um desafio físico graças ao meu treino intervalado de alta intensidade e exploraria todas as fraquezas deles formando minhas alianças.

Quando terminei minha exultação, Celeste havia descruzado os braços e estava batendo as pontas dos dedos umas nas outras.

— Fascinante — disse ela, naquela voz que hoje sei que quer dizer que ela está farejando dinheiro. — Me diga, como você se descreveria?

— Como um trator! — respondi.

Celeste me contratou na hora. Ela disse que iríamos lapidar aquela habilidade, capitalizá-la. E fizemos isso. Foi assim que me tornei a mais jovem diretora criativa da PR. *Autenticidade* e *inovação* estavam rapidamente se tornando palavras em alta, e aparentemente eu tinha as duas coisas. Enquanto meus colegas viajavam para retiros de silêncio, contratavam *life coaches* e se inscreviam em academias para conectar corpo e mente, com o objetivo de "acessar a força interior", eu conseguia acessar minha força interior tanto quanto Zeus conseguiu impedir Atena de brotar da cabeça dele. Era assim que as minhas ideias surgiam: era involuntário, às vezes doloroso, e muitas vezes eu quase não conseguia pegar caneta e papel rápido o suficiente para anotar o pensamento antes que outro atravessasse minhas sinapses como um tiro de canhão, pronto para brotar da minha cabeça outra vez.

Não demorou muito para essa qualidade ficar conhecida na PR. Tínhamos um cliente, logo que comecei, que vendia equipamentos e pula-pulas para quintal. Por anos, a reputação de pula-pulas em revistas sobre parentalidade havia sido péssima, e a empresa queria uma campanha focada na mãe sagaz e preocupada com a segurança. Algo ousado, eles disseram, mas classudo. As ideias que estavam sendo discutidas eram tão literais que até doíam. *Dê o salto. Vá mais alto*. Um monte de baboseira motivacional sem graça. Então eu disse:

— E se fosse alguma coisa do tipo: "Moça, desafie seus limites"?

Todos os olhos se voltaram para mim.

Logo fiquei responsável por aquela conta e por outras também. Eu recebia elogios por meu "frescor". Tornei-me um míssil teleguiado em busca de elogios. Não era difícil atingir meus alvos, porque no fim das contas a publicidade estava cheia de pessoas presas em um tipo terrível de purgatório entre a expressão e a repressão, e enquanto uma boa porção deles fazia o possível para desenroscar o que quer que os estivesse prendendo para que pudessem, sabe como é, ter as próprias ideias ou ser eles mesmos ou qualquer coisa assim, outros pareciam perfeitamente felizes vivendo aquela meia-vida esquisita, fazendo um trabalho meia-boca e esperando calmamente. Só que, é claro, dito isso, as outras pessoas são sempre mais complicadas do que achamos que são.

*

Ouvi um *blim*, anunciando a chegada do elevador, e levantei os olhos do computador, onde alternava entre sites dedicados a alimentação natural, decoração minimalista, roupas de primavera das quais eu precisava desesperadamente e redes sociais. Eu tinha postado no Instagram uma foto dos meus sapatos e dos de Lindsey — estávamos usando a mesma marca, mas modelos diferentes — e incluído um monte de hashtags, mas até então só três pessoas tinham curtido. Três pessoas! A falta de atenção era rude. Mas esses aplicativos eram desenvolvidos para viciar as pessoas. Assim como qualquer viciado, eu negava minha dependência tão desesperadamente quanto desejava a próxima dose. Ficava atualizando a página de minuto em minuto, alternando entre o desespero de que talvez ninguém gostasse de mim e a esperança de que logo recebesse curtidas, e então o post poderia, por causa do algoritmo, aparecer no topo do celestial *feed* de notícias. É claro que esse ioiô emocional era meio cansativo, mas o que mais há para fazer em uma terça-feira às três e meia da tarde?

Celeste e Ellen saíram do elevador. As duas são meio baixinhas e têm cabelo castanho, e estavam usando saltos altíssimos. A diferença entre elas era que Ellen parecia mesmo pertencer a um reality show. O cabelo estava escovado — acho que talvez fosse *mega hair* —, e mesmo de longe dava para ver as camadas de maquiagem meticulosamente aplicadas em seus lábios e olhos. Tudo que ela vestia era justo: calça jeans justa. Blusa de seda justa, jaqueta de couro justa, invólucros para o interior tenso e ansioso dela. Mas tenso e ansioso de um jeito engraçado, como uma daquelas pistolas de desenho animado de onde só saem buquês de flores. Era tão magra que parecia que a cabeça dela era do tamanho errado. Assim como a bolsa, que era de couro e do tamanho de uma barraca.

Celeste, por outro lado, tingia o cabelo de um castanho tão escuro que era quase preto. Também só vestia preto, túnicas esvoaçantes e calças de alfaiataria. Ela deixava o cabelo secar naturalmente e não usava maquiagem. Acho que quem é bem-sucedida o suficiente pode parar de se preocupar tanto assim com a aparência — quer dizer, a não ser que tenha alcançado o sucesso *por causa* da aparência, como acontecera com Ellen. O que você precisa saber sobre Celeste é que ela usava um pingente retangular de ouro todos os dias, que na verdade era um canivete disfarçado. Ela podia cortar qualquer pessoa que mexesse com ela; eu sabia bem. Via isso acontecer (metaforicamente, é claro) o tempo todo.

Jack, Annie, Lindsey e eu estávamos todos sentados às nossas mesas, que na verdade era só uma mesa branca brilhante comprida onde ficavam os nossos computadores. A PR não acreditava em hierarquia, ou privacidade, ou espaço individual. A única pessoa que tinha um escritório com cara de escritório era Celeste, e mesmo assim as paredes eram de vidro. Eu gostava do layout aberto, me fazia sentir parte de alguma coisa, como aqueles filmes que se passam em redações de jornal, em que todo mundo fica sentado de lado em cima da mesa, com um pé no chão, calça cáqui plissada e as mangas da camisa dobradas para cima, tentando descobrir como derrubar aquele figurão. A diferença entre os filmes e o meu escritório era que nós tínhamos móveis muito mais legais, ninguém jamais seria pego de calça cáqui, e oferecíamos nossas melhores partes como carne da melhor qualidade para os figurões escolherem.

Celeste fez um sinal para nós sem nos olhar — só ergueu um braço no ar e estalou os dedos —, e soubemos que devíamos pegar nossas coisas e encontrá-las na sala de reunião. Que de sala não tinha nada, era apenas uma área isolada do restante por vigas de madeira, como se fosse a moldura de uma casa em construção. Era mobiliada com sofás, poltronas muito quadradas e uma mesa de centro de madeira de demolição. Quando cheguei lá, andando a passos rápidos como fazíamos na escolinha quando um professor gritava conosco para pararmos de correr, vi Ellen digitando no celular como se a vida dela dependesse disso.

— Ellen! — falei. — Casey Pendergast. Diretora criativa, obcecada por *Real Housewives* e fã de carteirinha da Shape UP. — Levantei um pouco a camiseta para mostrar que estava usando uma das peças. — Grande fã sua de modo geral. E, só para você saber, se Monica tivesse ido até a *minha* casa e *me* acusado de tentar me colocar entre ela e Jacqueline, com certeza eu também teria começado uma briga.

Ellen olhou para mim.

— Caramba, finalmente! — ela respondeu com seu sotaque de Jersey. — Alguém me entende!

No fim das contas, Ellen era como eu: conseguia engatar numa conversa com um desconhecido como se o conhecesse a vida toda. Enquanto Jack, Lindsey e Annie se aproximavam e Celeste voltava com uma bebida tamanho Venti do Starbucks no térreo, Ellen e eu falamos um monte de merda sobre Monica e como era injusto que os produtores pudessem cortar e remendar o que bem entendessem na ilha de edição.

— Juro pra você — comentou Ellen —, juro pelo túmulo da minha mãe, foi a Monica que me empurrou primeiro. Você acredita em mim? Não foi minha culpa! Não se empurra uma mulher de Jersey, todo mundo sabe disso. O que ela queria, um tratado de paz?

Eu sentia os olhos de Celeste em mim enquanto Ellen e eu conversávamos, sentia que ela estava satisfeita com o meu desempenho. Se eu ganhasse Ellen para nós, Celeste talvez até me fizesse um elogio após a reunião. Ser elogiado por ela era o mesmo que Gengis Khan dizer a um de seus subordinados que ele não fizera um trabalho assim *tão* ruim ao incendiar aquele vilarejo mongol. Significava muito, tanto porque era difícil receber um elogio quanto porque ele tinha o poder de matar você.

— Tudo bem, vamos começar — disse Celeste quando Lindsey finalmente voltou depois de ter esquecido seus cristais e ter de correr de volta para a mesa dela para buscar.

Eu a via mexendo neles no bolso do blazer, encontrando com isso um consolo que não fazia sentido para mim. Não se pode extrair amor de uma pedra! Era o que eu queria lhe dizer. Mas Lindsey, como comentei, era um ser sensível.

Uma vez, quando fiz uma brincadeira dizendo que a bolsa dela fazia barulho de maracas quando ela andava, por causa de todas as vitaminas que carregava, ela pediu licença para ir ao banheiro e demorou vinte minutos. Quando voltou, estava com os olhos vermelhos e ficou em silêncio o restante do dia. Eu me senti tão mal que mandei mensagem para ela à noite a fim de me desculpar. *Eu fui idiota*, escrevi. *Tinha tomado cafeína demais e estava com energia sobrando*. Lindsey, porque era Lindsey, não apenas me perdoou imediatamente como também levou um frasco de algo chamado Rescue Remedy para mim na manhã seguinte. "Para a sua ansiedade", ela me disse.

— Pessoal, Ellen. Ellen, pessoal. Parece que você já conheceu Casey, mas estes — disse Celeste, nomeando um por um ao redor da mesa — são Jack, Annie e Lindsey. Diretor de arte sênior, redatora, diretora de arte. Ah, e esta é a Simone.

Simone, a assistente de Celeste, que eu detestava, apareceu atrás da cadeira Eames que Celeste havia levado para lá a fim de evitar a falta de dignidade que seria se sentar em um sofá. Simone era alta, como eu, mas dois números menor, porque almoçava uva-passa e Coca diet.

— Prazer — disse Simone.

A voz dela tinha a doçura de um pêssego podre. A família de Simone era rica, o que a tornava descuidada e despreocupada. Ela não ligava para o salário, o que era bem evidente. Por alguma razão, isso fazia Celeste gostar dela, o que por sua vez fazia com que eu quisesse destroçá-la. Além disso, Simone tinha o péssimo hábito de entrar na cozinha justamente quando eu estava tentando me esconder para comer porcaria.

Celeste colocou o cabelo atrás da orelha.

— Quero que isso seja rápido e agradável. Ellen tem um compromisso, eu tenho um compromisso, e nada nunca acontece depois de meia hora em uma reunião. — Ela abanou a mão na nossa direção. — Contem a ela o que estão pensando. Sei que foram só uns poucos dias, mas vocês têm se dedicado. — Olhou para Ellen. — Todo mundo aqui trabalha duro. Se não gostar de trabalhar duro... a porta da rua é a serventia da casa.

Jack abriu a boca para falar, mas eu olhei para ele: *Deixe comigo*.

— Ellen — comecei —, estamos todos morrendo de vontade de fazer essa campanha. Morrendo. Mor-ren-do. Nem sei quantas horas já gastamos, centenas, talvez, imaginando aonde conseguiríamos chegar. Até agora estamos realmente comprometidos... bem, na verdade, *obcecados* com a ideia de usar somente o seu rosto como a imagem da campanha. Seu rosto na Times Square, seu rosto por toda a Mulholland Drive. Tamanho de outdoor. Seu rosto na quarta capa da *Us Weekly*. Ellen Hanks, Ellen Hanks: aonde quer que se vá, lá está você. As pessoas não vão conseguir fugir de você, você estará olhando para elas de cima, de baixo, de todos os lados, será tudo que vão ver. Vai estar por toda parte, elas não vão poder fugir, mas também nunca vão se cansar de você.

— Hum — respondeu ela. — Interessante. — Ela se inclinou para a frente e cruzou as pernas outra vez.

— Então, o que atrai as pessoas é o rosto. O seu rosto. O seu rosto se torna mais ainda um nome conhecido... bom, uma coisa conhecida, acho que rostos não têm nome. De qualquer forma, fica ainda mais famoso do que já é. E quanto mais conhecido se torna, mais as pessoas gostam dele, começam a se afeiçoar a ele, esquecem que você quebrou o nariz da Monica...

— Quase não quebrei — murmurou Ellen.

—... e foi indiciada por sonegação de imposto. E aí... — continuei, parando para respirar. Eu estava improvisando tudo ali na hora mesmo, seguindo meu instinto, que era como eu costumava trabalhar melhor. — Aí o que a gente vai fazer é consolidar e organizar todos os logos da sua marca: a vodca, os itens de nutrição, a lingerie modeladora, o que mais aparecer...

— *Alou*! Não esquece do *skincare*!

— Verdade. O *skincare*. Então tudo se complementa. Jack aqui — apontei para ele — tem o olho melhor do que ninguém, e está determinado, DE-TER-MI-NA-DO, a conseguir para você alguma coisa melhor do que essas silhuetas de mulher e essa letra cursiva que as outras Housewives estão usando. Os logos vão nos cantos da página, ou do outdoor, como uma cartinha de baralho. As letras miúdas na parte de baixo vão mostrar todas as lojas que vendem seus produtos. É que a gente te acha *tão* linda — continuei, me inclinando para a frente e olhando-a nos olhos — e *tão* popular que qualquer outra coisa só vai atrapalhar.

Ellen sorriu involuntariamente, do jeito que uma pessoa sorri quando alguém lhe conta algo sobre si mesma que a pessoa sabe que é verdade.

— Mas precisamos pensar em uma *tagline*, algo que conte para o consumidor que não estamos vendendo apenas as suas marcas, estamos vendendo *você*. Porque, alou, as pessoas querem *ser* como você, querem ser suas *amigas*, e o nosso trabalho é fazê-las sentir que isso é possível. Então, seja lá o que a gente bole, tem que realmente, tipo, representar quem você é. O que tem em você de tão especial que as pessoas não têm que apenas comprar, mas também imitar. A gente já sabe que você é uma mulher de negócios incrível, um mulherão, uma estrela de reality, uma garota durona de Jersey... e isso pode até ser suficiente para algumas pessoas. Mas o que as outras querem? — Eu me recostei e me acomodei no sofá, abrindo os braços num gesto de boas-vindas. — Você. A você de verdade. A Autêntica Ellen Hanks. A você que o *The Real Housewives* não deixa a gente ver. E nós acreditamos que, se conseguirmos fazer nossos consumidores verem isso, você terá uma base de fãs, e não apenas isso, mas uma base de *marcas* muito lucrativa.

Às vezes me surpreendia o tanto que eu conseguia ser comovente. Às vezes eu até me dava arrepios. Senti naquele momento que havia sido encarregada de um trabalho muito importante; não só para Ellen, mas para a *sociedade*. Ajudando Ellen a refletir seus valores centrais para o mundo, estávamos, por tabela, ajudando todas as mulheres a fazerem o mesmo. Elas veriam o rosto de Ellen em todo lugar, e isso as empoderaria. *As mulheres estão dominando o mundo!*, elas pensariam. Sim, o que estávamos fazendo era muito valioso. O empoderamento feminino era uma causa com a qual eu me preocupava profundamente.

— Então, conta pra gente — disse Lindsey. Ela parou de mexer nos cristais e se esticou sobre a mesa para pegar as mãos de Ellen com aquelas unhas de acrílico. — Quem é você, de verdade?

As palavras pairaram no ar por um segundo. Annie estava ocupada escrevendo o que parecia ser um longo memorando no teclado esquisito do iPad. Jack mexeu na gravata-borboleta e fungou, ofendido, tenho certeza, por não termos deixado que ele falasse quase nada. Ele achava que só porque havia sofrido bullying no ensino médio tinha o direito de descontar em nós, garotas, em reuniões assim, como todos os outros caras que eu conhecia. Nos últimos anos eu tinha corrigido aquela opinião dele.

Por fim, Ellen se voltou para Celeste e disse:

— Puta merda, eu tô, tipo, chorando. — Ela procurou na bolsa um lenço de papel. Secou os olhos. — Eu tô chorando, merda, e nem sei por quê. Amei tudo. Vocês são maravilhosos. Uns puta gênios. Vamos em frente. — Ela se virou para Celeste. — Achei que você estivesse falando bobagem quando disse que investiam nos clientes, mas agora sei que é verdade. — Assoou o nariz. — É verdade mesmo.

Celeste olhou para mim e assentiu de modo imperceptível, um código para "muito bem". Meu coração se aqueceu. Senti, como sempre acontecia em momentos como aquele, como se alguém tivesse me ofertado uma joia rara, o que acho que era verdade, já que nada é mais raro que a admiração de uma pessoa com dificuldade de aprovar as coisas. Uma vez, no ensino médio, eu questionei minha mãe depois que uma amiga me disse que os pais dela lhe davam vinte dólares para cada nota máxima que ela tirava. Isso me deixou pensativa, ou, na verdade, preocupada.

— Por que não recebo recompensas pelas minhas notas altas? — reclamei naquela noite. — Eu tirei nota máxima no último trimestre em todas as matérias, menos desenho.

E Louise, sem nem se dar ao trabalho de desviar os olhos do hidratante que passava nas mãos, respondeu:

— Porque nós já esperamos notas altas de você.

Afundei ainda mais no sofá e sonhei acordada com um futuro em que Celeste me apresentaria aos clientes como sua protegida e me levaria para almoçar fora toda semana. "Só nós duas", ela diria ao me convidar. Enquanto isso, Annie digitava alguma coisa no iPad, ao mesmo tempo que Ellen contava a ela sua história de vida com a pontaria e a precisão de uma escopeta de cano serrado. Este era o trabalho de Annie como redatora: tirar ideias vagas e meio formadas dos clientes e costurá-las em uma história coesa, uma que então pudesse ser destilada em uma *tagline*. Ouvi trechos da infância ("Pais se odiavam. Claro que ficaram juntos, eles não tinham dinheiro, o que mais iam fazer?"), da juventude ("Não lembro muito, para falar a verdade. Mas tinha muito cigarro e muito frango empanado") e do casamento ("Escória da terra. Se não fosse por aquela medida protetiva, eu teria tacado fogo na casa dele").

Ela deve ter falado por um bom tempo; eu estava sonhando acordada e só mais ou menos ouvindo. Quando dei por mim, Celeste estava batendo com o dedo no relógio e dizendo alguma coisa sobre liberar Ellen para seu compromisso. Então todos nos levantamos e fizemos aquela dança esquisita tentando entender se aquela havia sido uma reunião do tipo aperto de mão, ou beijo na bochecha, ou abraço. Eu, pessoalmente, dei um abraço e um beijo, porque não era todo dia que eu tinha a chance de conhecer Ellen Hanks. O corpo dela parecia o de um esqueleto pendurado quando encostou em mim, mas dava para sentir a energia projetando-se através dela como eletricidade através de um fio.

— Você — ela me disse enquanto nos abraçávamos — é uma puta de uma estrela. Uma estrela. Ei, Celeste — ela chamou minha chefe, que havia se afastado da bagunça para não se meter naqueles rituais animalescos de idas e vindas. — Você sabe que esta aqui é uma estrela, não sabe?

— Ah, eu sei. — respondeu Celeste. — Foi por isso que a contratei.

Depois que Ellen e Celeste saíram em direção aos elevadores, Jack, Lindsey, Annie e eu demos os parabéns para nós mesmos e um ao outro.

— Fez anotações como ninguém, Annie — comentei, abraçando-a, o que fez eu me sentir muito dedicada e maternal, já que o topo da cabeça da pequena Annie batia no meu queixo. Peguei as mãos de Lindsey e as apertei tão seriamente quanto consegui sem perturbar meu senso de ironia. — Você foi tão carinhosa com ela, deu super pra sentir toda aquela energia positiva emanando de você.

— Eu estava mesmo tentando! — respondeu Lindsey, tão sincera quanto possível.

— E Jack — continuei, apoiando a mão nas costas da camisa xadrez —, sei que não te deixei falar, mas você sabe que fiz isso pela empresa, não sabe? Porque, quero dizer — sorri de um jeito meio suplicante —, você sabe que eu te amo. Eu te *venero*.

— Dane-se — respondeu Jack, naquela área cinzenta entre brincar e falar sério. — Também te amo.

O que era verdade, tanto quanto se pode amar pessoas que não conhecemos bem ou que só conhecemos em um ambiente. Eram ainda quatro e pouco da tarde, e Susan e eu só iríamos nos encontrar às seis, mas achei que poderia fazer uma surpresa para ela aparecendo em seu trabalho, um estúdio de fotografia no subúrbio, onde ela era assistente de um cara especializado em fotografias de adolescentes no final do ensino médio e de famílias; uma coisa bem melosa e que lembrava propaganda de loja de departamento. Ela dizia detestar o trabalho, mas eu sempre o achei meio perfeito para ela, um jeito de pagar as contas enquanto ela escrevia seu romance. Era uma maneira de ela interagir com as pessoas, brincar com crianças, e era bem anacrônico, assim como ela. Quem imaginaria que ainda havia uma indústria para fotos de adolescentes quando os próprios adolescentes viviam tirando um milhão de selfies por dia?

— Vejo vocês amanhã, tá? — falei, revirando minha estação de trabalho em busca do batom que eu devia ter enfiado em algum lugar por ali. Assim que o achei, joguei a bolsa no ombro e soprei um beijo para eles. — Vocês são os melhores.

— Você que é a melhor — disse Lindsey, me jogando um beijo de volta.

Ela estava sentada à sua mesa, provavelmente prestes a abrir o Photoshop. Juntamente com o Illustrator, era o que Lindsey usava, como diretora de arte júnior, para realizar o que chamávamos de "visões" de Jack, mas muitas vezes ela ficava até a noite a fim de usar os *softwares* para seus próprios projetos criativos. Havia pouco tempo ela passara a se dedicar a repaginar velhas casas de boneca e tirar fotos dos cômodos antes e depois de os destruir com lâminas de barbear e incêndios de palitos de fósforo. Acho que se Lindsey fosse viver sua vida dos sonhos ela escolheria morar em um celeiro remodelado no interior e se envolveria em atividades tranquilas o dia todo, mas seu empréstimo estudantil de cento e quarenta mil dólares em débito com a universidade não se pagaria sozinho.

— Não, vocês é que são os melhores — respondi.

— Somos todos os melhores — interferiu Annie de trás do computador.

Ela também ficaria até mais tarde, provavelmente para tentar pensar em algumas ideias para a *tagline*. Às vezes eu ficava triste por Annie, porque ela se esforçava tanto, mas normalmente tinha tão pouco a mostrar... mas eu não conseguia me envolver muito na tristeza das outras pessoas. Era algo que me desestabilizava. Foi por isso que precisei parar de assistir ao noticiário. Todos aqueles refugiados, as brigas, os tiroteios. Como as pessoas conseguem aguentar? Assistir, quero dizer, que dirá viver aquilo. Não estou dizendo que se desconectar seja a melhor maneira de lidar com isso, mas, escuta só, alguns de nós precisam manter a cabeça fora d'água em nome da ordem, das calcinhas modeladoras e do comércio vibrante.

— Nós somos os melhores — disse Jack, apontando para si mesmo, para Lindsey e para Annie. — E você é *ridiculamente melhor*.

— Isso é muito verdade — respondi, animada, e fui pegar o elevador.

2.

Marcas pessoais

Desde que me entendo por gente, eu queria ser uma estrela. Todos os bebês saem da barriga pedindo atenção, mas a maior parte das pessoas parece amadurecer e abandonar esse impulso. Comigo não foi assim. Eu era filha única e solitária, então minha maneira favorita de me entreter era fingir que eu tinha muitos amigos — amigos imaginários que me deixavam entretê-los. Minha infância no Centro-Oeste foi um borrão de faz de conta, teatro comunitário e filmes caseiros gravados numa câmera tão pesada que minha mãe precisou comprar um tripé antes que o aparelho destruísse o ombro dela. Quando adultos me perguntavam o que eu queria ser quando crescesse, eu coçava a cabeça e explicava que, enquanto não tinha certeza, eu considerava ser comediante ou apresentadora de talk show.

— Você poderia ser os dois, sabe — minha tia Jean me disse certa vez.

Eu tinha seis anos, e estávamos brincando no meu quarto enquanto eu compunha uma nova canção na minha *kalimba*. Tia Jean morava em Los Angeles, onde era produtora de filmes experimentais. Tinha cabelo curto e grisalho e um senso de humor aguçado, usava calças com vinco bem marcado, ombreiras enormes e camisetas com as mangas dobradas para cima. Eu confiava nela porque ela comprava moletons neon para mim, não ria de piadas ruins e revirava os olhos para metade das coisas que meu pai dizia.

Naquela visita, houve uma noite em que saí sorrateiramente do quarto para espiar. Louise estava contando à tia Jean, sua irmã, que gostaria de escrever um livro sobre parentalidade, e tia Jean estava dizendo muitas coisas boas a meu respeito.

— Acho que ela talvez seja a primeira artista na família — disse.

Ao que Louise respondeu:

— Ela também tira notas muito altas em matemática.

Quando tia Jean me disse que eu poderia ser *tanto* comediante *quanto* apresentadora de talk show, me lembro de ter ficado olhando para ela boquiaberta. Tudo é chocante quando somos crianças. Um dia, quando almoçávamos queijo quente e sopa de tomate, tia Jean pediu à minha mãe que me apresentasse Lucille Ball, Gilda Radner e Lily Tomlin.

— Sabe de uma coisa? — disse ela. — Vou até te mandar umas fitas. Tenho uma tonelada de *Saturday Night Live.*

— Ela é nova demais pra isso — disse Louise. Isso foi antes de eu descobrir que, quando adultos que se conhecem há muito tempo falam sobre um assunto, eles estão na verdade falando sobre cem outras coisas, algumas das quais são ardentes demais para os limites de uma conversa civilizada. — Ela não vai entender o humor. É vulgar.

— Não é vulgar — respondeu tia Jean. — É político.

— É sem tato.

— Ai, pelo amor de Deus, Leezy, escute o que você está dizendo.

Louise tomou uma pequena colherada da sopa. Então apoiou a colher no jogo americano e limpou delicadamente a boca com o guardanapo. Quando minha mãe finalmente rompeu o silêncio, ele já tinha ficado tão grande e esquisito que uma baleia encalhada caberia nele.

Ela tentou falar com uma voz doce, mas sua doçura estava cheia de rachaduras.

— As crianças precisam de rotina, especialmente uma criança tão sensível quanto Casey. Você aprende isso rápido quando é mãe.

Tia Jean não era mãe. Ela vivia com uma mulher que minha mãe insistia em chamar de "colega de casa" até os meus vinte e poucos anos. Nos olhos dela, eu via todo tipo de coisa que naquela idade eu não sabia nomear: alguma coisa a respeito da mãe delas, a bebida, o jeito como, mesmo quando a bebedeira era muito ruim, todo mundo precisava fingir que não estava acontecendo. Esses pensamentos estavam deixando tia Jean triste, mas também irritada. Não fazia sentido para nenhuma das duas como tal abismo poderia existir entre elas quando ambas vinham exatamente do mesmo lugar.

Eu não era capaz de tirar a pressão daquele abismo. Então derrubei o resto da minha sopa de tomate no colo.

— Aaaaahhhh — choraminguei. — Está pelando!

Tia Jean e minha mãe se mexeram rápido, temporariamente unidas pelo meu erro, pegando papel-toalha, me mandando trocar de calça para que pudéssemos lavar a suja na água fria, me dando bronca por eu não ter tomado mais cuidado. Ainda assim me enrasquei um pouco, mas não me importei. Eu tinha feito o que era preciso.

*

No passado, Louise havia sido doutoranda de primeira linha em psicologia clínica. Era a primeira da classe quando descobriu que estava grávida, e inicialmente pausou a escrita da tese para me colocar no mundo. Só que, por diversas razões, incluindo meu pai, Rake, e a intensidade de suas viagens a trabalho, ela nunca retomou o doutorado. Louise preenchia todos os requisitos de uma boa maternidade — preparava o jantar do zero, organizava a lancheira, me acompanhava aos eventos escolares — da mesma maneira que arrasava nas provas, mas havia algo de estranho no que ela entregava. Eu não conseguia encontrá-la, nem quando ela estava bem na minha frente. Uma grossa parede de vidro. Quando eu era pré-adolescente, já tinha dado de cara com essa parede de vidro vezes suficientes para ser cautelosa em relação a ela, embora, ao mesmo tempo, eu não conseguisse parar de bater a cara no vidro, tentando fazer com que ela me visse.

É claro que naquela época eu não sabia o que era ansiedade. Não sabia que a parede de vidro talvez não fosse parede alguma, apenas o isolamento de uma mente imprevisível que, entediada e faminta, havia começado a se alimentar de si mesma. Tampouco sabia que as coisas difíceis que acontecem às crianças quando elas são pequenas nunca vão embora de verdade. Eu era o centro do universo, ou ao menos era o que eu pensava, e acreditava que o que havia de errado com a minha mãe era minha culpa. Depois que eu fazia alguma coisa idiota, como derrubar um copo de suco de uva com minhas mãos agitadas, eu me ajoelhava ao lado dela enquanto ela limpava, oferecendo ajuda, que ela sempre recusava, o tempo todo ouvindo seus pensamentos, claros como se fossem ditos em voz alta. *Não era para ser assim.* Quando eu ouvia isso, tentava transmitir direto do meu cérebro para o dela usando minha antena: *Sinto muito, vou ser melhor, vou ser a filha que você queria em vez de mim.* Mas a verdade é que o fato de eu ter sido um fruto que caiu tão longe da árvore parecia uma falha no experimento original dela. Por muito tempo tentei mudar as condições para que Louise finalmente fosse feliz, mas não sabia como. No fim, eu ficava com raiva em vez de conseguir.

Por conta de tudo isso, quero dizer, minha relação ambivalente com a minha mãe, significou muito para mim quando Ellen disse a Celeste que eu era uma estrela. *Mamãe!* Mas aquilo também me causou um leve e curioso tremor no cérebro, como o que eu havia sentido pela primeira vez por volta do meu aniversário de vinte e oito anos, uma sensação bruxuleante de existir em dois lugares ao mesmo tempo: na vida que eu havia imaginado para mim e na vida que eu vivia. Antes de fazer vinte e oito anos, eu havia conseguido manter, como muitas pessoas conseguem, que, não importava quantas horas trabalhasse em meu emprego atual, não importava quanto sucesso tivesse na PR, publicidade não era *realmente* o que eu ia fazer da minha vida; era só o que eu estava fazendo *agora*. Então, um dia, abri a *Us Weekly* e percebi que metade das celebridades nela tinham a minha idade ou eram mais jovens. Comecei a acordar no meio da noite, suada e com pensamentos não muito desenvolvidos: quando vou começar a viver a vida que sempre quis, como meu ímã de geladeira me diz?

*

Meu carro era um pequeno importado prata que parecera vagamente glamoroso e luxuoso quando comprei, mas que agora parecia mais o carro que uma atrizinha em começo de carreira dirige até ser pega dirigindo bêbada ou drogada e ter o veículo tomado pelos pais. Ele atravessava velozmente o trânsito confuso do centro da cidade na direção do estúdio de retratos onde Susan trabalhava. Assim que liguei na estação de rádio mais popular, meu celular tocou. Olhei para a tela. Era minha mãe. E por falar na peste... Relutei, mas atendi, porque ainda não era capaz de ignorá-la.

— Oi, mãe.

— Oi, Casey — respondeu ela.

Diferente de outros entes queridos que me deram apelidos ao longo do tempo, como Case, Case-Face, Caseyzinha, Louise só me chamava pelo meu primeiro nome. Curioso que não fosse nem um nome que ela queria. Foi meu pai que escolheu. Acho que ainda deixava Louise horrorizada, sendo uma mulher branca de classe média alta como ela era, que sua filha tivesse um nome tão comum, porque ela dizia "Casey" com muito cuidado, como se, nos seus lábios, a palavra pudesse apodrecer.

— Tudo bem?

— Tudo.

Entrei na via expressa. Não me ocorreu dar mais detalhes. Louise não tinha o que se pode chamar de habilidades de escuta ativa. Preferia conversar de uma destas duas maneiras: dando conselhos ou fazendo um monólogo sobre seus próprios problemas. O que quer que eu dissesse normalmente era seguido por um "que ótimo" antes que ela limpasse a garganta e despejasse toda a sua existência sobre mim.

— Que ótimo — disse ela.

— E aí?

Passei por um outdoor com uma propaganda de uma máquina de congelamento rápido de frutas. O outdoor seguinte oferecia uma recompensa de quatro mil dólares por um garoto afro-americano que havia desaparecido.

— Só liguei pra dar um oi. Você recebeu o livro que te mandei? — Esse era o código de Louise para *Por que você não ligou para agradecer pelo livro que te mandei?*

— Ahhh... sim! Recebi! Obrigada!

Havia um pacote da Amazon na minha mesa de correspondências, ainda fechado. Esta era outra das formas de comunicação favoritas de Louise: me mandar livros de que ela achava que eu precisava. O último foi *O espírito da intimidade*. Antes dele havia sido uma coleção de poemas escolhidos pelo apresentador do programa de rádio favorito dela, e antes ainda um livro sobre parentalidade de filhos adultos. Começava assim: "Seus filhos não são suas crianças".

— Muito bem pensado — acrescentei.

— O que você está achando até agora?

— Parece... — Eu estava me perguntando qual seria o valor do reembolso se eu devolvesse o pacote para a Amazon sem abrir. —... muito útil, acho. — Havia várias coisas na minha lista de desejos nas quais eu estava de olho, inclusive o romance mais recente de uma autora nigeriana que eu adorava e aquelas bolinhas de pompoarismo que teoricamente faziam a pessoa ficar fechadinha como uma virgem.

— Nós lemos no clube de leitura — disse ela. Minha mãe não tinha amigos de verdade, mas tinha parceiros de atividades. — Pensei em você porque...

Mais ou menos nessa parte dispersei, porque a essa altura da vida eu não ouvia mais o que minha mãe dizia. Parecia importante ouvi-la quando eu era criança, porque ninguém mais fazia isso, exceto tia Jean. Às vezes, se minha mãe falasse por muito tempo, um pouco da tristeza que havia ao redor de sua boca e de seus olhos desaparecia, mesmo que ela não estivesse falando sobre a fonte da tristeza, e sim sobre coisas bobas como o jardim dos vizinhos e nossa máquina de lavar. Mas parei quando fui para a faculdade, ouvi outras meninas falando com as mães no dormitório e percebi que algumas mães realmente ouviam as filhas. Eu ainda não tinha perdoado Louise por não ser essas outras mães.

— Hum — respondi enquanto dirigia, e Louise continuava falando. — Hum. Interessante. — Eu estava pensando que precisava encomendar itens de hortifrúti; não tinha mais salada.

— Então, preciso desligar — falei por fim quando entrei no estacionamento do estúdio de retratos. — Vou encontrar a Susan para jantar.

— Ah — minha mãe respondeu, parecendo confusa. — Tá bem. Mande lembranças minhas para ela.

Susan adorava minha mãe, uma de suas poucas falhas de caráter. Sempre que eu reclamava de Louise, Susan dizia que eu estava sendo muito dura com ela. Susan sempre dizia que a culpa não era dela; e nem era assim tão especial. As mães bagunçam a vida das filhas desde que o mundo é mundo. Oi, é só olhar para minha avó. Eu dizia, merda, é por isso que jamais terei filhas, e Susan dizia, ah, típico da Casey, sempre pegando o caminho mais fácil.

*

O estúdio ficava em um pequeno centro comercial entre uma lanchonete Panera e uma livraria independente chamada Wendys's, que não tinha nada a ver com a rede de fast food — é que aparentemente ela havia sido fundada por três mulheres chamadas Wendy. Susan estava agachada tentando enfiar um bebê de uns dois anos muito gordo em um macacão de neve muito vermelho. O estúdio havia sido reorganizado para lembrar uma cena de inverno festiva, completa com um fundo com neve e cheio de pinheiros e alguns trenós em frente a uma árvore artificial. O chefe de Susan e dono do estúdio, Dudley — um homenzinho atarracado e careca —, estava conversando com o pai do bebê, um daqueles caras corporativos que para com as pernas abertas e fala tão alto que seu rosto e seu pescoço estão sempre vermelhos. O cara usava uma blusa branca de gola alta e um suéter de lã. A esposa, uma daquelas mulheres esqueléticas que fazem ioga, também de blusa branca de gola alta e suéter de lã, estava parada acima de Susan lhe dando instruções sobre o zíper.

— Cuidado para não fechar o zíper nele — dizia ela. — Ele não gosta quando isso acontece.

"Então por que você mesma não veste seu bebê gordo?", eu me perguntei. Naquele momento, Susan olhou na direção da porta. Eu acenei e mexi os lábios sem fazer som, dizendo "Não se preocupe comigo!", então apontei para a recepção apertada e para as cadeiras de plástico que pareciam ter sido roubadas de uma sala de aula de escola primária. Em um sussurro alto, disse:

— Saí mais cedo.

Ela me fez um sinal de positivo e voltou sua atenção outra vez para o bebê, cujo humor havia mudado rápido como o clima, e a previsão do tempo dizia: berro. A supervisão da esposa era irrelevante. Susan era melhor com crianças do que qualquer outra pessoa que eu conhecia; acho que ela se sentia menos nervosa com crianças do que com adultos. Enquanto a família completava uma sequência complexa de cliques para cartões de Natal, o que parecia não fazer sentido algum, porque estávamos em março, conferi o Instagram, o Facebook, o Twitter; rolei meus *feeds* RSS e fingi ler o *New York Times*. O tempo meio que desaparece quando estamos mexendo no celular. O espaço também. Ou talvez não fosse o tempo desaparecendo, fosse eu.

Despertei novamente para a vida real apenas quando ouvi algo que parecia valer a pena ouvir: a esposa dizendo a Ted (o marido) que não gostava do jeito que o suéter dele estava esticado. Ted retrucou:

— Jesus, Lisa, será que posso sair deste maldito trenó?

Susan assegurava-lhes que tudo estava ótimo, que eles estavam lindos, uma família tão linda, seria um cartão de Natal adorável. Sim, eles estavam certos de fazer com antecedência, você sabe como tudo fica cheio nas festas de fim de ano. Dudley, dedicado, mas sem talento, clicava as fotos obedientemente. Ele deve ter continuado funcionando pelo boca a boca e por pura afeição, porque era o homem menos dedicado aos negócios do mundo.

O tempo passou, só Deus sabe quanto demorou. Fiquei fazendo *quizzes* para saber que tipo de pessoa eu era e vendo GIFs de pandas. Antes que eu percebesse, Susan havia se instalado na cadeira de plástico ao lado da minha, com o aroma de sempre, de cigarro, cabelo e o perfume francês que ela usava, sua única concessão ao luxo. Enquanto isso, a família era gentilmente expulsa porta afora por Dudley.

— Aôôô — dizia ele. Dudley sempre usava expressões estranhas como aquela.

Guardei o celular na bolsa e apoiei as mãos nas coxas.

— Vamos?

— Meu Deus, sim. Tudo bem aí, Dudley?

— Tudo okeizinho! — respondeu Dudley.

— Você não vai ficar até muito tarde, vai?

Dudley soltou uma risada.

— Eu? Vixe, este cara está com o cartão de dança cheio para o baile desta noite!*

Dava para ver o pomo de adão dele se mexendo sob a blusa de gola alta azul-esverdeada e o suéter.

— Dá pra pelo menos comprar um panini? Você adora os paninis da Panera.

— Vou pegar alguma coisa daqui a pouco, não se preocupe.

* Referência aos cartões de dança do período vitoriano (1837-1901), em que as moças "agendavam" os parceiros de dança nos bailes. Os nomes dos parceiros eram escritos em um cartão ou livreto ornamentado que ficava pendurado no punho por um cordão. [N. E.]

— Sério? Vai mesmo? — Susan olhou para ele, séria. Cruzou os braços.

Por fim, Dudley ergueu as mãos.

— Tá bem, tá bem — ele cedeu. — Vou pegar um panini.

— Você toma conta dele como se ele fosse um parente senil — falei enquanto atravessávamos o estacionamento. Apertei o botão na chave para destravar o carro.

— Ele é um parente senil — falou Susan, abrindo a porta do lado do passageiro. — Ele tem um chalé nos fundos, uma centena de latas de atum empilhadas ao lado da pia e um seguro-saúde catastrófico.

— Você nem sequer tem seguro-saúde — lembrei a ela.

— Temo que ele vá quebrar o quadril.

— Não é seu trabalho tomar conta dele — falei. — Ele é seu *chefe*. Ele é que deveria tomar conta de *você*. Te pagando mais que onze dólares e cinquenta por hora e te pagando hora extra quando você fica até tarde ajudando bebês que berram com laços colados na cabeça com fita adesiva.

— Foi só uma vez. E ele não tem como pagar mais.

— Então por que você não continua amiga dele, mas procura um trabalho melhor?

— Eu gosto do meu trabalho.

— Mas o dinheiro!

Susan franziu a testa. Quando estávamos juntas, em mesas de lanchonete ou salas de cinema escuras, fazíamos uma brincadeira divertida de faz de conta em que coisas como salários, impostos e empréstimos estudantis não existiam. Ela olhou pela janela.

— Eu não me importo com dinheiro.

Eu deveria ter parado ali mesmo, mas não consegui evitar. Às vezes a nossa fantasia me deixava maluca.

— Todo mundo se importa com dinheiro!

— Eu me importo com ele.

— Você pode se importar com os dois!

— Casey, chega.

Bufei e engatei a ré.

*

Tanto Susan quanto eu éramos garotas da área mais central do país escolhidas aleatoriamente para dividir um quarto em nossa faculdade de Liberal Arts metida da Costa Leste, onde os estudantes costumavam confundir Iowa com Idaho. Eu havia escolhido aquela faculdade porque todo mundo nas fotos do folheto era bonito e bem-vestido. No verão anterior, eu tinha lido um romance sobre uma garota de St. Louis que frequentava uma escola preparatória famosa com bolsa de estudos, e, embora o livro fosse na verdade uma sátira da classe alta, eu o lera mais como um manual de instruções. Nada é mais do Centro-Oeste que planejar uma fuga de suas origens, e eu planejava uma total reinvenção de quem eu era assim que chegasse.

Não falei com Susan até o dia da nossa mudança, mas não foi por falta de tentar. Susan ouvia recados na caixa postal não como um convite para retornar a ligação, mas como algo chato como um mosquito no quarto: irritante, com certeza, mas que um dia iria morrer. A ideia de uma vida de dormitório estudantil não lhe trazia nenhuma perspectiva de sucesso; ela suportaria nosso minúsculo quarto duplo no sexto andar, conforme me informou solenemente assim que nossos pais foram embora, como Soljenítsin havia suportado os gulags: em nome do material para um romance.

— Tá booom... — eu disse com certa dúvida. — Então o frigobar a gente coloca...

— *Por favor*, não me pergunta sobre essas coisas.

Ela usava uma camiseta enorme do John Lennon e botas desajeitadas, e parecia mais uma criatura selvagem do que uma garota. Tirou do bolso de trás da calça jeans preta um maço de cigarros amassado e me ofereceu um. Balancei a cabeça, afrontada pelo desprezo e pela ousadia. Ela deu de ombros, foi até uma janela, abriu, pôs a cabeça para fora e acendeu o isqueiro.

— Não é permitido fumar aqui — falei. Eu estava com as mãos nos quadris e parecia minha mãe falando.

Susan não disse nada, só soprou a fumaça e olhou pela janela, o rosto rosado contra o céu cinzento.

— Ótimo — falei, apontando para o frigobar e o espaço abaixo da minha cama elevada. — Vou colocar aqui então.

— Pode colocar — disse ela, sem se virar.

— *Ótimo* — repeti.

Eu estava na defensiva. Ela parecia estar me pedindo para me provar, mostrar por que eu era uma pessoa que achava importante discutir sobre o frigobar, e percebi que eu não sabia.

Ao perceber meu tom de voz, Susan se virou. Olhou para mim, e eu a encarei, embora estivesse nervosa. Senti os olhos dela entrarem em mim e pousarem bem em cima do meu coração. Depois de um instante, ela apontou para o espaço ao lado dela.

Balancei a cabeça.

— Eu não fumo.

— Você respira?

Eu havia aprendido a ser uma pessoa vendo outras pessoas e assistindo à TV, mas Susan não era como as outras pessoas ou como a TV. De onde eu vinha, as garotas falavam sobre roupas e garotos e umas sobre as outras. Eu não sabia sobre o que mais as pessoas conversavam, então segui o padrão banal daquele pingue-pongue de calouros de faculdade em qualquer lugar: de onde você é, o que você quer estudar. Quando fiz a segunda pergunta, ela deu uma longa tragada no cigarro e então exalou.

— Quero ser escritora — respondeu. Então se corrigiu. — *Vou* ser escritora.

Eu nunca tinha ouvido alguém da minha idade falar com tamanha convicção. Convicção não era legal naquela época, o que era legal era a ironia.

— Como você sabe? — questionei.

Ela balançou a cabeça.

— Eu sempre soube.

— Eu gosto de ler — comentei. — Vou ler seus livros. Estou sempre lendo alguma coisa.

Susan se virou para mim, e percebi que ela estava reparando nas minhas roupas de shopping, no ritmo cantado da minha fala de garota do interior e no meu cabelo com luzes de um jeito um pouquinho diferente da primeira vez. Ela sorriu. Um dos dentes da frente dela era torto, o que misteriosamente me fez querer abraçá-la.

— O que você gosta de ler? — perguntou.

A conversa acabou durando a noite toda, sustentada por uma garrafa de schnaps de pêssego que ela havia contrabandeado de casa e burritos que compramos na loja de conveniência do campus. Susan e eu gostávamos dos mesmos livros quando éramos crianças: *Uma dobra no tempo*, *Ponte para Terabítia*, *As crônicas de Nárnia*, Judy Blume, Lois Lowry. Nós os devorávamos, chorávamos em cima deles, enchíamos nossas mochilas até o topo quando íamos à biblioteca, éramos colocadas de castigo pelas nossas mães por ficarmos acordadas até muito tarde e acabarmos com nossos olhos com lanternas acesas. Nossos gostos haviam divergido com a chegada da adolescência: eu mergulhei em *O clube das babás* e *Aí Galera* e Susan abraçou Tolkien e outros livros de fantasia, mas nós duas adorávamos Agatha Christie, e os motivos pelos quais líamos eram os mesmos.

Veja, eu nunca havia contado a ninguém sobre a antena no meu cérebro antes, sobre como eu me sentia um ET por causa da estática que ouvia quando estava com outras pessoas. Como o som da estática mudava dependendo do humor do outro; como eu conseguia ouvir, em meio à estática, os pensamentos e os sentimentos das pessoas, mesmo quando elas tentavam escondê-los a todo custo. Mas por algum motivo, naquela noite, contei a Susan. Ela disse:

— Eu entendo o que você quer dizer.

Eu disse a ela que, quando eu lia livros, o ar ao meu redor soava limpo e doce, e ela assentiu, querendo dizer *sim, exatamente*. Contei que lá no fundo eu achava que os livros podiam ser melhores que as pessoas, porque as pessoas estavam sempre fingindo, mas assim que falei isso uma vozinha na minha cabeça afirmou *Mas agora não mais*.

Eu ficava tímida perto dela, mas era uma timidez diferente da que eu sentia perto de garotos, mais complexa. Eu nunca havia conhecido alguém tão vivo. Naquele primeiro ano, Susan e eu íamos juntas para todo lado, de braços dados como correntes feitas de papel, tão inseparáveis que todo mundo achava que éramos lésbicas ou amigas de infância.

— Não — uma de nós explicava em uma voz meio cantada. — Só tivemos sorte.

*

Naquela noite, fomos para o nosso "lugar de dia de semana", que era diferente do nosso "lugar de fim de semana", porque nos dias de semana não queríamos nos exaurir tentando parecer mais refinadas do que realmente éramos. Nosso lugar de dia de semana era um restaurante vietnamita no bairro de Susan, que também era o meu bairro, só que a parte onde Susan morava não era tão cheia de... bem, gente branca, gente como eu e ela. A parte onde eu morava havia se gentrificado, e a parte onde ela morava ainda não. O restaurante tinha luz fluorescente e mesas com bancos marrom-claros que faziam barulho e afundavam sempre que nos mexíamos. A maior parte do tempo ficava vazio. Mas as tigelas de sopa pareciam barris e só custavam dez dólares, e amávamos o *bubble tea* de manga. Susan e eu já não morávamos juntas havia alguns anos — faixas de renda diferentes etc. —, mas ainda comíamos como colegas de quarto, como se fôssemos hienas ao redor de uma carcaça de antílope. Em meio à nossa mastigação ruidosa, conversávamos apressadamente sobre tudo que tinha acontecido desde a última vez que nos víramos. Porque tanta coisa tinha acontecido! Embora só tivessem se passado três dias.

Contei a ela sobre o encontro com Ellen e como o *pitch* tinha sido; ela me contou sobre a garota trans que tinha aparecido para fazer as fotos do ensino médio e se postado orgulhosamente abaixo de um frontão de madeira usando um vestido de formatura que ela mesma havia feito.

— Eu a ajudei com os peitos e tudo — disse Susan. — Ela não pode tomar os hormônios e tal antes de fazer dezoito anos, então usa essas próteses de silicone. Acho que é preciso comprar os mamilos separadamente se quiser, mas eles são autoadesivos. Fiquei pensando sobre a época em que a gente estava no ensino médio, quando ninguém tinha sequer ouvido falar em, tipo, identidade de gênero, ou gênero fluido, ou o que quer que seja. — Susan revirou os olhos. — Então, se é para isso que estamos caminhando — ela ergueu o *bubble tea* —, um brinde, Estados Unidos, talvez vocês não estejam completamente ferrados.

— É, verdade. — Eu tinha tomado um golinho do meu próprio chá, e senti as bolinhas de tapioca explodirem desconfortavelmente na minha boca. — Mas lembra da semana passada, quando você saiu para fotografar o time de futebol e tudo de que eles falavam era sobre pornografia on-line e as meninas que estavam comendo?

— É mesmo. — Susan fez uma pausa e deixou o queixo cair, de modo que o cabelo dela formou aquela cortina ondulada familiar. Ficou em silêncio por um momento. — Tinha esquecido disso.

— É.

— É.

— As pessoas são idiotas — falei —, mas não todas as pessoas. — Então enfiei uma montanha de macarrão na boca, mastiguei e empurrei a maçaroca com a língua pelos espaços entre os dentes da frente. — Oia só pa mim!

Susan riu. Eu era boa em fazer Susan rir. A comédia física era o ponto fraco dela.

Por fim, ela disse:

— Então, a Ellen. Você realmente gostou dela.

— Você também gostaria. — Ela ergueu as sobrancelhas. Continuei. — Ela não foi nem um pouco falsa. *Nem um pouco*. Ela é... bom, claro que ela é uma estrela de reality. Ela é meio obcecada consigo mesma e as proporções dela são... ai, ela parece um boneco *bobblehead*, mas foi totalmente sincera. — Terminei de mastigar o macarrão e engoli. — Só porque ela participa de reality show não quer dizer que seja um lixo de pessoa, sabe.

— Eu nunca disse que era — comentou Susan.

Foi o tom dela, meu Deus, aquele tom, a entonação diferente no *era* que me lembrou de que estávamos em um território em disputa. "A publicidade é um tumor", ela tinha dito quando cheguei exultante em casa, ao ser contratada por Celeste após a entrevista. Era o verão depois que terminamos a faculdade; tínhamos nos mudado para Minneapolis juntas logo depois da formatura para fazer toda aquela coisa urbana dos vinte e poucos anos. Susan estava determinada a continuar desempregada por tanto tempo quanto fosse possível, vivendo de uma pequena herança que a avó tinha deixado para ela e escrevendo o dia todo, e eu esperava conseguir um bom salário burguês enquanto, por dentro, permanecia boêmia. "Uma massa cancerosa inchada na condição humana. Você nem foi a nenhuma audição ainda. Por que já vai desistir?"

Eu tinha prometido a Susan que, depois que nos mudássemos para a cidade, me matricularia em aulas de teatro, experimentaria comédia de improviso, participaria de audições para um pequeno espetáculo, faria algo relacionado ao que ela insistia em chamar de minha "vida artística". Eu não tinha feito muita coisa com a minha "vida artística" na faculdade porque, como havia lhe explicado, estava ocupada *vivendo*. Mas o motivo real pelo qual eu evitava a maior parte dessas coisas era não saber como fazer e ser medrosa demais para tentar. Eu havia sido criada apenas para corresponder às expectativas dos outros, ou superá-las.

Isso sem falar no fato de que ser vista era humilhante. Você aprende isso quando é uma garota, depois de um tempo. "A Casey Pendergast é tão irritante", eu ouvira uma garota dizendo no banheiro do colégio no ensino fundamental enquanto eu fazia xixi e trocava um dos meus primeiros absorventes internos. "Ela é tão *barulhenta*... em relação a *tudo*." Sei que faz muito tempo, mas nunca esqueci aquele momento: a humilhação que escorria pungente das mais profundas fendas do meu corpo. Garotas são más. Animais selvagens, mesmo, presos em cercados apertados de zoológicos. O que eu tinha aprendido na escola — bem mais importante que as disciplinas — era que não havia problema em se destacar, mas só se você se destacasse do jeito certo, em relação à aparência e ao corpo e tudo o mais. Mas não demais, e quanto menos você falasse, melhor. E mesmo assim muitas garotas provavelmente iriam te odiar.

Susan não era assim. Foi ela que me ensinou as palavras *misoginia* e *patriarcado*. Nem minhas professoras usavam palavras como essas.

Susan e eu brigamos no dia em que fui contratada pela PR. Eu precisava de confortos materiais, minhas preferências de compra me colocavam em maus lençóis. Botas de suede de duzentos dólares não se pagariam sozinhas, e eu preferiria queimar no inferno a pedir dinheiro a Louise. Susan se mantivera firme. A discussão se tornou pretensiosa, glamorosa, mas no fim das contas o que estávamos realmente dizendo uma para a outra era *Receio que não sejamos tão parecidas quanto achei que fôssemos, e isso me assusta*.

No fim, decidimos por um cessar-fogo que agora já durava quase seis anos. Conforme fui subindo os degraus na PR, trocando meu tempo por dinheiro e, acho, minhas próprias ambições pelas ambições de outra pessoa, dava para ver que Susan ainda reprovava minha atitude. Mas Susan reprovava tudo, principalmente ela mesma. O mundo não era como deveria ser. *Nós* não éramos o que deveríamos ser. Na prática, isso significava que Susan tinha um emprego com o qual não se importava realmente e que usava a maior parte de seu tempo e sua energia trabalhando em um romance que eu temia que ela nunca fosse concluir. Ela começava a ir bem, então se interrompia, condenava o caminho que havia escolhido, recomeçava, comemorava o novo progresso, então a coisa toda recomeçava outra vez. Havia montes de contos e poemas no apartamento dela que estavam terminados, ou que pareciam terminados para mim, mas Susan se recusava a fazer alguma coisa com eles. "Ainda não estão prontos", ela dizia quando eu a cutucava para que os enviasse a alguém. "Eu consigo sentir quando as coisas estão prontas, e esses não estão."

Não é possível mudar as pessoas, nem sua melhor amiga. Na maior parte do tempo, não se pode sequer dar sugestões, porque elas simplesmente quicam na superfície como um asteroide ricocheteando na Lua.

— Hoje não vamos falar de trabalho — eu disse, apoiando meus hashis. — Terminou o livro? — Eu tinha emprestado a ela o primeiro romance de uma tetralogia escrita por uma autora italiana sobre uma amizade intensa entre duas mulheres, que se estendia por cinquenta anos. Normalmente era Susan que me fazia recomendações, mas eu tinha visto uma resenha desse livro na *Entertainment Weekly* e o devorado enquanto Susan lutava para terminar o diário de um norueguês deprimido.

— Devorei. Eu nem quis esperar você terminar o segundo, então fui até a Wendys's e comprei um exemplar para mim.

— Em que parte você está?

— Elas acabaram de chegar a Capri.

— É onde estou também! Você acha que ela vai ter um caso com aquele estudante?

— Acho, a não ser que o marido a mate antes.

Então decolamos para a Itália, onde passamos o restante do jantar, em uma ilha que nenhuma de nós havia visitado, mas que conseguíamos visualizar tão claramente que eu era capaz até de sentir o sal do oceano nos meus lábios.

Quando peguei a conta e insisti em pagar, como eu sempre fazia, Susan se encolheu.

— Parece que sou sua protegida, ou algo assim.

— Você não é minha protegida — retruquei. — É a minha amiga sem grana.

O rosto dela se contraiu, como se os elementos dele não fizessem mais sentido juntos, que era o que acontecia quando ela ficava envergonhada.

— Olha, quando você assinar o contrato do seu livro, você pode pagar, tipo, cem jantares para mim. Vou fazer o registro no meu diário e podemos garantir que ficaremos quites em quarenta anos. Pode ser?

Susan suspirou. Eu sabia que ela não tinha gostado, mas ela me conhecia. Não tinha como me persuadir quando eu estava decidida sobre alguma coisa.

— Pode.

Susan iria a pé para casa, seu apartamento ficava a apenas algumas quadras dali. Era mais fácil fazer aquele caminho nos meses frios, quando as roupas de inverno tornavam impossível ver nossos corpos.

Quando chegava o verão, o mesmo trajeto garantia aquele tipo de assédio que arrepiava até o último fio de cabelo. "Garota, queria *arrebentar* esse traseiro!", um cara tinha gritado certa vez para mim no último mês de junho, do banco de trás de um SUV. Gritei de volta alguma coisa igualmente obscena, algo do tipo vá se foder, então ele e os amigos riram, depois rosnei que era melhor que não estivessem rindo de mim, então riram de novo, e depois chorei quando cheguei em casa.

— Manda mensagem quando chegar em casa então, tá? — pedi.

Ela assentiu. Colocamos nossos casacos pesados; a temperatura ainda estava congelante. Do lado de fora, Susan fez um coque no cabelo comprido e o enfiou dentro do gorro, que puxou para baixo para cobrir bem a cabeça.

— Tinhamu — falei, abraçando-a.

— Tinhamu mais — respondeu ela, com o rosto enfiado no meu cabelo.

À distância, uma buzina soou. Uma sirene começou seu triste som. Quando entrei no carro, vi Susan atravessando no cruzamento. Um cara na frente da mercearia a observava, de braços cruzados. Ele ia dizer alguma coisa para ela, eu simplesmente sabia. Segurei firme a chave do carro em uma mão e enfiei a outra na bolsa em busca do spray de pimenta. Eu só tinha usado aquilo uma vez, quando fiquei na rua até depois de o restaurante fechar e o táxi que eu tinha chamado para me levar para casa estava atrasado. Um cara tinha se aproximado e falado umas coisas. Não usei o spray até ele encostar em mim. Nunca vou esquecer o som dos seus gritos quando ele dobrou o corpo e cambaleou. Nem como, por um momento, apenas um momento, acreditei que eu fosse a vilã enquanto ele berrava "*Que porra é essa, que porra é essa, qual é o seu problema?*".

Do outro lado da rua, percebi que Susan também tinha visto o cara: uma mudança na maneira como ela andava denunciou isso. Ela atravessou a rua para evitá-lo, minha linda amiga, com os ombros voltados para a frente e a cabeça coberta abaixada respeitosamente. *Desculpa*, eu tinha dito para o cara enquanto ele afundava o rosto nas mãos em lamento e agonia. Cara... como o mundo partia meu coração às vezes.

*

Meu apartamento ficava no último andar de uma daquelas mansões charmosas que haviam sido transformadas em condomínios depois que as incorporadoras perceberam que as pessoas pagariam bem mais por prédios antigos do que por prédios novos, desde que os prédios antigos fossem basicamente como os novos, mas mantivessem as sancas na fachada e o pé-direito alto. Eu mantivera minhas ilusões de boemia mais ou menos pelo mesmo tempo que durara minha promessa de fazer aulas de teatro. Agora eu era tão boêmia quanto um catálogo de loja de decoração de luxo. Eu aspirava a casa por diversão — obrigada, Louise —, pensava muito em tigelas e ficava toda alvoroçada quando reparava em uma manchinha em uma cadeira que eu tinha comprado depois de ter visto a recomendação em um blog que acreditava que o design de apartamentos podia ser considerado terapia. Eu vinha de um background com dinheiro suficiente para ter como certo que os objetos deviam ser mais do que apenas funcionais; deviam ser bonitos. Embora tivesse ficado sem dinheiro no tempo da faculdade e logo em seguida, era bem diferente de ser pobre. A pobreza era algo abstrato para mim, mas, infelizmente, o privilégio era assim. O que quero dizer é que eu sabia que era privilegiada, mas não conseguia *sentir* o privilégio, do mesmo jeito que um peixe não consegue sentir a água.

Mas eu tentava. Assistia a documentários. Mais ou menos uma vez por ano, fazia algum trabalho voluntário, e a cada poucos meses contribuía aleatoriamente com algum projeto no Kickstarter.

Parti para minha rotina noturna, que, por morar sozinha há alguns anos, tinha sido aprimorada durante muitas noites de solidão e leitura de sites de desenvolvimento pessoal. Fiz uma caneca de água quente com limão, que teoricamente deveria ser desintoxicante, coloquei uma quantidade bem modesta de M&M's em uma xícara de chá, o que em tese satisfaria à minha vontade de comer açúcar, pendurei minha calça *palazzo* e minha blusa de seda em um closet organizado por cor, o que teoricamente curaria minha ansiedade, vesti um chemise e short combinando, o que teoricamente me deixaria confortável, embora ainda sexy, e afundei no meu sofá cinza estilo *mid-century*, pelo qual eu pagara uma pequena fortuna e que secretamente desejava que fosse mais confortável. Abri o notebook, que ainda estava ali desde a noite anterior, desbloqueei o celular e passei uma boa meia hora só curtindo coisas e respondendo a mensagens. Claro, eu poderia tomar um brunch com a Emily depois da aula de spinning. Sim, tio, o artigo que você mandou é muito interessante. Todo mundo falava com todo mundo o dia todo, todo dia. Às vezes até eu, descrita certa vez por Susan como "um gêiser humano", achava aquilo meio exaustivo.

Mas era preciso acompanhar. Eu certamente não seria uma daquelas hipsters babacas que se gabam de usar celular de *flip* e alegam ter saído do Facebook três anos atrás. Casey Pendergast não ficava para trás, de jeito nenhum, em lugar nenhum. Eu aceitava que parte de ser uma pessoa nos dias de hoje era precisar manter a marca pessoal. E a marca pessoal que eu tinha escolhido era a de uma mulher linda, divertida, inteligente, engraçada (mas não tanto a ponto de inspirar os tipos mais cruéis de inveja), alguém que se preocupava muito com estilo (eu postava muitas fotos de casa e guarda-roupa) *e* com conteúdo (eu postava artigos inteligentes e comentários sobre educação e questões leves de justiça social) — em suma, basicamente alguém de quem era impossível não gostar. Eu queria que as pessoas rolassem pelo meu perfil no Instagram e pensassem *Esta é a Casey Pendergast!* Era exaustivo, mas necessário.

Apesar das longas horas que eu passava na PR e da minha preocupação comigo mesma, algumas semanas antes do meu aniversário de vinte e oito anos tinham servido como catalisadoras para reacender minhas ambições infantis, que tinham, como Susan havia declarado, sido completamente extintas depois de alguns meses trabalhando na PR. Depois de participar, por impulso, de uma audiência aberta para *The Bachelor*, que aconteceu em um salão de baile do Marriott cheio de questões de autoestima e de mulheres dez anos mais novas que eu, eu havia decidido que precisava me colocar em menos situações cujo resultado fosse ser eu chorando no Whole Foods e roubando grandes porções de passas cobertas com chocolate da parte a granel do mercado enquanto procurava personal trainers no Google. A indústria do entretenimento precisava de uma abordagem mais tática para uma mulher da minha idade. Eu tinha uma rede de contatos; era hora de usá-la. Graças a um diretor comercial que eu conhecera por causa da PR, eu havia sido apresentada a uma produtora local especializada em locutores comerciais. Meu grande momento chegou quando fui convidada para uma segunda sessão de testes para a nova campanha de uma fazenda de produção orgânica de laticínios. Depois, pedi à produtora que me encaminhasse o áudio do meu teste.

Ansiosa, cliquei no arquivo anexado ao e-mail. Ouvi o chiado de quando tirei o casaco no estúdio de som, alguma conversa-fiada sem importância. Minha voz saía aguda: o cara do som era bonitinho, um reflexo involuntário. O diretor comercial, Scott, havia chegado e perguntado se eu precisava de alguma coisa — água, café, uma maçã para ajudar com a boca seca.

— Não, obrigada — eu me ouvi dizer, trêmula.

— Então vamos começar. — Ele explicou o conceito por trás do comercial: uma nova vaca havia chegado à fazenda. A vaca recém-chegada era vegetariana, só comia grama. As outras vacas não foram com a cara dela, porque ela era peculiar, diferente. — Você é a nova vaca — disse ele. — Posso ouvir um mugido?

— Muuu — falei.

— Ótimo. Você é um talento nato. Agora imagine que você é mais jovem, um pouco mais insegura.

— Muu... uu?

— Lindo. Agora você está com dor de barriga porque as outras vacas puseram excremento de porco na sua comida.

— Muuuuuuuuuuu — falei, triste.

Não era o tipo de teste que eu havia imaginado fazer na época em que eu interpretava uma prima-dona para meus bichos de pelúcia, mas, pensando bem, Kathie Lee Gifford provavelmente nunca havia sonhado em ganhar a vida enchendo a cara no *Today Show*, o que provava que todo mundo precisa ser flexível.

— Ótimo, Casey, maravilhoso — disse o diretor. — Agora a vaca é um pouco mais atraente, um pouco mais sexy, ela recebeu um pouco de atenção de um búfalo e está se sentindo...

— Muuu-uu-uu-uu-uu. Muuuuuuuuu!

— Incrível, adorei. — Ele bateu palmas duas vezes. — Obrigado, linda! A gente te liga!

Zunindo de adrenalina — o e-mail dizia que eu receberia um retorno até o fim da semana — e por causa do açúcar dos M&M's, que tinham despertado o monstro dentro de mim que só conseguia dizer duas palavras: "MAIS AÇÚCAR!", abri o aplicativo de relacionamento no celular, aquele desenvolvido para tornar o sexo fácil e eficiente. Conferi se tinha havido algum novo *match* ou se recebera alguma mensagem nas últimas duas horas. E de fato havia, inclusive uma curta de um rapaz bonito de mandíbula quadrada chamado Chad. De acordo com as fotografias escolhidas, Chad gostava de espelhos de academia, barcos e bares que o deixavam com um reflexo vermelho nos olhos. Eu não respondia à maioria das mensagens que recebia, mas a pergunta de Chad me intrigou. *vc trabalha naquelas lojas que fazem ursinhos de pelúcia na hora?*

Respondi na hora. *haha, não. pq?*

Chad não respondeu imediatamente, então rolei para ler as outras mensagens. Muitos *oi, td bem, Casey? como vc tá nesse dia lindo?* Chato, chato, idiota, chato. Ninguém que confia em frases clichês assim pode ser bom de cama. Chad respondeu pouco depois, como eu sabia que ele faria, porque conheço bem os fios emaranhados de um idiota com tesão.

pq queria enfiar umas coisas em vc

Ok, Chad, pensei. Vá com calma.

Eu podia ter parado por aí, mas, porque não consegui me conter, porque toda garota, não importa o quanto se oponha, acaba se tornando sua própria mãe, escrevi: *mas aí você não deveria perguntar se eu trabalho lá, né, deveria perguntar se eu SOU um ursinho de pelúcia? Tipo, não dá pra colocar enchimento em uma FUNCIONÁRIA.*

Chad não respondeu mais, e tudo bem. A experiência tinha me ensinado que havia muitos outros Chads no mar. Esse aplicativo em particular representava e havia ajudado a codificar a filosofia geral da minha geração. As pessoas são como as cartas de um jogo de cacheta. Você tenta pegar aquelas de que gosta; e tenta se livrar o mais rápido possível daquelas de que não gosta. É claro que havia maneiras melhores de tratar as pessoas, mas como poderíamos saber quais? Nossos pais haviam nos instalado na frente dos computadores deles assim que o preço se tornou razoável, e ali nós tivemos que aprender a flertar em uma caixa de texto e sempre pensar que, além daquilo que estava bem na nossa frente, provavelmente havia alguma coisa melhor.

Claro que um minuto depois apareceu outro Chad. Na verdade, esse cara se chamava Sam, mas isso não tinha importância. Sam, de acordo com ele mesmo, era um advogado que queria *conhecer mais sobre música. Discotecar e essas coisas.* Ele me mandou uma música que eu deveria ouvir, o que nesse aplicativo valia como ser romântico. Acho que ouvi metade da música.

:) gostei, escrevi.

eu gosto de vc

vc não sabe se gosta

;) ah gosto sim

Ficamos nisso por um tempo. Foi divertido do jeito que brincadeiras são divertidas quando não estamos prestando tanta atenção, um jeito fácil de passar o tempo. Eu não tinha certeza de como vencer nesse jogo, mas acreditava que envolvia não se importar demais. Com a outra pessoa, quero dizer. Na minha experiência, os homens estavam sempre ou tentando te engolir ou fugindo para evitar a vulnerabilidade da fome. Mas, assim, eu estava fazendo a mesma coisa.

o q vc tá vestindo?

Olhei para o meu pijama. Já tinha tirado a maquiagem. Na tela do computador estava o edredom leve que eu estava pensando em comprar.

nada

tá de brincadeira

vc chama isso de brincadeira?

Mandei uma foto que eu tinha tirado para um outro cara. Tudo isso e muito mais, da privacidade da minha própria casa. Uma cama toda só para mim, nada irritante nem fedido. Nós levamos um ao outro ao clímax, ou pelo menos foi o que dissemos, através de uma sequência de mensagens cada vez mais explícitas. Ele me perguntou quais eram as minhas fantasias, e repeti uma coisa que tinha ouvido em um filme europeu, sobre trepar com um monte de desconhecidos em um trem em alta velocidade. Muito melhor que minha resposta original, que era não chorar depois de gozar.

Quando terminamos e demos boa-noite com promessas vagas "para a próxima vez", adormeci abraçada à minha almofada cilíndrica, como se, caso eu a abraçasse forte o suficiente, um dia ela fosse ganhar vida feito os brinquedos de *Toy Story* e me abraçar de volta. Havia coisas mais importantes, eu tinha certeza, mas quando tentava ouvir em meio ao silêncio procurando um sinal claro, nessa época tudo que eu escutava era estática. A estática estava alta demais, então liguei a televisão e adormeci ouvindo uma risada artificial.

3.

O oceano azul

Mais ou menos um mês depois, quando cheguei ao trabalho — na verdade foi exatamente um mês depois, o dia da declaração do imposto de renda —, havia um e-mail de Celeste na minha caixa de entrada. Eu deveria "passar" no escritório dela às dez, a hora oficial do início do nosso expediente, para "bater um papo rápido".

Meu relógio de pulso, uma coisa chique que eu tinha ganhado de um ex-namorado — um daqueles caras de finanças cuja generosidade, conscientemente ou não, sempre opera no balanço patrimonial —, me informava que eram 10h33. Era a hora em que eu costumava chegar, porque eu não acreditava tanto em horário de trabalho quanto acreditava no trabalho em si. Minha filosofia era: pessoas inteligentes trabalham mais rápido, e por isso não deveriam precisar ficar no escritório por tanto tempo assim. Além disso, eu tinha dormido mal na noite anterior, presa em um sonho recorrente e perturbador em que estava encurralada em um canto do galpão de uma loja de ursinhos de pelúcia. Eu não me lembrava de muita coisa, mas, olha... havia tufos e enchimento para todo lado.

Ainda assim, eu me sentia terrível. Não gostava de desapontar Celeste. Tinha orgulho de ser o corcel fiel dela; seria possível dizer que boa parte do que os psicólogos chamam de meu "self" dependia de atuar como esse corcel. A deia de perder essa identidade por uma razão tão idiota quanto chegar atrasada certa manhã... ok, muitas manhãs. A maioria das manhãs. Todas as manhãs. Normalmente a própria Celeste não aparecia antes do meio-dia. E ainda assim...

— Merda — xinguei para a tela do meu computador.

— O que foi, querida? — perguntou Lindsey. Os braceletes fininhos no pulso dela tilintaram quando ela esticou a mão para apertar a minha. Lindsey tinha as mãos mais macias que eu conhecia, e as menores. Era como dar as mãos para um peito de frango cru. Ela estava na sua estação de trabalho, bem ao lado da minha, trabalhando no Photoshop nos *mock-ups* finais do rosto de Ellen para a nova campanha publicitária, que estava programada para ir ao ar na semana seguinte. A *tagline* com a qual todos havíamos finalmente concordado era simples: *TUDO DE VERDADE*.

Estávamos satisfeitos, mas Ellen surtara quando mostramos a ela a imagem pela primeira vez. Aparentemente havia muitas linhas que precisavam ser removidas. Por isso, Lindsey passara os últimos quatro dias fazendo só Deus sabe o quê com pincéis, filtros e cores para ter certeza de que o rosto de Ellen estivesse à altura dos padrões de Ellen. Eu mesma não conseguia ver a diferença, mas acho que alguma coisa acontece com o cérebro de uma mulher quando ela atinge a puberdade e depois acontece de novo quando chega aos quarenta: ela não consegue mais se ver de maneira objetiva, apenas como uma aberração. As mulheres de quarenta anos mais lindas passam mais por isso, talvez por serem tão apegadas às recompensas por sua perfeição física, enquanto todas as outras tiveram que se acostumar com sua monstruosidade desde cedo, encontrando mecanismos para lidar com isso: senso de humor, por exemplo, ou uma perspectiva única sobre os eventos atuais, ou talvez um vício em compras on-line.

— Arrghhhh, eu sou tão *idiota* — falei, largando a bolsa no chão e vasculhando minha mesa em busca de... o quê? Algo para me livrar da ansiedade. Encontrei o Rescue Remedy que Lindsey me dera e direcionei um jato longo na minha língua, embora as instruções mandassem "pingar gentilmente" uma ou duas gotas em um copo d'água. Malditos hippies; eu não tinha tempo para gotas gentis! —

Eu tinha uma reunião com Celeste, tipo, meia hora atrás, mas tirei o e-mail do trabalho do celular pra poder, tipo, alcançar o equilíbrio ou qualquer coisa assim, mas agora — abri um hidratante labial e compulsivamente espalhei petróleo na boca — só pareço uma completa imbecil. Não sei se deveria ir à sala dela agora ou me esconder debaixo da mesa até ela vir me procurar.

— Só vai. Não é nada de mais.

Enfiei o hidratante de volta na bolsinha de maquiagem entupida e olhei para ela.

— Sério — disse Lindsey. Ela me deu um sorriso tranquilizador. — Vai ficar tudo bem. Celeste te ama. Isso não vai mudar.

Essa era a questão com Lindsey. Justamente quando você talvez não quisesse levá-la a sério, quando queria dispensar a ela e suas Artes Curativas, Lindsey se guiava diretamente para o centro do seu cérebro, onde todos aqueles pensamentos secretos e em geral tristes viviam, e falava diretamente com eles.

Ela tirou de trás do iMac algo que parecia um frasco de perfume roll-on.

— Passa isso nos pulsos — falou. — É pra te deixar com os pés no chão.

Minha pulsação estava acelerada por causa da cafeína e da ansiedade.

— Não preciso ficar com os pés no chão — respondi. — Já nasci com os pés no chão! — Mas peguei o frasco da mão dela e passei mesmo assim.

*

Cheirando a livraria feminista, bati à porta de vidro de Celeste. Ela estava sentada à mesa com o notebook aberto e fez um gesto para que eu entrasse. Estava vestindo preto, como sempre, o que se destacava em contraste com os acessórios do escritório dela, que eram completamente brancos, inclusive as sobrecapas dos livros nas prateleiras de acrílico. Era como estar dentro de um teste de Rorschach.

Difícil fazer uma leitura acurada de dentro do borrão de tinta, não? *Mamãe!*

— Desculpa mesmo por... — comecei, mas ela me interrompeu, gesticulando para que eu me sentasse em uma cadeira cujas linhas elegantes e cujo acabamento proporcionavam o conforto de um banco de igreja.

— Você fez faculdade de letras, não fez?

Pisquei duas vezes e cruzei as pernas, como se tentasse proteger a minha dignidade. A primavera tinha chegado, o que significava que eu tinha começado a usar vestidos curtos que não conseguiam decidir se queriam cobrir completamente o meu traseiro. Mas esse era amplo, para compensar o comprimento mínimo. Estava na moda vestir lencinhos.

— Fiz. Por quê?

— O que você sabe sobre Ben Dickinson?

— Ben Dickinson?

Havia algumas coisas que eu esperava que Celeste fosse perguntar (Ei, garota, você tem talento, quer ser uma superestrela?), coisas que eu temia que ela perguntasse (Qual é o seu problema? Você quer ser demitida?) e algumas coisas banais no meio, mas em nenhum universo eu havia imaginado uma pergunta tão inesperada quanto essa.

— Humm. — Uni meus lábios recém-petroleados. — Ele é escritor. Mora aqui na cidade, acho. Escreveu um romance que foi publicado no outono passado, que eu não li, mas tenho quase certeza de que minha amiga Susan leu. Sei que recebeu boas críticas, e vi no Facebook que vai ter algum evento com ele no centro...

Minha energia estava acabando. Celeste olhava para a tela do computador, franzindo a testa, clicando em links que eu não conseguia ver. O cabelo na altura do ombro estava mais bagunçado que o normal, e apesar do tratamento facial com luz vermelha, ou o que quer que fosse, ela parecia cansada. Estar abatida era meio que uma medalha de honra na People's Republic, um sinal de que você estava se sacrificando por um bem maior. Havia uma bebida do Starbucks tamanho Venti na mesa dela, uma garrafa d'água importada da França e um daqueles energéticos que vêm em um frasquinho pequeno, porque uma dose maior causaria um ataque cardíaco.

— Susan — ela disse em tom ausente. — Sua amiga. Também é escritora, né?

— Sim! Ela é incrivelmente talentosa. Ainda não publicou nada, mas vai publicar, eu sei que vai. — Fiquei impressionada que Celeste se lembrasse de Susan. Embora eu falasse nela o tempo todo, não estava acostumada com Celeste comentando sobre a vida pessoal de ninguém. Celeste, até onde eu sabia, não tinha vida pessoal, e sua expectativa tácita era que nós também não teríamos.

— Você diria que é boa com escritores?

— Humm. — Juntei os lábios outra vez. — Acho que sim? Quer dizer, claro. Escritores são como todas as outras pessoas. Adoram falar de si mesmos ou do que escrevem, e se você prestar um pouquinho de atenção vão te amar pra sempre. Mas, *meu Deus*, como são sensíveis. Às vezes isso os torna doces, mas nem sempre. Uma vez eu estava em uma festa com Susan e tinha um grupinho falando sem parar sobre um escritor que tinham conhecido na pós, que era famoso agora, mas que na época da faculdade nunca levava bebida para as festas, só bebia o que todo mundo levava, e eles estavam, tipo, *massacrando* o cara por causa disso. E fazia anos! Eu fiquei tipo, gente, isso aqui é uma *festa*, vamos parar de falar e ir dançar! Mas ninguém ia! Eu não consegui fazer nenhum deles dançar, nunca. Nem quando desci até o chão e meus seios pularam pra fora da camiseta.

Celeste não respondeu, só continuou clicando.

— Então... — finalmente perguntei. — O que está rolando?

Houve uma longa pausa. Mudei de posição na cadeira e pensei que eu poderia ter deixado de fora a parte sobre os meus seios pularem para fora da camiseta. Meu tórax esquentou, do jeito que esquentava quando eu ficava empolgada demais e falava sem controlar minhas tendências mais ridículas. Quando Celeste olhou para mim, seus olhos escuros refletiram a luz como magia das trevas. Tive a sensação desconfortável de estar entrando em uma negociação de alto risco, cujos termos apenas ela conhecia.

— Você já ouviu falar de uma estratégia de negócios chamada Oceano Azul? — perguntou ela.

— Humm... não?

Parecia a resposta errada, mas o que mais eu podia dizer?

— Você já ouviu falar do Cirque du Soleil?

— Sim — respondi. — Quer dizer, nossa, Vegas é *literalmente* minha cidade favorita.

Era verdade. Vegas parecia para mim o que um pedacinho de papel-alumínio amassado parecia para um viciado: uma enorme promessa debaixo de muito brilho! Toda vez que ia para lá, eu me sentia como se tivesse sido batizada pelas águas sagradas do Bellagio, renascida pelo excesso de tíquetes de bebida grátis, entradas VIP e outras vantagens que me eram dadas por promotores de eventos que consideravam minha aparência adequada para entradas com desconto.

Celeste fechou o notebook. Apoiou os cotovelos sobre ele, entrelaçou os dedos sob o queixo, como uma professora no fim do expediente letivo que está muito, muito cansada de dar aula para idiotas o dia todo.

— São os anos oitenta — começou. — Os mercados estão se recuperando da administração desastrosa de Carter diante da recessão. As pessoas estão ganhando dinheiro em Wall Street, têm mais dinheiro do que jamais tiveram e querem gastá-lo. Estão saindo de férias, indo à Disney, experimentando restaurantes de primeira, mas não estão... — ela se corrigiu —... elas *pararam* de ir ao circo. — Ela apontou para mim com os dois indicadores. — Por quê?

Mais uma pegadinha. Refleti sobre ela, ou, bem, tentei fazer cara de quem estava refletindo sobre ela enquanto moscas zumbiam preguiçosamente no meu cérebro.

— Bom — comecei. Lembrei da vez que fui a uma excursão a um circo itinerante e chorei na frente da turma toda quando vi os elefantes acorrentados. — Circos são repugnantes.

— Não, circos *eram* repugnantes — falou Celeste. Ela foi citando os nomes e contando nos dedos. — Ringling Bros., Barnum & Bailey, Big Apple... uma baita perda de dinheiro. A indústria estava encalhada. Os fundadores do Cirque du Soleil sabiam disso, então você sabe o que eles fizeram?

— Começaram a treinar pré-adolescentes para fazer acrobacias chinesas?

Celeste se inclinou para a frente e uma mecha de cabelo escuro caiu de trás da orelha dela. Ela virou as palmas das mãos para cima. O canivete no colar balançou e tilintou quando bateu na mesa de acrílico.

— Eles desbravaram águas completamente novas.

Então ela se recostou outra vez, arrumou a mecha de cabelo e pegou o copo do Starbucks. Tomou um longo gole, parecendo satisfeita com sua habilidade de despejar bombas em alvos azarados.

— Então um oceano azul é uma nova... — fiz uma pausa —... hum... indústria?

— Não. — Ela prolongou um pouco a palavra, como eu fazia com Annie quando estava explicando alguma coisa pacientemente, mas no fundo queria lhe dar um tapa na orelha. — É um espaço de mercado inexplorado dentro de uma indústria saturada.

— Ahhhhh, entendi — falei, embora não tivesse entendido.

— Em mercados disputados, a água fica vermelha por causa das empresas lutando por fatias de mercado e engolindo umas às outras. O Cirque du Soleil era azul porque nenhum outro circo era capaz de competir com ele. Nada do tipo havia existido antes.

Eu me mexi outra vez naquele bloco idiota que chamavam de cadeira, e mais uma vez, tentando ficar confortável.

— Eu sei que tem alguma analogia aí entre isso e a PR, mas ainda não entendi aonde você quer chegar.

Celeste tomou mais um gole do café. Ela se divertia com aquilo, saber algo que eu não sabia, me fazer esperar até ela estar pronta para me entregar o ouro. Já eu não gostava de esconder nada das pessoas, porque me fazia sentir estufada.

— Quantas agências de publicidade existem nesta cidade, Casey?

— Umas seis boas, talvez. O dobro no total.

— Você diria que isso é um oceano vermelho ou azul?

Bem, agora ela estava me diminuindo.

— Vermelho — respondi. Falei em um tom de sarcasmo, devo admitir. — Obviamente — acrescentei.

— Quantas pessoas como Ellen moram nesta cidade?

— Como assim, "como Ellen"?

— Pessoas tentando criar e capitalizar em cima da notoriedade através do desenvolvimento e da recomendação de produtos.

— Ah, hummm. — Inclinei a cabeça e olhei para o teto. Havia um enorme espelho pendurado na parede. O vidro ondulado tornava impossível alguém se ver claramente. — Minneapolis é tecnicamente uma cidade de segunda categoria, então não tantas quanto em Nova York ou Los Angeles. Mas consigo pensar em pelo menos vinte assim de primeira...

Pessoas de programas locais de culinária, veteranos de reality shows, blogueiros, influenciadores de YouTube e Instagram... eles estavam por toda parte, me empurrando cartões, aparecendo em um ou outro evento em bares ou nas chamadas *lifestyle boutiques*, postando atualizações de status para se promover e fotos altamente editadas pensadas para fazer o restante de nós se sentir gordo, pobre, chato e invejoso. Isso pode parecer um pouco ressentido, mas acho que é porque eu *estava* ressentida: eles tentavam chamar a atenção descaradamente, de um jeito que eu não fazia, mas às vezes desejava poder fazer.

Mas como, como? Primeiro havia a questão da dignidade. Além disso, aquela antena que me deixava saber como as outras pessoas estavam e o que estavam pensando e sentindo. Uma pessoa não pode sinceramente criar uma conta no Instagram dedicada a mostrar seu programa diário de treino e alimentação se tem essa antena, simplesmente não pode. A pessoa morreria mil vezes até conseguir sair do chão em um agachamento com salto. A autoconsciência era uma responsabilidade de quem promovia sua marca pessoal, isso sem contar a consciência *sobre os outros*. Era preciso fazer o que fosse melhor para você. O que, até onde eu sabia, significava agir com impunidade.

— E isso é um oceano vermelho ou azul?

— Ok, ok. — Eu me recostei na cadeira da melhor maneira que consegui, dura como era, e ergui as mãos. — Eu me rendo! Vermelho.

Celeste olhou para mim como se eu estivesse falando grego.

— Se rende?

Eu inclinei a cabeça, surpresa.

— É o que a gente fala quando...

Antes que eu pudesse continuar, ela estava falando outra vez, abrindo uma gavetinha fina na mesa e tirando de lá uma dessas barras de proteína.

— Eu não tenho nenhum problema em continuar em um oceano vermelho — ela dizia. — A People's Republic foi fundada em um oceano vermelho, e fomos muito bem por esse caminho. Eu tive sucesso nesse caminho — continuou, mais para si mesma do que para mim. — Mas as nossas capacidades estão crescendo mais que o nosso atual modelo de negócios. — Ela abriu a barrinha, que tinha o tamanho e a consistência de um cocô de poodle. Deu uma mordida. Mastigando, voltou a falar. — E é aí que você entra.

— Eu? — Minhas sobrancelhas se ergueram até o topo da testa.

Minha surpresa não era ensaiada. Quando você cresce no Centro-Oeste, especialmente se frequentar a escola pública, fica condicionado à média. É claro que a homogeneidade é a fonte do nosso racismo, mas também facilita o relacionamento. As diferenças, inclusive de inteligência ou talento, são motivo de vergonha e devem ser corrigidas, para que possamos ser comprimidos a uma média tolerável. Todos ficam confortáveis, porque ninguém é excepcional. A maior parte das pessoas da minha classe do ensino médio se formou e foi direto para a faculdade comunitária no fim da rua.

Celeste atirou para longe a minha incredulidade. Não aguentava modéstia nem um pingo a mais do que aguentava gente idiota.

— Sim, você, é claro. Não seja ridícula.

Nada me enchia mais de orgulho do que alguém poderoso me dizendo que eu era especial. Em larga escala, acho que é assim que o fascismo funciona. Em uma escala menor, eu ouvia com devoção servil enquanto Celeste explicava longamente como pessoas de sucesso na área do entretenimento ganham a maior parte do dinheiro delas. Afinal, não era através do trabalho em si — música, filmes ou concertos —, mas através de patrocínios e recomendações de produtos. Acordos grandes e expressivos que permitiam que corporações grandes e expressivas se alinhassem com a reputação de qualquer babaca sortudo que elas escolhessem para ser "a cara da marca". Pessoas menos famosas na vida real e mais famosas na internet faziam a versão pobre disso o tempo todo: escreviam posts "patrocinados" para empresas que lhes mandavam produtos, ganhando uma porcentagem dos lucros se algum seguidor comprasse alguma coisa pelo link comissionado.

— Mas há um excesso dessas pessoas — falou Celeste, arrancando um pedaço da barrinha saudável com tanta força que achei que seus dentes fossem quebrar. — A mistura tradicional de marca pessoal e corporativa está cansada. Se entrarmos nesse mercado como estamos fazendo com Ellen, ficaremos bem, manteremos nossa posição. Mas eu não quero apenas manter nossa posição.

Ela apoiou na mesa a embalagem quase vazia, abriu o notebook outra vez e começou a digitar. Eu sabia o que Celeste queria. Ela ansiava por poder do jeito que uma virgem na faculdade anseia por sexo: com a parte de trás do cérebro, como um jacaré pronto para dar o bote. De algum jeito alguém deve ter ferrado bastante com ela na juventude, ou talvez tenha sido completamente o oposto. Se não tiver sido isso, não sei como explicar a agressão descarada que a levava ao topo de todas as montanhas, todas as colinas, caramba, qualquer pilha de pedras.

Quando ela virou o notebook para mim, vi uma tela branca e uma palavra que eu nunca tinha visto escrita em Helvetica.

— Nanü — disse ela finalmente.

— Nanü? — repeti.

— A nova marca da PR — esclareceu ela. — Com o objetivo de negociar oportunidades de negócios para os últimos influenciadores criativos que ainda não foram explorados. Desenhada com o intuito criar conteúdo novo para empresas que precisam dar um restart e para criar soluções financeiras de longo prazo para influenciadores que não têm nenhuma.

Rebobinei a conversa que tínhamos acabado de ter, tentando conectar os pontos. Celeste estava com aquela expressão irritada que fazia quando se lembrava de que tinha um cérebro mais rápido que o modelo-padrão. Então falou:

— Por que você acha que te perguntei sobre a sua amiga? Estou falando de escritores.

Explodi numa gargalhada.

— Você está doida? Escritores não são influenciadores. Influenciadores são, tipo, pessoas de dezessete anos que têm um canal no YouTube!

Celeste deu um sorriso amarelo.

— Ainda. Escritores *ainda* não são influenciadores. "Ainda" é o nome do jogo do oceano azul.

Eu ainda estava rindo. A dissonância cognitiva faz isso com uma garota: menos humor e mais o corpo cuspindo as palavras *Não é possível processar isso!*

— Desculpe, desculpe, mas não consigo ver isso dando certo. Escritores são tipo... sabe, Susan precisa se deitar depois que faz *compras de hortifrúti*. Essas pessoas andam por aí sem proteção. Realmente não consigo imaginá-las querendo mergulhar ainda mais fundo nas redes sociais...

— Sabe o que dá uma ótima proteção? — falou Celeste. — A melhor? — Ela fez uma pausa. — Dinheiro.

Antes que eu pudesse protestar, ela se lançou mais ainda em seu discurso. Empresas que tinham perdido apoio do público geral, ou que talvez nunca tivessem tido apoio — empresas de petróleo, serviços de utilidade pública, empresas envolvidas em recalls de carne, a Dippin' Dots — não conseguiam mais dar conta de atrair celebridades reais como garotas-propaganda; nenhum astro verdadeiro assinaria nada com elas. E essas aspirantes a celebridades de baixo custo, como Ellen, assim como influenciadores inexperientes, estavam preocupadas demais com a dignidade de suas marcas pessoais em estágio inicial para trabalhar com essas empresas desfavoráveis. Mas autores conhecidos, que já tinham bastante prestígio, eram as *penny stocks* do mercado da fama. Não só tinham nomes críveis — pelo menos entre os "intelectuais luxuosos da classe média alta", como Celeste gostava de chamá-los —, mas também tinham o que essas empresas realmente precisavam ter, e o que queriam ter: capital criativo cujas melhores funções eram baseadas em linguagem. Com a Nanü atuando como negociadora, essas empresas poderiam contratar autores para serem a cara (ou a voz, para os menos atraentes) da empresa, ou simplesmente contratar os autores para ajudar a remodelar e repaginar a identidade delas por meio de plataformas de mídia social baseadas em texto.

Quando ela terminou, mexi no meu cabelo bagunçado-parecendo-natural, que na verdade levara trinta e cinco minutos e duas pranchas diferentes para finalizar, e pensei: quando Susan ouvir falar nisso, vai ficar puta da vida.

Mas o que eu falei foi:

— Consigo entender como isso seria útil para as empresas que você está descrevendo. Mas os autores? Não sei. Ainda não os vejo embarcando na ideia. Não só por causa do desajustamento social. Os que conheço odeiam, e quero dizer, tipo, *desprezam*, sabe, o capitalismo e a sociedade de consumo...

Agora foi a vez de Celeste rir.

— Eu sei, eu sei — falei. — É clichê.

Ela ainda estava rindo. Eu a pegara mesmo. Continuei:

— Mas, sério, Susan não compra nem xampu, ela mistura água com bicarbonato de sódio. Fica falando que a indústria da beleza é uma mentira.

— Ai, meu Deus, isso é hilário — Celeste disse finalmente, secando o canto dos olhos com o dedo anelar. — Tão típico.

Senti que fiquei um pouco na defensiva.

— Ai, também não precisa falar desse jeito. É uma diferença grande de valores. Eu realmente não consigo enxergar escritores *de verdade* fazendo fila pra, sei lá, tuitar pra Esso...

Celeste percebeu meu tom de voz. E isso fez a voz dela gelar.

— Você ficaria surpresa de saber o que as pessoas estão dispostas a fazer quando você coloca a quantia certa na mesa.

Torci o nariz.

— Não acho que seja assim tão simples.

— Sempre é assim tão simples — respondeu Celeste. Ela se endireitou na cadeira, reta como uma vara. — Eu faço isso há vinte anos, e posso te garantir. É sempre assim tão simples. — Ela moveu o cursor até o topo da tela e clicou. Apareceram uns gráficos de pizza comparando ganhos médios atuais de autores (de adiantamentos, direitos autorais, direitos estrangeiros, eventos etc.) com os ganhos possíveis com a Nanü, levando em conta diferentes níveis de patrocínio e de algo chamado "engajamento criativo". A diferença entre os valores, mesmo no nível mais baixo de engajamento, era como a diferença entre um *minimuffin* e um bolo inteiro.

— Puta merda — Fiz uma pausa. — É muito dinheiro.

— E quando esses escritores tiverem esse tipo de dinheiro, quando não precisarem lidar com trabalhos como professores ou em escritórios... pense em tudo que poderão fazer. Eles vão poder finalmente — ela fez uma pausa dramática — voltar a escrever. O que quer que eles façam com a Nanü não vai nem de longe tomar tanto tempo e tanta energia quanto o que fazem hoje para se sustentar. E além do mais, é ridículo, quase criminoso, pra falar a verdade, quão pouco capital as editoras têm para trabalhar atualmente. Pobrezinhas. Trabalhando tanto e não tirando nenhuma vantagem, financeira ou de qualquer outro tipo...

— Hum — comentei. — Você tem razão aí.

— Como Darwin disse, a adaptação é a chave para a sobrevivência.

— Darwin disse isso?

Celeste continuou.

— As parcerias que a Nanü, sozinha, conseguirá negociar, graças à rede que construí por duas décadas partindo do zero, são cruciais para a saúde financeira e comportamental desses escritores, como a sua amiga, que — ela riu outra vez, algo entre maliciosa e benevolente —, convenhamos, não são exatamente conhecidos por uma nem pela outra.

Em seguida Celeste explicou que havia tido a ideia para esse empreendimento na noite seguinte à que conhecemos Ellen, enquanto ouvia um programa de rádio sobre crença e espiritualidade.

— Normalmente não aguento esse tipo de coisa — disse ela, revirando os olhos. — Mas o autor que eles convidaram era muito convincente. Julian North, já ouviu falar?

— Julian North? — repeti.

Eu tinha mais coisas a dizer, mas antes que eu começasse, Celeste retomou a palavra.

— Ele estava falando sobre o fato de que tinha levado dez anos para escrever o romance novo porque a maior parte da vida dele estava tomada pela família, pelo trabalho como professor, freelancer, editor, pelo tempo gasto cozinhando, indo ao dentista e sei lá mais o quê. E o que percebi enquanto ele falava foi que alguém como Julian poderia ter um salário anual de meio milhão nas empresas com as quais trabalhamos, e ainda assim ali estava ele, ensinando jovens a escreverem poesia em uma universidade pública por sessenta mil dólares anuais e editando cartas de apresentação para complementar. Que pena, pensei. Temos aqui talento com um enorme potencial e zero vitrine para isso. O homem é brilhante...

— Ai, meu Deus, não é? — interrompi. — Ele é maravilhoso. Ele *literalmente* mudou a minha vida.

Eu também não estava falando da boca para fora. Julian North era meio que um herói para mim; ele tinha dado uma palestra na minha faculdade quando eu estava no segundo ano. Embora eu nunca tivesse ouvido falar dele antes disso, Susan insistira que eu fosse com ela ao evento.

— Credo, por quê? — me lembro de ter falado, esparramada na minha cama e sem calça. Era outono, o que significava que já tínhamos ligado o aquecedor. — Estou ocupada.

— Fazendo isso? — Susan apontou para a caixa de DVD sobre a minha cama. Na capa havia a foto de uma mulher de cabelo cacheado olhando pensativa para o horizonte de Nova York. — Case, você sabe que não pode assistir a episódios demais de uma vez, senão vai ficar triste. O livro é bom, acredite em mim. É bem o tipo de coisa de que você gostaria.

— Leituras ao vivo são chatas. Eu posso ler o livro sozinha.

— Qual foi o último livro que você leu?

Encarei o teto.

— Humm... Maquiavel.

— Leu de verdade, não o resumo.

— Isso não é justo!

Susan costumava ser mais tolerante com meus defeitos naquela época, até indulgente. E eu era menos egocêntrica, mais disposta à conciliação. Foi a fase de lua de mel da nossa amizade, então não foi preciso muito mais persuasão para que eu me erguesse da cama, vestisse as calças de novo e saísse com ela para o auditório.

O lugar estava cheio, não só de estudantes e funcionários, mas de moradores da cidade universitária que se orgulhavam de viver em um lugar com oportunidades tão boas. Susan cumprimentou as quatro pessoas da nossa faculdade de quem ela gostava, eu falei com todo mundo com quem consegui, e sentamos na frente, no canto direito, com outros alunos da oficina de escrita criativa de Susan: garotas e garotos que usavam óculos grandes e olhavam de um jeito recriminatório para quem usasse referências culturais fora de moda. Eu me dava bem com eles, ou tão bem quanto um búfalo se dá com porcelana.

As luzes diminuíram e o reitor subiu ao palco, seguido por Julian North. Alto e grisalho, gesticulando com as mãos grossas e capazes, ele deu uma palestra de uma hora sobre por que escrever era a chave para o autoconhecimento; ler, um ato revolucionário; e compaixão, o radicalismo do nosso tempo. Acho que foi o típico discurso motivacional de faculdade, mas na época aquilo me comoveu do jeito que uma cachoeira desaba no rio sereno abaixo dela. Eu me lembrei de uma coisa que eu sempre soubera, mas de que me esquecia com frequência demais: de que ler é mais que uma fuga. Eu me lembrei de caminhar pelo bosque perto de casa com meu livro de ciências depois que aprendemos taxonomia na escola; de apontar para as árvores dizendo em voz alta: "Você é uma bétula, você é um bordo". De apoiar as mãos nos troncos das árvores e de como eles tinham a textura de bochechas; de conhecê-las e de ser conhecida em troca.

Era disso que Julian estava falando ali em cima. De como as palavras nos salvavam de nós mesmos. De como, quando chamávamos as coisas pelo nome correto, nós nos conectávamos com elas, éramos libertados da grande solidão. "Precisamos escrever nossos corações", dissera ele no fim. Quando as luzes se acenderam, aplaudi fervorosamente e me virei para Susan com lágrimas nos olhos. Ela assentiu; havia lágrimas nos olhos dela também.

Entramos na longa fila para pegar um autógrafo. Quando chegou a minha vez, eu não conseguia parar de gaguejar sobre quanto eu tinha amado o discurso, e como eu amava ler, e como ele tinha acabado de me fazer sentir tão humana, e, nossa, pensando bem, talvez eu devesse estudar letras também, como a minha melhor amiga Susan.

Ele abriu um sorriso agradável. "Obrigado", falou. "Fico feliz que você tenha vindo." Mas foi o jeito que ele falou. Ou foi o contato visual? Na época acreditei que tinha havido uma compreensão mútua entre nós. Ele me viu por inteiro e me aceitou como eu era. Eu não estava acostumada a sentir esse tipo de aceitação com ninguém além de Susan, certamente não com um homem. *Para Casey: Continue escrevendo! Julian*, foi o que ele escreveu no meu livro. As palavras pareciam tanto encorajamento quanto ordem. Eu tinha certeza de que ele as tinha escrito exatamente para mim.

No dia seguinte mesmo, entrei decidida na secretaria da faculdade e declarei que faria graduação em letras. Eu não queria ser escritora; o ato de redigir nunca tinha me interessado. Mas queria estar perto de escritores, voltar a ler, usar as partes do meu cérebro que eram capazes de fazer mais do que flertar, fazer gracinhas e passar de raspão nas disciplinas. Não, eu queria me aprofundar. Queria, mais que tudo, algo significativo.

Enquanto eu rememorava isso, Celeste falava mais sobre o que tinha acontecido na entrevista de rádio de Julian, o potencial de mercado mesmo das ideias mais simples dele, como tudo parecia escrito nas estrelas.

— Escrito nas estrelas — repeti, pensativa. O que estava escrito nas estrelas? Era difícil ser uma pessoa e um espelho ao mesmo tempo. — Totalmente escrito nas estrelas.

— Eu adoraria que você falasse com Julian em algum momento... — disse Celeste.

— Ah, uau, sério? — questionei.

O pensamento me causou um sentimento estranho. Enfiei esse sentimento no fundo do baú onde eu mantinha todos os meus objetos reprimidos.

—... se tudo der certo. Mas por enquanto preciso que você trabalhe em trazer Ben Dickinson para o nosso lado como nossa prova de conceito. Falei com ele, que demonstrou um tímido interesse em assumir o Instagram e o Facebook das canetas-tinteiro Waterman Quartz. Eles estão com uma nova linha que esperam conseguir vender para homens mais jovens. Leve-o para almoçar hoje e faça sua mágica, pode ser? — Ela abriu a gaveta onde deixava as barrinhas de proteína e tirou de lá outra coisa. — Aliás, eu tinha encomendado isto para você.

Ela me entregou um cartão corporativo American Express dourado. Tinha a palavra *Nanü* e meu nome completo, Casey

Cornelia Pendergast, impressos em prateado. Esse lindo cartão dourado tinha a mesma cor e a mesma promessa de Vegas, da Times Square, do Velho Oeste e dos sonhos mais lindos dos Estados Unidos da América. Quando o peguei e senti o peso de um limite praticamente infinito, não consegui evitar e soltei um suspiro orgásmico de alívio.

— Ai, meu Deus!

— Eu confio em você, Casey — disse Celeste. Ela se levantou, deu a volta na mesa e pôs a mão no meu ombro como um pastor dando a uma criança pequena uma mistura de punição e bênção. — E não vejo a hora de ver do que você é capaz.

— Ai, *caramba*.

Coloquei a mão no peito. Parece bobo dizer que eu quis chorar naquele momento. Celeste era minha chefe, estava me pedindo que trabalhasse mais, me oferecendo um cartão de crédito para ser usado apenas para despesas corporativas, mas aposto que Moisés se sentiu tão estranho e sentimental quanto eu quando estava prometendo a um arbusto em chamas que, claro, ele ajudaria toda uma população de escravos a fugir do Egito. Às vezes nos pedem que façamos coisas estranhas por motivos estranhos, e não entendemos completamente a natureza da tarefa, e talvez pareça um pouco insano, mas também pode ser que pareça um pouco, sabe, *são*. Meio especial, quero dizer. Nada estúpido. Então, no fim das contas, temos só que nos deixar levar. Porque qual seria a alternativa a se arriscar nisso? Ser a mesma pessoa fazendo as mesmas coisas, sendo que a única coisa que muda na sua vida é a série a que você assiste à noite?

— Esta é uma grande oportunidade para você. — Celeste enterrou o dedão na minha escápula. — Acredito que você seja muito adequada para uma posição de liderança na Nanü.

— Sim! — Havia um certo relinchar na minha voz.

— Uma posição que você vai ter a oportunidade de criar conforme avança, com chance máxima de crescimento.

— Maravilha!

Mais idiotices saíam da minha boca conforme mais pensamentos complicados se esforçavam por se formar no meu lobo frontal. Susan ficaria chocada. Havia uma chance de que eu também já estivesse chocada, mas isso era algo difícil de definir. Quando eu estava próxima do magnetismo de Celeste, minha bússola moral não funcionava direito. O norte verdadeiro ficava de cabeça para baixo; o ponteiro balançava e girava.

Ainda assim, eu não conseguia largar aquele cartão de crédito. Crédito era promessa. Promessa de dinheiro, sim, mas também promessa de um futuro no qual eu poderia ter tudo que quisesse e nada poderia me machucar. Nem mesmo a rejeição de uma linha do diretor comercial da fazenda de laticínios orgânicos que dizia "Obrigado, mas não, obrigado" em resposta ao meu teste. Dinheiro, como Celeste dizia, representava uma ótima armadura. Era possível amar dinheiro, e todo mundo sabe que amar é a maneira mais fácil de ser amado.

A mão de Celeste estava gelada, mesmo através do meu blazer.

— Simone fez uma reserva para você e Ben no Horse & Stable ao meio-dia e meia. Ela também vai te mandar um dossiê digital, com recursos relevantes e os termos da negociação criativa.

— Recursos? — Ela assentiu. — Recursos... autor, certo.

Celeste tirou a mão do meu ombro, um sinal de que eu deveria me levantar. Fiz isso.

— E... Casey? — ela chamou quando eu caminhava em direção à porta, alisando a parte de trás do vestido. Eu me virei.

— Sim?

— Por enquanto a Nanü é, para todos os feitos, um projeto de que você só vai saber o necessário.

— Para todos os *efeitos* — falei sem pensar.

Apenas um ínfimo sinal de irritação apareceu no canto direito de seu lábio superior.

— Mas é claro! — continuei. — Isso. É claro, com certeza.

— Vou trazer outras pessoas para o projeto, poucas por vez, se tudo der certo. Mas sem uma prova de conceito não vejo necessidade de nenhum grande anúncio.

— Claro, claro.

— Só seja discreta por enquanto.

— Ok. — Eu me mexi desconfortável. — O que devo dizer quando as pessoas perguntarem em que estou trabalhando?

— Diga que te coloquei num projeto pessoal ou algo do tipo. — Celeste ergueu os ombros ossudos. — Elas não deveriam perguntar, de qualquer modo. Se tiverem perguntas, elas podem vir até mim.

— Ok. — Eu me mexi outra vez. Pretextos eram o tipo de coisa que causava terremotos no escritório. Mulheres demais. Segredos nos deixavam malucas, especialmente se tornassem mais difícil compreender a hierarquia. Acho que Celeste sabia disso, então ela usava os segredos com esperteza, como símbolos de poder a serem disputados e distribuídos. Eu era terrível em guardá-los. Embora adorasse o poder que eles ofereciam, também detestava sua capacidade de dividir. Só de estar no escritório de Celeste por tanto tempo eu sabia o que me aguardava quando voltasse para a minha mesa. As pessoas perguntariam o que eu estava fazendo lá, e eu precisaria de toda a minha força para ficar de boca fechada. — Sem problemas. *Hakuna matata*. Em algum momento todo mundo vai ficar sabendo, imagino, então não é nada de mais.

Ela não respondeu imediatamente, então completei:

— Certo?

Celeste andou de volta até a mesa e se sentou sem olhar para mim. Talvez não tivesse me ouvido.

— Lembre-se de dizer a Ben que ele não está se vendendo. Está comprando a nossa ideia. É assim que o progresso funciona.

— Certo — respondi, acariciando o cartão de crédito com afeição, do jeito que Lindsey mexia em seus cristais.

Abri a porta de vidro. Simone estava sentada lá, com a mesa angulada de um jeito que ela parecia, para os visitantes de Celeste, uma guardiã. Digitava furiosamente no computador, como se as questões que estava resolvendo fossem de importância nacional em vez de algo como agendamentos. Com suas blusas de seda, seu pescoço fino e incontáveis horas gastas em aulas de hot ioga, era o tipo de garota que se orgulhava de nunca comprar a própria bebida quando saía. "Os caras pagam pra mim", dizia, mexendo a cabeleira escura. Embora fosse apenas cinco anos mais nova que eu, a tecnologia avançava tão rápido que ela pertencia a uma geração completamente diferente. Desde o instante em que eu a conhecera, mais ou menos um ano antes, entendi que ela estava focada em roubar o meu emprego. "Você é casada?", perguntara ela, com aquela vozinha felina, dois segundos depois que apertamos as mãos. Quando balancei a cabeça, ela continuou: "Mas você vai ter filhos, não vai?".

Quando passei por ela, ela disse, em uma voz de congelar a grama da primavera:

— Cheque seu e-mail.

A cara de pau! A inveja dela enterrou as garras na minha bunda.

— Eu sei — respondi, com a voz igualmente gelada. — Ela já me disse que você mandou, obrigada.

Eu soava como uma garota de treze anos, mas não me importei. O que eu queria transmitir a Simone, mas não podia, pelo menos diretamente, era o seguinte: EU SOU MUITO IMPORTANTE! ELA ACHA QUE EU SOU MUITO IMPORTANTE! MUITO MAIS IMPORTANTE QUE VOCÊ!

— Ótimo — disse ela, me dando a velha olhada de cima a baixo, um clássico de garota malvada. — Ela também quer uma atualização após o almoço.

— Eu *sei* — repeti, embora não soubesse.

— Ótimo. Aproveite o almoço, então — retrucou ela, e voltou ao computador.

— E você aproveite o... — Mas não havia nada que eu quisesse que ela aproveitasse. Às vezes acho que a vida seria muito mais fácil se nós, mulheres, pudéssemos apenas admitir quando não gostamos umas das outras. Dizer uma vez, realmente alto, e então manter distância em vez de fingir simpatia. —... o seu café.

— Pode deixar! — respondeu ela. Voz de *stevia*: doce com um gosto residual amargo. Conforme marchava para longe, eu pensava: em gerações futuras, tomara que as mães ensinem às filhas como serem diretas umas com as outras.

4.

Garotos, garotos, garotos!

Eu não tinha o que psicólogos chamariam de uma "ótima" relação com homens. Naturalmente, eu achava que a culpa disso era dos homens, ou seja, do meu pai. Rake Pendergast era o tipo de cara que fazia muito bem para muitas pessoas e muito mal para umas poucas. Como eu era uma das poucas, eu o odiava com a ferocidade de muitas — o que talvez não fosse justo, mas que filho é justo com os pais? Rake era um palestrante motivacional querido, famoso localmente, e passou a maior parte da minha infância viajando, exortando funcionários a reagirem aos desafios do ambiente de trabalho e desafiando estudantes do ensino fundamental a resistirem a drogas e álcool. Era tão convincente — e, tudo bem, inspirador — que um terço das vezes em que saíamos alguém o parava para agradecer por ele ter salvado ou transformado sua vida.

O modo como esses desconhecidos olhavam para ele, com o rosto cheio de medo, esperança e gratidão, me envergonhava por sua falsa familiaridade. Meu pai nunca parecia se preocupar. "Venha cá", dizia ele, abrindo os grandes braços e envolvendo as pessoas num abraço. Rake tinha a estrutura de um jogador de futebol americano — havia jogado como recebedor na faculdade — e ainda se movia como um. O fato de que ele era capaz de esmagar esses desconhecidos com seus braços era precisamente a característica que eles adoravam: as pessoas gostam de se diminuir para caber em alguma coisa maior. Ao redor de Rake havia apenas um ponto de vista, e isso trazia alívio às pessoas. Elas relaxavam no abraço dele assim como um corpo se amacia para aceitar tirar sangue ou receber uma medicação na veia.

Mas não eu. Apesar de todo o bem que ele fazia, Rake também era um mulherengo deprimente. Mesmo quando era jovem — jovem demais, na verdade —, eu ficava impressionada ao ver quão raramente os adultos percebiam as falhas de caráter do meu pai. Especialmente minha própria mãe, com toda a sua inteligência. Uma das minhas primeiras lembranças é do dia em que Louise e eu, sem avisar, passamos no escritório dele, um negócio modesto de dois ambientes dentro de um prédio comercial caindo aos pedaços. Era meio-dia; eu ainda não ia para a escola, devia ter uns quatro anos. Eu me lembro da minha mãe aumentando o volume do rádio — uma canção de James Taylor — no nosso Oldsmobile marrom quando entrou no estacionamento. Retocou o hidratante labial e o rímel olhando no espelho retrovisor, alisou meu cardigã e arrumou minha presilha de cabelo. "Comporte-se", ela me disse, que era algo que ela dizia muito.

Quando entramos no escritório da frente, depois de subir dois lances de escada, eu soube que algo estava errado porque a atmosfera estava engraçada. Rake não nos viu logo de cara. Estava sentado na beirada da mesa da secretária, Jeanine, inclinado para a frente e rindo agradavelmente.

— Você e eu somos muito parecidos — dizia ele — Sempre achei. — O rosto de Jeanine estava escarlate e ela brincava com as gordas contas de vidro do colar.

Jeanine nos viu antes de meu pai. Vi suas sobrancelhas desenhadas se erguerem e seus lábios com batom se curvarem formando um "Ah" rachado. O blazer azul-esverdeado com botões dourados era grande demais para ela. Ao ver sua expressão, meu pai se virou.

— Oi, amor — minha mãe disse. Vi a surpresa passar pelo rosto do meu pai como a sombra de uma arraia antes que ele rearranjasse a expressão, transformando-a em uma agradável.

— Ora, vejam só quem está aqui — falou, e desceu com facilidade da mesa para dar um beijo na bochecha de Louise. Ele me pegou, e senti a diferença entre minha mãe e meu pai tão claramente como podia sentir a diferença de temperatura. Eu nunca gostava quando meu pai me pegava no colo. Havia algo azedo no corpo dele.

— Oi, Louise! — disse Jeanine, alegre demais. Minha mãe deu um sorriso falso com as mãos em punhos quase fechados. Meu pai me deu um beijo na têmpora. Afastei a cabeça.

— É a filhinha do papai — ele disse a Jeanine, e me sacudiu um pouco.

No carro, na volta para casa, Louise me disse que deveríamos ter pena de Jeanine, porque ela era mãe solteira e não tinha feito faculdade. "Não é fácil para essas mulheres", disse ela. O que havia acontecido, ela dizia, não tinha realmente acontecido. Não, minha mãe nunca mais trouxe à tona o que Rake havia dito, ou o jeito como ele estava sentado na mesa de Jeanine, ou por que ele tinha usado aquela voz melosa que eu não reconhecia. Também nunca trouxe à tona a bebida, nem o temperamento, nem as ligações a altas horas da noite durante as quais ele desaparecia na garagem por horas. Fingir não ver aquilo, vindo de uma mulher que, afora isso, não deixava passar nada, continuou a me desorientar por anos, e talvez tenha desorientado minha vida toda. O amor era um transtorno mental, e era fácil estar em negação. No fim das contas, se você fechasse os olhos, seria capaz de acreditar em qualquer coisa, absolutamente qualquer coisa, sobre outra pessoa, ainda que todas as evidências apontassem para o oposto.

Sim, sim. Louise era uma empirista, e ainda assim foi passada para trás. Eu me expressava com emoções, e não pude evitar sentir raiva em nome dela. Eu não esperava nem um minuto depois de meu pai chegar em casa após uma viagem de negócios para — com a ajuda dos hormônios adolescentes — cair em cima ele com reclamações e acusações. Eram as mesmas que Louise tinha, mas que nunca ousaria expressar, parada ali, com um pano úmido, limpando silenciosamente a bancada. Por que ele não havia aparecido no meu recital de violino? Por que o casaco dele estava com cheiro de cigarro? Ele tinha chegado em casa três horas depois do que havia dito que chegaria; onde ele estava?

Ah, mas meu pai construiu sua vida e sua subsistência sobre as areias da irrepreensibilidade. Veja quão duro ele trabalhava, ele gritava, quanto fazia por nós, quão mimada eu tinha me tornado nas mãos da minha mãe. "Parem com isso, vocês dois, parem!", dizia Louise. Ela não tinha força para combatê-lo, e ele, quando queria, recompensava a fraqueza dela com afeição. Na pior briga que já tivemos, ele ficou roxo de raiva e fechou as mãos em punhos e, embora não tenha me machucado, poderia. Foi nesse dia que percebi que meu pai faria qualquer coisa para se proteger. Leões matam filhotes o tempo todo, sabe. Macacos também.

*

O Horse & Stable era um daqueles restaurantes estadunidenses refinados que estavam surgindo em todo canto na época, onde o tradicional era atual e simples, ou seja, caro. Alojada no bairro industrial, entre aluguéis caríssimos e condomínios de lofts, a construção havia sido usada no passado para o trabalho dos colarinhos azuis. Agora os colarinhos brancos que a frequentavam eram homens triatletas que falavam alto sobre microcervejarias e mulheres tão macias que pareciam bonecas saídas de um molde. Eu já tinha ido lá com pessoas da PR, mas nunca com Susan. Ela ia querer morrer num lugar como esse.

Simone tinha reservado uma mesa para dois, mas eu achei por bem mudar a reserva para o bar. Eu não queria um bloco de madeira de demolição entre Ben e eu. Havia um tipo de arte nesse tipo de conversa, uma habilidade de persuasão. Se eu tinha aprendido alguma coisa com Rake, era a arte de persuadir. Mesmo quando estava em uma fila de caixa, Rake olhava para os vendedores como se eles fossem o primeiro-ministro. Em resposta, ou em servidão, ao seu carisma, eles se desdobravam em gratidão.

Às vezes conseguíamos descontos, às vezes itens de graça. Celeste achava que o desejo se resumia a dinheiro, mas eu... eu achava que se resumia a valor. As pessoas queriam sentir que eram importantes, e a verdade é que raramente eram. Se você as guiasse a esse sentimento, como Rake sabia, elas lhe dariam praticamente qualquer coisa: confiança, lealdade, cupons e, como eu tinha aprendido na publicidade, um comprometimento de marca servil.

Não é para me gabar, mas sou extraordinariamente boa em fazer as pessoas se sentirem bem. No trabalho, sim; Ellen é um bom exemplo disso. Mas na vida também. Com as mulheres é mais difícil, mas os homens, consigo que eles façam praticamente tudo o que quero. É difícil explicar, mas acho que se resume a isto: eu sinto do que eles sentem falta e dou isso a eles. Ou me esvazio para que eles possam me preencher? Qualquer que seja o caso, uma vantagem é que sou uma feiticeira na cama.

O ponto é que eu não estava preocupada com a ideia de fazer Ben Dickinson embarcar no projeto de Celeste. Por que, eu praticava as falas na minha cabeça, ele não iria querer entrar em uma nova e empolgante relação com canetas-tinteiro? Uma relação, de acordo com o dossiê digital que eu tinha pegado na impressora antes de sair do escritório, que poderia lhe garantir dinheiro suficiente para ficar bem facilmente até o fim do ano seguinte? Minhas pernas estavam de fora e bem depiladas, e a energia sexual latente da primavera exalava do meio delas como uma crisálida aberta. Arrumei meu cabelo cortado na altura do ombro, coloquei uma mecha atrás da orelha e pensei: *Deus te ajude, sr. Dickinson, porque o diabo certamente não pode ajudar.*

Tirei da bolsa as páginas impressas e as espalhei sobre o balcão de madeira rústica do bar. Faltavam alguns minutos para meio-dia e meia, mas tomei a liberdade de pedir minha combinação habitual de bebidas a um homem barbado de suspensórios que parecia pertencer a uma trilogia de Júlio Verne: água quente com limão, café, Coca diet, água com gás, chá quente e kombucha. Eu tinha lido em uma revista que tomar líquidos o dia todo controla o apetite e também desintoxica o corpo. No meu perfil no aplicativo de relacionamento, *detox* era uma das seis coisas sem as quais eu não era capaz de viver.

— Mais alguma coisa? — perguntou Júlio Verne, erguendo uma sobrancelha peluda.

— Ah, sim — falei, só para irritá-lo. — Gostaria também de uma porção de amendoim.

O rosto dele ganhou um tom presunçoso, algo que vinha acontecendo com mais frequência em restaurantes luxuosos. Os bartenders começam a usar conta-gotas para produzir seus próprios bitters, e de repente são um presente de Deus para a indústria dos restaurantes.

— Não servimos porções de amendoim.

— Tudo bem, então vou querer sua melhor porção de azeitonas quentes. E por favor... sem pão de acompanhamento.

Júlio Verne saiu, sem dúvida irritado por ser forçado a servir uma cliente. Voltei ao dossiê. A biografia de Ben era bastante direta: três anos mais velho que eu, tinha crescido na cidade, os pais eram divorciados, foi para o Leste fazer faculdade, mudou-se para Nova York, flertou com o mercado editorial, teve um conto publicado aqui, outro ali, e por fim, no outono anterior, foi notado no mundo literário — e um pouquinho fora dele — com seu romance de estreia, *Próximo, por favor*, uma comédia leve sobre as tentativas e as atribulações de uma agência de seguro-desemprego durante a recessão. Ele tinha voltado para a cidade recentemente para ajudar a cuidar da mãe, que infelizmente havia sido diagnosticada com Alzheimer precoce, mas viajava bastante pela editora para promover o livro. Como eu tinha aprendido por passar tempo com Susan e os amigos dela, um investimento como uma turnê de lançamento era uma coisa rara no mercado editorial, e fiz uma anotação mental para perguntar a Susan, assim que eu tivesse coragem de contar a ela sobre essa nova empreitada, se esse investimento podia ser atribuído ao talento de Ben ou meramente ao seu charme. Provavelmente seriam os dois, já que eu tinha visto que ele aparecera em alguns talk shows que passavam tarde da noite, algo que escritores nunca conseguiam, a não ser que fossem extremamente charmosos e/ou bonitos.

No dossiê também fiquei sabendo que a Waterman Quartz, a fabricante de canetas em questão, fora uma empresa respeitada em 1950, mas sua reputação havia decaído consistentemente nas últimas décadas com o crescimento dos e-mails e dos pacotes de três dólares de canetas feitas na China. A linha que eles queriam que Ben "endossasse" nas redes sociais, a WQ, deveria atrair o tipo de homem que comprava kits de barbear fora de moda, usava botas rústicas fora de moda e falava em "desacelerar" e em cozinhar "*slow food*". Um homem como o meu bartender, Júlio Verne, que parecia nostálgico por uma época uns cem anos antes de ele nascer. Parecia um mercado bastante rentável para mim. Oras, bem no caminho para o Horse & Stable eu tinha passado por uma loja de itens masculinos vendendo canecas de lata, canivetes suíços e algo chamado jeans cru.

Júlio voltou com as minhas bebidas e as azeitonas, e fiquei tão ocupada bebendo, mastigando e refletindo que não percebi quando um homem se sentou no banquinho estofado ao meu lado e pediu ao bartender uma xícara de café. Quando ele cutucou meu ombro, olhei para ele e disse sem pensar:

— Merda! Você é ele!

— Eu sou ele — concordou ele. — Se com isso você quiser dizer que eu sou eu.

Ben Dickinson não se parecia em nada com sua foto de autor. A aparência dele na foto em questão era a de um intelectual bruto: óculos, queixo proeminente, sem senso de humor, traços mal-humorados. O cara que estava na minha frente não usava óculos e o cabelo era mais comprido, uma juba loira. Parecia mais jovem, mais agradável; seu rosto transparecia curiosidade e era incomum e bonito. Usava um blazer de veludo, de todas as roupas possíveis, e jeans cru, e ambos ficavam justos nele a ponto de revelar o porte físico seco de um atleta. A atração que senti foi tão imediata que instintivamente cruzei as pernas.

Negócios, eu disse a mim mesma. Negócios negócios negócios negócios negócios negócios negócios.

Abri a boca para falar, mas pela primeira vez não consegui pensar em nada para dizer. Então fiquei lá sentada, calada, até ele esticar a mão na minha direção.

— Ben Dickinson — falou. — Jesus, espero que eu seja a pessoa que você estava esperando. A recepcionista disse que seu nome era...

A mão dele estava quente e seca. Tocá-la reviveu alguma coisa dentro de mim, ou a acendeu.

— Casey Pendergast — falei. — Diretora criativa da People's Republic, falando em nome da Nanü, e braço direito de Celeste Winter. Prazer em conhecer você.

— O prazer é todo meu — disse Ben.

O sorriso ocupava uma grande parte de seu rosto. Ele tinha umas linhas fracas, em volta da boca e dos olhos, o jeito travesso de uma infância bem aproveitada. Era um daqueles sorrisos que tornavam inevitável sorrir de volta: um impulso de devolver, conectar. Uma descarga elétrica passou pela minha coluna e foi direto para a pélvis. Pensei: ver um homem adulto sorrir como um garoto é um dos prazeres mais raros desta vida.

Cruzei as pernas outra vez, ajeitando a barra do vestido.

— Como vai?

Ben escorregou para fora da banqueta. Ficou de pé e inclinou o corpo na direção do meu, tão perto que eu conseguia sentir o aroma de xampu masculino: fresco e de eucalipto. Ele fez um gesto com a cabeça para a minha coleção de bebidas.

— O que estamos bebendo?

— Você não quer dizer... — falei, após me recompor —... o que *não* estamos bebendo?

Ele olhou para mim. Não, olhou *para dentro* de mim. Meu corpo vibrou.

— Vou gostar de você — disse ele, então se inclinou sobre o bar, ergueu dois dedos e pediu dois uísques.

*

Meu Deus. Que irritante, e ao mesmo tempo que maravilhoso, estar na posição em que eu costumava colocar os outros. Ben era uma dessas pessoas para as quais era impossível dizer não, e pode acreditar, eu tentei.

— Você é terrível! — falei, umas duas horas depois, devorando uma ostra e engolindo uma taça de champanhe por cima. A multidão que tinha ido almoçar já havia ido embora, e no bar só sobrávamos nós dois, o restaurante já quase vazio.

— Você é terrível — respondeu ele, engolindo a própria ostra. — Gastadora extravagante de dinheiro da empresa.

— Quem disse que é a empresa que está pagando?

— Você, no primeiro drinque.

— Não, eu disse que a empresa pagaria se você se comportasse.

— Eu entendi que você preferia que eu não me comportasse.

Entramos nesse ritmo logo de cara, nós dois, em uma sucessão de respostas que sinalizavam, como sempre, que imediatamente queríamos ir para a cama. Conversas como essa são tão boas quanto sexo, às vezes melhores; uma atração tão rara quanto além da razão. Irracional, até. Fazem pessoas decentes jogarem fora vidas inteiras e pessoas indecentes fazerem ainda pior. Quero dizer, eu tinha ido encontrar Ben apenas para convencê-lo a assinar com a gente, mas por horas tudo que consegui fazer foi provocá-lo e chamar sua atenção, enquanto meu corpo ardia.

Não era só o fato de Ben ser lindo, inteligente, engraçado. Eu já tinha ficado com vários caras que tinham essas qualidades, embora admita que raramente alguém tivesse as três. Mas tinha mais alguma coisa. Desde o início, fomos como parceiros de tênis, combinação perfeita. O que exatamente combinava entre nós era difícil dizer, mas senti essa conexão assim que ele se sentou ao meu lado, e sei que ele também sentiu. E era por isso que eu não conseguia me afastar do prazer que estava sentindo apenas por estar sentada ao lado dele, vendo seus olhos se iluminarem e franzirem quando ele ria, com a postura animada e ereta.

Júlio Verne veio até nós.

— Como estão os pratos? — perguntou a Ben. Desde que Ben chegara, ele passou a direcionar as perguntas exclusivamente a ele.

— Ótimos! — respondi. Fui bem enfática. Queria que a ênfase deixasse claro: ei, rapaz, olhe para mim, não sou a dona de casa frágil desse homem; sou a mulher poderosa que está prestes a pagar a conta.

— Posso trazer mais alguma coisa para vocês dois? — ele perguntou a Ben.

— Pode trazer a conta — respondi.

Ben olhou para mim com um horror fingido.

— Já?

— Alguns de nós precisam trabalhar, sabe.

Júlio Verne olhava de um para o outro.

— Então... — voltou-se para Ben. — A conta?

Ben o dispensou.

— Obrigado. Não precisa trazer a conta ainda.

— Pode trazer a conta — falei, imperativa. — Obrigada.

— Vou dar uns minutos para vocês — falou Júlio. Assim que ele se afastou, soltei um muxoxo de irritação.

— Está vendo o jeito como ele faz isso? — perguntei. — Fala só com você?

— O cara é um idiota. De qualquer forma, eu também trabalho, sabe.

— Certamente.

— E também jogo videogame e acompanho o Reddit.

— Ah, isso é reconfortante — falei. — Capitão da indústria, bem aqui.

Ben se recostou na banqueta e cruzou os braços, inclinando a cabeça para o lado como se estivesse mentalmente solucionando um quebra-cabeça. Pôs os pés nas hastes da minha banqueta com um ar de posse que eu achava tanto irritante quanto extremamente sexy.

— Você é um cavalo de trabalho, hein?

— Xiu. Eu? Quem foi que acabou de permitir que você transformasse um almoço de negócios em uma festinha com drinques? Pois é — falei, inclinando-me para a frente —, eu *permiti*. Porque sou *generosa*.

— Aposto que isso é surpreendente para algumas pessoas, porque você parece uma menina rebelde de partida. Mas, olha — ele continuou, abrindo bem os braços —, estamos nos conhecendo. Estabelecendo uma relação. Não se pode apressar isso.

— A gente não precisa se conhecer. Isso é uma reunião de negócios, e não um encontro para ver se é provável que a gente tenha filhos e compre uma casa. O que eu preciso que você faça é assinar uns papéis e depois pode ir em paz.

Ele sorriu. Aquele sorriso. Eu sorri de volta, porque... a biologia.

— Você quer comprar uma casa comigo?

— Ai, pelo amor.

— Estou lisonjeado.

— Não deveria. Eu disse que isso é o que *não* estamos fazendo. Eu já tenho uma casa, obrigada, e só mencionei isso para explicar...

— Um apartamento em condomínio, é? Você me parece o tipo de pessoa de condomínio.

Eu estava ficando agitada. Ele estava mais no controle do que eu, e eu não gostei disso. Como Oscar Wilde dizia, na vida tudo é sexo, exceto o sexo. O sexo era...

—... de *girl power* e toda aquela coisa feminista — continuou bem.

Júlio Verne voltou. Eu arranquei a pastinha preta da mão dele e enfiei o cartão de crédito dourado dentro.

— *Muito* obrigada — falei. — Estava tudo *delicioso*.

Júlio se afastou para passar o cartão, e informei a Ben:

— E, só para você saber, não sou um cavalo de trabalho. Sou um cavalo de diversão.

Ben riu, sem falsidade.

— Podemos falar de negócios, tipo, por um segundo? — pedi, conferindo as horas. — Já estamos aqui há... Jesus, nem sei quanto tempo. Me acompanha até o escritório? Obviamente não vamos terminar nada aqui.

Júlio voltou com o recibo e uma nota, e quando assinei meu nome no pedaço de papel exorbitante, Ben se levantou e colocou meu blazer, que eu tinha tirado num momento de calor, de volta nos meus ombros. As mãos dele se demoraram ali por um instante, e eu senti algo que só tinha sentido poucas vezes na vida: o instinto protetor de um homem, diferente da possessividade. Havia, por baixo da inteligência, uma bondade verdadeira. Ele tinha voltado para casa, apesar de todo o prestígio e da atenção que vinha recebendo, para cuidar da mãe. Naquele momento me senti estranhamente honrada pela atenção dele: achei que ele me veria por inteiro e ainda me aceitaria.

*

A caminhada de volta para o escritório foi rápida e eficiente. Expliquei a Ben o que a Waterman Quartz queria que ele fizesse, e ele pareceu achar divertido, mais que qualquer outra coisa. Perguntou qual seria a carga de trabalho, e eu chutei que seria uma, talvez duas horas por dia, especialmente se ele agendasse as postagens com antecedência. O truque com as redes sociais era fazer *parecer* que você estava trabalhando o tempo todo, expliquei, e não trabalhar *realmente* o tempo todo, então, se ele fosse ter uma semana cheia, poderia adiantar várias fotos, atualizações de status e não sei mais o quê, colocar em ordem e programar para que uma plataforma subisse os posts para ele. Ben considerou tudo por um momento, então concordou mais rápido do que achei que fosse concordar.

O dinheiro, explicou ele, serviria para contratar um cuidador domiciliar para a mãe, cujo declínio estava acontecendo mais rápido do que todos esperavam. Ele estava relutante em colocá-la em uma casa de repouso, mas ela ficava confusa quando era deixada sozinha por longos períodos, e o marido dela, padrasto de Ben, trabalhava o dia todo. Pelo tom de voz, entendi que Ben não gostava do padrasto. Ele disse que o dinheiro que conseguira com o livro era bom, melhor que a maioria, e que havia promessas da agência e da editora de que em breve viria um contrato para o segundo livro, mas por enquanto nada era substancial ou estável o suficiente para sustentar a mãe e ele.

— É uma bagunça do caralho, na verdade. Às vezes eu queria ter estudado contabilidade.

Fiz uma careta.

— Sério?

Ele riu e esticou o braço para acariciar os botões primaveris de uma das árvores enfileiradas na calçada.

— Não. Às vezes eu queria querer isso. Na maior parte do tempo estou tranquilo com o fato de que nunca vou ser rico. Mas minha mãe...

— Eu entendo — falei.

E entendia, ou achei que entendesse, ou tentei entender o melhor que pude.

— Escute — falei depois de um minuto. — Eu queria te falar uma coisa. Minha melhor amiga é escritora.

— É? Quem é?

Contei a ele sobre Susan.

— Ela ainda não publicou nada. Ela é um gênio, sério, um talento completo, mas ela fica tão... não sei, agitada, eu acho, em relação a se expor.

— Acontece com frequência com escritores, como você deve imaginar.

— É como se ela morresse de medo de dar um passo sequer, porque ela vê resultados ou consequências possíveis em excesso para aquele passo, tipo num tabuleiro de xadrez. Ela vive ao mesmo tempo só no passado e, tipo, vinte anos à nossa frente.

Ben me olhou de relance.

— Você é muito observadora.

Dei de ombros e senti o rosto corar.

— Eu tento.

Caminhamos em silêncio por um minuto. Um artista de rua na calçada começou uma performance de "My Heart Will Go On" em uma flauta de pã.

— Estive pensando muito nela hoje porque estou meio que com medo de ouvir o que ela vai ter a dizer sobre a Nanü... quer dizer, sobre você trabalhar com a gente. Susan vai comparar isso à queda de Roma. Ela literalmente compara tudo à queda de Roma. Calígula... era esse o nome do imperador? O cara que começou bem, mas depois se tornou um tirano ganancioso?

Ben riu.

— Por quê?

— Só estou dizendo que Susan odeia publicidade. Além do mais, ela tem meio que uma... visão exagerada do papel do artista na sociedade.

— Eu entendo isso. A maioria dos artistas de vinte e poucos anos tem.

— E mais velhos. *Oi*, James Baldwin.

— Oi, graduação em letras. — Ben me olhou de lado com aprovação. — Quem sabe, talvez a Nanü seja a queda de Roma. Mas, honestamente, quanto mais envelheço e quanto mais escrevo, menos capaz eu sou de ver o mundo de maneiras absolutas. Para mim, trabalhar para a Waterman Quartz não representa nada exceto o fato de que eu preciso de dinheiro para ajudar minha mãe.

— Susan não compraria essa. Ela diria alguma coisa sobre a... ai, o que ela diria? Sobre a degradação sistêmica da linguagem em, abre aspas, conteúdo vendável, fecha aspas, da qual você agora é cúmplice.

— Ao que eu responderia que artistas sempre fizeram merda com o único objetivo de ganhar dinheiro. Você acha que os antigos mestres pintavam um monte de mulheres velhas segurando cachorrinhos porque tinham ouvido o chamado da musa?

Fiz uma anotação mental para me lembrar daquela frase. Continuamos andando e passamos por uma mulher desdentada mendigando, com uma placa de papelão que dizia algo sobre estar em situação de rua e doença e que qualquer coisa mesmo ajudaria. Eu nunca sabia o que fazer quando via essas pessoas. Louise havia me ensinado a nunca dar dinheiro, porque, ela dizia torcendo o nariz, você nunca sabia o que as pessoas fariam com ele. Mas para mim aquele motivo nunca foi suficiente para justificar passar reto por essas pessoas, com a expressão nula, olhando adiante, fingindo, por mim mesma, que eu vivia em um mundo em que elas não existiam. Alguns anos antes eu tinha começado a deixar sempre uma barrinha de cereal na bolsa para dar a eles, mas uma vez um cara grandalhão usando uniforme de críquete, claramente com alguma doença mental, tinha empurrado a oferta para longe, espumando de raiva. "Não quero sua comida imunda!", ele dissera com a fala arrastada. "Me dê o seu dinheiro imundo!". Depois disso, abandonei o hábito.

Ben parou, enfiou a mão no bolso de trás da calça e pegou cinco dólares da carteira.

— Obrigada — murmurou a mulher desdentada. — Bonito casal. Deus abençoe.

Pareceu bobagem explicar a ela que não éramos um casal, já que provavelmente nunca mais a veríamos. Além disso, ouvir aquelas palavras me agradou, como se houvesse um acorde dissonante se corrigindo na minha mente.

— Não somos um casal — respondeu Ben, me trazendo de volta para o presente de um jeito discordante.

— *Definitivamente* não — falei só para confirmar.

— Bonito casal — repetiu ela. Seus olhos eram opacos, daquele jeito que os olhos ficam quando veem um mundo que só eles conseguem ver. — Muito cabelo.

Rimos daquilo enquanto continuamos andando. Era verdade: nós dois tínhamos bastante cabelo. Embora eu normalmente detestasse o "nós" que tantos casais usavam, naquela tarde eu entendi, ou voltei a entender, por que as pessoas faziam aquilo. *Nós* tínhamos bastante cabelo. Era meio que uma ferramenta com a qual era possível derrubar as duras barras da prisão do *eu*. Do lado de fora dessas barras, era possível se sentar um pouco mais ereto. *Nós* estamos nisso juntos.

Passamos por um mexicano famoso, uma cadeia de fast food que tinha dominado a indústria com burritos de setecentos gramas e promessas de alimentação saudável, natural e orgânica. Bem no ano anterior, palavras de autores famosos tinham começado a aparecer nas sacolas de comida para viagem da empresa. Frases de efeito engraçadas, poemas, trechos fáceis de digerir. Isso pareceu dar mais credibilidade à opinião de Ben: escritores e corporações tinham uma relação normal, até mesmo simbiótica.

Mas eu me lembrei do que Susan dissera quando paramos no restaurante no outono passado a fim de pegar burritos para viagem no caminho para o cinema, mais ou menos na mesma época em que a campanha começara. No copo de papel cheio de refrigerante havia uma historinha de um dos maiores homens brancos do nosso século. Uma historinha, na verdade, de que eu gostei bastante. Alguma coisa sobre bondade e mudança. Mas, assim que Susan a viu, seu rosto ficou sombrio e se fechou.

— Que merda eles estão fazendo? — dissera ela.

Eu estava pegando um monte de tortilhas da minha embalagem e não vira sua expressão furiosa. De boca cheia, perguntei:

— Que merda quem está fazendo?

— Essa bobajada de propaganda neoliberal — respondeu Susan. Ela tinha levantado a voz para que o restaurante inteiro ouvisse. — Vocês sabem que essa carne recebe recalls o tempo todo por causa de *E. coli* e que nada nessa comida faz bem pra vocês, certo? Que estão só tentando ganhar dinheiro? — Ela ergueu o copo e apontou para a história. — Esse cara? Eles o *pagaram* para que manipulasse vocês a esquecerem tudo isso com essa idiotice romântica de bem-estar. Mas vocês estão vendo alguma voz não branca nesses copos? Acham que alguma das pessoas atrás do balcão vai receber um aumento se a historinha desse cara metido fizer as vendas dispararem? Acorda, gente. A vida é curta demais pra comprar essa merda. — E com isso ela jogou o copo, junto com o burrito, direto na lata do lixo.

Meu primeiro pensamento quando ela saiu do restaurante foi: ah, *pelo amor*.

E o segundo: mesmo que ela fique mal-humorada de fome no cinema, *não* vai ter direito a nenhuma mordida do meu burrito.

Queimando de vergonha — se bem que... por que eu me importei? As pessoas que nos encaravam eram pessoas que eu nunca mais veria —, eu seguira Susan para fora, onde ela tentava sem sucesso acender o cigarro. Conforme virava e revirava o isqueiro, clicando ruidosamente, com o cigarro pendurado na boca, ela disse:

— Não *acredito* que aquele filho da puta assinou um contrato pra promover burritos. Dá um tempo, porra.

— Na verdade ele não falou nada sobre os burritos... — comecei, mas parei quando vi o olhar de raiva de Susan. Nossa paciência uma com a outra vinha diminuindo consistentemente havia anos naquele ponto, mas lentamente o suficiente para que conseguíssemos continuar olhando em frente em vez de olhar para baixo, nos distraindo, fingindo que o solo comum aos nossos pés não estava desaparecendo. De vez em quando, porém, alguns eventos nos obrigavam a calcular as perdas. Esse cálculo tinha um efeito tão cataclísmico que, na primeira vez que aconteceu, precisei ficar na cama por dois dias vendo programas britânicos na televisão. Isso tinha sido talvez um ano depois que comecei a trabalhar na PR, depois que convidei Susan para ir comigo a uma das cerimônias de premiação que publicitários constantemente fazem para si mesmos. Eu fui buscá-la usando um vestido Dolce & Gabbana alugado e meu primeiro par de sapatos de grife; Susan entrou no carro usando botas Timberland e um vestido gasto de seda artificial. "Não deu tempo de tomar banho", disse ela, dando de ombros.

Naquela noite, Susan ficou absurdamente bêbada e falou um monte de coisas sem sentido, sentada de pernas abertas em uma cadeira. Eu sabia que ela bebia demais quando estava nervosa, mas naquela noite havia alguma coisa a mais na bebedeira. Susan tinha um traço destrutivo: sua capacidade de arruinar as coisas era tão poderosa quanto a de criar. O que ela estava comunicando para mim naquela noite através de suas ações era *Eu não respeito nada disso*. E não havia nada que eu pudesse fazer sobre seu mau comportamento, que era precisamente o motivo pelo qual ela se comportava mal.

Nossa briga chegou ao clímax no banheiro. Muitas palavras duras e braços cruzados seguidos de choro. Acabamos nos perdoando, mas não se esquecem esses momentos: eles formam padrões na mente. Deixam um hematoma nos ossos.

Caminhando com Ben, sentindo o movimento dos dedos dele a poucos centímetros dos meus, afastei esses pensamentos. Susan era uma pessoa difícil; eu não era. Por isso eu era tão boa no que fazia. Eu não era uma filósofa, não era uma imperialista moral; nem sequer sabia o que *neoliberalismo* significava. Por mais que eu tivesse admirado os princípios de Susan ao longo dos anos, no dia a dia eles podiam ser extremamente incômodos. Dar uma aula sobre os perigos da propaganda para um restaurante inteiro de fast food? As pessoas não lidam bem com moralização, eu podia ter lhe dito isso, mas Susan não teria ouvido. Ela não era capaz de ler as pessoas do mesmo jeito que eu. Susan se interessava por elas, mas apenas de modo abstrato. Depois de não perguntar nada nem de manifestar curiosidade alguma sobre ninguém, ela criava histórias sobre as pessoas na própria mente. Pensando bem, isso não era mais generoso do que encorajar essas mesmas pessoas a comprarem burritos.

Nossa, isso foi bom. Eu precisava me lembrar dessa frase, caso achasse necessário jogar na cara de Susan mais tarde. Todos os escritores são propagandistas, eu lhe diria. Todos vocês estão tentando nos convencer do que pensar ou fazer. Só que na publicidade não somos tão furtivos em relação a isso quanto vocês.

Quando chegamos à entrada do edifício da People's Republic, fui na direção da porta, esperando que Ben fosse entrar comigo para assinar a papelada, mas ele me parou. Ia se encontrar com uma amiga, disse ele, e precisava correr. Senti uma pontada de ciúme. Eu não sabia se estava com ciúme da amiga — será que era só uma amiga? — ou com ciúme porque o mundo pelo qual ele transitava era muito maior que o meu, cheio de cafés no meio da tarde e tempo não colonizado pelos exércitos do comércio em marcha. Talvez ele me menosprezasse pela minha posição. Ele era um intelectual de verdade, eu achava, e ali estava eu, sem sequer saber o que neoliberalismo significava. Achei que provavelmente ele se sentia atraído por mulheres mais parecidas com ele: sérias, ambiciosas, artistas com A maiúsculo que não tinham desistido de suas reais aspirações e não gastavam o pouco tempo livre que tinham em decorações frívolas para a casa e planos de exercícios da moda. Ele não disse nada disso, mas eu acreditava que podia ver em seus olhos. Não importava que Ben estivesse usando óculos escuros e que, quando eu olhava para ele, só conseguisse ver meu pequeno reflexo tingido de âmbar.

Com a confiança de mais cedo vazando de mim como ar de um balão furado, peguei o dossiê da bolsa e entreguei a ele o contrato, dizendo em uma voz bem menos animada do que a que eu tinha usado no restaurante que eu agradeceria se ele não se importasse em assinar antes de ir embora. Acho triste a maneira como a ansiedade quebra as conexões. A frequência com a qual atrapalhamos o nosso próprio caminho.

De modo muito cordial, Ben disse que, é claro, ele tinha se esquecido completamente do contrato, mas assinaria ali mesmo. Usou a parede do prédio como apoio para rabiscar seu nome na última página.

— Alguém deveria te ensinar a ler as letras miúdas — falei, enquanto o observava.

— Eu confio em você — respondeu ele.

Era a segunda vez que me diziam isso no mesmo dia. Aquilo me surpreendeu, vindo dele, alguém de quem eu já havia começado a me despedir, a abandonar como um flerte de uma única vez. Falei gentilmente:

— Cuidado, isso já colocou um monte de caras como você em um monte de problemas.

— Não existem caras como eu — respondeu Ben, encaixando a tampa na caneta com os dentes.

— Ah, não? — Quando peguei o contrato de volta da mão dele, nossos dedos se esbarraram.

— Foi com certeza um prazer conhecer você, Casey Pendergast.

— Foi com certeza um prazer conhecer você, Ben Dickinson.

— Te vejo em breve, aposto.

Ele ficou parado me observando, então se inclinou para a frente e encostou os lábios na minha bochecha. Respiração quente. A pele macia do lóbulo da minha orelha. O volume dos lábios dele. A maneira como encostaram na dobra da minha orelha, fazendo cócegas na penugem invisível ali.

Imediatamente tive dificuldade de me manter ereta. Apoiei a mão na parede do edifício e fiquei o observando caminhar pela avenida cheia, com as mãos nos bolsos: uma silhueta inconfundível, muito diferente da enorme quantidade de homens de negócios de peito estufado andando apressados com suas camisas sociais azul-claras. Soltei o ar e olhei para o contrato. Ao lado do nome, ele havia escrito um recado em letra de forma minúscula e tremida: EU TE LIGO. Depois havia uma seta desenhada e o recado "Risque isso". Coloquei a outra mão sobre o coração e fiz o que ele havia pedido.

5.

Anjos e demônios

Enquanto andava até o carro depois do trabalho, mandei uma mensagem para Susan, a fim de ver o que ela estava fazendo. Minha tontura da tarde por causa da bebedeira havia se transformado em um mal-estar com dor de cabeça, e eu estava doida para ir a algum lugar tranquilo com ela para comer salada e falar sobre nossos sentimentos. Ou, na verdade, falar sobre os meus sentimentos. Falar sobre os meus sentimentos por Ben. Eu tinha muitos sentimentos que precisava sentir! Processar. Compartilhar. Sinta, processe, compartilhe. Molhe com um pouco de vinho e repita as etapas.

Susan respondeu dizendo que estava a caminho de uma leitura aberta. *Quer vir?*

Onde é?, respondi.

Present Moment

Gemi. A Present Moment era uma dessas livrarias onde há um gato e que são focadas em homens e mulheres que usam Birkenstocks com meia, usam a palavra *amor* em vez de dizer *esposo* ou *esposa* e acreditam que o caminho para a libertação é o mapa astral. Mas tanta coisa tinha acontecido naquele dia — projeto novo no trabalho, homem novo —, e eu estava tão louca para contar a ela, que decidi me sujeitar a essa imitação assustadora de livraria, cujo autoproclamado "progressismo radical" parecia sobretudo significar que eles radicalmente só limpavam o banheiro uma vez por ano.

É claro que eu sabia que o que tinha para contar a Susan desceria quadrado. Já dava até para imaginar: ela me empurraria sua retórica intensa e particular sobre a classe dominante e a dominada, a suposta misoginia internalizada de Celeste, a natureza condenada das chamadas relações heteronormativas, os homens brancos e seus supostos acólitos de pé sobre um tripé de racismo, sexismo e capitalismo etc., até que eu me rendesse, não por concordar, mas por ter sido vencida pelo cansaço. Mas Susan era minha família, e é para isso que serve a família: você os deixa exaustos, eles te deixam exausta, mas debaixo de tudo isso existe uma lealdade atenta e intensa.

Mandei outra mensagem. Tá bom. *Quem vai ler?*

Minha amiga Gina e outras pessoas. Vc vai gostar dela. Ela é poeta de slam ;)

Ai mds paraaaaaa

Todos esses anos depois, Susan não me deixava esquecer os três meses no terceiro ano em que eu estive convencida de que *eu* era uma poeta de slam. Como parte do curso de letras, precisávamos fazer a disciplina de escrita criativa: eu tinha escolhido poesia, porque parecia a aula mais fácil. O professor, que insistia que o chamássemos de J, morava em Nova York e fazia muitas pausas dramáticas quando falava. Alguns anos antes ele tivera um papel no programa *Def Poetry Jam*, o que mencionou diversas vezes no primeiro dia de aula, usando uma camiseta que dizia “Coma os ricos”. No mesmo dia ele nos fizera escrever e apresentar nosso primeiro poema. O meu, inspirado na camiseta dele, era sobre pessoas ricas que não recolhiam o cocô do próprio cachorro. J pareceu gostar. Ele estalou os dedos, o que depois descobri que para um poeta era o mesmo que bater palmas. E disse: “Cara, *saquei*”.

Logo eu estava dizendo que eu sacava as coisas e aproveitando o poder das minhas “palmas de poeta”. Eu era facilmente impressionável na faculdade, o que eu podia fazer? Ou sempre fui assim tão sugestionável? De qualquer modo, comprei um par de Chuck Taylors e desenvolvi o que eu acreditava ser uma aparência socialista. Escrevia poemas sobre o meu pai e o efeito da mídia sobre a imagem corporal. Acreditava que eles eram muito bons.

Então vi o vídeo da nossa sessão de final de semestre que um de meus colegas tinha subido para a intranet.

Era... como posso dizer? Terrível. Como assistir a um recital de dança de uma criança de dois anos, mas sem a graça dos joelhos gordinhos. "Que *merda* é essa?", perguntei a Susan assim que mostrei a ela. Eu estava furiosa, acho que era porque o que tinha acontecido na minha cabeça não parecia ser refletido de maneira precisa pela realidade. "Show de calouros?"

"Hum", Susan havia respondido com delicadeza. "Sim?"

Mandei uma mensagem furiosa para o cinegrafista solicitando que ele retirasse o vídeo do ar e joguei fora minha boina de artista. Seis anos depois, eu me considerava uma "poeta de slam em recuperação" mais que uma "ex-poeta de slam", embora, se não fosse pelos slams, eu talvez nunca tivesse conseguido meu emprego. Um ano depois, fiz minha entrevista do último ano com uma conselheira vocacional e, quando ela me perguntou sobre minhas aulas favoritas, mencionei a de J. A conselheira sorriu para mim do jeito que as pessoas sorriem para aquela mulher na aula de zumba de quinta-feira à noite que pratica os movimentos na frente do espelho depois da aula. "É difícil viver de poesia", ela disse do outro lado de sua escrivaninha de administradora atulhada, enquanto, atrás dela, uma parede de livros, todos variações de *Qual a cor do seu paraquedas?: como conseguir um emprego e descobrir a sua profissão ideal*, me olhavam de um jeito ameaçador. "Mas, se você gosta disso, é certamente algo que pode fazer em paralelo a outra carreira." Então ela perguntou se eu já tinha considerado publicidade. Eu não tinha. Então passei a considerar. Talvez não seja exagero dizer que essa mulher, com seu blazer de loja de departamentos chique, mudou o rumo da minha vida.

Susan respondeu: *E vai ter comida de graça!*

Às vezes eu ficava triste com o fato de Susan ter que se preocupar com coisas como comida de graça. Eu tinha um salário anual de seis dígitos, tinha casa própria, podia comer o que quisesse e quando quisesse. Mas eu sabia que havia coisas na minha vida que também deixavam Susan triste. Nós duas evitávamos dizê-las em voz alta, porque às vezes a tristeza que sentimos quando olhamos para a vida dos nossos amigos simplesmente não deve ser posta em palavras.

De qualquer maneira, informei a Susan que estava a caminho e, antes que pudesse pensar melhor a respeito, digitei: *Por sinal, o q vc sabe sobre Ben Dickinson?* Com o coração saindo pela boca, apertei o ícone de "Enviar", imediatamente grata pelo fato de que a troca de mensagens por natureza obrigava a linguagem a se tornar extremamente casual, e não, digamos, apaixonada e obsessiva.

A resposta veio na mesma hora. *Não mto. Gostei do livro dele, conheço gente da cidade que conhece ele. Pq?*

Yessssss!, pensei. *Te conto ao vivo*, escrevi, e enfiei o celular na bolsa antes de abrir a porta do carro.

*

O que Susan havia se esquecido de mencionar era que a leitura seria uma celebração ao "Duende", que, pela minha compreensão inicial graças à placa de lousa colocada na frente da livraria, era uma criatura mágica que soprava palavras em letra cursiva antiga: CONHEÇA SEU DUENDE ESTA NOITE!

O público lá dentro, umas vinte pessoas, era mais ou menos o esperado: hippies, vegans, *freegans* e gente que parecia ainda não estar de volta de sua última viagem de ácido. Uma ilha de joguetes desajustados perfeitamente felizes vivendo fora dos limites tradicionais da sociedade, enquanto ainda permaneciam razoavelmente na classe média. Vi as donas da livraria, duas mulheres mais velhas, Pat e Patty, que viviam juntas e trabalhavam juntas, mas não estavam, como Susan certa vez explicara, *juntas*. As duas usavam pentagramas Wicca ao redor do pescoço em cordões de couro e vestidos largos de cânhamo. Com a ajuda de alguns voluntários, estavam liberando espaço no fundo da loja, abrindo cadeiras dobráveis de metal e montando um palco improvisado. O gato preto de pelo longo da livraria, Whiskers, rondava, ominoso, aos pés delas. Cantos gregorianos soavam nos alto-falantes.

Achei Susan conversando com alguém que imaginei que fosse sua amiga Gina. Susan estava de colete preto longo, calça preta justa e sapatos de salto quadrado que a deixavam ainda mais alta do que era. Tinha demorado um tempo até que ela abandonasse as camisetas de banda e os jeans largos e rasgados da adolescência, mas acho que foi um grande alívio para ela quando finalmente optou por um guarda-roupa monocromático. Seu exterior finalmente refletia o interior: pretos e brancos dominantes. Em contraste, Gina usava uma camiseta azul-clara e óculos pretos de armação grossa, tinha um corte de cabelo curto no estilo *pageboy* e a postura reservada de uma verdadeira introvertida: ombros caídos, peito para dentro, preparada para a qualquer momento se enroscar no chão em desistência social.

Interrompi a conversa delas com o tato de um furacão.

— Oi! — cumprimentei as duas.

Para Susan, falei:

— Preciso falar com você e estou MORRENDO de fome.

Susan e Gina trocaram um olhar. Enlacei o braço de Susan com o meu.

— Prazer em te conhecer — disse Gina, no mesmo tom de voz falso que eu usava com Simone. Então arrastei Susan pelo braço até a mesa da comida.

— Já volto! — Susan disse à amiga por cima do ombro.

— Casey — ela falou enquanto andávamos. — Isso foi rude.

— Eu só queria muito falar com você. *Sozinha.* — Ao nosso redor, as estantes continham volumes tão obscuros quanto empoeirados. — Além disso, por que você não me contou que essa seria uma leitura *mágica*? Você sabe que não gosto de magia.

— Duende não é magia. É uma energia.

— Ah. Tá bom, então. *Pardonnez-moi* e namastê...

Susan franziu a testa.

— Você quis vir. Para de tirar sarro.

— Não tô tirando sarro! — falei. — Ai, tá bom, tô, sim.

Na mesa de comida, um homem careca de camisa havaiana e shorts cargo entrou na nossa frente e começou a colocar montes de comida no prato com enormes colheres de metal. Ele tinha o ar espaçoso de presunção que muitos homens brancos velhos têm, mesmo que nunca tenham tido importância alguma. A comida oferecida combinava com o tema da noite: meio demoníaca (bolo de chocolate conhecido como *devil's cake* e ovos cozidos recheados chamados de *deviled eggs*) e meio angelical (bolo nuvem e macarrão cabelo de anjo). Até o café feito em uma cafeteira italiana antiga de prata vinha de uma lata enorme com a marca Deviant Devil Coffee e uma ilustração do velho Satã com o tridente e os chifres.

Enquanto esperávamos, falei a Susan que tinha uma notícia boa e uma ruim, e perguntei qual ela queria receber primeiro.

— Bom, só tenho más notícias — respondeu ela, rindo um pouco. — Uma cacetada de rejeições de contos. Iuhu!

— Ai, caramba. — Estiquei a mão e apertei o braço dela. — Mas você *tentou*. Isso é gigante. Quer dizer, coisa de um ano atrás você nem teria mandado nada.

— É, porque não tem por que mandar. — Ela riu outra vez. Era a risada forçada que usava quando estava tentando encobrir a angústia. O som metálico me fez estremecer.

Apertei seu braço de novo.

— Tem, sim. Todos os artistas são rejeitados. É parte do processo. Veja os... sei lá, os impressionistas. — Susan revirou os olhos, mas continuei. — Eles não estavam desde sempre pendurados em salas de espera, sabe. O establishment os *odiava*. Demora um pouco para as coisas se popularizarem, quando se está tentando algo novo. Você precisa ter paciência.

— É fácil falar. Não é você que está sendo triturada por desconhecidos dia após dia.

— Porque não sou capaz. Não tenho isso em mim. Você tem.

— É tão idiota — disse ela, e virou o olhar para o lado e para baixo. — Ainda que eles aceitassem alguma coisa, ninguém lê essas revistas. As pessoas leem o *feed* do Facebook e, tipo, listas com manchetes caça-cliques sobre celebridades emagrecendo. Estou gastando meses nesses contos idiotas pra quê? Cinquenta dólares e dez pessoas em um programa de pós-graduação?

— Não, porque você é uma escritora. É o que você precisa fazer. É o que você *nasceu* pra fazer.

— Urgh. Só gente branca e rica fala esse tipo de merda.

— Odeio ter que te dar essa notícia, mas nós somos gente branca e rica.

— *Você* é.

Lá vamos nós de novo, pensei. Segurei a língua, embora houvesse muita coisa que eu quisesse responder. Sobre como não é possível abrir mão do privilégio, para começo de conversa, assim como não é possível repaginar sua reputação. Sobre como ela parecia infantil, depois do meu longo dia de *trabalho de verdade*, insistindo em ver as pessoas e a cultura como absolutos tóxicos.

Finalmente Susan perguntou:

— Mas afinal, qual é a sua má notícia?

Bem, o timing não foi dos melhores, mas o tema da conversa já estava decaindo, e, no fim das contas, o que é que se pode fazer a respeito da gravidade? Falei que a má notícia não era exatamente *má*, apenas que Celeste havia me colocado em um novo projeto no qual empresas ofereceriam patrocínio a autores talentosos em troca de uma pequena parte do capital criativo dos autores. Usei exatamente essas palavras, porque queria praticar meu discurso com o rosto impassível e tranquilo.

— Quero dizer, não acho que seja ruim — falei de novo, para reforçar. — Acho que é uma ótima oportunidade para escritores ganharem um pouquinho mais de dinheiro, sabe? Pagarem a hipoteca, pagarem o carro. Mandarem os filhos para a escola particular. A única razão pela qual eu disse que era uma notícia ruim foi porque, sabe, eu sabia que *você* ia achar ruim. — Peguei um pratinho de papel, entreguei-o a Susan e peguei outro para mim. Eu temia que o bufê fosse fraco, mas era hora de reunir minha coragem em nome da harmonia interpessoal. — Mas você não acha assim *tão* ruim, acha?

Susan não respondeu imediatamente, o que não me surpreendeu. Ela demorava bastante tempo para ligar as palavras corretas aos sentimentos. Na faculdade, antes de entender isso, eu costumava constrangê-la com o silêncio. Agora eu só continuava falando, porque a gravidade não deixa espaço para erros.

— Eu só queria te contar porque você sabe que não te escondo nada. Celeste disse que eu não deveria contar ainda pra ninguém, mas, sabe, como é que eu poderia não te contar? Especialmente porque você também é escritora.

Susan ainda não estava dizendo nada, então eu a cutuquei no ombro.

— Oi? Oi, oiêêê? — Modulei a voz para parecer um locutor de rádio das antigas, o que ela normalmente adorava. — Estamos aguardando um contato do campo da senhorita Susan...

— Pare, Casey — Susan me interrompeu e pegou um ovo cozido recheado. Nós tínhamos flertado com distúrbios alimentares no passado (na nossa faixa socioeconômica, que garota não tinha?), mas os tínhamos basicamente deixado de lado quando descobrimos todas as milhões de coisas mais divertidas que havia. Ovos cozidos recheados, por exemplo; sexo também. — Não me venha com musiquinha e dancinha como se eu fosse uma das suas clientes. Por que você se importa minimamente com o que eu penso?

— Tá bom, nada de musiquinha e dancinha. — Olhei com desconfiança para a mesa e toda a comida sobre ela. Se a história havia provado alguma coisa, era que nada de bom podia sair de um bufê. — Só não quero que fique brava comigo.

— Por que eu ficaria brava? — Susan pegou uma porção de presunto com o garfo côncavo de plástico.

— Os motivos de sempre. Você odeia publicidade. E agora a publicidade está, tipo, rastejando para a sua indústria.

Ela se virou para mim com o garfo na mão. O presunto moído parecia comida de gato.

— Você sabe qual é a definição de loucura?

— Humm... — Pensei por um segundo, então estalei os dedos. — Fácil. Segundo ano de faculdade. Usar minissaia quando estava, tipo, uns trinta graus negativos.

— É fazer a mesma coisa várias vezes e esperar resultados diferentes.

— Ah, claro — respondi. — Mas você sabe qual é a *outra* definição de loucura?

— Ai, meu Deus, pare com a piada.

— Tá bom, tá bom. — Fiquei desconcertada com a irritação dela. Peguei uma fatia de bolo nuvem. — Só pensei que você pelo menos fosse querer falar um pouco mais sobre isso. Sabe, como a gente costumava fazer. Você diz coisas sobre criatividade de linha de montagem, eu falo sobre capital criativo, você fala de plutocracia, eu só conheço o Pluto, o cachorro...

— Não, obrigada.

— Por quê? — choraminguei. Um bom tempo antes eu havia percebido que precisava que Susan fosse como uma caixa de ressonância para mim, uma força oposta na qual as minhas melhores ideias ricocheteavam. Ela não me deixava fugir de questões difíceis com piadinhas inteligentes nem permitia que eu mudasse de assunto; ela me pressionava. Com mais força do que eu queria, às vezes, mas também com exatamente tanta intensidade quanto eu precisava. Eu achava que, se pudéssemos ter uma conversa séria, eu conseguiria ficar em paz com a minha própria opinião. Eu não conseguiria chegar lá sem ela, então a provoquei. — Não é tão simples, sabe. Ben Dickinson vai usar o dinheiro para dar à mãe...

— Ben Dickinson aceitou isso? — Ela olhou para mim genuinamente impressionada.

— Eu almocei com ele hoje. Por isso que te perguntei sobre ele. O que me leva à boa notícia...

— Celeste do caralho — Susan disse baixinho.

Ah... ela tinha mordido a isca. Peguei uns vegetais crus

meio molengas e a segui na direção das cadeiras dobráveis. Susan odiava Celeste. Sempre tinha odiado, embora fosse de se esperar que ela pelo menos em teoria gostasse do fato de que eu tinha uma chefe mulher poderosa. Mas, para Susan, Celeste não estava verdadeiramente interessada em alterar as regras de poder de qualquer modo que fosse além da estética. Celeste tinha poder e o usava, como Susan mencionou um trilhão de vezes, para, entre aspas, reforçar mensagens distorcidas sobre as mulheres, e estava claramente mais interessada em acumular sua própria coleção de sucessos que em mudar o status quo.

— Ela te manipula — Susan me dissera certa vez depois que eu havia tido um dia ruim no trabalho, algum *pitch* que dera errado. Passamos a noite toda bebendo vinho, e quando o álcool entra, a verdade sai. — Ela quer que você seja igualzinha a ela. Você não é, mas você é ingênua. Se continuar tentando impressioná-la, ou você vai enlouquecer fingindo ou... — Eu me lembro do incômodo que surgiu nos cantos da boca roxa de vinho de Susan. —... vai passar tanto tempo tentando que em algum momento vai realmente *ficar igual* a ela.

Na hora debochei.

— Ah, pelo amor. Eu não tenho nada a ver com a Celeste!

Mas Susan não debochara comigo.

— Estou falando sério. Eu não confio naquela mulher. Não sei o que ela faz com você para você continuar trabalhando lá.

Ela me faz sentir especial!, era o que eu queria exclamar. Susan não entendia. Ela achava que, assim como ela, as pessoas tinham uma noção clara de quem eram. Mas algumas de nós esperam obedientemente que alguém lhes diga. Celeste era alguém que me dizia quem eu era, e, diferentemente do que acontecia com a maioria das pessoas, especialmente meus pais, eu não detestava a resposta. Mas é difícil falar às claras assim, mesmo com sua melhor amiga, mesmo consigo mesma. Então continuei bebendo vinho em vez de responder.

Antes que eu pudesse avançar na empreitada de tirar uma resposta de Susan, Gina apareceu e se sentou ao lado dela.

— Oiê — disse ela, em uma voz tão baixa e sem emoção que precisei me inclinar para ouvi-la.

— Gina, esta é minha amiga Casey. Casey, Gina. Desculpe ter saído daquele jeito — Susan disse a ela.

E para mim:

— Gina é uma poeta incrível.

E para ela:

— Mal posso esperar para te ouvir ler hoje.

Enquanto eu me dava conta de que Susan não havia usado a palavra "melhor" antes de "amiga", nem tinha dito nada sobre quão incrível *eu* era em, digamos, direção criativa ou danças *fit*, Pat ou Patty, uma das duas, subiu ao palco para dar as boas-vindas a todos e apresentar o primeiro poeta da noite. Eu me acomodei e me preparei para duas horas de total monotonia. Enfiei um pedaço de bolo na boca, ouvindo ironicamente um homem raquítico falar sobre pegar carona em trens ilegalmente, e esperei uma piada sarcástica aparecer na minha mente para poder me inclinar e cochichá-la para Susan.

Mas quando pensei em uma (*Por que homens escritores tristonhos adoram fingir que são pobretões?*) e me virei, vi que Gina e Susan estavam cochichando entre si. Gina! Eu a odiava. Eu iria acabar com ela com meu raio de informações específicas sobre Susan. *Aposto que você não sabe qual é o álbum favorito dos Counting Crows da Susan*, eu dispararia assim que Susan não estivesse ouvindo. *É, isso mesmo, Gina, se é que esse é o seu nome* de verdade. *Aposto que você também não sabia que ela secretamente adora os Counting Crows.*

Ah, mas quem eu queria enganar? Eu não tinha coragem de enfrentar Gina. Só senti aquela pontada por ter ficado de fora, remetendo ao jardim de infância, ou até antes disso, uma dor que não diminuía com o tempo, mas que na verdade ganhava novas camadas conforme os anos passavam. Observando as duas, entendi terrivelmente pela primeira vez que Susan tinha toda uma vida que não tinha nada a ver comigo. Não me surpreendeu que ela não se importasse com o que eu estava fazendo no trabalho. Eu era antiquada demais para seu ambiente, que estava sempre cheio de poetas de óculos como Gina, punks marxistas e estudantes de pós-graduação que passavam as manhãs debruçados sobre suas dissertações e as tardes trabalhando em seus romances. Intelectuais e artistas, que se autodenominavam assim e que se davam importância demais. Provavelmente eles olhavam para mim do mesmo jeito que eu olhava para quem convidava seus amigos do ensino médio e da faculdade para festas. Eles eram legais na maioria das vezes, simpáticos, mas com frequência ficava claro que haviam servido como caminhos secundários na estrada para que a pessoa se tornasse ela mesma e que não pertenciam a momentos posteriores.

Esses pensamentos eram como meias rodando na lava e seca do meu cérebro, quentes e constantes. Era mesmo fácil se sentir inadequada nesse mundo. Mas eu não me sentia apenas inadequada. Sentia muitas coisas ao mesmo tempo. Provavelmente havia palavras em alemão para essas sensações, substantivos complexos como *amizadecompetitiva* ou *necessidadedequevocêmelembredequemsou* e *tristezaprofundaemlivrariaocultistaporperdersuamelhoramiga*, mas esse tipo de construção ambiguamente poética não existe em inglês, então só fiquei com minha tristeza mesmo. Então emocionalmente comi o bolo.

A leitura foi ok. Até boa, se eu me deixasse vê-la apenas pelo que era, se a deixasse ficar, como se diz, "na sua área". Mas a caridade, de acordo com um *quiz* on-line que eu tinha feito havia pouco, não era uma das minhas três maiores virtudes, então minha mente continuou a viajar e ruminar. Eu tinha colocado o celular no modo de vibração, e quando ouvi o *bzzz* na bolsa, me inclinei para pegá-lo com uma sensação de alívio. Finalmente alguma coisa além do momento presente para ocupar minha atenção.

Descobri que era um e-mail e virei o corpo discretamente para longe de Susan. Era do meu contato na empresa de produção que conseguira para mim a audição para o comercial de laticínios orgânicos. O tom era de desculpas. A empresa estava "modernizando" suas habilidades para poder "incubar" o negócio, e embora estivessem gratos pela oportunidade de trabalhar comigo, ainda que por um curto período, continuariam sem mim. Em outras palavras, estavam me demitindo, mesmo que eu nunca tivesse trabalhado para eles, para começo de conversa.

De modo idiota e involuntário, lágrimas brotaram nos meus olhos, como na aula de educação física quando se é atingido por uma bola de basquete no peito com força demais. Eu não queria chorar — não havia motivo para chorar, eu estava perdendo uma coisa que nunca nem tivera, para começo de conversa; tinha colocado só a pontinha do pé na água de um novo tipo de vida, enquanto minha vida real permanecia intacta — mas veja, o corpo sabe o que a mente não quer admitir. Em momentos como esse eu era lembrada de que havia todo esse animal sangrento e impelido pelo desejo por baixo do meu exterior arrumadinho. Um que sempre sentia e queria as coisas com intensidade demais. Ele ficava ali, impassível, o animal. Não importava quanto eu o pressionasse, silenciasse, suprimisse, ele nunca ia embora.

Funguei e pisquei para afastar as lágrimas. Eu não sentiria nada a não ser que fosse obrigada, e ninguém me obrigaria. Guardei o celular na bolsa e voltei, de braços cruzados, para a cena à minha frente. Era a vez de Gina. Com Gina aprendi que duende não tinha nada a ver com uma criatura mágica que soprava palavras, mas era uma força com a qual seres humanos eram capazes de criar. Saía da terra como um relâmpago invertido; era preciso lutar contra ela do mesmo modo como Jacó lutou com seu anjo. Era um poder, e não um trabalho, Gina recitou baixo. Ação, e não pensamento. Sangue, e não cérebro. Imediatamente ansiei para que aquela força passasse através de *mim*, preenchesse o *meu* sangue, desse poder ao *meu* trabalho, oferecesse à *minha* vida o sentido que eu sempre quisera e nunca conseguira encontrar. Mas, ah, talvez Susan estivesse certa e esse tipo de anseio — qual é a minha missão no mundo, blá-blá-blá — estivesse reservado para pessoas ricas e mimadas. Então fiz o mesmo que alguém que luta contra um anjo faria e dei um jeito de tirar aquilo da cabeça.

*

Fui ao apartamento de Susan depois da leitura. Ela precisava de uma carona para casa e tinha acabado de terminar de ler um livro que queria me dar, um livro de poemas. Aceitar a oferta pareceu uma forma de remediar, ou pelo menos de começar a remediar a fenda entre nós que parecia aumentar a cada dia. Merda, talvez eu fosse realmente *ler* o livro, e então ficaríamos acordadas até tarde falando sobre ele, como costumávamos fazer anos antes.

O apartamento de Susan, um estúdio, não estava mais desordenado que o habitual. Ela sempre tinha sido bagunçada, mas nos anos que haviam se passado desde que deixamos de morar juntas, os hábitos dela haviam adquirido uma característica mais selvagem. A cama desarrumada, que na verdade era apenas um colchão no chão, estava cheia de livros e papéis, e havia um prato e um garfo sujos sobre a mesa de cabeceira. Ela usava uma mesa dobrável na cozinha, tinha duas poltronas gastas e não tinha nada além de arroz, feijão e molho de tomate enlatado nas prateleiras abertas da despensa. A única coisa de qualidade que lhe pertencia era a escrivaninha, que havia sido um presente da avó dela e ficava bem no meio da sala. Também estava coberta de livros e papéis. Nós nos sentamos nas poltronas de frente uma para a outra, com as pernas sob o corpo, do jeito que as mulheres fazem quando falam em comerciais de iogurte.

— Quer beber alguma coisa? — perguntou Susan, apontando para uma garrafa de uísque no chão ao lado da escrivaninha.

Balancei a cabeça.

— Comecei ao meio-dia hoje, graças ao meu novo amigo Ben.

— Ah, *sim*. — Susan se inclinou e pegou a garrafa do chão. — Eu ia mesmo perguntar o que tinha rolado com ele.

Enquanto Susan servia dois dedos para si mesma, contei sobre a tarde que Ben e eu tivéramos juntos, tomando cuidado para deixar de fora quanto eu havia gostado dele. Aquilo precisava ficar entre mim e eu por enquanto. Mas o meu ritual sagrado com Susan de falar sobre rapazes já tinha uns dez anos naquele momento, e a facilidade com que entrávamos nele me confortava. Eu havia tropeçado em um obstáculo preocupante na livraria, sentindo aquele espaço que havia entre nós, mas talvez esse obstáculo não fosse nada, afinal. Um alarme falso. Um truque da imaginação que nos confundiu por termos bebido por três horas seguidas.

— A questão é — concluí — que ele é totalmente maravilhoso e acho que estou apaixonada!

Susan sorriu, porque ela sabia que eu estava brincando. Não éramos cínicas, mas éramos descoladas — havia uma diferença. O amor era para mulheres solteiras que compravam revistas de noivas, faziam quadros no Pinterest e criavam com atenção listas de qualidades que procuravam em um namorado. Provavelmente tinham pais cujos casamentos eram mantidos de pé por algo mais substancial que imóveis e negação. Provavelmente não pensavam muito sobre como eram úteis os mitos do amor romântico para as estruturas de poder existentes e as taxas de natalidade.

Ah, mas por baixo dessa nossa apatia há, como costuma ser o caso: um grande monte de compostáveis feito de esperança e mágoa. Eu ansiava por amor, que ser humano não anseia? Mas temia que o amor fosse uma mentira — ou, no máximo, que fosse temporário. Susan também tinha esse monte de compostagem lá no fundo, embora lidasse com ele de modo diferente. Susan era sensível demais para casos esporádicos, envolvia-se rápida e intensamente, ficava devastada por muito tempo depois que eles terminavam. Por isso, ela se abstinha por longos períodos. Às vezes eu sentia que ela achava que essa tendência à observação em vez da participação a tornava superior, que ela olhava de cima para baixo, com seu nariz aquilino, para minhas interações bagunçadas, frequentes e demasiado humanas.

Mas essa última parte podia ser só uma projeção. O que pode ser afirmado com certeza sobre Susan é que ela não precisava da atenção dos homens do mesmo jeito que eu precisava. Ela não a buscava com, por exemplo, a intensidade de alguém que caiu num buraco e está esperando ou para ser resgatada ou para que o buraco se encha com água da chuva na qual ela possa flutuar.

— Por falar em amor, antes que eu me esqueça... — disse Susan, e pulou abruptamente da poltrona. Ela caminhou até o closet, que havia transformado em uma estante gigantesca. Além do banheiro, era a única outra parte do estúdio separada do cômodo principal. —... o livro.

— Por falar em livros — comecei, me levantando também e caminhando até a escrivaninha de Susan. — Como vai o romance?

— Bem. Ok. Terrível. Você sabe como é.

— Já descobriu como deixar mais arriscado? — O livro de Susan era um romance de formação sobre um grupo de amigos que se conheciam em um acampamento de verão. O maior medo dela era que fosse chato.

— Não. Ainda é tudo história anterior e história nenhuma.

— Precisa acontecer alguma coisa importante. — Mexi em alguns papéis. — Talvez com a Sheila. — Sheila era a personagem principal de Susan, uma escritora em dificuldades. Susan insistia em dizer para as pessoas que Sheila não era nem um pouco inspirada nela mesma.

— Eu sei, mas ainda não sei o quê.

— Posso ler? Você não me deixa ler desde sempre.

— Ainda não! — Embora houvesse uma parede entre nós, eu conseguia ouvir seu tom de voz. Queria dizer *Não vá me encher o saco com isso*.

Peguei uma pilha de papéis e comecei a folhear.

— E o conto que acabou de mandar? Posso ler esse, pelo menos?

— Talvez mais tarde!

Aquele mesmo tom de voz. Em vez de me empurrar de volta da borda de onde aquele tom vinha, algo me empurrava mais para a frente. Havia uma parte secreta de mim que gostava de bordas. Peguei outra pilha de papéis. Uma sequência de poemas baseados em uma fotografia de Diane Arbus. Peguei mais uma. O tal conto. A questão sobre ficar perto da borda é que, se algo der errado — se *você* escorregar —, pelo menos você vai saber o que aconteceu. Você não ficou esperando.

Enfiei os papéis na bolsa. Puro impulso, agi sem pensar, o mesmo tipo de impulso que me fazia navegar nos aplicativos de sexo casual enquanto caminhava na rua, e comer embalagens inteiras de salgadinhos às onze da noite, e trair meus namorados, e mentir para Lindsey, e fazer compras on-line bêbada. A parte sóbria do meu cérebro, enquanto isso, elaborava justificativas para se e quando Susan descobrisse o que eu tinha feito, percebesse que as páginas tinham sumido, me pegasse com a boca na botija. Eu diria: *Eu queria levar o conto para Ben, ele conhece pessoas, ele disse que ia me ligar, ele vai fazer isso chegar à pessoa certa.*

O que eu não diria a ela era que eu também tinha sido rejeitada naquele dia. Que, se os meus sonhos eram apenas ilusões superficiais, pelo menos eu podia viver indiretamente através dos sonhos dela. Eu não diria a Susan que eu invejava pessoas como ela e Ben porque eles nunca tinham sentido que precisavam crescer e abandonar suas coisas infantis, as coisas que amavam e pelas quais eram apaixonados. Não diria que às vezes eu queria puni-la por isso, por ter uma visão tão clara da própria vida. Não diria que eu precisava fazer alguma coisa drástica para que ela não fosse embora.

Porque, se eu entregasse o conto para Ben, e isso desse em alguma coisa, não haveria a menor chance de que deixássemos de ser amigas. *Está entendendo a lógica?*, eu perguntaria. Sim, eu estava me preparando para dizer e não dizer tudo que havia na minha cabeça, mas no fim das contas não precisava ter me preocupado. Eu estava de volta à minha poltrona, me acomodando para parecer que tinha ficado ali descansando preguiçosamente, quando Susan saiu do closet.

— Aqui — ela disse triunfante, com o livro na mão.

Era um volume fininho escrito por uma mulher estadunidense nos anos 1970. Susan me disse que ela vivera na Grécia por alguns anos e voltara da selva helênica com um brilho no olhar e as mãos cheias de poemas. Lê-los, de acordo com Susan, mudaria a minha vida.

— Mal posso esperar — falei, o que não era verdade. Mas bem que eu queria que fosse.

Quando cheguei em casa, antes de ir para a cama, em vez de ficar navegando no aplicativo de sexo casual ou comprar sapatos, abri o livrinho de poesia. O primeiro poema era sobre uma garota vestindo branco. As mãos dela haviam sido roídas, as unhas não existiam mais. Ela morava em um belo jardim, mas estava coberta de sangue. O poema dizia que ela havia feito aquilo consigo mesma para que não precisasse sentir as outras coisas.

O poema não dizia quais eram essas outras coisas. Não precisava. Uma garota já nasce sabendo essas coisas. Eu mesma as conhecia bem.

6.

Guerra do Brooklyn

Rake morreu por causa de um aneurisma quando eu estava no terceiro ano da faculdade. Veio do nada. Quando minha mãe ligou e me deu a notícia, era uma tarde no fim de fevereiro, e uma névoa terrível havia começado a se instalar sobre a grama morta nas áreas comuns e nos amontoados sujos de neve. Eu caminhava pelo campus atordoada, olhando para as árvores nuas. Em meio a suas próprias lágrimas, Louise ficava dizendo "a mamãe está aqui, a mamãe está aqui", mas eu não conseguia senti-la, nunca tinha conseguido.

Quando ela por fim perguntou, com a voz trêmula, se eu estava bem, respondi que sim. Embora eu soubesse, de alguma maneira terrivelmente esclarecedora, que não estava e não ficaria bem por algum tempo. É a coisa mais comum do mundo que os pais morram antes dos filhos, e ainda assim, quando acontece, não conseguimos evitar pensar, desnorteados: por que ninguém me preparou para isso? A resposta, é claro, é que não teríamos escutado.

Depois que desliguei o telefone, fui até o grêmio estudantil, onde por sorte encontrei Susan. Ela estava sentada em uma enorme cadeira de couro, com o rosto enfiado em um exemplar da biblioteca de *O ser e o nada*, de Sartre. Fiquei parada em sua frente até ela olhar para mim. Então me apoiei no braço da cadeira para me equilibrar.

— Meu pai morreu — falei, me balançando um pouco para trás e para a frente.

Seus olhos se arregalaram de choque. Abri a boca de novo, mas não consegui encontrar as palavras para explicar o que, no meu corpo, eu já sabia que era verdade: a vida do jeito que eu a conhecia estava prestes a acabar.

— Preciso ir pra casa — falei por fim. — Pro funeral.

Susan pôs o livro na mochila.

— Vou com você.

Balancei a cabeça, olhei para o chão, tremi e me mexi de um lado para o outro.

Ela se levantou e esticou os braços para me segurar.

— Vou, sim.

Mas, quando ela me segurou pelo braço, minha mente já estava longe. A questão quando a gente perde a cabeça é que raramente ela anuncia que está indo embora. Ela não corta fora a sua orelha, nem te deixa delirando pela rua, nem o faz enfiar a cabeça no forno. Tudo que ela faz é escapulir quando você não está olhando.

No funeral, Susan foi minha representante com os enlutados enquanto eu me escondia atrás de óculos de sol gigantescos e contrariava silenciosamente toda história beatificante que as pessoas contavam. *Ele ajudou a salvar seu casamento? Bem, ele arruinou o próprio casamento. Ele te levou para os alcoólicos anônimos? Ele bebia escondido toda noite!* Louise, por outro lado, andava sem rumo pela igreja, acho que aliviada pelo processo de beatificação, o perdão por qualquer obrigação que ela podia algum dia ter sentido de conciliar a natureza desonesta do marido. Uma morte na família joga todo mundo em realidades altamente subjetivas e privadas, e, pelo menos por um tempo, as realidades em que minha mãe e eu vivemos não coincidiam nem um pouco.

Não há como explicar o ano seguinte exceto dizendo que a tristeza rasgou meu corpo como um furacão rasga as árvores. Dormi com mais pessoas naquele ano do que tinha feito a vida toda. Fiz uma centena de novos amigos e os abandonei impunemente. Perdi peso, ganhei de volta. Seis meses depois tinha doado metade dos meus pertences. Eu raramente pensava conscientemente em Rake, e esse era justamente o ponto, acho. Eu gostaria de poder dizer que em algum momento emergi triunfante daquele período, mas na verdade emergi como a sobrevivente de qualquer desastre natural: intacta, mas permanentemente abalada. Não, não aprendi nada com a morte do meu pai, exceto quão frágil sou, quão frágil qualquer pessoa é, e para ser honesta venho tentando acalmar quanto eu sei sobre isso desde então.

Mas há outra coisa que aprendi. Um dia, Susan me levou ao parque à beira do rio perto do campus carregando caixinhas de som simples, um maço de cigarros e uma garrafa de vinho barato. Era verão, mas eu mal conseguia sentir o calor na minha pele. Bebemos o vinho, fumamos os cigarros e ouvimos uma nova canção de um grupo de garotas do movimento *riot grrrl*, que àquela altura, já eram mulheres e ainda acreditavam que o mundo pagaria por suas atitudes. Eu estava fingindo ser uma pessoa, mas achava que não havia nada dentro de mim.

— Você se lembra do Ripchip? — Susan perguntou de repente. Ela estava deitada de costas, apoiada nos cotovelos, em nosso cobertor esfarrapado, olhando para o rio.

— O ratinho de Nárnia? — Ela assentiu. Eu estava sentada com as costas retas e os joelhos dobrados na direção do peito. — Lembro. O que tem ele?

— Lembra do que acontece com ele no final?

— Ele vai embora navegando sozinho, eu acho. Do *Peregrino da Alvorada* até o fim do mundo? Não lembro por quê.

— Porque ele precisa — respondeu Susan.

Um navio cargueiro atravessou as águas lamacentas, cuspindo fumaça no ar. Em algum lugar devia haver passarinhos cantando, mas eu ainda não conseguia ouvi-los.

— Eu sei que você está em uma borda do mundo agora mesmo — continuou ela, ainda olhando para o rio. Estava usando um graveto para cavar a terra abaixo da grama alta. — E talvez eu nem sempre consiga ir lá com você. Mas sempre que eu puder, vou tentar pular no seu barco. — Ao dizer isso, ela se virou para olhar para mim. — Remar com você por um tempo.

Eu não conseguia encarar Susan. Era tão vergonhoso ser uma pessoa. Ser amada e vista sem recursos para disfarçar. Por fim consegui dizer:

— Vai?

— Claro que sim — respondeu ela, e apertou meu braço.

Então acho que eu aprendi isso também.

*

No fim das contas, a vida está transbordando de oportunidades de aprendizado. Aprendemos com a vida assim como um prego aprende com o martelo que não para de bater em sua cabeça. Se eu tivesse a chance, honestamente, talvez escolhesse aprender um pouco *menos*, mesmo que isso supostamente me tornasse uma pessoa melhor, porque, olha, dói ficar levando porrada o tempo todo.

Por sorte, um pouco de aprendizado não dói tanto quanto, por exemplo, a morte, isso sem contar a perda iminente da sua melhor amiga para uma nêmesis tímida chamada Gina. Assim como o que eu aprendia pela Celeste! Depois que Ben assinou com a Nanü, eu me atirei no novo empreendimento de Celeste com prazer renovado. Além de realizar minhas tarefas cotidianas como diretora criativa na PR durante o dia, à noite eu devorava livros escritos por especialistas com MBA e impressionava Celeste de manhã mencionando casualmente termos como *pensamento estratégico antiestruturalista* enquanto esperávamos a cafeteira Keurig terminar seu trabalho.

— Agora eu tô, tipo, *totalmente envolvida* com inovação de valor! — eu disse a ela certa vez depois de ter terminado um livro chamado *Jogar para vencer*. — Adoraria discutir o tema com você quando tiver um tempo.

Levou algumas semanas até ela finalmente me chamar ao seu escritório, mas, quando fez isso, na mensagem por e-mail ela dizia que tinha novidades empolgantes. Quando cheguei à porta, Celeste andava de um lado para o outro em seus saltos altíssimos, o cardigã preto sem botões ondulando ao seu redor como uma capa, o rosto franzido e focado, olhando para algo invisível à sua frente. Pareceu surpresa ao me ver, embora ela mesma tivesse me convocado.

Apoiada na borda da mesa e batendo o pé insistentemente no cimento, Celeste explicou que tinha acabado de receber uma resposta da Waterman Quartz. O início oficial de Ben como o rosto das redes sociais da marca seria, *Olé!, Cinco de Mayo*. Ainda faltava uma semana, mas ele tinha seguido minha sugestão e já estava agendando tuítes, posts e fotos em uma plataforma de redes sociais. O próprio CEO tinha ficado tão impressionado que havia ligado imediatamente para Celeste. Assim que ela desligou, me mandou o e-mail.

Não sei exatamente o que o tal CEO lhe disse, mas foi substancial o suficiente para ela estar agindo de forma bastante intensa. O que queria dizer alguma coisa, porque Celeste não era exatamente uma pessoa casual. Ao longo dos anos eu havia tentado imaginá-la como a garota festeira que ela dizia ter sido, mas a única forma como consegui analisar a situação foi a seguinte: aos vinte e poucos anos, ela ainda não tinha descoberto uma maneira de focar aquela intensidade, e a energia se espalhava para todo canto. Mas ela havia conseguido se treinar para resolver aquilo. Havia se tornado a praticante habilidosa que sua intensidade exigia. O fato de ela direcionar a intensidade com um foco tão esmagador na direção de seus objetivos era uma das coisas que eu mais admirava nela.

De qualquer modo, ela mencionou alguma coisa sobre investidores de risco agora estarem interessados no conceito da Nanü. Eu não sabia nada sobre investidores de risco, exceto o que eu tinha aprendido em um drama de uma hora na TV a cabo, mas tinha contexto e imaginação o suficiente para adivinhar que devia haver algum dinheiro em jogo agora, talvez até um bom dinheiro, e que, como eu já era parte da Nanü, uma parte desse bom dinheiro talvez acabasse escorrendo até mim. Eu me lembrei do que Celeste dissera logo que começamos a falar sobre esse assunto: que as pessoas estavam dispostas a fazer coisas surpreendentes quando lhes era oferecida a quantia certa. Eu não me achava gananciosa, e ainda assim não conseguia evitar que imagens de casas assinadas e em cenários tropicais ficassem passando em uma apresentação de slides na minha cabeça.

Celeste foi vaga em relação aos detalhes sobre esses potenciais investidores e o que a participação de um investidor de risco significaria no nosso dia a dia, mas ela me disse, sim, que precisaria de mim pelos próximos muitos meses para ajudar a estabelecer o que ela chamava de "portfólio" da Nanü. Ter uma prova de conceito, vulgo PDC, vulgo Ben, era uma coisa. Mas o que Celeste realmente queria, e o que imaginei que os investidores estivessem pedindo, era um total de dez parcerias fechadas entre autores e corporações. Isso estabeleceria um precedente suficiente para a Nanü parecer realmente um oceano azul, e não apenas um sucesso único com as redes sociais de uma empresa local e um escritor promissor como Ben Dickinson.

Ben. Eu não tivera notícias dele desde o nosso almoço, embora pensasse nele com frequência. Mais que com frequência. Pensava nele o tempo todo. No banho, caminhando pela rua, antes de dormir, quando acordava. Que vergonhoso, já que só tínhamos passado algumas horas juntos. Embora eu pudesse ter conseguido o número dele com Celeste e mandado uma mensagem, eu era orgulhosa demais para fazer uma coisa dessas.

Por sorte Celeste não percebeu como me sobressaltei quando ela mencionou o nome de Ben. Estava focada em me explicar que havia entrado em contato com as pessoas importantes que conhecia, que em resposta haviam entrado em contato com as pessoas importantes que *elas* conheciam, que haviam desencavado vários nomes e contatos de autores que talvez se interessassem, por qualquer que fosse a razão, na versão de "engajamento criativo" da Nanü. O primeiro nome que ela mencionou foi Wolf Prana.

— Wolf Prana? — falei, torcendo o nariz.

Para ser sincera, eu não sabia muito sobre ele, só que Susan o odiava com todas as forças. Ele tinha trinta e sete anos, nascera na Califórnia, tinha abandonado Stanford e subido a bordo do trem do Twitter bem cedo e de modo prolífico. E, por razões que eu não entendia muito bem, tinha ficado incrivelmente famoso na internet. Era poeta, para começo de conversa, mas sua fama, de acordo com Celeste, tinha permitido que se aventurasse a fazer todo tipo de coisa. Tinha fundado uma revista, produzido um documentário de curta-metragem sobre si mesmo, feito uma exposição com suas fotos. Em resumo, um influenciador com I maiúsculo e um socialite masculino de Nova York. Viciado em atenção e DMs explícitas, ou pelo menos era o que Susan dizia.

— Quero que vá a Nova York para convencê-lo — disse Celeste, direta.

Havia uma marca italiana de roupas esportivas, famosa nos anos 1990 e agora uma sobrevivente. Wolf era bastante conhecido por usar agasalhos esportivos em todo lugar, como parte da sua marca pessoal. Celeste tinha descoberto isso ao rolar o *feed* do Instagram dele, e tinha (de maneira muito esperta, eu achava) somado dois mais dois. Wolf podia não apenas vestir as roupas daquela marca, Celeste explicou, mas escrever, dirigir e estrelar um comercial exclusivo de internet para a empresa, um que pudesse ser embutido em todas as redes sociais nas quais Wolf já estava envolvido. Mas o nível de "engajamento criativo" dele teria que ser sutil. Os fãs mais alternativos de Prana eram um pessoal sensível e não levariam com tranquilidade o fato de seu líder destemido e aparentemente antiestablishment estar cuspindo posts patrocinados para uma empresa fora de moda. Mas Celeste estava confiante de que nós seríamos capazes de encontrar uma maneira de a empresa patrociná-lo sem parecer que o estava patrocinando.

Quando ela usou a palavra *nós*, apontou para nós duas, ela e eu. Aquilo me deixou feliz. *Mamãe!*

— Olha, é desse jeito que quero fazer a coisa aqui no escritório — disse Celeste, ainda apoiada na beirada da mesa. Ela parecia saída da *Advertising Age*, de uma daquelas páginas duplas brilhantes sobre um CEO sério fazendo sucesso em um mercado saturado. — Não quero que vaze nada para nenhuma outra agência sobre o que estamos fazendo, então ainda quero manter as coisas relativamente discretas. Vocês, que estarão trabalhando no projeto... só você, com Jack, Annie e Lindsey, por enquanto... vocês vão precisar assinar acordos de confidencialidade. Não há motivo para empolgar as pessoas com algo que ainda não é real.

— Com "algo" você quer dizer os investidores de alto risco?

— Quero dizer mudar toda a cara da publicidade. — Celeste se levantou e cruzou os braços. Os dedos se apoiaram elegantemente no tríceps tonificado. — Quero dizer mudar o mundo. Por causa do que fazemos, por causa da nossa *visão singular*, artistas nunca mais vão passar fome.

Quer dizer, sim e não. Quer dizer, não. Quer dizer, isso certamente era mentira. Mas, com Celeste, muito como com Susan, não havia mentira. Era impressionante o quanto a própria Celeste acreditava no que dizia, como ela conseguia fazer aquilo parecer verdade. E, como eu já disse, eu era facilmente impressionável.

— Claro — respondi. Cruzei os braços também. Às vezes eu me pegava estudando Celeste com muita atenção, como costumava estudar os clipes de música quando estava no ensino fundamental, tentando memorizar os passos para poder reproduzir depois, sozinha no meu quarto. — Quero dizer, dã! Empolgante demais.

Celeste moveu o pulso, fazendo um gesto de dispensa casual.

— E, se qualquer pessoa fora do seu time principal perguntar o que estamos fazendo, diga que pode vir falar diretamente comigo.

Ela sabia, assim como eu, que ninguém faria isso. Celeste não era o que se chamava de uma chefe acessível. Ninguém ia falar diretamente com ela, a não ser que estivesse sangrando.

— Ok. — Alisei minha saia lápis. — Espere. Você disse *meu* time principal?

Ela sorriu.

— Pode dar as boas-vindas a um aumento de dez por cento e a seu novo cargo. Diretora criativa sênior da People's Republic e Gestora de recursos da Nanü.

Em algum lugar dentro da minha cabeça, ouvi um alarme daqueles concursos televisivos disparar, vi confete voando pelo meu cérebro. Na vida real, juntei as mãos como um macaco batendo pratos e aplaudi. Dez por cento! Dez por cento! Quem sabia quanta felicidade eu conseguiria comprar com dez por cento? Talvez agora eu pudesse até contratar uma assistente, terceirizar as partes chatas da vida para poder me voltar para coisas importantes, desenvolvimento pessoal, coisas que as blogueiras de estilo de vida chamam de "autocuidado". Não era possível curar o mundo sem antes curarmos a nós mesmas, elas diziam. E curar a nós mesmas tomava muito tempo e muito dinheiro, sem contar uma grande quantidade de óleo de lavanda.

— Obrigada! — repeti e repeti, como uma vencedora de concurso de beleza chorosa.

Embora a PR se orgulhasse, em teoria, de ter uma hierarquia mínima, todos mexíamos nossos pauzinhos em busca de cargos melhores. Em meio a minhas exortações de gratidão, pensei com grande satisfação: parece que *alguém* nunca mais vai ter que limpar a cafeteira.

Quando voltei à minha mesa, vi que Lindsey, Annie e Jack estavam lá esperando por mim. Mais cedo naquele dia, tínhamos descoberto que Ellen havia escrito um livro de memórias. O lançamento seria no verão, mas ela acabara de se envolver em uma grande discussão com o departamento de arte da editora, cujas possíveis capas para o livro estavam, de acordo com Ellen, *extremamente* inferiores. Ela estava nos pedindo que trabalhássemos com os departamentos de arte e redação para deixar a capa e a orelha da sobrecapa mais "de acordo". Nós quatro tínhamos quebrado a cabeça o dia todo, já que nunca havíamos trabalhado com uma editora antes e certamente nunca tínhamos escrito um texto de capa. Tínhamos rascunhado mais de uma resposta, mas não sabíamos o que dizer. Caramba, nem sequer sabíamos que aquele tipo de interferência em uma editora era permitido.

— Sinto *muito*, gente — falei, com um tom de desculpas um pouco exagerado, que podia ser lido tanto como

Sinto muito como nunca senti na vida quanto como *Não sinto nem um pouco.*

— Tudo bem — disse Lindsey.

Aqueles olhos ofendidos! Eu tinha conhecido muita gente na vida, a maioria com mais ou menos uma mistura média de bondade e maldade, mas Lindsey era uma pessoa boa por inteiro. Não havia ali sequer uma gota do que os crentes chamariam de pecado original.

— Onde você estava? — questionou Jack com voz ofendida.

— Ahhh — respondi. — Celeste e eu estamos trabalhando em uma coisa. Ela vai contar pra vocês. Mas vou precisar ir a Nova York nos próximos dias, então se essa coisa com a Ellen não terminar antes da viagem, vocês vão ter que cuidar disso sem mim.

— Você vai a *Nova York*? — perguntou Jack.

A política no escritório era uma coisa complicada. A maior parte do tempo dizíamos a nós mesmos que estávamos juntos em tudo, mas é claro que não era verdade. Se alguém fosse tirado de um projeto para trabalhar em outro, ficávamos com inveja. Se alguém fosse viajar e nós não, ficávamos com inveja. Se alguém fosse promovido e nós não, ficávamos com inveja. Era igual ao jardim de infância, exceto que, sendo adultos, esperava-se que soubéssemos como lidar com essas emoções. Mas o fato é que ninguém nunca tinha nos ensinado como lidar, então tínhamos que engolir aquilo tudo: fingir que estávamos felizes e falar merda uns sobre os outros e depois nos sentir mal por termos falado merda e então nos preocupar com nosso próprio futuro. Então, no caminho para casa, chorávamos ou só enfiávamos a mão na buzina e gritávamos com os outros motoristas, mas sem abrir a janela.

O melhor que podíamos fazer, os mais saudáveis entre nós, era "desempacotar" essas coisas na terapia.

— Uhum. Ela vai explicar, tenho certeza, em algum momento.

— Por que você não pode simplesmente contar pra gente? — perguntou Jack.

— Porque ela quer fazer isso.

— Não faz sentido — ele murmurou baixinho. Ele era um babaca às vezes. Mas, pensando bem, eu também era.

— Tem algum problema? — Annie limpou farelo de muffin do colo, já que não tinha dado atenção a um dos meus primeiros e mais importantes conselhos: os carboidratos eram o nosso inimigo interior.

— Nenhum! Está tudo bem, muito bem. Não estou tentando esconder nada, é só que tem muita coisa acontecendo agora. — Era importante que quem quer que Celeste nomeasse A Escolhida não agisse *demais* como A Escolhida. Como se costumava dizer: sim para a inveja, não para o motim.

⁕

A viagem a Nova York seria curta — só uma noite. Peguei o voo à tarde, e naquela noite Wolf seria o anfitrião em uma festa de uma revista hipster da qual eu nunca tinha ouvido falar. Depois de um pedido, admito, insistente, Simone reservou um quarto para mim no hotel Ace. Teria sido mais conveniente ficar no Brooklyn, mas acreditava que o Ace e eu combinávamos melhor.

Mas o tempo ficou apertado. Quando consegui fazer o check-in no hotel, mal tive tempo para tomar um banho de quarenta e cinco minutos com água saindo de cem jatos em cima de mim e ao meu redor, enfiar todas as cortesias de banheiro na mala, pedir uma salada de couve pelo serviço de quarto, beber vinho do frigobar, dançar alegremente ao som das minhas cantoras pop favoritas, fazer a maquiagem, tirar a maquiagem (o delineador ficou péssimo), fazer outra maquiagem, experimentar todos os looks que eu tinha levado, odiar todos, odiar meu corpo, cair em uma espiral de tristeza, me desesperar enquanto comia um pacote de salgadinho e me vestir completamente outra vez sobre uma *grossa camada* de cinta modeladora.

Eu estava praticamente pronta para sair pela porta, com a armadura oferecida pelo bom gosto e por produtos de higiene pessoal caros, quando ouvi o bip do celular. Fiquei feliz com aquilo, porque parei os preparativos que pareciam um tornado por tempo suficiente para ver os poemas de Susan na mesa. Eu os tinha levado, para o caso de Wolf e eu termos tempo de falar sobre eles. Ele conhecia muita gente, e se ele falasse bem do trabalho dela, aquilo poderia significar muito, ou talvez Wolf pudesse até fazê-los chegar às mãos de um editor. Enfiei os poemas na bolsa e peguei o celular. A mensagem era de um número que eu não conhecia.

Quer tomar um drinque antes do seu compromisso?

Respondi imediatamente. Será que Wolf tinha meu número?

Wolf, é você?

Pausa. Três pontinhos indicavam que a pessoa estava digitando.

Não.

Quem é???

Você esperou por esse momento a sua vida toda?

Outra pausa, três pontinhos.

Ou pelo menos duas semanas?

Outra pausa.

Celeste me deu seu número.

Sorri. Ah, eu sorri. Respondi imediatamente.

Mandando mensagem em vez de ligar? Eu esperava mais de você.

Esse não é o ponto.

Espere, você está em Nova York?

Workshop e uma leitura pública. Quer tomar alguma coisa ou não?

Não era possível entender como eu esbarrava em tanta gente todo dia e não sentia nada, e então essa única pessoa... tudo que ele precisava fazer era mandar umas poucas palavras e eu estava perdida. Perdida. Saber que ele estava na mesma cidade, sei lá onde, mas perto o suficiente, causou uma faísca de prazer no centro do meu corpo. Eu o queria. E não era só uma fominha.

Eu não sabia muito bem o que fazer com aquela fome, porque tínhamos acabado de nos conhecer. A força dos meus desejos poderia ser demais, até mesmo para mim. Por sorte, mensagens de texto transformam qualquer sentimento em banalidade. Se Paul Revere tivesse aberto mão de sua cavalgada da meia-noite e optado por mensagens de texto, todo o alerta que os colonos teriam recebido teria sido um simples *os britânicos tão vindo* :o.*

Como uma concessão, combinamos de nos encontrar para um drinque rápido no bar do outro lado da rua onde a festa aconteceria, um local que destilava as próprias bebidas e preparava coquetéis com ingredientes frescos. Tinha uma estética rústica, mas era o tipo de rusticidade sonhada por gente urbana que fantasiava com a "vida simples", com "voltar ao interior", e que talvez tivesse tentado caçar para comer uma vez, uma experiência de humildade que continuavam mencionando anos depois. As longas mesas de madeira não tinham acabamento; os cordões de lâmpadas que desciam do teto alto eram brancos e suaves; e a clientela era sofisticada e de boa aparência. Era injusto como o nível médio de beleza em Nova York era tão mais alto que em todos os outros lugares. Minha roupa, que tinha parecido tão na moda quando fiz a mala — calça preta folgada de cintura alta, uma blusa branca sem manga, meio transparente, por cima de um top de renda, e botas pretas com fenda na lateral e ilhoses de metal —, de repente parecia tão... bem, como dizer? As mulheres do Brooklyn usavam mais camisetas pretas, sapatos gastos, cabelo sem lavar e mesmo assim de alguma forma pareciam muito chiques. Já eu me sentia uma mulher de Omaha fantasiada de Carrie no tour de ônibus de *Sex and the City*.

Ben já estava no bar, falando com a mulher atrás do balcão, que parecia ter uns vinte e um anos. A moça ti-

* No anoitecer de 18 de abril de 1775, no início da Guerra de Independência dos Estados Unidos, o general britânico Thomas Gage enviou setecentos homens para tomar paióis de munição da milícia colonial na cidade de Concord, em Massachusetts. Um grupo de homens a cavalo, incluindo Paul Revere, partiu para a zona rural e foi alertar seus colegas revolucionários que os ingleses estavam chegando. [N. E.]

nha aquela aparência de usuária de heroína moradora de rua chique que arrepiou os pelos da minha nuca. Eu não queria fazer o que sabia que estava prestes a fazer, mas não consegui evitar.

— Beeeeennnn! — exclamei um pouco alto demais, e fiz toda uma cena o abraçando e tocando seu braço, para comunicar à bartender: este cara é meu.

É claro que isso não era necessário. Ela já tinha desaparecido e ido pegar o drinque de algum outro cliente, e por um segundo pensei em quanta energia eu tinha gastado nos últimos anos tentando atrair e manter a atenção de algum homem. Não impressionava que as mulheres fizessem lifting de mama, cirurgia plástica e botox — mulheres que eu *conhecia*, não só as de Hollywood — antes *e* depois dos trinta. A janela de poder de uma mulher é muito pequena, e está sempre encolhendo ainda mais. Algumas mulheres, sabendo disso, encolhem-se junto com ela.

Ben combinava perfeitamente com aquele ambiente do Brooklyn. Tinha começado a deixar a barba crescer, o que combinava com ele, e estava usando uma camisa branca lisa e calça jeans. Eu me senti ridícula, porque ele ficou olhando para mim com um ar de dúvida, aparentemente depois de ter feito uma pergunta que eu não tinha ouvido. Um assistente da bartender colocou dois drinques à nossa frente e tocava Manu Chao bem alto nos alto-falantes. O rosto de Ben estava tão aberto e cheio de expectativa que respirei fundo, deixei de lado minha fraqueza feminina crônica e fiz o melhor que pude.

— O que você disse? — perguntei, enquanto pegava uma das bebidas.

— Eu disse que é bom te ver! — respondeu ele, um pouco mais alto. Aquele tipo de bar se orgulhava de ser barulhento. Ser ouvido não importava tanto quanto ser visto.

— Ah! — falei, provavelmente alto demais. — Sim! Bom ver você também! Eu me diverti tanto da última vez!

Continuei falando coisas nessa linha, porque é isso que acontece quando fico animada, e também é o que acontece depois de ter passado muito tempo pensando em alguém sem de fato falar com a pessoa. Na maioria das vezes, essa tendência à fantasia rapsódica terminava em desastre: eu acabava decepcionada porque o homem extraordinário que eu havia criado a partir de pedacinhos de detalhes memorizados e sonhos não tinha quase nada, ou nada mesmo, a ver com o pedante chato na minha frente.

Mas com Ben foi diferente. Só estar sentada ao lado dele por um segundo fazia meu corpo todo vibrar. Uma descarga física, uma perturbação tectônica, tão mensurável quanto eletricidade. Assim que me sentei ao seu lado, palavras começaram a se formar bem abaixo do meu plexo solar e, devagar, começaram a subir pela parte de trás do meu cérebro e chegar ao meu lobo frontal: *Eu poderia totalmente me apaixonar por esse cara.*

Mas isso era ridículo. Eu não conhecia Ben. E de qualquer forma, não havia essa tal coisa chamada amor; o amor era uma ilusão compartilhada por duas pessoas solitárias. Falei a mim mesma que devia estar sofrendo de ilusão e portanto deveria severamente manter minhas ações na rédea curta. Qualquer coisa que eu estivesse sentindo ou que quisesse fazer era apenas um truque dos velhos hormônios.

E nós trabalhávamos juntos, afinal de contas. Não era profissional, tentei me convencer, ruim para os negócios, o que Celeste diria? Então, antes que eu pudesse pensar melhor, terminei meu monólogo sobre como era bom vê-lo de novo e o que eu tinha feito naquele período com algo que achei que soaria vívido e independente:

— Ah, e só pra deixar claro, *não* vou transar com você hoje à noite.

Não sei o que foi mais constrangedor. Derrubar o copo highball na minha frente, observá-lo rolar para o chão e estilhaçar, sentir os olhares dos desconhecidos queimando a parte de trás da minha cabeça de maneira acusatória (eu era *essa* pessoa) ou o olhar no rosto de Ben em resposta ao meu pronunciamento: metade surpresa, metade completo entretenimento. Foi uma coisa muito idiota de se dizer, porque pensar em transar com ele era até que ok; eu só não queria amá-lo.

— Ah, pelo amor de Deus! — falei, pulando da banqueta e me ajoelhando no chão, tentando pegar o vidro quebrado. — Desculpe. Se eu molhei alguém, me desculpe...

Ali ajoelhada com a mão cheia de pedaços de vidro, percebi que tinha colocado os olhos exatamente na altura da virilha de Ben.

— Ai, Jesus — soltei, me levantando atrapalhada. Ben estava rindo de verdade a essa altura, batendo a mão na coxa.

Eu me desculpei com o assistente do bar, que tinha voltado com uma vassoura e um esfregão, e me sentei outra vez, desesperada por uma bebida, mas tinha acabado de derrubar a minha e não tinha nada para aplacar a humilhação dolorosa. Aproveitando a deixa, Ben me passou a bebida dele, e tomei dois grandes goles. O que afinal foi um grande erro. Aquilo queimava, queimava! Uísque destilado localmente, ardia pra caramba! Tossi e engasguei.

— De qualquer modo... — falei assim que lhe devolvi o copo. Cruzei as pernas e entrelacei as mãos apoiadas sobre o joelho, determinada a continuar como se nada tivesse acontecido. Limpei a garganta. — Onde estávamos?

Ben começou a dizer alguma coisa, mas ouvi o bip do meu celular. Ergui a mão, pedindo uma pausa.

— Segura esse comentário.

Simone tinha mandado uma mensagem, aquele demônio sorrateiro. *Onde caralhos você se meteu??? Wolf disse que está te procurando e não acha você em lugar nenhum!!!!!!!!*

Tô indo!!!!!!!!!!, respondi. *Desculpa!!!!!!!!!!* E acrescentei um emoji de careta.

Para Ben, falei:

— Ora, ora, ora, isso pode ter sido muito revelador, mas preciso ir.

Então, com um tanto de impulsividade, acrescentei:

— A não ser que você queira vir também.

— Já? — Ben pareceu desapontado, ou será que eu estava imaginando coisas? Ele balançou a cabeça. — Eu até iria, mas não suporto aquele cara.

— Bom — falei, me levantando com incerteza. — Quem sabe a gente se encontra mais tarde? Eu só vou ficar aqui até amanhã, mas pensei que a gente podia, talvez... — Ben sorriu, um tipo de sorriso meio culpado. —... como amigos... — acrescentei —... colegas... — por que raios essas palavras estavam saindo da minha boca? — ir a um museu, ou algo assim...

Meu celular apitou outra vez. Provavelmente era Simone.

— Merda, tenho mesmo que ir — falei. — Tô indo agorinha, tchauuu...

Eu me inclinei para abraçá-lo. Mas antes que eu fizesse isso, ele me beijou. Na boca. Nada grande, nada disso, sem língua, mas houve o choque e o prazer de sentir seus lábios nos meus.

— Te encontro depois, Pendergast — disse ele. Agora íamos nos tratar pelo sobrenome então.

— Ai, pelo amor de Deus — falei outra vez.

Então dei um grande sorriso. Enorme mesmo. Você pode tentar com todas as forças negar o amor, mas, assim como a dor, ele insiste em ser reconhecido em algum momento. Com frequência insiste em mais que isso, insiste para que você reestruture toda a sua maneira de ser, mas por sorte esse processo é lento e gradual, então não o impedimos e nos esquivamos. O ponto é que eu não estava pensando em amor quando beijei Ben. Não estava pensando em nada, só existindo. É claro que também era possível dizer que existir sem pensar ao estar com alguém é, sabe, genuinamente, a própria definição de amor.

*

Escuta só, a festa foi insuportável, e olha que tem muita coisa que estou disposta a aguentar em uma festa. Mas festas nunca são divertidas quando todos estão com medo de ser eles mesmos. Essa foi a primeira coisa que eu percebi assim que cheguei àquele depósito/galeria transformado em local de festa. Não seria possível ter circunstâncias melhores que aquelas — luz baixa, um DJ não muito ruim, álcool delicioso, pista de dança ampla —, e ainda assim toda a juventude rebelde vestida de modo deprimente estava amontoada em rodinhas, apertando os copos de plástico e olhando ao redor de modo furtivo como se fossem pequenos animais silvestres farejando predadores.

Pode soar estranho, mas instintivamente senti um carinho por essas pessoas. Os escritores, eu havia descoberto ao longo dos anos, eram criaturas solitárias. Enturmar-se, participar, significaria parar de observar, e acho que isso era patologicamente impossível para eles. O que é triste, pensando bem, porque embora se enturmar e participar possa levar a coisas horríveis — o nazismo, por exemplo —, também leva a coisas maravilhosas. Como karaoke, churrascos e danças intergeracionais em recepções de casamento. Coitados dos escritores! Ninguém naquele lugar estava disposto ou era capaz de participar de qualquer coisa a não ser as próprias ruminações, e por isso a festa foi um belo de um fracasso.

No lugar da diversão, dois cavalheiros de óculos vendiam revistas atrás de uma mesa por vinte dólares o exemplar. Estavam vestidos como dândis, ou como os irmãos Wright. As pessoas se amontoavam ao redor deles, folheando as revistas sem muito interesse. Peguei uma. Havia uma mulher magérrima na capa, vestida de branco. *A questão do minimalismo*, dizia a manchete. Estávamos na era das pessoas ricas jogando fora todos os seus pertences. Devolvi a revista. Lá no fundo eu sabia que no meu coração eu era uma maximalista.

Não demorei muito para encontrar Wolf; só precisei localizar a massa de fãs que o seguia para todo lado como se fossem criancinhas de time de futebol. Não gostei dele à primeira vista. Wolf até andava de um jeito metido. Pela aparência — altura mediana, constituição macia, olhos evasivos e postura ruim —, ele devia ter sido uma criança meio excluída. E, assim como muitos ex-excluídos, havia se agarrado à sua nova popularidade com um fervor tirânico.

— Prazer em finalmente conhecer você — disse ele, sorrindo apenas com a boca e só depois que eu havia me apresentado e dispersado o grupo de pessoas que o seguia. Ele me segurou pelo cotovelo e me conduziu a um canto do espaço para podermos conversar em particular. Seus maneirismos eram tão encenados que precisei me segurar para não explodir numa gargalhada. Era impossível levar esse cara a sério, talvez tão impossível quanto ele mesmo *se levava* a sério. Ele gesticulou para que eu me sentasse a uma mesa alta de ferro forjado. — Como você está?

— Estou bem! — falei em uma voz uma oitava mais alta do que a que uso normalmente.

E então, focada e eficiente por causa do desejo de transar com alguém que não era a pessoa na minha frente, embarquei em um discurso acelerado sobre por que ele deveria começar a ser patrocinado pela empresa italiana de roupas esportivas e a produzir conteúdo para eles. Enquanto eu falava, Wolf sorria. Era um sorriso forçado; eu o conhecia bem: recebia aquele sorriso desde que tinha dezesseis anos. Ele não estava realmente ouvindo nada do que eu dizia, só querendo me agradar porque me achava sexualmente atraente o suficiente para isso.

— Preciso de um cigarro — disse ele, bem quando eu estava chegando à parte sobre a importância de estratégias sutis de recomendação. — Vamos lá fora.

Eu sabia que eu não precisava ir lá fora, mas veja, eu estava tentando acabar logo com a coisa toda. A festa estava a todo vapor, e na chegada eu tinha visto muitas pessoas fumando lá fora. Mas Wolf não saiu pelas portas da frente, e sim me conduziu para os fundos, passando pelos banheiros e saindo para uma viela que cheirava a lixo. Lá fora, acendeu um cigarro, suspirou e soprou a fumaça. Ele me ofereceu um, mas recusei.

— Aqui está melhor — falou. — Lá dentro tem muito barulho.

Assenti e retomei meu discurso.

— Bom, como eu ia dizendo...

— Você gosta de pau? — perguntou ele do mais absoluto nada.

— O quê? — Achei que eu tivesse entendido errado. — Desculpe, acho que...

— Você entendeu.

Ele estava recostado na parede de tijolos, com um pé apoiado na parede, como um pretenso James Dean. Eu não sabia se dava risada ou saía correndo. O medo e o absurdo se misturam com uma frequência surpreendente. Quando uma coisa ruim começa a acontecer, a pessoa sábia dentro de mim olha para cima e se manifesta, apontando para a situação. *Dá pra acreditar nessa merda?* Wolf deu mais uma tragada desconfortável.

Comecei a rir, uma resposta involuntária do sistema nervoso, assim como quando um gambá se deita de costas e se finge de morto.

— Isso... — falei, em meio a risadinhas. — É sobre isso que você está falando?

Não importa de onde a risada tenha vindo, Wolf não gostou nem um pouco. Ou talvez tenha gostado bastante. De qualquer forma, ele apagou o cigarro na parede, veio na minha direção e começou a babar na minha cara. Talvez ele mesmo descrevesse a coisa como beijar, mas posso garantir que não era o caso.

— Você gosta, não gosta? — ele falou no meu ouvido, entre lambidas. O bafo dele era quente e podre. — Dá pra ver. — Ele tateou e enfiou a mão no meio das minhas pernas, desajeitado. — Você adora.

— Hummm — falei.

Eu estava repassando na velocidade da luz respostas possíveis em uma situação impossível, incapaz de descobrir como não o magoar ou fazer com que ele agisse de maneira ainda mais agressiva do que já estava agindo. Ele estava grunhindo um pouco, insistente, como um cachorro tentando pegar manteiga de amendoim de dentro de um brinquedo de morder. E eu, retribuindo o beijo, eu *acho*, ou pelo menos não estava não retribuindo. Digamos que a responsabilidade fosse noventa por cento dele e dez por cento minha, assim como em uma colisão frontal. Quando Wolf finalmente fez uma pausa, afastando-se para me ver melhor, eu instintivamente toquei meu rosto, só para ter certeza de que ainda estava lá. Não era assim que eu tinha imaginado aquela noite.

— Vamos pra minha casa? — perguntou ele.

O cabelo cacheado, penteado como o dos garotos de brilhantina dos anos 1950, caía sobre a testa suada. Ele era um desses caras que não são feios olhando de longe, mas de perto os dentes amarelados e a pele marcada se destacavam. Os defeitos pareciam piorar quando ele abria a boca.

Eu precisava ser delicada em relação àquilo. Para falar com um cara como Wolf, era preciso demonstrar respeito o tempo todo, garantir a ele tacitamente o tempo todo sua posição dominante.

— Olha... — falei. — Eu adoraria, mas... — Vasculhei os cantos do meu cérebro em busca de uma razão. Doença: não, óbvio demais. Falecimento na família: idem. O fato de eu me sentir fundamentalmente insegura: ele não ligaria. Toda a inteligência desapareceu do meu cérebro em uma nuvem de fumaça. Até que... — Espere! — continuei, empurrando-o alegremente. — A gente não pode! Você é o anfitrião! Esta festa é sua!

Depois disso, Wolf me fez esperar horas, até bem o final da festa, para vir falar comigo de novo. Talvez tenha ficado magoado que suas investidas tivessem sido rejeitadas, talvez fosse só mais uma confirmação de poder. Ele iria assinar com a gente, claro que iria. Só queria brincar comigo. Me mostrar quem é que mandava. Às vezes os homens pareciam tão burros, transparentes e óbvios nas ações que me desconcertava o fato de que vivíamos em um mundo em que eles mandavam. Então me lembrei da vantagem que eles tinham: podiam bater numa mulher com força. Podiam nos estuprar também.

Eu me ocupei durante o restante da noite mexendo no celular, vendo fotos de família e férias de pessoas que eu mal conhecia, cheia de raiva desse poeta imbecil da internet que estava desperdiçando meu tempo. Finalmente, às três da manhã, Wolf se aproximou.

— Estou destruído — disse. — Você se importa se a gente adiar as coisas de trabalho até amanhã? Podemos tomar um café ou algo assim.

Sorri docemente.

— Claro, parece ótimo. — Se ele ia me obrigar a ficar o agradando, ah, ele ia ver só. Eu ia agradá-lo até as últimas consequências. Wolf ia me fazer perder a oportunidade de ir a um museu com Ben só para eu o encarar com raiva diante do vapor de um café americano? Beleza, tudo bem. Eu atingiria meu objetivo, e, não importava o que ele fizesse, Wolf não iria conseguir o que queria de mim. E não estou falando só de sexo, estou falando do meu respeito.

— Beleza. — Ele ficou lá parado, acenando de leve. Estava bêbado e provavelmente chapado também. — Obrigado por ter vindo.

— Não há de quê — respondi, em uma voz tão reconfortante quanto a que eu imaginava que uma mãe usaria com seu bebê idiota berrando. — Obrigada por me receber.

7.

Um belo de um abacaxi!

Na manhã seguinte, Simone me mandou um e-mail em um horário ridículo para me dizer que tinha havido uma mudança no meu itinerário. Surpresa! Mary London, rainha do conto estadunidense, me aguardava para um chá na faculdade feminina onde lecionava, ao norte da cidade.

Tive que ler o e-mail algumas vezes para entender. Celeste *conhecia* Mary; elas tinham feito faculdade juntas. Hum. Celeste conhecia Mary *London*? Mary era a escritora favorita de Susan, e minha segunda favorita, logo atrás de Julian North. Susan havia descoberto London em uma oficina de ficção na faculdade e depois me fez gostar dela por rir tanto de seus contos reunidos que em algum momento pedi a ela que começasse a lê-los em voz alta. O humor ácido da autora era minuciosamente orquestrado, como o de qualquer comediante de *stand-up*, mas, diferentemente da maioria dos comediantes, ela também não tinha medo de esmigalhar nosso coração.

Aparentemente, Celeste e Mary tinham a mesma idade, mas eu sempre imaginara que Mary London fosse muito velha, talvez porque eu acreditasse que só gente velha podia ser sábia. Então me ocorreu, não pela primeira vez, que havia partes da vida de Celeste das quais eu apenas tivera vislumbres através da cota de malha que revestia a maior parte dos assuntos dela. A maioria das pessoas é difícil de conhecer, e, além disso, prefere que seja desse jeito. De qualquer modo, eu pegaria um trem para o norte, que Simone já tinha reservado. Sairia em algumas horas.

Tudo isso parecia muito empolgante, como se eu estivesse em uma grande missão para uma agência governamental supersecreta. Eu sentia que estava brincando de faz de conta no meu quarto de criança outra vez, mas agora com pilhas de dinheiro à minha disposição. *Afirmativo*, respondi para Simone. *Entendido*. Então, do conforto da minha cama *king size* Califórnia, fiquei ligando, e ligando, e ligando para Wolf até ele atender com um "oi" sonolento.

Disse que ele precisava me encontrar agora mesmo no café do hotel.

— Não tenho muito tempo hoje — falei com ar de superioridade. — Tenho outra reunião à tarde. — Escute só! Como eu soava ocupada e importante! Eu era uma mulher de negócios profissional com punho de ferro! Investiguei minha memória em busca de trechos de diálogos de séries decentes sobre ambiente de trabalho que passavam em horário nobre. Então acrescentei uma fala. — E *não* se atrase.

Wolf apareceu no Ace menos de uma hora depois, uma demonstração surpreendente de pontualidade, já que ele morava no Brooklyn, provando mais uma vez que a melhor maneira de eu conseguir alguma vantagem na vida era ver mais televisão. Eu tinha segurado duas banquetas para nós perto da janela que dava para a 29th Street. Consegui encontrar algum conforto na barulheira do Ace, de gente do mercado financeiro, profissionais criativos e turistas ricos que enchiam a cafeteria iluminada de estilo parisiense. Ficar perto de gente chique e coisas chiques sempre me deixou confortável. Não que eu tenha nascido tão em berço de ouro assim, mas porque eu sempre sentira que *merecia* ter nascido em berço de ouro. Por um breve período na quinta série até me convenci de que tinha sido trocada na maternidade e era a filha perdida da princesa Anastasia Romanov.

O ponto é que a pergunta a que eu sempre tentava responder nas minhas relações cotidianas era: como posso fazer com que essa porcaria banal se torne mais glamorosa? Naquele dia eu já tinha respondido a essa pergunta me vestindo como uma francesa — salto alto, jeans rasgado, camisa listrada branca e vermelha, sobretudo ajustado — e pedindo, em vez do meu café americano de sempre, um espresso que vinha em uma xicrinha com um macaron minúsculo no pires pequenininho. Comer e beber em coisas pequenas me fazia sentir, como os franceses diriam, *très chic*.

Wolf, por outro lado, tinha uma aparência horrível, provavelmente porque tinha acabado de sair da cama. Vendo-o ali, longe de seu hábitat natural, fui surpreendida pela precariedade dos papéis em que nos colocamos, por como é tênue essa ideia de *identidade*; pelo quanto de nós depende do contexto. Ali no Flatiron District, à luz brilhante da manhã, a demagogia de ultranicho de Wolf não tinha espaço. Ele parecia modesto e disciplinado pelas demonstrações exibidas de riqueza, saúde e elegância ao redor. Não era o rei da cena de poesia da internet; ali não havia nenhuma cena de poesia da internet. Ali, ele não tinha *permissão* para assumir a posição de alfa, de assediador, que ele podia assumir em outros lugares. Porque ali, apenas a alguns quilômetros do Brooklyn, todo mundo estava cagando para ele.

Sim, tinha alguma coisa na aparência miserável de Wolf, no desconforto com o qual ele se locomoveu até o bar para pedir um café, que cutucava e despertava o que preciso vergonhosamente chamar de minha assediadora interior. Eu o vi se atrapalhar com o dinheiro trocado no balcão e senti aquela descarga elétrica que acompanha o repentino reconhecimento de que o poder em uma situação está totalmente à disposição de quem conseguir alcançá-lo. Íons estalavam no ar ao meu redor; um prazer meio perturbado me fez estreitar os olhos. Você quer me foder?, falei para mim mesma enquanto olhava para ele. Vou foder com você. Você me desrespeita? Eu te desrespeito. Depois que a fêmea do louva-a-deus acasala, por sinal, ela devora o macho dos pés à cabeça.

— Preciso que você faça uma coisa para mim — falei assim que ele voltou. — Antes que eu me esqueça.

Eu o estava desafiando a tentar, apenas tentar dizer não, tentar ficar em vantagem, mas eu sabia, assim como ele, que ele não se atreveria. Eu tinha algo contra Wolf agora. Sabia algo sobre ele que ele não podia me fazer esquecer. Isso não significava nada para os puxa-sacos do Brooklyn, mas eu tinha certeza de que poderia usar como barganha. O poder é circunstancial demais. Os ombros de Wolf estavam caídos; ele se fechara em si mesmo enquanto tomava um gole do café.

— Claro, com certeza, o que é?

— Dá uma olhada nisto aqui, pode ser? — Tirei da bolsa os poemas de Susan e empurrei os papéis em sua direção. — Eles precisam de um lar, e preciso que você encontre esse lar para eles.

— Hummm... Ok, tá bom.

— Eu quis dizer agora.

Ele me olhou.

— Você quer que eu leia agora?

— Ahm, *sim*, quero que leia agora, e que me diga onde publicá-los.

— Quem é Susan Anderson? — Ele ainda estava com a postura curvada, folheando as páginas.

— Minha melhor amiga.

Eu ia usar esse moleque do mesmo jeito que ele usava as pessoas. Se eu tinha algum escrúpulo em relação a me rebaixar a esse nível, certamente não senti na hora. Ajudar Susan e ganhar de Wolf usando as armas dele, a velha história de dois coelhos com uma cajadada só, ah, me fazia sentir como uma czarina russa implacável. A vida às vezes era gloriosa.

Deixei-o ler por um tempo. Então cruzei os braços e perguntei:

— E aí?

— São ótimos.

— Eu sei — respondi, embora tenha sentido uma descarga de orgulho do talento de Susan. — Então, qual é o plano?

Observei-o enviar e-mails para três editores com uma pergunta. Pareceu satisfatório.

— Posso ficar com eles? — ele perguntou depois de mandar o último. — Só para o caso de eu encontrar umas pessoas.

— Claro — falei no que eu acreditava ser um tom de voz benevolente. Eu estava me sentindo muito majestosa ali, muito competente. — Você me colocou na cópia oculta desses e-mails, né? E vai me encaminhar as respostas?

— Sim, com certeza. Espero que dê certo com algum deles.

— Bom, que ótimo.

Cocei a cabeça. Wolf estava sendo tão obediente, diminuindo-se, e isso, combinado com seu aspecto de criança abandonada... não sei como os encrenqueiros conseguem bater nos outros por tanto tempo, eu já estava ficando com dor nas costas. Talvez Wolf não fosse ameaçador, afinal. Talvez fosse apenas *inseguro*. Toda a impotência que ele devia sentir em lugares como o Ace ficava armazenada, depois se sublimava e se convertia em agressão, porque lá no fundo ele não se amava, pensava que nunca seria capaz de se amar e estava ferido demais para tentar.

Para amaciá-lo e fazer com que assinasse os papéis ali mesmo, perguntei sobre a infância dele. Ouvi por sabe-se lá quanto tempo sobre suas questões com a mãe, sobre como, quando era adolescente, tinha caído nas drogas e tinha demorado muito tempo para conseguir sair, como tinha raiva do fato de que outros poetas tendiam a desprezar o trabalho dele porque não era canônico o suficiente. Foi esse o termo que ele usou, *canônico*. Wolf se sentia alienado da comunidade poética, mas não era culpa dele que a carreira tivesse decolado e que ele tivesse conseguido essas oportunidades maravilhosas. Ele trabalhava duro, e no fim das contas não se importava com o que pensariam dessa bobajada de patrocínio porque, sabe de uma coisa, a gente só vive uma vez.

Ele ficou falando e falando dessas coisas, e às vezes eu quase perdia a paciência, mas acabava me controlando porque sabia que no fim ele assinaria os papéis. E assinou. E provavelmente teria assinado de qualquer forma, mas nós dois estávamos acostumados com uma certa dança ao confrontar o sexo oposto.

Quando nos despedimos do lado de fora do hotel — eu estava chamando um táxi para me levar à estação de trem, com a previsão de chegar em cima da hora para a partida —, apertamos as mãos como se realmente fôssemos colegas que tinham acabado de fechar um excelente negócio, e não dois desconhecidos que tinham se esfregado nem doze horas antes em um espaço de eventos aleatório no Brooklyn. Garoava um pouco e o céu estava melancolicamente cinza, o que contribuiu para a pontada involuntária de empatia que senti pelo homem tristonho e confuso à minha frente. Afinal de contas, era meu trabalho — não era? — tomar conta de homens frágeis e vulneráveis que precisavam de ajuda com seu desenvolvimento pessoal.

— Não esquece dos poemas, hein? — gritei para ele quando escorreguei para dentro do táxi.

Ele acenou e assentiu quando fechei a porta. Lembro que pensei, enquanto o táxi saía para o trânsito: coitadinho.

*

Uma coisa que eu sempre amei no trabalho é que ele não te deixa ficar pensando demais. Situação sexual estranha com um cara da empresa? Não importa! Completamente apaixonada por um cara com quem você só saiu duas vezes? Desencana! Eu não podia controlar muitas coisas na vida, mas podia controlar minha performance no ambiente de trabalho. Não, a vida não vem com manual de instruções, mas Celeste vinha, ela ficava me dando instruções o tempo todo.

Simone tinha me mandado um monte de PDFs por e-mail — discursos de formatura, artigos de opinião, resenhas do livro mais recente — para eu dar uma olhada enquanto estava no trem, a caminho de encontrar Mary London, o que, na esteira do meu encontro bem-sucedido com Wolf, fiz com um senso de extrema competência. Com toda a confusão, eu não tinha dormido particularmente bem, então escolhi um vagão mais vazio para poder ouvir música de meditação sem ser interrompida e focar, focar, focar. Eu tinha um aplicativo no celular que apitava uma vez quando era hora de trabalhar e apitava duas vezes quando era hora de uma pausa, e eu o obedecia com tanta reverência quanto uma freira obedecia a suas horas canônicas.

Li tanto dos textos de Mary e sobre Mary quanto consegui, assim como o plano de "engajamento criativo" que Celeste havia elaborado especialmente para ela. Era uma empresa que a People's Republic já representava, uma rede de moda *plus size* chamada Encore. A Encore vinha passando por um *rebranding* completo, na tentativa de se livrar de sua ligação com mães suburbanas e pegar o bonde das mulheres *plus size* da moda que — espertamente, na minha opinião — tinham se juntado na internet para exigir melhores opções de roupas de boa qualidade. Mas a Encore não podia perder as mães suburbanas completamente, porque eram seu principal ganha-pão. Era uma linha tênue sobre a qual caminhar, e era aí que entrávamos.

A diretora de marketing da Encore por acaso era uma grande fã de Mary London, e Celeste tinha conseguido convencê-la de que a solução para o dilema do *rebranding* era contratar uma escritora que ela já adorasse. Mary tinha uma reputação imaculada como autora e por acaso também era *plus size*. Era adorada pelo tipo de mulher que frequenta clubes de leitura, daquele tipo que compartilha o artigo provocativo de Mary sobre sexismo no Facebook no mesmo dia em que entra para o programa de emagrecimento de Jenny Craig. Até as mães suburbanas, que não se encaixavam nessa linha e nunca tinham ouvido falar de Mary London, poderiam gostar de qualquer texto sagaz que London sem dúvida produziria. A característica mais importante da oferta para convencê-la, até onde eu conseguia ver, era que a proposta significava poder se demitir do seu emprego de professora, que ela supostamente detestava.

Eu estava tão mergulhada no trabalho que perdi a noção do que acontecia ao meu redor. Era fácil me perder; às vezes eu até me esquecia de que era uma pessoa. Ficava tão envolvida no que estava fazendo, ou, para ser sincera, com *quem* eu estava saindo, que o que se poderia chamar de meu "eu" meio que perdia os limites. Um mau funcionamento da permeabilidade seletiva da parede das minhas células, acho, ao ponto de todo o universo penetrar em mim. Nesses momentos eu me sentia menos como um ser humano e mais como uma massa confusa de pensamentos e sensações mantidos juntos por algo que equivalia a um balão de borracha esticado demais.

Então você pode imaginar a minha surpresa quando, a certa altura, percebi não apenas que o trem tinha parado de se mover, mas que tínhamos chegado à minha estação.

— Segure a porta! — berrei, desorientada, mas determinada a manter o senso de diligência que era emblemático dos meus compatriotas. Peguei a mala e o sobretudo e voei pelas portas bem quando elas se fechavam.

*

A faculdade onde Mary lecionava ficava em uma cidade pequena e pitoresca às margens do Hudson, a duas horas de Nova York. Tanto a faculdade quanto a cidade pareciam estranhamente amigáveis, o que me lembrou de um episódio de *Além da Imaginação* sobre mulheres que dormiam em Tupperwares e desafiavam o envelhecimento. As pessoas sorriam e acenavam nas ruas, e todos os motoristas paravam para os pedestres. Essas demonstrações abertas de boa vizinhança me davam arrepios, embora eu tivesse crescido no Centro-Oeste. Eu preferia cidades como Berlim, Filadélfia e Nova York, onde as pessoas eram grossas, o cheiro era podre, e o lixo nunca recolhido ficava vazando na rua. Porque assim pelo menos dava para saber *onde* eles o deixavam.

Mas ali naquele vilarejo incomum, onde o salário médio devia ser de seis dígitos anuais, o lixo era separado em um sistema elaborado entre reciclável, compostável, biodegradável e o vergonhoso não biodegradável etc. Eles queriam que os visitantes soubessem que até o lixo deles era melhor que o de todo mundo, e isso me impressionou de verdade.

Eu sempre ficava impressionada pelas mínimas melhorias que uma pessoa e uma sociedade eram capazes de fazer de modo a viver melhor. Ali mesmo prometi me dedicar a criar um lixo mais civilizado, e não a coisa fétida que eu levava pela porta dos fundos do meu prédio e jogava em um contêiner verde manchado de molho de pizza nas laterais. Hoje em dia era possível comprar umas latas de lixo muito bonitas para casa. Uns duzentos dólares, não tão caras e o suficiente para sentir menos vergonha de si mesma.

Mary estava dando plantão naquela tarde, e eu tinha planejado ir direto à sala dela. Enquanto andava até lá, liguei para Susan.

— Você não vai acreditar em onde eu estou — falei, em vez de cumprimentá-la.

— Onde?

Pelo barulho parecia que ela estava com outras pessoas. Isso me deixou meio preocupada, como se eu estivesse interrompendo alguma coisa para a qual não tinha sido convidada, para começo de conversa. Mas segui em frente da mesma forma.

— Indo até o escritório da Mary London.

Eu estava em uma calçada sinuosa. Dos dois lados havia um jardim verde e de manutenção cara e os carvalhos altos do campus. Atrás deles, as fachadas imponentes de tijolos, cobertas de trepadeiras, dos prédios antigos. Havia nomes de pessoas que tinham a esperança de sobreviver para sempre gravados sobre o mármore no topo dos edifícios, e, embora essas pessoas estivessem mortas, cheguei à conclusão de que havia muitas tentativas piores de alcançar a imortalidade. Como começar um blog, uma guerra, ou uma rede de cassinos.

Pelo caminho passei por muitas jovens animadas, mulheres trans, mulheres de todos os formatos, tamanhos e cores, todas caminhando, conversando e segurando seus livros ou balançando a cabeça no ritmo de uma música que mais ninguém podia ouvir, por causa dos fones brancos enfiados nos ouvidos. Tinham um ar de direitos garantidos e confiança em si mesmas que achei bonito.

Mas era bonito do jeito que o outono é bonito: porque o inverno vai chegar. O inverno, nesse caso, era o mundo que elas teriam de encarar assim que saíssem dos limites da instituição, um mundo que não tinha sido especialmente pensado para o cuidado e a manutenção delas como esse lugar havia sido, e em muitos casos tinha sido pensado para fazer exatamente o oposto.

Depois de uma pausa, Susan respondeu:

— Por que você está indo até o escritório da Mary London?

— Porque, acredite se quiser, Celeste a conhece! As duas fizeram faculdade juntas, não é doido? Eu vou literalmente entrar na sala dela em, tipo, três minutos.

— Isso é doido.

— Quer que eu peça um autógrafo? Posso falar de você pra ela? Quer dizer, obviamente vou falar de você pra ela, mas o que é bom eu dizer?

— Não fale de mim pra ela.

— Mas é claro que eu vou falar de você pra ela! Você é a maior fã da mulher! — Cercada por aquela confiança jovem, eu estava sendo despertada da instabilidade que tinha sentido no trem. Peguei um graveto do chão e comecei a balançá-lo no ar como uma criancinha. Eu me sentia viva, alegre. — E se eu ligasse pra você enquanto estivesse lá e você falasse direto com ela? Quer dizer, é uma oportunidade única, vamos aproveitar! — Fiz uma pausa e reconsiderei, ainda brincando com o graveto no ar o tempo todo, como se fosse uma espada. O campus da faculdade despertava a criança mimada que havia em mim. — Ou, pelo menos, é a primeira vez que essa oportunidade aparece na sua vida.

— Não precisa. Mas obrigada, de qualquer forma.

Franzi a testa.

— Por quê?

— Porque é esquisito.

— Xiiiu. Só é esquisito se você deixar esquisito!

— Não, *você* está deixando esquisito, tentando me obrigar a fazer uma coisa que não quero.

— Caramba. — Uma pausa. — Você está *brava* comigo por eu estar aqui?

Ainda havia som ambiente ao fundo.

— Não.

— Se estiver brava, é só falar.

— Não tô.

— Então — Olhei ao redor daquele jardim elísio — por que isso parece estranho?

— Não parece estranho.

— Onde é que *você* tá, afinal? — indaguei. Ela parecia tão distante. Eu queria reencontrá-la.

— Em um café.

— Você está escrevendo?

— Hoje é meu dia de folga, sim.

Houve um tempo, não muito tempo atrás, em que eu sabia a agenda de Susan hora a hora. E agora ali estava eu, do outro lado do país, e não sabia nada sobre o que ela estava fazendo. Nem sequer sabia direito quem ela era, ou quem estava se tornando, ou tentando se tornar. O fato de termos conhecido alguém ontem não é garantia de que ainda vamos conhecer a pessoa amanhã. As pessoas se afastam por todo tipo de motivo. É o cenário mais comum. O que partia meu coração era que eu pensava que Susan fosse a exceção. Ela era minha irmã, eu dissera a mim mesma, assim como muitas de nós disseram a si mesmas quando ficou claro que precisavam de mais família do que sua própria família. Sem querer falar de um jeito grudento ou melodramático demais, ela foi a primeira e única pessoa na minha vida que me amou incondicionalmente.

Mas não mais, ao que parecia. O que eu odiava mais que a distância em sua voz era o fato de que ela estava fingindo que estava tudo bem. Susan e eu sempre havíamos sido sinceras uma com a outra. Costumávamos dizer que não brigávamos como meninas. Brigávamos como meninos, sem fugir dos socos. Ah, se as coisas pudessem continuar sempre iguais, do jeito que preferimos nos lembrar delas, devaneio puro.

— Tenho lido aquele livro de poesia que você me deu antes de dormir — falei. Um último recurso para tentar estabelecer contato.

— Ah, é?

— Estou adorando. — Minha voz ficou embargada, eu não sabia por quê, ou sabia, mas não queria saber.

— Fico feliz.

— Me faz chorar.

— Ahhh.

Aquilo foi o pior. Quão distante soou aquele "ahhh". Como um conhecido na rua responderia se eu contasse que estava pensando em comprar um cachorrinho. O oposto do que eu queria ouvir. O que eu queria ouvir era: *Eu sabia. Foi por isso que te dei. Sua alma está sedenta, eu sei disso, e sei que você também sabe. Com os outros você pode fingir, mas comigo, não, e eu queria que você lesse esses poemas para que fizessem por você o que fizeram por mim. Nunca vamos deixar de estar morrendo, mas há maneiras de permanecermos vivas. Nem sempre entendemos uma à outra, mas sempre vou estar viva com você.*

Mas não foi isso que ela disse.

— Bom — falei —, preciso desligar. Só quis mesmo te ligar pra contar da Mary.

Susan parecia estar em outro planeta.

— Aproveite.

— Pode deixar! — respondi. Meus olhos estavam ficando úmidos. Tonta. — Depois te conto tudo!

Assim que desligamos, quebrei meu graveto no meio e joguei os pedaços no terreno. Não queria mais brincar com eles nem gostava mais de todas aquelas pessoas felizes.

*

Mary estava em reunião com uma aluna quando cheguei. Sentei-me obedientemente em uma das carteiras do hall. A porta do escritório estava entreaberta e dava para ouvir um pouco da conversa lá dentro. Uma jovem de voz agressiva em um blá-blá-blá sobre as bruxas em *Macbeth*.

Perguntando se elas eram reais ou não, esse tipo de coisa. A pergunta tinha o objetivo de funcionar não como uma pergunta, mas como uma rota para levar Mary a lhe dizer sobre o que escrever no artigo dela. Uma tática que eu conhecia muito bem, já que eu mesma a havia usado diversas vezes.

— O ponto não é se as bruxas são reais ou não — Mary respondeu vagarosamente. — O ponto é uma questão de ilusão. Como escritora, tenho muito interesse na ilusão. Provavelmente a maioria de nós vive iludido de uma forma ou de outra. E concorda com isso também.

A estudante pareceu muito impressionada com isso.

— Então a possibilidade que você está colocando da realidade das bruxas é tanto superficial quanto irrelevante. O que importa é que Macbeth acredita que elas são reais. Ele acredita que tem uma profecia para realizar e, como você pode ver, a realiza com impunidade.

A jovem refletiu sobre isso por um momento. Do hall eu quase conseguia ouvir o QI dela se debatendo contra seus limites.

— Então as bruxas são, tipo, símbolos?

— Não devemos nos perguntar sobre as bruxas — respondeu Mary. Estava sendo paciente, mais paciente do que eu teria sido capaz de ser com essa garota do tipo que organiza o fichário por cor e que estava em busca da resposta que lhe daria a nota máxima. — Devemos dar um passo atrás para refletir sobre o poder da crença. Até você — ela riu — está convencida de que tem coisas muito importantes para fazer no mundo. Assim como eu estive, e como todas as pessoas jovens estão. — Ela riu de novo, uma risada profunda. — Alguns de nós vão continuar acreditando nisso. O restante vai acreditar justamente até o ponto em que o mundo cruelmente lhes prove o contrário.

Os pelos do meu braço se arrepiaram. Não sei por que, só sei que pareceu que ela estava respondendo a uma pergunta completamente diferente. Pouco depois, a garota (loira, usando suéter de tricô) apareceu na porta, e Mary London apareceu logo atrás dela. Mary usava um vestido preto longo, e o cabelo castanho, marcado por mechas grisalhas, estava partido no meio e caía solto sobre os ombros. Ela parecia alguém que tinha visto muita coisa na vida, e algumas delas mais de uma vez.

— A primeira e única Casey Pendergast, presumo — disse ela com um sorriso fraco e me conduziu para dentro do escritório. — Entre. Ouvi falar muito de você.

O escritório de Mary era eclético, para dizer o mínimo. Uma parede estava coberta de tapeçarias, havia um conjunto de chá japonês em uma mesa lateral, livros enchiam as estantes que iam do chão ao teto e preenchiam o largo peitoril da janela e o chão. Pendurei meu casaco em um mancebo instável de hastes com pontas em espiral, e ela sinalizou para que eu me sentasse em uma das duas poltronas combinando que ficavam uma de cada lado do conjunto de chá.

— Quer um chá? — ela me perguntou naquela voz estranha e lenta. Sim, claro, respondi. Eu adoraria um pouco de chá.

Ficamos em silêncio enquanto ela preparava o chá, um ritual que parecia performar tão sem esforço quanto respirar ou caminhar. Ela me pareceu o tipo de pessoa que preferia o silêncio, que digeria as palavras como se fossem uma refeição pesada. Tentei não a bombardear com perguntas e conversa, embora, nossa, fosse difícil ficar ali sentada no silêncio. Eu não estava acostumada a ficar em silêncio com os outros. Silêncio significava tristeza. Não? Era meu trabalho entretê-la. Não era?

Não sei bem em que Mary London estava pensando no silêncio, mas duvido que estivesse pensando em como estava silencioso e se perguntando se o silêncio era um problema e se preocupando que fosse. Algo me dizia que Mary não pensava em coisas desse tipo, ela só fazia o que tinha vontade de fazer, e imediatamente gostei disso nela.

— Então, você fez faculdade com a Celeste? — perguntei assim que a água na chaleira elétrica começou a ferver, quando eu não aguentava mais, explodindo em palavras como se fosse um palhaço de caixa de surpresa.

Mary colocou algum tipo de folhas soltas em um infusor e o pôs dentro do bule de chá. A princípio não respondeu, e imaginei que não tivesse me ouvido. Então falou, despejando a água no bule.

— Sabe do que a gente a chamava na época? "Pulgueiro".

Eu ri, e em seguida cobri a boca com a mão. Não difameis vosso chefe!

— Por quê?

— Ela ia para o centro da cidade aos finais de semana. Às vezes não voltava por dias. Dizia pra gente que ficava em hotéis pulguentos com homens mais velhos, como se fosse sua medalha de honra, prova de que estava passando todas nós para trás. — Mary riu, não de um jeito maldoso, com a lembrança. — Ela dificultava a própria vida. Garotas não perdoam. Aceita um pãozinho com creme?

Ela pegou de baixo da mesa um prato de papel coberto com papel-alumínio.

— Claro que sim! — respondi. Removi o papel-alumínio, peguei um grande pãozinho amanteigado e enfiei uma ponta em um copo de papel cheio de creme. Era uma prenda que eu talvez não tivesse dado a mim mesma se estivesse sozinha, mas pareceu certo comer doces com Mary. Ela não era vaidosa; dava para sentir. Sua falta de vaidade deve ter se transferido um pouco para mim, porque enfiei o pãozinho inteiro na boca com um movimento firme, como uma mala em uma esteira de segurança no aeroporto. — Uau — balbuciei, ainda de boca cheia. E me dei conta de que, além do espresso e do macaron do Ace, não tinha comido nada o dia todo. — Isso é muito bom.

— Pegue mais um! — ela falou. Era genuinamente tão amável. — Tome um pouco de chá!

Comemos, bebemos, conversamos e conversamos. Mary foi excepcionalmente razoável em relação à Nanü, e eu a achei um pouco leviana em relação a como seu papel poderia afetar seu status de ícone da alta literatura, talvez porque tivesse se resignado a fazer praticamente qualquer coisa para sair daquela cadeira. Estava cansada da academia.

— Não deixe que te enganem — disse ela. — Embora eles fiquem falando sobre os meus prêmios e me exibam como um cavalo premiado quando aparecem doadores, a academia está igualmente cansada de mim.

Embora a faculdade tivesse lhe oferecido estabilidade financeira ("fiz as pazes com o fato de que sou uma mulher de apetites enormes"), ela havia começado a dar aulas mais tarde, e o salário não era o suficiente para que economizasse para a aposentadoria. A Nanü seria uma maneira fácil e rápida de sair do que ela ficava chamando de "um belo de um abacaxi".

— É isso ou morrer amanhã — disse ela. — Já que hoje não consigo bancar a velhice.

— Não fale isso! — retruquei. Não achava graça em coisas macabras. Bem longe disso.

— Envelhecer é caro, pelo menos neste país. Não temos rede de segurança, e está ficando ainda pior.

— E o dinheiro dos seus livros?

Mary desatou a rir.

— Ah, cordeirinho... — finalmente respondeu. — Ainda tem tanto de menina em você.

Congelei.

— Olha, não acho. Tenho vinte e oito anos, quase vinte e nove, afinal.

Os olhos de Mary reluziram.

— Ah, sim.

— Mas então, os livros? E os prêmios? Você não ganhou um MacArthur em um...?

— O que aquilo me trouxe — Mary fez um gesto indicando fumaça desaparecendo na atmosfera — já se foi agora. Pode-se dizer que me especializei em desinvestimentos.

Mary falava assim em código de vez em quando: ela gostava, como muitos professores, de fazer "*le grand statement*". Embora eu me sentisse obrigada a passar rapidamente pelas letras miúdas do seu contrato de "engajamento criativo" — ela criaria a *tagline* para a campanha nacional de *rebranding* da Encore, reescreveria o site, escreveria as descrições de produto para a nova coleção cápsula, vestiria as roupas deles (de graça, obviamente) para sua nova foto de autora —, ela pareceu não se interessar por essas particularidades. Já havia decidido fazer a cama; era hora de se deitar nela, não importava o que isso significasse. Por algum motivo isso fez eu me sentir esquisita. Acho que não é legal vender uma ideia para alguém que já concordou com ela antes mesmo de você chegar.

— Posso te perguntar — ela falou enquanto assinava os papéis — como foi que você veio parar aqui?

— Você quer dizer aqui *aqui*? Bom, vim de avião ontem à tarde e hoje de manhã peguei o Metro-North depois de, bom, essa já é outra...

— Não, não — disse ela, tampando a caneta e me devolvendo a pasta de cânhamo. — Trabalhando com Celeste, quero dizer.

— Ah, fiz faculdade de letras... acho que sempre fui boa com as palavras. Na verdade, isso me lembra, quase esqueci. — Mexi na minha bolsa, que estava aos meus pés, e tirei de lá o conto amassado de Susan. — Talvez isto seja um pouco, sabe, não *profi*, mas a minha melhor amiga, Susan, também é escritora. Muito talentosa. Com medo de se colocar lá fora no mundo, mas ela tem a... — Estalei os dedos —... sabe, a *coisa*. A coisa que te faz realmente *sentir* alguma coisa. Ela ia morrer se ficasse sabendo que estou fazendo isso, mas... — Empurrei as páginas amassadas na direção dela —... você leria este conto dela? Acho que é bom. Quer dizer, não entendo muito, mas...

Mary sorriu. Seus olhos pareciam infinitos.

— Você é uma boa amiga.

— Bom, depende de pra quem você perguntar, e em que dia.

— Vai ser um prazer ler o conto da sua amiga.

Bati palmas, involuntariamente, e apertei as mãos contra o peito.

— Você vai ler?

Ela piscou algumas vezes. As pupilas eram largas, quase engoliam o âmbar da íris.

— Na minha idade, raramente fico emocionada — disse ela após uma pausa. — Mas continuo me emocionando com a lealdade. Você ainda não respondeu à minha pergunta.

— Pergunta? Ah, sim. Acho que Celeste só gostou de mim de cara. Quer dizer, também gostei dela — acrescentei rapidamente. — Ela é boa pra mim, trabalhamos juntas há muito tempo. E a chance de ajudar autores maravilhosos como você? Celeste diz que tenho mão boa pra isso.

Os olhos de Mary agora estavam brilhantes e úmidos, como o mar.

— Tome cuidado com o que pessoas poderosas te dizem sobre você mesma — disse ela. — Na maior parte das vezes, o que há por trás é ganância.

*

Na viagem de trem de volta para a cidade, pensei sobre o que Mary tinha dito. Os gastos da velhice, lealdade, ganância. Aquilo me lembrou de algo que um professor tinha dito sobre Tchékhov. Tchékhov tinha trabalhado de dia como médico rural e dizia que o trabalho de escritor era não para curar — porque não havia cura —, mas mais precisamente para identificar os sintomas da condição humana. Mais tarde, quando terminei de ler *Tio Vânia*, eu me lembro de ter ficado sentada, impressionada, no meu compartimento da biblioteca, rememorando o último discurso de Sônia sobre o trabalho e a morte, e o fato de o trabalho ser a única coisa a se fazer até a morte. Não porque fosse triste, necessariamente, ou porque eu estivesse triste. Mas porque era *verdade*. O encontro com Mary London havia provocado uma combinação similar, embora mais suave, de perturbação e consolo. Estava claro que a mulher não deixava passar nada. E era cada vez mais possível que, desde aqueles dias inexperientes de *Tio Vânia*, eu talvez tivesse deixado.

Olhei pela janela para a fileira de casas e construções de blocos de concreto que ladeavam os trilhos do trem enquanto roncávamos e chacoalhávamos de volta para Manhattan. Era o início da noite, e o crepúsculo dava um tom arroxeado romântico até aos terrenos mais desgastados. Eu não tinha pensamentos concretos, planos, julgamentos; só esmaguei o nariz no vidro e observei o mundo passar por mim com a nostalgia de uma criatura longe de casa.

Peguei o celular e mandei uma mensagem para Ben. Por quê? Eu tinha perdido a cabeça e temporariamente conseguido uma cabeça melhor, uma menos desconfortável consigo mesma, mas mais autoconsciente.

Ei, no fim das contas ainda estou em Nova York. Alguma chance de vc estar por aqui? Tô hospedada no Ace.

Ele não respondeu de imediato, então ativei o modo "Não Perturbe" do celular e sentei em cima dele. Prometi não conferir mais. Voltei a olhar pela janela e tentei encontrar minha paz interior. Ouvi alguém gritando com o filho e pensei: *vou* conseguir a paz interior. Estava ficando mais difícil encontrar minha paz interior porque estávamos quase chegando de volta à Grand Central, e os outros passageiros já estavam se empurrando e se amontoando para serem os primeiros a sair. Mais ou menos no momento em que um cara grandão e careca me empurrou para fora do caminho nas escadas e depois disse "Sai do caminho", minha paz interior foi embora de vez.

Caminhei de volta até o Ace, em vez de pegar um táxi, na esperança de reencontrá-la. Quebrei minha promessa durante o caminho e olhei o celular para ver se Ben tinha respondido. Não tinha. Ah, qual era o objetivo dessas relações humanas? Colocar-se no mundo, mostrar-se vulnerável, abrir o coração, era tudo tão humilhante e iria, de uma forma ou de outra, acabar em tragédia. Talvez fosse a hora de desistir dos humanos e me tornar uma daquelas mulheres que carrega um cachorrinho na bolsa, o alimenta com comida especial do mercado orgânico e faz um clone dele, para ter um substituto esperando quando o primeiro morrer.

Então, imagine só, quem é que eu vejo sentado em uma poltrona de couro assim que piso no saguão do hotel?

Ben se levantou quando me viu. Nós nos abraçamos, e ele tinha o cheiro de que eu me lembrava, o cheiro dele.

— Oi — falou com o rosto no meu cabelo.

É claro que íamos dormir juntos. Nós dois sabíamos disso desde o minuto em que ele se sentou no Horse & Stable algumas semanas antes. Eu tinha refletido tantas vezes sobre como parecer tranquila com ele. Eu ia fazê-lo trabalhar pelo que queria, ia parecer indiferente, ia fazê-lo adivinhar e implorar até que eu estivesse pronta.

Ou eu não precisava fazer nada daquilo. Depois de uma bebida no bar, perguntei a ele, direto e reto:

— Quer subir?

Assim que entramos no quarto, tirei toda a roupa e falei:

— Ai, meu Deus, é só isso.

Ele passou o dedo pelo centro do meu esterno, pela minha clavícula, pelo meu braço.

— É *tudo* isso.

8.

O amor nos tempos da montagem

Quem quer que tenha ideias idealistas sobre se apaixonar não conhece o amor; só conhece a televisão. Fisicamente, se apaixonar é uma doença bem horrível. Dores de estômago, perda de apetite, insônia, isso sem falar na ansiedade debilitante — não muito diferente de uma crise particularmente pesada de intoxicação alimentar. E ainda assim, naquela primavera, eu estava mais feliz do que nunca.

Ou não, não é bem isso. Não sou muito fã da felicidade; pelo menos não da maneira como se fala dela hoje em dia, com aplicativos de monitoramento, livros do tipo "como fazer" e gurus autoproclamados com estádios lotados. O que eu senti com Ben, naqueles primeiros dias, não tenho nem palavras para explicar. E não quero procurá-las, porque vão soar entediantes e repetitivas quando saírem da minha boca, quando, na verdade, aqueles dias foram os mais lindos para mim, talvez os mais lindos da minha vida. Ah, meu coração! Meu coração. Ainda consigo sentir.

E, no entanto, enquanto o amor é a melhor experiência que se pode ter, é a pior sobre a qual tentar falar. Não só porque todo ouvinte já ouviu sobre aquilo mil vezes antes, mas porque a pessoa secretamente acredita que nenhum amor pode se comparar ao que ela mesma já experimentou.

Mas, já que estamos aqui, o melhor que posso fazer é explicar que parecia que Ben e eu tínhamos dado as mãos naquela noite e mergulhado de cabeça no oceano, e desde então estávamos nadando cada vez mais para baixo, na esperança de tocar o fundo. Eu nunca tinha conhecido alguém tão intimamente antes, nem mesmo Susan, não poderia sequer dizer que realmente *me* conhecia, ou que o meu eu estava formado o suficiente para ser conhecido. Mas estávamos aprendendo juntos, ele e eu. Nós revelávamos, e o outro nos revelava. A primeira vez que chorei na frente dele não foi porque estava magoada ou irritada, foi porque ele olhava para mim com tanta ternura enquanto eu falava sobre não faço mais ideia do quê que eu nem soube o que fazer.

— Que foi? — perguntou ele, me tomando nos braços. Aproveitei a oportunidade para secar os olhos e assoar o nariz na camiseta dele.

— Nada! — funguei de maneira abafada no ombro dele. — Eu só... não estou acostumada a me sentir tão... não sozinha!

E foi a mesma coisa para ele também, acho. Havia uma melancolia em Ben que nem todo mundo era capaz de sentir sob a jovialidade, mas eu sentia, e ele percebia que eu sentia, embora nunca falássemos diretamente sobre isso. O fato de eu saber que a melancolia estava lá e não me importar o relaxava, presumo. Derrubava os muros ao redor dele com mais facilidade, muros que ele camuflava com educação e humor, mas que eram, abaixo da hera, duros como rocha. A tristeza era parcialmente circunstancial, tinha algo a ver com a doença de sua mãe, mas a outra parte tenho bastante certeza de que já nasceu com ele. A maioria dos escritores nasce triste, vive triste, morre triste, o que não quer dizer que a tristeza seja a única habilidade deles. Na verdade, o romance de Ben, que eu li no avião na volta de Nova York, era hilário e muito alegre. Mas não se pode conhecer a alegria sem conhecer o seu oposto, não se pode ser engraçado sem também ser triste, e este, devo dizer, era o grande dom de Ben: um espectro completo e vívido. Mas, diferente de Susan, ele não tendia aos extremos de seu espectro: era estável por conta de uma natureza prática e bons instintos, que o tornavam menos reflexivo e mais fácil de conviver.

Umas duas semanas depois que voltei de Nova York, Ben encontrou Susan pela primeira vez. Havia uma abertura de galeria na área residencial à qual eu sabia que Susan iria, então fiz questão de convidar Ben para ir comigo. A arte na galeria era medíocre, mas, honestamente, esse é o caso na maioria das vezes. O catálogo da exposição a chamava de "técnica mista". O público, composto de boêmios comuns, dos "bróders" boêmios e dos falsos boêmios, estava cheio dos suspeitos de sempre, uma mistura de criativos e profissionais e um novo subgênero chamado profissionais criativos. Havia mulheres de sapatos *loafer* e chapéus esquisitos, gente queer falando sobre ser queer, homens que em geral pareciam desconfortáveis. Pedi a Ben que fosse buscar taças de vinho para nós enquanto eu procurava Susan, que por fim encontrei observando a enorme fotografia de um braço peludo de homem segurando uma flor.

— Oi! — falei, três oitavas mais alto do que costumava falar, o código feminino universal para "vamos nos comportar". Eu me aproximei e a abracei. — Como você tá?

— Oi, miga! — disse Susan, me abraçando também. Ela estava com Gina outra vez, que começou a se afastar assim que apareci, ou talvez, com sua camuflagem de introvertida, ela tenha apenas se fundido com a parede. — Que bom te ver aqui!

— Queria ver você! E a arte, é claro. Mais ou menos. Eu trouxe Ben. Quer conhecer ele?

— Lógico. — Susan sorria e as bochechas estavam vermelhas. — Como você tá? Que saudade!

Ela estava com um humor jovial, ou era o vinho tinto que a deixara assim. De uma forma ou de outra, fiquei feliz por ela ser calorosa. Antes que eu pudesse responder, o braço de Ben apareceu do meu lado direito, segurando uma taça de vinho.

— Falando na peste... — brinquei, pegando a taça plástica da mão dele e me virando para sorrir em agradecimento. — Ben, Susan, Susan, Ben.

Observei ansiosa enquanto os dois se cumprimentavam, como a mãe de uma criança de jardim de infância que quer muito que a criança não estrague tudo e a humilhe por extensão. Eu me peguei tentando engendrar toda a situação social de modo a conseguir um resultado satisfatório para aqueles que amava. Antes que qualquer um deles pudesse terminar uma frase, eu interferia dizendo algo como:

— Isso é *exatamente* o tipo de coisa que Ben diria.

Ou:

— Sabia que Susan *também* é canhota?

Quando ficou claro que os dois não precisavam mais de mim — aparentemente tinham muito sobre o que conversar; estavam lendo o mesmo livro, um romance espanhol traduzido por um cara de quem eu sequer tinha ouvido falar —, recuei e fiquei ouvindo por alguns minutos, orgulhosa e feliz. Deixei-os sozinhos e andei um pouco pela galeria, observando esculturas de carne feitas de papel machê. Quando voltei, eles nem pareceram notar que eu estava ali. Conforme os minutos passavam, comecei a ficar mal-humorada. *Pardonnez-moi, lembram de mim?*, eu queria interromper. *A pessoa muito especial e importante que apresentou vocês, pra começo de conversa? Essa gata incrível bem aqui com um coração de ouro, de atitude descontraída e um corpão?*

Para a minha frustração, parecia que eles não lembravam, imersos como estavam em uma comparação entre a literatura publicada na Espanha de Franco e a do Chile de Pinochet. Enquanto isso, fui ficando cada vez mais bêbada comparando o vinho que eu tinha roubado de Ben na minha mão esquerda — se ele estava ocupado demais conversando sobre ditaduras para beber, resmunguei, *alguém* poderia fazer isso — com o outro na minha mão direita.

Quando Susan finalmente pediu licença para ir ao toalete, Ben se virou para mim com um sorriso no rosto.

— Ela é divertida — comentou. — Muito inteligente. Dá pra ver por que você gosta dela.

— Hummm. — Empilhei as taças de vinho e cruzei os braços.

— Vocês duas são fofas juntas. — Ele olhou para mim. — Você está bem? Parece cansada.

— Não estou cansada. — Os homens deveriam saber a essa altura que dizer que uma mulher parece cansada é a mesma coisa que enfiar uma pata gorda de urso em um vespeiro.

— Quer comer alguma coisa?

— Não, obrigada. Tô bem cansada.

— Quê? — Ben riu. — Você acabou de falar que não estava!

— Não foi isso que eu quis dizer. — Mudei o peso do corpo para a outra perna. Esperei um momento. — Vocês simplesmente esqueceram que eu estava parada ali ou algo assim? Ou só não queriam mais falar comigo mesmo? Ou o quê?

— Do que você tá falando? — Ele parecia chocado.

— Entendo que vocês dois queiram falar de livros e tal. — Funguei e dei de ombros. — Só achei grosseiro.

Ben ergueu uma sobrancelha.

— Você achou grosseiro eu conversar com a sua amiga, sendo que me trouxe aqui para conhecê-la?

— Sabe, se você preferir ficar com ela e a Gina hoje à noite, não tem problema.

Ele jogou as mãos para o alto.

— Casey! De onde veio isso?

Décadas de competição pela atenção dos homens, eu poderia ter dito. Em vez disso, falei:

— Hummm, veio de vocês *me ignorando*?!

— Não sei nem como responder a isso, de tão longe da verdade que está.

Diga que você não vai embora! Eu queria cair de joelhos e implorar. Em vez disso, pus as mãos na cintura e rosnei:

— Peça *desculpa*!

Mesmo assim, demorei um pouco para me recuperar daquilo, e só consegui depois de sair batendo os pés mais um pouco, comer quatro tacos, ficar um pouco sóbria e admitir entre lágrimas à uma da manhã, depois de vociferar um monte e evitá-lo, que eu estava com ciúme e insegura e que sofria de síndrome crônica da impostora perto dele e de Susan, isso sem contar as questões crônicas que fermentavam silenciosamente entre Susan e mim.

— Desculpe — funguei, secando os olhos. — Por despejar essa porcaria toda em você.

Agora eu só conseguia concluir que Ben sairia correndo e gritando na direção contrária. Mas na verdade aconteceu o oposto.

— Venha aqui, sua boba — ele disse carinhosamente à minha mesa da cozinha e me puxou para um abraço, os restos apimentados de taco esfriando nos nossos pratos. — Está tudo bem. — Ele beijou o topo da minha cabeça. — Você está bem. Eu adoro você.

Deus. Ainda se fosse mais fácil ser adorada, receber a afeição pela qual sempre ansiamos, despejá-la de volta na pessoa que foi generosa o suficiente para oferecê-la. Mas, caramba, é muito mais difícil aceitar coisas boas do que coisas ruins. Mantemos as coisas boas ao alcance da mão, de maneira suspeita, esperando o pior, já que, em um momento ou outro, todos nós fomos amados de maneira imperfeita.

Ou, pelo menos, foi nisso que me peguei pensando em diversos aviões nos dias itinerantes que se seguiram àquela interação. No fim de maio, viajei para Vermont a fim de atrair mais um item valioso em potencial, a intelectual nova-iorquina escritora de natureza Tracy Mallard. Um dos ensaios de Tracy sobre mergulhões havia chegado àquela lista usada pelos professores de ensino médio nas aulas de redação, então ela era meio que um nome conhecido, ao menos entre as pessoas que prestavam um mínimo de atenção às aulas de inglês. A Nature's Harvest, outro cliente bem estabelecido da People's Republic, mais conhecida por suas barras de cereal, esperava conseguir usar Mallard para levar sua marca, como Celeste descreveu, "de volta à natureza". As barras de cereal cheias de açúcar, que no passado já haviam sido item garantido nas lancheiras das crianças, agora eram o tipo de coisa que estava nas listas de "comidas proibidas" dos pais, ou algo que só se compraria, com relutância, em uma loja de conveniência de posto de gasolina.

A Nature's Harvest era calcificada demais para fazer qualquer coisa em relação ao conteúdo nutricional das barrinhas, mas o departamento de marketing não se importava de gastar montanhas de dinheiro descalcificando a reputação da empresa. Depois de muitas videoconferências, nós os tínhamos persuadido a produzir novas embalagens compostáveis com imagens de animais, para honrar os 0,05% de lucro que agora iriam para a WWF. Dentro da embalagem, colocaríamos algumas frases de Tracy. Quando, na primeira reunião, alguém do departamento de marketing da Nature's Harvest sugeriu que eles economizariam tempo e dinheiro se, em vez de assinar com Mallard, pagassem pelos direitos autorais para usar o trabalho que ela já tinha publicado, Celeste lidou com a divergência com a habilidade de uma diplomata.

— Todo mundo está sempre citando alguém hoje em dia — disse com suavidade. — Até o estacionamento no subsolo do nosso prédio tem aspas do Gandhi na parede. Não é suficiente usar o conteúdo antigo da Tracy. Queremos que ela desenvolva conteúdo original para nós, e somente para nós. Algo que ninguém mais tenha. Casey e eu também vamos pedir que ela venda os direitos de tudo que estiver fora dos livros, assim, no fim das contas o único lugar onde as pessoas vão poder lê-la vai ser por meio de uma marca com a qual vão saber que Tracy está profundamente comprometida: a Nature's Harvest.

Vamos?, pensei, assustada. A equipe de marketing murmurou sua aprovação.

— Eu não teria pensado nisso — alguém disse.

— Não, não teria — disse Celeste, em uma voz reconfortante. — Foi por isso que vocês contrataram a gente.

Agendar uma reunião com Tracy acabou sendo difícil. Era um fato conhecido que ela era um pouco maluca, que falava com animais. Ela também tinha horários muito específicos em que estava disposta a falar comigo. Com meu carro alugado, cheguei ao caminho de cascalho às 16h45. Seguindo as instruções que recebi de Harriet, assistente de Tracy, aguardei no carro até exatamente as 16h50, então me dirigi para a antiga casa de fazenda. Às 16h53 bati à porta da frente, então me agachei e deixei os olhos na direção da abertura para correspondências. Naturalmente, com toda essa cerimônia delicada, imaginei que uma maluca fosse abrir a porta.

— Posso ajudar? — Dois olhos azul-acinzentados apareceram do outro lado da abertura. A voz era trêmula e suave e soava como a luz do sol quando bate nos braços nus após o inverno.

— Oi! — falei, escolhendo o tom certo, na esperança de que soasse como a voz da minha professora de ioga. — Cumprimentos de paz pra você. Meu nome é Casey Pendergast e estou aqui para passar uma tarde muito especial com você! Também trouxe queijo! — Eu me afastei um pouco da abertura para mostrar a cesta gourmet que tinha comprado no centro.

— Harriet me avisou que você viria? — perguntou a voz.

— Avisou, sim! — respondi. — Harriet até disse que tinha deixado chá gelado fresquinho para nós!

Depois de um momento houve um ruído, e em seguida o som da porta sendo destrancada. Eu me levantei. À minha frente havia uma mulher pequena, de no máximo um metro e sessenta, com o cabelo preso em um coque bagunçado e grisalho no alto da cabeça. Usava calça macia de algodão e uma túnica combinando, além de meias e sandálias Birkenstock. Mas o rosto não se parecia com nada que eu já tivesse visto. Embora o dia estivesse nublado, sua aparência enrugada era dourada, radiante. Havia uma luz acesa bem na parte de trás da cabeça dela.

— Entre — ela me disse com sua voz iluminada, agitando como um passarinho as mãos pequenas e magras. — Entre.

A casa tinha a aparência do que eu imaginava que seria uma casa hippie em Vermont — bandeiras de oração, tapetes trançados e mantas mexicanas dobradas sobre o encosto do sofá. Era muito silenciosa, tinha pouca mobília e cheirava a óleo essencial, exceto pelo canto onde três cachorros grandes, velhos e pesados roncavam em caminhas de cachorro do tamanho de colchões.

— Jacó, Moisés e Rumi — disse Tracy, apontando para eles.

— Posso passar a mão? — perguntei. Ela assentiu. Fui até lá e os deixei cheirar e lamber minhas mãos.

— Foram resgatados — disse Tracy atrás de mim. — Jacó foi encontrado no acostamento da estrada, atingido por um carro. Moisés e Rumi vieram da mesma ninhada, uma caixa de filhotes abandonada no abrigo de animais no meio da noite. São meus anjos da guarda. São, sim — ela disse a eles em uma voz cantada. — Ah, vocês são, sim.

Eu adorava cachorros. Poderia ficar fazendo carinho neles o dia todo, se o hálito deles não cheirasse a gás mostarda. Eu me levantei e sequei a saliva na calça, dane-se a conta da lavanderia a seco.

— Muito fofos. Eles gostam de queijo? Eu trouxe queijo.

Tracy bateu palmas.

— Eles amam queijo!

O entusiasmo dela era genuíno. Tudo nela era genuíno; ela era como mercúrio, movendo-se de uma emoção para outra com uma transparência que eu não estava acostumada a ver em rostos adultos. Aquilo me desarmou. Até me assustou. Eu estava tão pouco acostumada com aquele nível de sinceridade que me peguei estranhamente querendo me proteger daquilo. Ou talvez quisesse protegê-la de gente como eu.

Em algum momento fiquei sabendo, enquanto engolia meu queijo e minha ansiedade moral, que a razão pela qual Tracy estava disposta a trabalhar com a Nature's Harvest era que ela queria comprar o abrigo de animais onde tinha adotado os cachorros. Era um abrigo em que era praticado o extermínio, ela explicou, não porque eles quisessem, mas por falta de recursos. Aparentemente Harriet já tinha se reunido com um advogado que a ajudaria a adquirir o status de ONG e estabelecer um fundo patrimonial em nome de Tracy que se esperava que continuasse ad infinitum.

— Assim, nunca mais vão matar nenhum animal em Bennington — falou Tracy, com as mãos unidas em um gesto de resolução.

Os olhos dela estavam tão brilhantes e esperançosos que não parecia valer a pena mencionar, digamos, abuso, acidentes de trânsito, acidentes durante caçadas a outros animais etc. Quando ela falou de seus cachorros e de outras espécies que já havia abrigado, ficou claro que essas criaturas eram suas amigas e sua família, que ela se sentia mais próxima deles que das pessoas. Para acomodar essa sensibilidade, tentei me comportar o mais caninamente possível: me enroscando no sofá e mastigando com empolgação. Eu lhe assegurei que sim, eu tinha certeza de que nenhum animal seria machucado após a assinatura do contrato dela com a Nanü, de que, na verdade, por nossa causa a Nature's Harvest iria cooperar com a WWF para salvar ainda mais animais do que a própria Tracy seria capaz de salvar sozinha. Ao ouvir isso, ela se iluminou.

— Ah, que ótimo! — exclamou. — Ah, que maravilha! Eu sabia que o seu coração estava no lugar certo! Eu sabia desde o momento em que você entrou por essa porta!

Bem, deixa eu dizer uma coisa. Eu me senti... não muito maravilhosa... ao ouvi-la dizer isso e então colocar sobre a mesa de centro de mosaico de pedra lascada um documento que basicamente dizia que a Nature's Harvest e a Nanü, por extensão, seriam proprietárias dos direitos sobre tudo que Tracy escrevesse, exceto o que já estivesse publicado em forma de livro pela sua editora em Nova York. Mas foi exatamente o que fiz.

Não sei se foi o queijo ou o meu instinto em um sério conflito com meu cérebro, mas acabei tendo uma bela indigestão.

— Estou tão feliz que você esteja feliz — falei, enquanto meu estômago borbulhava e se contraía.

— Estou tão feliz — disse ela, juntando as mãos no peito de uma maneira infantil. — Exatamente quando parece possível desistir do mundo, uma pessoa jovem como você aparece.

— Ah, pare com isso — respondi, sentindo cólicas.

Tracy não merecia poder salvar os animais sem ter que abrir mão de toda a sua propriedade intelectual? Se bem que sempre é necessário fazer trocas; viver em uma democracia é exatamente isso: a melhor solução possível para o maior número de pessoas possível. Ou de animais, nesse caso. O abrigo de Tracy era um exemplo perfeito de idealismo e pragmatismo se alinhando. Era uma causa com a qual ela se importava muito, e ela não podia fazer o que queria sem o dinheiro da Nature's Harvest. E, de verdade, o que seria pior para Tracy: ter que passar algumas horas escrevendo mensagens motivacionais para embalagens de barrinha de cereal ou ter incontáveis ninhadas de cachorrinhos mortos pesando na consciência?

— Mas me fale sobre você — disse Tracy quando eu guardava o contrato assinado na bolsa.

— Ah, imagine, preciso deixar você fazer suas coisas! — falei. Estava entrando no modo obsequioso, uma resposta oposta em igual medida ao comportamento vergonhoso. — Você deve estar exausta!

— Você gosta do trabalho? — perguntou Tracy, como se não tivesse me ouvido.

— Gosto! Eu amo!

Ela assentiu.

— Mas talvez não seja o trabalho certo para você.

Eu me mexi desconfortável no sofá. Tinha uma manta mexicana enrolada nas pernas.

— Não acho que seja verdade. Afinal de contas, eu posso ajudar escritores como você a alcançarem seus sonhos e espalharem seus valores centrais para as pessoas do nosso país!

— Mas você tem seus próprios sonhos.

— Não, *não tenho*. — As palavras saíram da minha boca antes que eu soubesse o que estava dizendo. Nada nos faz corrigir os outros tão rápido como quando eles acertam na mosca alguma coisa a nosso respeito. — Quer dizer, este é o meu sonho.

Ela sorriu e continuou fazendo carinho em Jacó, que havia se aproximado dela e estava com a cabeça apoiada na almofada do sofá. Senti que Tracy estava tentando se comunicar comigo em uma frequência que eu não conseguia escutar, alta demais para uma pessoa normal.

— De qualquer forma — falei, deixando na mesa meu prato de queijo vazio e meu copo de chá gelado parcialmente vazio. — Obrigada mais uma vez por tudo. Vou estar disponível por telefone ou por e-mail se você tiver alguma dúvida, e vou dizer isso a Harriet também.

À porta da frente, ela se inclinou adiante e me abraçou em despedida. Era tão magra e frágil. Eu queria cuidar dela. Tracy deve ter sentido a mesma coisa, porque, conforme eu descia os degraus da entrada e caminhava até o carro, gritou:

— Tome cuidado em Vegas!

Eu me virei, surpresa.

— Eu não vou a Vegas.

Ela estava acenando, então parou.

— Não vai?

— Acho que não.

— Ah, que boba eu fui. Estou sempre fazendo isso. Confundindo as coisas. — Ela riu, imperturbável. — Vá com cuidado, Casey. O mundo é um lugar tão bagunçado.

*

— Não sei, estou me sentindo nojenta com isso tudo — contei a Ben naquela noite.

Eu o estava atualizando sobre os desenvolvimentos mais recentes do meu dilema moral pelo FaceTime. Havia muita coisa que era possível fazer com as outras pessoas à distância, graças à tecnologia. Eu estava deitada de lado na minha cama de hotel, de calcinha e sutiã, olhando para o celular, que eu tinha acomodado no travesseiro ao meu lado. O rosto de Ben preenchia a tela, a não ser pelo cantinho onde eu me via. Com frequência, em vez de olhar para ele, eu me pegava me preocupando com a iluminação do hotel e criticando minha própria aparência.

Ben sorriu.

— É, é difícil. A maior parte dos autores é bastante ignorante. Não consigo pensar em qualquer um dos meus amigos escritores que saberia dizer o preço do leite.

Enrijeci um pouco, embora ainda estivesse envolta em um repouso artificial autoconsciente.

— *Você* acha que a gente está tirando vantagem dela?

— Sei lá. — Ben coçou a cabeça. Seu cabelo bagunçado estava todo de pé. Vê-lo assim todo amassado me deixou absurdamente excitada. — Talvez, se ela for assim tão frágil?

— Parecia que eu estava levando um carneirinho pro abate.

— Mas se ela está *disposta* a se voluntariar pro abate pra salvar os pit bulls...

— Arghhh, credo, isso é horrível! — Eu me joguei de costas na cama. Estava cansada daquele dilema moral. Era o primeiro que eu encarava, e dava para ver por que as pessoas os evitavam. Eles não deixavam ninguém *feliz*. Não eram *divertidos*.

— A gente devia continuar falando sobre isso. É interessante.

Eu me virei de lado outra vez e ajeitei a cabeça sobre um travesseiro dobrado.

— Você tem algum problema? Algum defeito genético que o torna um bom ouvinte, mas que também vai te causar, sei lá, alguma doença no fígado?

— Por que você tá falando isso?

— Porque nunca conheci um cara que não estivesse sempre só esperando a vez dele de falar de si mesmo?

Ben não riu como achei que ele riria. Na verdade, pareceu meio desanimado. Mas esse era um dos meus assuntos favoritos, então continuei.

— Até o cara que estava sentado do meu lado no avião, *meu Deus*, ele não parava de falar sobre as corridas que fazia em trilhas e sobre quantas milhas ganha por causa das viagens a trabalho. Era tipo, seu idiota, você não está vendo que estou lendo a *Us Weekly* e *não me importo*?

Ben franziu a testa.

— Talvez ele só quisesse alguém com quem conversar.

— Todo mundo quer alguém com quem conversar — interrompi. — Só que os homens acham que têm esse direito sempre que quiserem.

Ele bufou e baixou os olhos para o colo.

— Não estou falando de você — acrescentei. — Mas a maioria de vocês. De qualquer forma, a gente pode falar de outra coisa. Como foi seu dia? Como está a sua mãe?

Ben raramente falava da mãe. Embora ele fosse aberto em relação à maior parte das coisas — trabalho, amizades, até relacionamentos passados —, algo em seus olhos vacilava sempre que eu a mencionava. Não acho que ele acreditasse que eu fosse capaz de entender. Quando estamos magoados, quando a coisa que nos faz sofrer está muito no tempo presente, é difícil acreditar que qualquer outra pessoa seja capaz de compreender, até mesmo, ou talvez *especialmente* quando a pessoa já passou por aquilo também.

Ben não respondeu logo de cara. Por fim, falou, erguendo os olhos de volta para mim:

— Eu não sou assim, você sabe.

— Igual ao cara do avião? Eu sei! — respondi. — Foi exatamente o que falei. Mas muitos homens *são*. Pode acreditar.

Aproveitei a oportunidade para contar o que tinha acontecido com Wolf no Brooklyn. Foi a primeira vez que falei qualquer coisa em voz alta sobre aquela noite, e foi mais difícil do que eu imaginava. Ben ficava balançando a cabeça conforme eu falava, até por fim dizer, com a voz mais áspera do que o normal:

— Eu *sabia* que aquele cara era um imbecil.

— Eu sei que você sabia. Todo mundo sabe.

— Queria ter ido com você naquela festa. Eu podia ter feito alguma coisa...

Fiz um gesto com a mão.

— Ah, por favor. Está tudo bem agora. Estou bem. Só estou te contando porque, sei lá...

Ben parecia sério.

— Porque existem motivos pra você ver o mundo do jeito que você vê.

Assenti.

— E existem motivos pra você ver o mundo do jeito que *você* vê.

— Eu quero entender os motivos.

Ele falava com tanta seriedade que não pude evitar sorrir.

— Eu quero entender os seus também.

*

Minha tarefa seguinte me levou direto de Vermont para Reno, em Nevada. Meu objetivo era ganhar Johnny Hard, um daqueles caras que tinha feito o nome escrevendo sobre sexo, drogas e rock 'n' roll nos anos 1970 e tinha um lugar especial no coração de homens que eram estrelas do rock dadas a sexo, drogas e fracasso, e de escritores com *burnout* no mundo todo. O pobre e azarado Johnny estava morando em um Motel 6 em frente a uma lavanderia self-service. Precisou de muito convencimento para que aceitasse retirar a trava da porta. Tinha perdido muitos dentes desde sua época de prosperidade e falava de um jeito paranoico e insuportável.

— Me deissa em pass! — exclamou logo que comecei a bater à porta.

A rede de fast-food White Castle ia lançar a própria versão da McDonaldland — Castleville — e Celeste os havia convencido de que Johnny deveria tanto ser modelo para um dos personagens, Castlesnitch, quanto escrever o roteiro. "Eles querem que um viciado destruído escreva o roteiro?", perguntei a Celeste, perplexa. Sua resposta fora curta e grossa. "É atraente para o público deles."

— Johnny — falei, batendo à porta. — Por favor. — Mexi na bolsa, onde eu tinha várias balas Fruit Roll-Ups, e enfiei um pacote pela abertura debaixo da porta. No dossiê, Simone tinha incluído uma entrevista em que ele, chapado como uma porta, havia descrito os Fruit Roll-Ups como "a porra da minha comida favorita, mano". Eu havia aperfeiçoado a arte de pesquisar com antecedência sobre as preferências dos nossos candidatos e suborná-los corretamente.

Ele resmungou em resposta.

— Foi a CIA que te mandou?

— Eu sou da Nanü. A gente se falou por telefone, lembra? Tipo uma hora atrás?

Dava para ouvi-lo mastigar.

— Ixo é uma xubsidiária da CIA?

— Não, é uma agência de publicidade. Encontramos um oceano azul no mercado de *branding*. Agora nos especializamos em unir recursos culturais ainda não capitalizados com interesses corporativos desafiadores. Lembra?

Eu o ouvi fazer barulho com os lábios e engolir.

— Bobaxada.

Então ouvi um baque. Parecia o som de um corpo caindo no chão.

— Johnny? — Bati com mais força à porta. — Hummm. Johnny? — Nenhuma resposta. — É isso. Vou chamar a manutenção para abrir a porta.

— Não chame a manutenção! — exclamou ele, abrindo a porta de repente. — Eles extão atráx de mim!

Quando acabou, deu uma boa história, que contei a Ben e Susan em um fim de tarde quente do início do verão em um *beer garden*, enquanto vaga-lumes piscavam acima de nós e o céu mudava docemente de cor do crepúsculo para o início da noite. Eu tinha combinado esse encontro numa noite durante a semana quando voltei de Reno em uma tentativa de voltar às boas com Susan, já que se divertir junto é a maneira mais rápida de reestabelecer uma intimidade que se esvai.

— O quarto de hotel parecia seriamente uma cena saída do programa *Celebrity Rehab* — falei, me inclinando para a frente, os cotovelos apoiados na mesa de piquenique. Ben estava ao meu lado e Susan à minha frente. — Antes da intervenção, quero dizer. Tipo, tinha aquele monte de papel-alumínio, isso sem contar os frascos de comprimidos, os cachimbos e a bebida. O cara parecia pesar menos de quarenta quilos, então eu o levei para o IHOP e comprei panquecas com morango, ovos e bacon. Ele que escolheu, óbvio.

— Ele assinou o contrato? — Susan tomou um gole da cerveja escura. Era a única mulher que eu conhecia que se atrevia a tomar cerveja escura. — Deve ter assinado em algum momento, né?

— Sim, consegui que ele assinasse, mas não sei se ele vai lembrar. Tentei conversar com ele sobre o Castleville, mas ele só queria falar sobre o que faria com o dinheiro. Aparentemente tem uma *casita* no México e um cachorro que ele quer comprar. Mas não está mais nas minhas mãos. — Bati as palmas uma na outra. — Eu falei para a Celeste. Ela vai contratar alguém em Reno para cuidar dele enquanto ele trabalha, o que achei ótimo.

— É ótimo — disse Ben. Ele se virou para Susan e apontou um dedo para mim. — Você precisava ter visto esta aqui fazendo o discurso pra me convencer. Nenhum desses escritores tem sequer uma chance contra ela.

Ele falou de um jeito elogioso, mas, por causa do meu dilema moral, eu me encolhi. Por sorte, Susan deixou passar a oportunidade de criticar a Nanü.

— Se você acha que isso é bom, devia ter visto Casey como poeta de slam — ela disse a Ben.

— Já chega — avisei.

Ben ergueu as sobrancelhas de um jeito malicioso.

— Casey era poeta de slam?

— Nããããooo — resmunguei.

— Por pouco tempo, na faculdade, antes que os lordes das trevas a arrastassem para a publicidade. Comandava uma sala como ninguém. Eu *ainda* lembro de uma rima que ela fez sobre um cara chamado Sam que ela namorou que deu pra ela...

— Ok, ok! — falei, agitando os braços. — SOS! Misericórdia! Alguém me faça uma massagem cardíaca antes que eu morra de humilhação! — Olhando pelo lado bom, tínhamos passado para o meu assunto favorito: *moi*, euzinha, eu mesma. Olhei para Ben. — A Susan é que era o verdadeiro destaque da nossa sala. Eu só estava me divertindo.

— Você também era poeta de slam? — ele perguntou a Susan.

— Ela era a *escritora* — informei, apontando para ela.

— E *ela* era a palhaça — Susan disse a Ben, apontando para mim. — Eu sempre falava pra ela fazer alguma coisa a respeito. Você sabia que, quando criança, Casey queria ser artista de TV? Mas sempre foi tímida demais.

Ben olhou para mim, incrédulo.

— Casey? Tímida?

— Não do jeito que você imagina. Mas no que se refere a...

— Ora, ora, ora, acho que já deu de psicologia popular por uma noite, muitissimobrigada! — falei, olhando no relógio.

Eram quase onze da noite e a cervejaria logo ia fechar. Meu rosto estava vermelho e quente. Eu não tinha certeza se era por causa da cerveja ou por estar saindo com duas pessoas altamente perceptivas.

— Hum — ponderou Ben. — Será que a gente devia matriculá-la em um curso de teatro ou algo assim?

— Boa sorte na tentativa — disse Susan, se levantando. — Você pode levar um cavalo até a água, mas não pode obrigá-lo a fazer aquilo que, lá no fundo, ele já quer mesmo.

— É verdade — falei e dei a volta na mesa para abraçá-la. Talvez fosse uma consequência do pôr do sol tardio, ou da cerveja, ou da leveza no ar de verão, mas não havia rancor escondido na nossa troca, apenas uma familiaridade tranquila. — Nada a ver com isso, mas você já terminou o seu romance?

— Vocês duas — disse Ben, balançando a cabeça. — Parecem um casal de velhinhas.

Passei o braço ao redor do ombro de Susan e lhe dei um beijo na bochecha.

— Isso mesmo. Ela é minha esposa, e você é o meu...

—... garoto do campo — completou Susan.

— Isso, garoto do campo — falei. — Limpando o feno e dormindo no celeiro.

Enquanto Susan ia embora de bicicleta, Ben pôs os braços ao meu redor de um jeito meio desequilibrado e beijou minhas bochechas, depois meus olhos, depois meus lábios.

— Você não vai me deixar no celeiro pra sempre, vai?

Eu ri.

— Claro que não. Foi só uma piada.

Mas, enquanto eu o beijava, não pude evitar que minha mente vagasse para o trabalho, viajando para outro lugar, para todos os lugares aonde eu tinha ido e aonde em breve iria, longe dele e sozinha. O segredo que eu não contava a ninguém, nem a mim mesma, era que eu gostava de viajar, gostava de não ter os pés fixos no chão. Sem raízes, você não pode ser arrancada.

*

Umas poucas noites depois, lá estava eu em um gazebo nas colinas de Sausalito com Izzy Calliente, a decana do realismo mágico e em breve redatora de rótulos de uma nova empresa de molhos. A empresa havia oferecido não apenas uma recompensa interessante a Calliente para que escrevesse exclamações apimentadas em espanhol no verso das embalagens, mas também para que encomendasse uma escultura no país latino-americano de origem dela em homenagem àqueles que haviam desaparecido durante um dos golpes militares.

— Idiotas! — Izzy havia exclamado logo que lhe contei sobre a oferta. Para ser justa, o desenho da escultura em questão era de um homem parecendo alegre e jogando seu sombreiro para o alto. — A gente nem usa sombrero no meu país!

Foi necessária uma conversa muito longa com Izzy, que durou duas refeições e avançou noite adentro, para convencê-la a assinar com a Nanü. Ela havia sido de longe a mais difícil de convencer até ali. Tendo crescido em um país onde o governo controlava praticamente tudo, no início foi inapreensível para ela fazer qualquer coisa que comprometesse o que Izzy chamava de "minha liberdade criativa. O único lugar onde fico verdadeiramente livre".

Dadas as minhas próprias reservas em relação ao que eu estava vendendo, fiquei majoritariamente em silêncio enquanto Izzy falava, planejando o que eu diria a Celeste se e quando ela recusasse a oferta. No entanto, o interessante foi que, quanto mais ela falava em círculos, mais a ideia ganhava aceitação. Quando enfim disse sim, parecia que ela mesma tinha virado uma chave no cérebro, contado a si mesma a história certa. Percebi que isso acontecia com frequência, não apenas com escritores. Nós, humanos, conseguimos nos convencer de qualquer coisa.

— Agora minha filha finalmente vai poder pagar aquele empréstimo estudantil *ridículo* — comentou ela enquanto tampava a caneta após ter assinado o contrato.

Naquele verão, circulava no escritório uma aura penetrante de inveja conforme eu entrava e saía agitada do escritório de Celeste, apoiava os cotovelos na mesa de Simone conforme ela meticulosamente elaborava meus itinerários de viagem (cara, como ela gostava de demonstrar seu poder de agendamento na minha frente) e com frequência saía no meio do dia para um longo almoço e/ou uma tarde de prazer com Ben, uma recompensa, eu costumava dizer a mim mesma, por uma agenda de viagens tão apertada que nem dava para espremer um vibrador no meio.

— Por que a pressa? — eu me lembro de ter perguntado a Simone enquanto ela agendava um voo atrás do outro. Ela havia respondido repetindo uma frase que eu tinha certeza de que a própria Celeste dissera.

— Fique em um oceano azul por tempo demais, Casey — ela fungou —, e alguém vai começar a sangrar.

Ao passo que, na minha ausência, Annie fazia a transição para um cargo que Celeste chamava de relações com recursos, pastoreando nossos autores através do processo de produção criativa dentro das empresas. Jack e Lindsey estavam trabalhando de perto com a Encore e Mary London na parte visual do reposicionamento de marca da loja. O tratamento especial que nós quatro recebíamos não estava sendo muito bem visto pelos nossos colegas. Uma vez, na cozinha, ouvi umas garotas do departamento de contas a pagar falando merda sobre a gente e sussurrando sobre rumores de demissões.

— Ouvi falar nos planos da Celeste de vender pra alguma agência gigante — uma garota loira usando um bracelete Tiffany, chamada Britney, disse para a sua versão castanha. Cada uma pegou uma Coca diet da geladeira de aço inoxidável.

— Caralho. Como assim?

— Celeste vai levar todos com ela pra algum outro lugar.

— Eles nem são bons. Jack é uma diva, Annie e Lindsey são só empregadas, e Casey deve estar chupando a Celeste toda noite, porque do contrário não teria como...

Foi mais ou menos nessa hora que pigarreei para elas se virarem.

— Oi! — falei, e apenas isso, para que as duas passassem o restante da tarde se perguntando e se preocupando sobre o que eu teria ouvido.

— *Pessoal,* acabei de ouvir a Britney falando merda da gente na cozinha — contei a Jack e Lindsey assim que voltei à minha estação de trabalho. Annie tinha ido ao banheiro pela milésima vez. Havia se habituado a se esconder nos cubículos do banheiro e jogar Candy Crush no celular sempre que precisava de uma pausa de seu novo cargo.

Lindsey ergueu os olhos do monitor enorme, olhos arregalados e magoados.

— O que ela disse?

— Não importa — respondi. — Vocês ouviram algum boato de que a Celeste vai vender a empresa?

— Essa é aquela loira? Que se dane, ela que se foda — falou Jack, lançando um braço no ar de maneira desdenhosa. — Pera, ela falou merda de *mim*?

— Não *importa* — falei outra vez. — Mas sobre a venda, é verdade? Não pode ser verdade.

Lindsey deu de ombros e se encolheu. *Não faço ideia,* era o que o corpo dela dizia. *Por favor não me machuque por não saber.*

— *Não,* não é verdade — disse Jack. — Você acha que Celeste venderia este lugar pra alguma corporação gigantesca? Seria a mesma coisa que vender seu próprio bebê para a escravidão.

— Jack! — Lindsey e eu dissemos, desconcertadas. — Você não pode falar essas merdas! — acrescentei.

Ele fungou.

— Eu sou gay. Não preciso ser politicamente correto.

Por sorte, eu não ficava mais tanto no escritório e em geral podia evitar esses draminhas. Dois dias depois, me vi passeando por um terminal minúsculo em Cedar Rapids e me senti muito satisfeita comigo mesma. Eu não apenas tinha escapado do amargor, mas também ninguém, naquele momento específico, sabia onde eu estava. Considerando quão, abre aspas, conectado, fecha aspas, era o mundo, parecia uma forma diferente de liberação, ser catapultada através do mundo como uma bola de espirobol que fora arrancada do poste. Eu estava em Iowa para me encontrar com Betty Calvinson, a grande dama durona por trás de romances cristãos motivacionais como *Cure-me, Jesus* e *Meu amor, meu pai*, que havia concordado em escrever um conto para a *Reader's Digest* que "trazia em evidência" um novo comprimido sem receita para incontinência feminina. Comi biscoitos Pepperidge Farm com Betty no pórtico com empena da casa dela e a ouvi discorrer sobre sua própria incontinência e como ela sentia que era importante que, como "uma escritora de muito prestígio", ela chamasse a atenção das pessoas para aquele assunto. Não importa a história que você precise contar a si mesma, pensei comigo enquanto ela se apegava à ideia de que havia sido o desejo divino que levara a Nanü até ela, para que ela pudesse espalhar ainda mais a verdade do reino de Deus.

Com Betty e Izzy e Ben, Mary, Wolf, Tracy e Johnny, sem contar o fenômeno jovem adulto Geoffrey Turge (que estava escrevendo uma campanha para os novos cigarros da Camel, os Camel Teen), eu havia conseguido aumentar meu número de recursos para oito no início de agosto, faltando apenas dois para assegurarmos o sucesso da Nanü com os investidores de risco. Fiquei surpresa com a facilidade que tivemos em conseguir que esses escritores se juntassem a nós, mas acho que Celeste estava certa: as pessoas fariam praticamente qualquer coisa se a quantia certa estivesse em jogo. Eu teria um intervalo de duas semanas nas viagens em agosto, mas minha última parada antes disso era em Milwaukee, de todos os lugares possíveis, lar de Mort Stillman, cartunista idoso e sobrevivente do Holocausto.

Digo "de todos os lugares possíveis" porque Louise tinha se mudado para lá alguns anos antes para ficar mais perto da tia Jean, que tinha ido de Los Angeles para lá por causa do aluguel barato nos anos 2000. Infelizmente, tia Jean não estava na cidade. Infelizmente, também, minha mãe estava. Combinamos de nos encontrar para almoçar em um restaurante na costa norte da cidade, não muito longe do museu de arte e no bairro de Louise — uma parte da cidade que era muito suntuosa e tradicional, cheia de gente igualzinha a ela.

Eu não via Louise desde o Natal, e, quando a vi, fiquei surpresa com a quantidade de rugas no seu rosto, com como o corpo dela estava se encolhendo, ficando mais magro, embora também houvesse uma flacidez a mais na barriga.

— Oi, Casey — disse ela de maneira rígida no meu ombro quando nos abraçamos. Ou, na verdade, quando eu a abracei e ela me deu uns tapinhas nas costas. Como essa desconhecida pode ser minha mãe, pensei, e o pensamento me encheu de solidão.

— O que você vai querer? — perguntei depois que nos levaram até a mesa.

Os cardápios eram enormes, e me reconfortava a barreira que eles proporcionavam. Eu morria de medo de ter que preencher o tempo. Talvez pudéssemos conversar sobre alergias alimentares.

As mãos de Louise estavam dobradas sobre o cardápio fechado.

— Eu sempre peço a salada de espinafre.

Para alguém que olhasse de fora, ela provavelmente parecia perfeitamente inofensiva: uma mulher ereta, de cabelo castanho e sessenta e poucos anos usando pérolas e um conjunto com cardigã. Rígida, com certeza, mas inofensiva. A maioria dos pais parece inofensiva para os filhos que não são seus.

Mas, para mim, cada gesto, cada palavra que ela dizia era destrutiva.

— Vou querer a mesma coisa — falei, me imaginando pegando aquele cardápio gigante e atacando a mesa com ele, cada batida o adiamento de milhões de palavras que havíamos deixado por dizer.

— Então, o que a traz à cidade? — ela perguntou assim que as saladas chegaram.

Eu olhei para baixo e comecei a decididamente enfiar os vegetais na boca. Já tinha sofrido o suficiente com o desinteresse da minha mãe pela minha vida. Não sofreria mais uma vez.

— Trabalho — respondi, falando de boca cheia de propósito. — Tenho uma nova responsabilidade.

— Que bom — respondeu ela, e pegou uma porção de salada, fechando os lábios com força ao redor do garfo.

Enquanto ela mastigava, eu me preparei para o ataque inevitável das ruminações de Louise. Mas, quando ela terminou, tudo que disse foi:

— Que tipo de responsabilidade?

Pisquei. Louise não costumava fazer mais de uma pergunta.

— Não sei, você realmente quer saber?

Ela assentiu e tomou um gole de água. Aceitei a rara oferta de atenção e contei a ela sobre a Nanü, deixando de fora as partes sobre meu dilema moral, para poder parecer mais agradável e bem-sucedida. Contei que eu estava viajando muito, mas que não me importava, e tinha a vantagem de deixar as pessoas empolgadas sobre alguma coisa que elas não fariam se não fosse por aquilo. Louise ouviu enquanto comia devagar exatamente a metade da salada. Ela ouviu! Eu me senti encorajada e continuei falando e falando. Quando ela terminou de comer, apoiou o garfo e colocou o guardanapo em cima do prato. Um segundo depois, percebi que seus olhos estavam marejados.

— Você está chorando? — perguntei, surpresa. Eu estava falando sobre o abrigo de animais de Tracy Mallard. — Não fique triste, logo vai ser um abrigo sem extermínio, assim que o dinheiro entrar.

Ela secou uma única lágrima da bochecha.

— Não é isso.

— O que é?

Ela não respondeu, mas as lágrimas continuaram a cair. Comecei a ficar irritada.

— O que *foi*?

— É só que... — Ela secou os olhos delicadamente com o guardanapo —... você fala do mesmo jeito que o seu pai.

Meus punhos instintivamente se fecharam no meu colo.

— Não falo, não.

— É exatamente o tipo de coisa que ele teria adorado fazer.

— Não é, *não* — afirmei, de modo acalorado.

— Querida — disse ela, triste, e esticou a mão sobre a mesa para pegar a minha. — Tudo bem ainda estar triste. Eu também estou.

— Ai, meu Deus, não estou triste! — Empurrei a mesa de um jeito que a prataria tilintou e a água balançou nos copos.

— Cada pessoa passa pelo luto de uma maneira diferente...

— Ah, pelo amor de Deus.

— Eu te dei à luz — ela falou, balançando a cabeça. — Eu te conheço, provavelmente melhor do que você se conhece.

— Não, não conhece! — Joguei o guardanapo na mesa e me levantei.

— Casey... — Louise começou a dizer, mas eu já estava juntando minhas coisas.

Eu me atrapalhei procurando o dinheiro e derrubei uma nota de vinte no chão. Derrubei minha echarpe no chão e tropecei nela.

— Me deixe em paz — retruquei quando ela veio me ajudar.

E com isso fui embora do restaurante. Embora, em algum nível, eu soubesse que queria que ela me confortasse, não considerei voltar.

*

Mort Stillman morava em uma parte antiga e industrial de Milwaukee, fazendo o melhor que podia para voltar ao mercado, embora isso fosse difícil de fazer quando a simples menção à palavra *Milwaukee* faz as pessoas se encolherem. Mort morava e trabalhava no mesmo local, um espaço com janelas gigantes de indústria e teto abobadado, o tipo de lugar que custaria milhões em Tribeca, mas que, em Milwaukee, foi comprado "a preço de banana", nas palavras de Mort. Ele me cumprimentou na porta com uma bengala, vestindo uma camisa de botão com uma manchinha na frente. Devia ter oitenta e tantos anos, e suas mãos tremiam por causa do Parkinson.

— Entre, vá entrando — disse ele. — Não fique aí parada na porta.

Mas não havia lugar para sentar no estúdio de Mort que não estivesse coberto de livros.

— Quer uma bebida ou algo assim? — perguntou ele. — Uma xícara de café?

Estava apoiado na mesa de rascunhos com o braço que não segurava a bengala. A mesa estava coberta de desenhos, e havia mais desenhos pendurados em um varal à janela. Desenhos de cachorros, principalmente, mas cachorros agindo como pessoas. Em uma ilustração de dois cachorros sentados em bancos de lanchonete, havia um balão de fala em que um dizia para o outro: *O que fizemos será lembrado*.

— Adoraria — respondi. Alguns minutos depois, ele reapareceu com um jarro antigo de cerâmica e uma caixa de bolachas de água e sal. Movemos as pilhas de livros das cadeiras de jardim que ficavam perto da janela e comi uma embalagem quase inteira de bolachas. Acho que foi por estar tão aliviada por estar fora daquele restaurante e da sombra da minha mãe.

Enquanto eu mastigava, Mort observava e sorria, me estimulava a comer mais, apoiava ambas as mãos no topo da bengala. Eu me senti muito segura com ele, desde o primeiro instante. Qualquer agressão de testosterona que ele pudesse ter tido quando era mais jovem já havia queimado em seu interior, ou ele nunca tinha agido assim mesmo. Alguns homens, uns poucos, aqueles de que eu mais gosto, simplesmente não têm isso.

Meu discurso para Mort, de todos os que eu tinha feito para a Nanü a pedido de Celeste, foi aquele em relação ao qual me senti mais merda. Da primeira vez que Celeste me disse qual seria o acordo, eu tinha me recusado completamente. Mas, como sempre, ela havia me amaciado e me acalentado com a sua retórica.

— Vamos deixar que Mort decida o que é escrupuloso — dissera ela — e dar a Mort a dignidade de não decidir em nome dele — acrescentara.

Uma das subsidiárias das indústrias Burns, cujos donos eram os bilionários irmãos Fred e Donald Burns — um conglomerado gigantesco com todos os tipos de holdings em todas as áreas, desde petróleo e químicos até produção de papel e criação animal —, havia abordado Celeste não muito depois que uma daquelas ONGs jornalísticas havia exposto as ligações não confiáveis dos irmãos e o desvio de dinheiro para uma série de organizações políticas extremas. Algumas tão extremas, na verdade, a ponto de serem descaradamente racistas. Havia sido vazada a fita de uma reunião entre os irmãos Burns e um desses grupos na qual mais de um termo racista era usado explicitamente.

A melhor maneira, como todos os intolerantes sabem, de parecer não ser intolerante é usar o argumento do amigo: *Não tenho nada contra *****, até tenho amigos que são!* As indústrias Burns esperavam conseguir fazer exatamente isso com uma nova campanha da PR estrelando o rapper Kanye West e o amabilíssimo Mort Stillman, um dos sobreviventes do Holocausto. Eles não queriam nenhuma arte de Mort — não se importavam com as ilustrações dele —, mas esperavam conseguir uma foto de página dupla, ao estilo de Annie Leibovitz, do homem em seu estúdio, junto com algumas aspas falando sobre como os Papéis Burns eram os melhores papéis e os únicos que ele usava, ou alguma coisa assim. Em troca a Burns não só pagaria Mort belamente como também investiria uma boa quantia na renovação do museu judaico de Milwaukee e estabeleceria duas novas alas: uma com obras de sobreviventes do Holocausto de Milwaukee e outra inteiramente dedicada à vida e à obra de Mort.

Mort ouviu com graus variados de atenção — em alguns pontos ele parecia se distrair e focar em algum lugar longínquo — enquanto eu falava. Enchia minha xícara de café sem que eu precisasse pedir e trouxe geleia para eu passar nas bolachas. Acho que sua visão não era muito boa, porque havia na colher da geleia manchas remanescentes da última vez que havia sido usada. Tampouco acho que sua saúde fosse muito boa, porque ele estava meio que se desequilibrando para o lado.

— Quer um pouco de sorvete? — perguntou quando acabei minha apresentação.

— Hummm... claro — respondi.

Ele se afastou e voltou com dois picolés Häagen-Dazs cobertos com chocolate.

— Existem coisas piores do que não ter dinheiro — Mort falou depois que eu desembrulhei o sorvete para ele.

Tirei o meu próprio sorvete da embalagem, dei uma mordida, mastiguei.

— É verdade — falei de boca cheia. Havia um pouco de chocolate na lateral de sua boca. Eu queria limpar, mas não queria envergonhá-lo.

— Americanos, estou te dizendo — comentou ele. — Vocês não estão acostumados a sofrer.

Fiquei na defensiva.

— Sofremos um monte. — *Por exemplo*, eu queria dizer, *só para você saber, acabei de sair de um almoço formal muito difícil com a minha mãe.*

— Eu nunca disse que vocês não sofrem. Disse que não estão acostumados.

Olhei para baixo. Todo o meu sorvete tinha desaparecido. Como aquilo tinha acontecido? Eu nem sequer estava com fome. Eu tinha lido um ensaio que ele escrevera, um que Simone havia incluído no dossiê, sobre as experiências de guerra que ele tivera. Antes que os alemães capturassem a família dele, todos tinham morado em um buraco no chão por dois anos na floresta ao redor de Varsóvia. Quando os soldados o arrastaram para fora de lá, as pernas dele estavam tão atrofiadas que desabaram debaixo dele. Eu queria perguntar como uma pessoa sobrevive a algo assim, como uma pessoa consegue continuar sendo uma pessoa, mas não sabia como. Ele estava em silêncio tomando seu sorvete. Parece que, quanto mais as pessoas passam por coisas, é menos provável que falem sobre elas. Acho que muito do que acontece conosco não é feito para conversas triviais.

— Às vezes observo ao redor — ele começou a dizer assim que terminou o sorvete. — E não reconheço este país.

— Como assim?

— Todas as pessoas solitárias — falou. Então sorriu. Em sua voz rascante, ainda com sotaque, cantou. — "*All the lonely people... where do they all come from?*"

Olhei pela janela. Um bando de pássaros pretos varreu o céu nublado.

— "*All the lonely people...*" — cantei também, me virando para ele. — "*Where do they all belong?*"

A canção pairou entre nós por um instante.

— Talvez elas pertençam a Milwaukee — falei por fim.

Mort riu.

— Você é uma boa garota.

— Não sei, não. — Havia papéis de um conglomerado multinacional racista na minha bolsa, afinal.

— Vou te dizer uma coisa — começou ele. — Vou deixar eles tirarem essas fotografias...

— Você não precisa fazer isso — interrompi apressadamente.

Agora que ele estava concordando, eu queria voltar atrás de imediato. Não queria nada na frente daquele homem que não fosse bonito.

—... se, em vez de me darem uma ala no museu, eles montarem lá uma sala de aula e um pequeno estúdio. Meu trabalho não precisa de um mausoléu. Mas se pudéssemos levar alguns professores para lá... Ensinar as crianças a desenhar, a fazer ilustrações. Ilustrar salvou a minha vida uma centena de vezes. — Ele balançou a cabeça. — Nunca se sabe, talvez salve a vida das crianças também.

— Mas vale a pena? — perguntei. — Tem certeza?

— Ah, eles não podem me machucar — disse Mort. — Sou um velho, estou cansado e já vi coisas que eles nem sequer sonharam. Não tenho medo deles. E, fazendo isso, posso forçá-los a fazer uma coisa boa com o poder que têm. — Ele ergueu o indicador. — Uma coisa boa. — Virou o indicador na minha direção. — E essa é a minha vitória e a derrota deles.

9.

Quando as coisas ficam difíceis

Na volta de Milwaukee, quando eu ainda estava a três mil metros de altitude, olhando para uma colcha de retalhos de fazendas abaixo de mim, me perguntei o que eu estava fazendo, convencendo Mort Stillman a promover os malditos irmãos *Burns*, por, o quê?, um aumento de dez por cento e um fluxo de atenção de Celeste? Eu era mesmo, como Louise tinha insinuado, um reflexo exato de Rake Pendergast? Eu achava que não, e esperava que não, mas desde que Celeste mencionara o oceano azul pela primeira vez, parecia que eu tinha colocado minha cabeça em um bastão de beisebol e estava correndo em círculos; o verão todo eu tinha ido de um lado para o outro do país como uma criança desorientada. O mundo de cabeça para cima ainda estava lá fora, eu tinha certeza, mas estava difícil voltar ao meu lugar depois de tanta força centrípeta.

E acho que era isso que Susan sempre tentara me dizer: eu ansiava demais por pertencer a algo maior que a mim, independentemente das implicações superiores e mais traiçoeiras dessa coisa. Mas, como ela também tentara abordar mais cedo naquele verão: você pode levar um cavalo até a água, mas não pode obrigar o cavalo estabelecer a própria moral e fazer com que suas escolhas de vida correspondam a ela.

Ah, se eu tivesse tempo, concluí ao final do voo, se eu tivesse *mais tempo*, se eu não estivesse *tão ocupada o tempo todo*, meu ponto de foco voltaria, e a maneira de sair do meu dilema moral ficaria clara como água.

O dia seguinte, um sábado, era o dia do piquenique anual da empresa. Decidi que seria o momento perfeito para contar a Celeste que eu precisava tirar uns dias. Um sabático em miniatura, como as pessoas de colarinho branco costumam dizer, ou duas semanas de férias para pesquisar e refletir. Um intervalo dos testes do mundo, para que eu pudesse, como dizia a academia de crossfit em frente ao meu condomínio, *ir em busca da minha lenda interior*.

Escolhi um vestido floral de verão e sandálias de gladiadora e fui buscar Ben no caminho para o parque à margem do rio onde o piquenique sempre acontecia. Como cliente, Ben havia sido convidado separadamente por Celeste, mas decidimos que não havia momento melhor para anunciar o nosso relacionamento. Quando chegamos, de mãos dadas, reparei em três estruturas infláveis gigantes — um castelo, um escorregador, e algo que parecia uma arena de sumô esquisita — atrás da área de churrasco elegantemente abastecida. Os organizadores do evento haviam estendido toalhas brancas nas mesas de piquenique, e meus colegas bebiam champanhe em taças de verdade. Os infláveis feiosos deviam ter sido uma concessão ao quadro cada vez maior de mães no escritório, cuja pressão por diversos direitos para suas crias havia aumentado recentemente.

Perto dos adultos, as criancinhas corriam de um lado para o outro usando camisas polo e vestidinhos brancos. Era uma competição entre um tipo específico de pais ambiciosos para ver quais crianças ficariam impecáveis por mais tempo.

— Me dá só um segundo? — pedi a Ben, apertando sua mão. Ele usava uma camisa xadrez de manga curta e bermuda sem barra. Estava tão fofo que eu queria poder eliminar todo o resto da vida e focar minha atenção apenas em agarrá-lo. — Estou com medo, mas acho que prefiro tirar isso do caminho de uma vez.

— Boa sorte — disse ele, apertando minha mão também.

Ele concordava que eu tirar um tempo de férias era uma boa ideia, não necessariamente por alguma noção abstrata de bom e mau, mas porque ele via como eu me sentia terrível na situação atual. "Quem sabe, talvez você só precise disso mesmo", Ben tinha dito, beijando minha testa, "umas duas semanas pra esvaziar a cabeça." "Duvido", eu respondera, colocando a mão na perna dele, séria. "Eu li o meu horóscopo. Acho que esse é o começo do meu retorno de Saturno."

Comecei a costurar em meio a panelinhas de gente conversando sobre amenidades, tentando chegar até Celeste, que estava fazendo sala para um grupo de homens mais velhos, abastados e com barriguinhas prósperas. Estavam usando traje formal, embora a temperatura estivesse acima dos vinte e cinco graus. Celeste estava de vestido branco e justo de linho com uma echarpe branca transparente ao redor do pescoço, e com aqueles homens ela parecia... bem, não *feliz*, mas quase feliz. Fiquei preocupada no mesmo instante. Celeste nunca usava branco nem parecia feliz: alguma coisa devia estar terrivelmente errada.

— Casey! — exclamou Celeste em uma voz alegre e otimista, acenando para eu me aproximar. Ela me apresentou os homens: Chet, Rex, Jeff e Don, que me pareceram, tanto na personalidade quanto na aparência, completamente idênticos. — Eles são da Omnipublic.

— Muito obrigado por nos receber no seu piquenique — disse Chet/Rex/Jeff/Don, apertando minha mão e rindo sem motivo algum. — Nossa, está um dia lindo hoje, não está? Mais quente do que o esperado.

— Hum... de nada? — falei, tentando arrancar minha mão do aperto teatral.

A Omnipublic era uma das maiores agências de publicidade do país. Alguma coisa estava podre, no mesmo estado que o castelo pula-pula inflável. Eu me lembrei dos rumores de venda e demissões sobre os quais tinha ouvido Britney comentar na cozinha, e meu corpo inteiro ficou tenso, apesar do calor e da umidade. Será que Celeste simplesmente venderia a PR daquele jeito? Pegaria os lucros e sairia correndo?

A resposta, é claro, era sim. Com certeza ela faria uma coisa dessas.

Celeste disse aos homens que fossem pegar um prato de comida antes que as asinhas de frango esfriassem. Eu queria ter esperado pelo menos cinco segundos depois que eles saíssem de perto para dizer alguma coisa, mas as palavras simplesmente pularam da minha boca:

— Você vai vender a empresa pra *esses* caras?!

— Pelo amor de Deus, Casey, fale baixo — respondeu ela.

Então me pegou pelo cotovelo e me levou para longe da multidão de comensais. Há pouquíssimos cenários em que ser levada para longe das outras pessoas acaba sendo bom para quem é levada, mas é difícil lembrar disso na presença de uma líder carismática.

— Falar baixo?! — exclamei. — Como, se até onde eu sei todo mundo vai ser demitido?

Celeste parou.

— Não vai. Mas a resposta para a sua pergunta é sim.

Uma onda de alívio invadiu meu corpo, mas não durou muito.

— Você vai vender? — Minha voz falhou. — Mas por quê? Você construiu esse lugar do zero!

E me construiu do zero!, acrescentei na minha cabeça.

— E é hora de o negócio continuar se construindo sem mim — afirmou Celeste, sem emoção. Ela explicou que, fazia muitos anos, tinha se tornado incrivelmente difícil encontrar um número suficiente de peixes grandes como clientes para manter a PR uma agência independente. Havia apenas umas cinco agências de publicidade de verdade no país, de qualquer maneira, conglomerados gigantes no guarda-chuva de holdings que engoliam e fundiam empresas exatamente como a nossa. Naquela manhã mesmo, ela havia terminado as intensas negociações com a Omnipublic para que a PR pudesse manter seu corpo diretivo e, em essência, em suas palavras, operar como uma empresa dentro de outra. — Nenhuma demissão será necessária — acrescentou ela, antecipando minha inevitável pergunta seguinte. — Nada vai mudar para os funcionários, a transição vai ser apenas de nome.

Soltei o ar.

— Então ainda tenho um emprego.

Celeste olhou para mim com cara de *Não seja idiota*.

— Você tem mais que um emprego. Para você, a venda é uma boa notícia. — Ela explicou que, enquanto a venda era negociada, ela também havia estabelecido que a Nanü seria uma agência independente, que não seria parte da venda para a Omnipublic. Com a participação dos investidores de risco, a Nanü logo estaria pronta para uma oferta pública. — O que quer dizer participação para você e para a sua equipe — completou, colocando a mão nas minhas costas em sinal de confidência. — Em especial para você, por causa do seu cargo de liderança.

— Participação? — Eu não sabia exatamente o que aquilo queria dizer, mas podia arriscar um palpite com base nos programas de tevê que acompanhava. — Que tipo de participação?

— Quinze por cento.

— Quinze por cento de... — não pude evitar. A curiosidade matou Casey.

— Da última vez que falei com os investidores — ela continuou —, estavam avaliando a empresa em dez milhões. O que, sinceramente, acho que é arredondar para baixo.

Eu me lembro de ter lido um estudo famoso com crianças em um laboratório a quem eram dadas duas opções: comer um marshmallow agora ou esperar dez minutos para ganhar dois marshmallows. Eu sabia, assim que li, que eu era o tipo de garota de um marshmallow. É difícil pensar no futuro com tanto açúcar assim na boca.

Quinze por cento de dez milhões era um milhão e meio, e isso provavelmente aumentaria e continuaria aumentando. Eu tinha me aproximado para falar com Celeste sobre tirar umas semanas de férias, mas era difícil, diante desses números, lembrar exatamente *por que* eu queria férias, dados os benefícios que estavam destinados a mim. O que eu faria com meu tempo livre, aliás? Nada concreto, era provável. Nada *produtivo*. Provavelmente só desperdiçaria o tempo indo à academia e vendo TV. Se eu pedisse férias em um ponto de inflexão como aquele, possivelmente colocaria aqueles quinze por cento em perigo. Sim, tudo bem, fazia só vinte e quatro horas que Mort tinha me dito que havia coisas piores do que não ter nenhum dinheiro. Mas era difícil se lembrar disso quando se vivia em um mundo onde *literalmente tudo* tinha a ver com dinheiro; até os gurus da autoajuda e os psicólogos que argumentavam contra isso cobravam uma bela grana pelos conselhos que davam.

Enquanto Celeste continuava falando sobre opções na bolsa de valores e dinheiro em caixa, e cifrões dançavam à frente dos meus olhos, decidi que, caramba, eu podia muito bem continuar trabalhando e acumulando minha fortuna com Celeste por um tempo, continuar *produtiva*, e manter meu dilema moral — minha busca pela verdadeira felicidade, ou liberdade; ou meu propósito, ou significado, ou o que quer que fosse que eu realmente queria — como um extra. Afinal, durante os últimos meses eu tinha visto os melhores cérebros deste país chegarem à mesma conclusão. Aqueles escritores tinham conhecimento, sabedoria e empatia, mas nada disso lhes dava poder. O dinheiro lhes dava poder. E todos nós precisávamos de um pouco de poder, ou seríamos engolidos vivos por cuzões feito Rex e Chet.

Isso sem contar que quinze por cento era um valor generoso, bem mais generoso do que eu imaginava que Celeste precisasse ser. Senti um fluxo caloroso de espírito de equipe com aquela oferta. Era um gesto, uma evidência de que eu era importante para ela, *sim*, além do mero vínculo empregatício. Eu era como um membro da família; eu pertencia. Mal podia esperar pelo dia, no futuro próximo, em que Celeste me colocaria sentada sobre uma pilha enorme de capital de risco e diria, uau, Casey, até agora eu não tinha percebido que você é como a filha que nunca tive. Eu te amo e tenho muito orgulho de tudo que você fez, nunca vou desistir de você, e além do mais estou animada para vê-la evoluir como indivíduo, e não apenas como uma extensão do meu próprio ego gigantesco.

— Bem! — falei para Celeste depois de recuperar meu queixo caído lá do chão. — Ótima notícia!

— Uma notícia que você vai manter só para si por enquanto, é claro — afirmou ela, me dando palmadinhas nas costas em um gesto de finalidade. — Para que, quando for a hora, eu mesma possa anunciar.

— É claro — ecoei com seriedade.

Depois de caminhar ao redor de mesas de saladas gourmet e coquetéis de verão, finalmente encontrei Ben dentro do castelo inflável com Annie e Lindsey. Ele as tinha encontrado várias vezes antes, em happy hours de verão. Estavam todos bebendo cerveja e se revezando aleatoriamente pulando de meias no castelo.

— Seus tontos, castelos pula-pula são para crianças! — exclamei, e então afastei a cortina da entrada, tirei as sandálias e as atirei na pilha de sapatos do lado de fora do castelo antes de entrar.

As paredes internas simulavam blocos azuis, amarelos e vermelhos, o que me fez sentir como se tivesse entrado em um conjunto de tinta guache. Pulei com cuidado sobre um pé, depois o outro, então comecei a pular um pouco mais intensamente.

— Isso é surpreendentemente bom — comentei.

— É meio catártico, não é? — sugeriu Lindsey, dando um pulo bem alto.

— Completamente! — acrescentou Annie, imitando o pulo de Lindsey, mas então se desequilibrou e derrubou o pouquinho de cerveja que tinha sobrado na garrafa por todo o trampolim. — Aiiii — gemeu, rolando de costas e dobrando os joelhos na direção do peito. — Meu tornozelo...

— Tadinha! — disse Lindsey, pulando até ela. — Do que você precisa?

Enquanto Lindsey cuidava do tornozelo com tratamentos de reiki, Ben pulou até mim e me ofereceu sua cerveja.

— Como foi? — perguntou. Sacudi a cabeça com veemência para a garrafa. — Tá bom, tá bom, o glúten.

— Não exatamente como eu esperava... — comecei.

— Estou tão orgulhosa de você — disse Lindsey, virando-se para nós, aparentemente após terminar o tratamento.

Ben explicou.

— Eu já contei para elas.

Annie se levantou outra vez, hesitante. Lindsey pulou até mim para me abraçar.

— Um sabático! — Ela me deu um beijo na bochecha. — Mal posso acreditar! Você enfim está aprendendo a equilibrar vida pessoal e trabalho. Você só precisava de um amor!

Tive um sobressalto quando ela disse a palavra *amor*. Embora eu com certeza estivesse pensando na palavra nos últimos tempos, nem eu nem Ben tínhamos dito aquilo em voz alta um para o outro ainda. Ben, por sorte, pareceu não ter ouvido, porque tinha começado a ensinar Annie, com a expressão séria, exercícios de reabilitação de tornozelo com base no que tinha aprendido jogando futebol no ensino médio. Eu me soltei do abraço de Lindsey.

— Ah, então, sobre o sabático. Aconteceu uma coisa importante...

— Alguém disse *importante*? — Simone apareceu por trás da cortina, o cabelo escuro brilhante e cheio de queratina, usando uma coroa de flores daquelas que as pessoas usam em festivais de música. Era um mistério incômodo como ela conseguia não suar nem um pouquinho em um piquenique. — Posso ficar aqui com vocês?

Antes que qualquer um de nós respondesse, ela já estava subindo no castelo. O short jeans era tão curto que achei que ela poderia ter câncer de colo do útero.

— Não, não dissemos isso, não — respondi em uma voz que eu esperava que transmitisse uma mensagem secreta: *Vaza!*

Com um pouco de dificuldade para ficar de pé, Simone delicadamente tirou da bunda o short enfiado e se aproximou de Ben com uma mão na cintura.

— Posso tomar um gole disso? Tô derretendo.

Ben sorriu e deu de ombros.

— Pode, acho. — Ele lhe entregou a cerveja. Eu o fuzilei com o olhar. — A gente se conheceu pegando salada de repolho — disse ele, para explicar.

Simone riu e encostou no braço dele por baixo da manga da camisa.

— Você é tão engraçado!

— Não é? — falei entre dentes.

— Aquela hora, quando a gente estava conversando, eu queria te contar — falou Simone, jogando o cabelo de lado e virando as costas para mim — sobre uma pesquisa que li sobre os benefícios da cúrcuma para a saúde de pacientes com Alzheimer. Mas você me fez rir tanto que esqueci completamente!

Eu vou matá-la, pensei enquanto observava Ben absorver o flerte e a bajulação dela. *Vou acabar com essa batalha de uma vez por todas e destruí-la aqui mesmo.*

Foi aí que eu lembrei que eu *podia* realmente acabar com ela, já que havia dois trajes infláveis de sumô bem ao lado daquele castelo pula-pula.

— Ei, Simone — chamei, interrompendo a baboseira dela. — Tive uma ideia!

Ela não respondeu, me ignorando de propósito para continuar falando sobre cúrcuma e, pelo que entendi, amêndoas e mirtilos.

— Ei, Simone! — chamei outra vez.

— *Quê?* — ela respondeu, sem se virar.

— Quer brincar de lutinha de sumô comigo? Aqueles equipamentos parecem ser muito divertidos.

Agora ela se virou, enrugando o nariz de um jeito muito específico.

— Obrigada, mas não, obrigada.

Ben riu.

— Vocês duas? Lutando sumô? Difícil de imaginar.

Sorri para ela, triunfante.

— O escritor precisa da nossa ajuda para imaginar.

Simone me deu um olhar afiado.

— Eu disse que não quero.

— Claro que quer — insisti. — Você só não sabe disso ainda.

— Eu disse *não* — repetiu ela. — As pessoas ficam suando naquelas roupas o dia inteiro.

— As pessoas estão suando aqui dentro o dia inteiro também — falei, empurrando o braço dela um pouco forte demais. — Vem. Vai ser divertido!

— Vai! — falou Annie, tentando se apoiar no tornozelo, talvez ansiosa para mover o foco da humilhação para outro lugar.

— Você não precisa ir — falou Ben, cedendo. — Mas se *quisesse* ir...

— Já sei, vou filmar! — falou Lindsey, sacando o celular.

Simone olhou para mim com a fúria de alguém que sabe que está prestes a perder, mas que ainda tem energia para comprar uma boa briga.

— Ok, tá bom, por que não? — retrucou, em um tom de voz que queria dizer *Eu te odeio, Casey P.*

*

Uns quarenta minutos depois, recém-saída de uma vitória por melhor de três sobre Simone, com o corpo grudento de suor, a maquiagem borrada e o cabelo encharcado, me larguei na grama, respirando pesadamente.

— Bom jogo! — ofeguei, erguendo a outra mão para acenar um adeus a Simone, que mancava na direção da tenda de bebidas. Ela ergueu o braço e me mostrou o dedo do meio enquanto caminhava.

— Cara — falei para Ben, que estava deitado de lado perto de mim. — Isso foi divertido, não foi?

— Você pegou meio pesado com ela, não pegou? — ele indagou suavemente e me cutucou.

— Eu não teria pegado — falei, também suavemente — se você não tivesse gostado tanto de vê-la se jogando toda pra cima de você no castelo pula-pula.

Ben demorou para responder. Quando falou, sua voz estava fria.

— O que você está querendo dizer?

— Não importa. — Peguei o celular e abri o Facebook.

Wolf Prana tinha postado uma atualização de status naquela manhã que estava no topo do meu *feed* de notícias. Ele tinha me adicionado como amiga logo depois que nos conhecemos, e eu tinha aceitado porque eu aceitava todas as solicitações de amizade que recebia, mesmo que fossem dos meus inimigos.

— É, na verdade, importa, sim — retucou Ben. Ele se sentou na grama. — Mesmo que ela estivesse dando em cima de mim, o que, por sinal, não estava, não significa que eu fosse fazer alguma coisa...

— Mas você amoooooou falar com ela sobre, sei lá, cúrcuma e Alzheimer — interrompi. — Apesar de você *nunca* falar *comigo* sobre o que está acontecendo com a sua mãe.

— O avô dela tem Alzheimer! O assunto surgiu sem querer! Tinha mirtilo na salada de fruta, aí alguém falou alguma coisa sobre comidas boas pro cérebro...

— Peraí. Rapidinho. — Ergui a mão. — Um segundo. — Alguma coisa no post de Wolf tinha chamado minha atenção.

Pensei em contar a vocês que tenho um livro de palavras e imagens que vai sair pela Phaidon

No outono que vem, aí percebi que não dava a mínima

Aí está todo mundo no acalmar das suas feridas

Era aquela última frase, o verso sobre as feridas. Era o verso de um poema que eu já tinha lido. Um poema que eu adorava. Era empiricamente impossível que Wolf pudesse algum dia escrever alguma coisa que eu adorasse. Demorou alguns instantes até que o que estava acontecendo terminasse de acontecer e se acomodasse no meu lobo frontal, mas quando se acomodou...

Eu era tão idiota.

Tão, tão idiota.

— Tenho que ir — falei de repente, ficando de pé.

— Aonde você vai? — perguntou Ben, cobrindo os olhos com a mão para evitar o sol e olhando para mim de maneira acusatória.

Fechei a tira das sandálias.

— Mais tarde eu te conto. Longa história.

— Você não pode simplesmente fugir correndo toda vez que a gente tem uma conversa difícil, sabe.

— Não tô fugindo! — exclamei, com a voz um pouco mais indignada do que era minha intenção. Então me acalmei. — Não é isso. Eu volto assim que... olha, só preciso ir embora agora mesmo.

— Ah, *pelo amor...* — Ben começou.

Mas disparei parque afora, pegando as chaves na bolsa e gritando:

— Já volto!

Dirigi feito uma maluca e não parei até chegar ao edifício aonde estava indo, e, como o interfone estava quebrado, tive que esperar que um morador saísse para eu poder entrar. Quando alguém enfim saiu, corri pelo saguão e subi as escadas dois degraus por vez até que, meros vinte minutos depois de ver a postagem, estava esmurrando a porta de Susan. Isso era uma coisa que eu precisava explicar pessoalmente.

Susan e eu não nos víamos desde aquela noite na cervejaria, onde eu pensei, mais ou menos, que parecíamos ter voltado às boas. Quando ela abriu a porta, ficou claro que estava surpresa, embora não decepcionada. Entrei com tudo no apartamento, sem cerimônia. O lugar parecia ainda mais negligenciado que o normal, o que me fez sentir ainda pior pelo que eu tinha feito. Havia pratos empilhados na pia, roupas e papéis espalhados pelo chão e pires lascados cheios de bitucas de cigarro.

Ela deve ter percebido que eu estava olhando em volta, porque disse:

— Eu ando escrevendo muito. Desculpa pela bagunça.

— Haha, hummm, não precisa se desculpar comigo. Sério.

Eu precisava muito achar uma maneira de ir além da conversa-fiada e entrar em uma discussão sobre, bem, alguns problemas bastante sérios que eram completamente culpa minha. Quando as coisas ficam difíceis, a durona aqui podia pelo menos ser honesta com a melhor amiga sobre o que tinha acontecido, já que o caminho para o inferno está cheio de boas intenções, e esperar que a melhor amiga fosse capaz de perdoá-la.

Mas a questão era que, como eu tinha aprendido naqueles últimos meses, a amizade era uma coisa frágil. Milhões de fios finíssimos conectavam um coração ao outro; olhando de longe, parecia uma corda grossa, mas de perto era como uma teia de aranha. Bastava um gesto estabanado para destruir a coisa toda. Eu queria tanto que minha melhor amiga voltasse a ser minha melhor amiga. E tinha medo de que, com a notícia que eu estava prestes a dar, a possibilidade de isso acontecer estivesse na iminência de ser destruída.

— Posso lavar a louça pra você? — perguntei de repente. Antes que ela pudesse responder, fui até a pia e comecei a lavar.

— Ai, meu Deus — disse Susan, pegando um pano de prato e começando a secar. — Se você já está na limpeza, deve ser ruim a coisa. O que foi? Aconteceu alguma coisa com Ben?

— Não... — parei de falar e deixei a água correr pelas minhas mãos. — É outra coisa.

— O trabalho?

— É, o trabalho. — Parei de lavar, fechei os olhos e inspirei fundo. — E você.

— *Eu?* — Susan riu de um jeito que achei um tanto assustado. — O que o seu trabalho tem a ver comigo?

Ainda de olhos fechados, comecei a falar. Falei tudo muito rápido.

— Eu acabei de ver um post do Wolf no Facebook usando uma frase de um poema seu. Era um poema, ai, Deus, que eu *roubei* do seu apartamento na primavera, naquela noite da leitura aberta do duende, porque eu tinha essa ideia meio crua de que eu ia usar os escritores que estava conhecendo por causa do trabalho pra te ajudar, sabe, a lançar sua carreira na literatura. Então dei alguns poemas pra ele quando eu estava em Nova York pra ele mandar pra umas pessoas que ele conhece, e ele *mandou*, juro, eu vi os e-mails com meus próprios olhos, mas claramente ele também usou os poemas em benefício próprio. Mas não sei quanto, só vi aquele único verso, mas prometo pra você que assim que eu sair daqui vou ligar pra ele e exigir que apague aquele post e também edite o que quer que tenha usado no projeto do livro, mesmo que eu tenha que ligar para a editora eu mesma e fazer uma acusação formal de plágio.

Meus punhos estavam fechados debaixo da água a essa altura.

— Eu sei que roubar os seus poemas e entregar pro Wolf sem te contar nada foi uma merda muito grande. Assumo completamente. Mas espero que você também entenda que tudo o que fiz foi realmente pra tentar te ajudar. Acho que eu só... queria que você parasse de se *esconder*, e queria ajudar você a compartilhar os seus dons com o mundo, sabe? Sinto muito. Eu sinto muito, muito mesmo, que mesmo tentando te ajudar eu tenha acabado te magoando muito.

Houve uma longa pausa. A água queimava minhas mãos. Deixei-as lá.

— É só isso? — perguntou Susan. — Isso é tudo?

— É — falei, colapsando por dentro. — É tudo. — Exceto pelo fato de que eu tinha deixado o conto dela com a Mary London.

Quando abri os olhos, Susan não estava mais parada ao meu lado. Estava de pé à porta da frente, e a porta estava aberta.

— Quem é você? — ela perguntou, com a voz trêmula. Estava olhando para o chão. — E o que você fez com a minha amiga?

Eu conhecia aquela voz. Não fazia sentido discutir com aquela voz.

— Melhor você ir embora.

Olha, se eu fosse ela, teria feito a mesma coisa. Susan sentia a vida tão profundamente quanto um peixe sente a água. De um jeito tão permeável, tão flexível, até que um anzol aparecesse e a matasse. Saí sem dizer mais nada. Um ser humano tão bom merecia coisa melhor que minhas maquinações tolas.

*

Mas eu também não queria nada além de pisotear os inimigos dela, acabar com o couro deles. Eu havia descoberto que o que sempre temera lá no fundo era verdade: que meu Verdadeiro Eu era bastante podre, nada melhor do que meu pai ou minha mãe ou qualquer adulto que só se importasse consigo mesmo. Mas talvez eu pudesse usar isso para destruir Wolf e tudo que ele representava. Combater a podridão com a podridão. Ali da rua mesmo — eu nem sequer podia esperar chegar em casa — liguei para Wolf pelo FaceTime. Queria ver a cara dele, aquele escroto desonesto, enquanto despejava todas as evidências de seus malfeitos.

Para a minha surpresa — acho que uma parte de mim acreditava que eu só teria que despejar minha raiva na caixa postal — ouvi o ruído da conexão sendo feita. Ele tinha atendido.

— E aí, Casey? — Parecia que ele estava com a boca cheia de bala de caramelo. Os olhos estavam daquela cor vermelho-chapado, e seu rosto estava desconfortavelmente perto da tela.

— Você sabe por que liguei. — Em vez de entrar direto no carro, eu caminhava furiosamente pela rua, tentando me livrar do vapor excessivo da raiva.

— É por causa da clamídia? — perguntou ele. — Eu ia te ligar, mas aí pensei que você parecia o tipo de garota que sempre faz os exames.

— Jesus, seu imbecil, a gente não transou! — Eu estava gritando agora. — Estou ligando porque você pegou os poemas que a minha melhor amiga Susan escreveu, os poemas da minha melhor amiga QUE AGORA ME ODEIA, e ROUBOU ELES pra colocar no seu livro idiota!

— Uhhhhh! — Ouvi uma voz masculina atrás de mim conforme disparava pela rua. — A vadia tá doida!

— Eu VI o seu post no Facebook. ACHO BOM você apagar e tirar do livro qualquer outra coisa que tenha plagiado, senão vou arrastar o seu nome na merda por toda a internet. EU CONHEÇO gente agora. Gente IMPORTANTE. MUITO mais importante que você. Já ouviu falar em Mary London? Izzy Calliente? Eu vou ligar pra elas assim que a gente desligar. Você está MORTO.

— Uou. — Wolf tinha levantado a mão com ar de superioridade para a câmera, mas achei que também parecia um pouco em pânico. — Do que você tá falando, querida?

— Não me venha com *querida*. "Todo mundo no acalmar das suas feridas?" Esse verso não é seu, Wolf! Você roubou!

Ele coçou a cabeça.

— Relaxa, brô...

— Chega de apropriação cultural, *brô* — interrompi. — E tenho provas. Susan tem todos os poemas no computador. Com atualização de data do Word. Basta uma captura de tela da última versão editada e você vai ser descoberto tão rápido que seus seguidores estúpidos no Twitter nem vão ter TEMPO de te difamar, porque você já vai ter virado obsoleto, seu sem talento...

Foi mais ou menos nesse momento que percebi uma presença atrás de mim. Olhei para trás. Um cara usando um uniforme de segurança privada cambaleava atrás de mim. Quando ele me viu olhando de volta, falou:

— Você não devia usar um vestido desse aqui neste bairro.

— Ai, pelo amor de Deus. — Apertei o passo e me virei de volta para Wolf, que parecia, não sei se por causa das drogas ou de uma confiança masculina inata, totalmente inabalado pela nossa conversa. — Sério, apague agora mesmo, edite o resto, ou, pode acreditar...

— O que você vai fazer? Contar pra umas velhas que eu fiz isso? — Wolf estava balançando a cabeça, com um sorrisinho engraçado no rosto, o sorriso de alguém que nunca se sentiu ameaçado, nem uma única vez, não de verdade, alguém cuja realidade nunca foi questionada antes. — Casey, menina, você esqueceu de tomar seus remédios?

— SÃO SÓ DEZ MILIGRAMAS DE LEXAPRO! — berrei.

Então me virei para ver se tinha me livrado do segurança, mas ele trotava atrás de mim. Atravessei a rua e fiz a volta para ir na direção do carro.

— Vou desligar — Wolf estava dizendo. — Espero que você esteja bem, garota. Sabe de uma coisa? Só pra ter certeza eu vou ligar pra Celeste amanhã bem cedo e pedir pra ela dar uma olhada em você.

Ah, merda. Wolf não podia dizer nada para Celeste. Ela não sabia das minhas atitudes pessoais com os papéis de Susan e ia querer minha cabeça se ficasse sabendo. Era conflito de interesse usar as conexões dela para conseguir benefício próprio, não parecia bom, não pareciam as atitudes de alguém com quinze por cento de participação na empresa.

— Acho melhor não, seu...

— Tchauuuu.

— NÃO DESLIGA!

Ah, mas ele já tinha desligado. Comecei a correr a toda velocidade. Ouvi o segurança assustador dizer "Aonde você vai?" enquanto eu corria para o carro. Assim que virei a chave, o cara chegou perto e pôs a mão na janela do lado do passageiro, fazendo um gesto para eu abrir o vidro. Em vez disso, travei as portas mais uma vez. Pela janela, ouvi sua voz arrastada:

— Qual é o problema, linda?

Qual é o problema?, pensei. Você está me seguindo até o meu carro e está me perguntando qual é o *problema*? Ora, se ele queria fazer aquele tipo de pergunta, eu daria uma resposta à altura. Com uma fúria que não sentia havia muito tempo, berrei, esmurrando o volante com as mãos, algo que não estava nem perto de ser a resposta completa, mas foi o melhor que pude fazer na hora:

— Todos vocês! Eu odeio todos vocês! EU ODEIO OS HOMENS!

10.

Contenção: impossível

Foi nesse espírito um tanto confuso que cambaleei de volta para o piquenique corporativo da PR. O fim da tarde havia virado começo de noite. A lua azul se erguia no céu e as sombras na grama eram longas. Batidas de verão soavam em grandes alto-falantes enquanto meus colegas dançavam, conversavam e riam um pouco alto demais. Cada dia na publicidade era um exercício de autoconvencimento de que estávamos nos divertindo — *muito*.

A um canto, Ben estava envolvido no que parecia uma conversa séria com Celeste, enquanto, no gramado, Jack, Lindsey e Annie arremessavam bolas por uma quadra de croqué construída de um jeito meio bagunçado. Decidi deixar Ben de lado por enquanto. Precisava me acalmar antes de falar com ele de novo, por causa de tudo que tinha acontecido desde então.

— É como falar com uma criança — Jack dizia para Lindsey enquanto Annie dobrava os joelhos, inspirava fundo e dava uma tacada na bola que a deixava a quase cinco metros de distância do arco mais próximo.

Annie deu de ombros.

— Ah, tudo bem — disse ela para ninguém em particular. — Sua vez!

— O que é como falar com uma criança? — perguntei, pegando um taco que estava largado na grama.

Talvez fosse bom descontar todo aquele medo, toda aquela vergonha e aquela agressão em uma inofensiva bola de croqué, já que Simone não estava à vista.

— Você voltou! — comentou Lindsey. Ela deu uma tacada na bola minimamente mais precisa que a de Annie. — Caramba, isso é mais difícil do que parece. A gente tava com saudade.

— Aposto que saiu em outra missãozinha pra Celeste — disse Jack.

Ele olhou para baixo e ajustou a posição. Estava vestindo short justo e suspensório, além da gravata-borboleta de sempre. Com um baque leve, ele bateu na bola com o taco. Ela passou exatamente no meio do arco.

— Boa tentativa, e *ótimo* palpite — retruquei. — Não que seja da sua conta, *Jack*, mas precisei resolver uma coisinha pessoal.

— Uhum, tá certo — disse Jack, batendo o taco na palma da mão. — *Muito* importante, tenho certeza.

Eu o ignorei.

— Vocês se importam se eu tentar? — Annie e Lindsey assentiram. Empurrei a bola com o pé até o que me pareceu uma posição inicial razoável. — Mas então, quem é a criança?

Lindsey respondeu:

— Jack tem tido um pouco de dificuldade com Mary London e Izzy Calliente.

Fechei os olhos e fingi que a bola era a cabeça de Wolf. Então me balancei, mas praticamente não toquei na bola. Ela deve ter rolado no máximo uns dois centímetros pela grama.

Joguei o taco no chão.

— Mas que *merda*.

— Tudo bem. Pode tentar de novo — falou Lindsey, me encorajando. Então continuou. — Jack não está acostumado a trabalhar com artistas.

— Você é uma artista, Lindsey — falei, pegando o taco outra vez. — Talvez eu tente de novo, se não se importarem.

— Claro que não — respondeu Lindsey. — Não estamos contando os pontos. E mesmo que estivéssemos...

— Eu quis dizer artistas de verdade — falou Jack. Ele olhou para Lindsey. — Desculpa.

— Hum, oi? — questionei, alinhando o taco com a bola.

— Lindsey tem bacharelado em arte pela Rhode Island School of Design. Você sabe como isso é importante? — Eu estava aumentando a intensidade da voz por nenhum outro motivo a não ser o fato de que isso me dava um intervalo momentâneo de como eu me sentia um lixo em relação a todo o resto. Fiz outra tentativa com o taco. A bola voou no ar e aterrissou relativamente perto do arco. De repente me senti bastante satisfeita comigo mesma. Balancei o taco de um jeito brincalhão sobre o ombro. — Ou você só está de mau humor porque o Johnny está doente de novo?

Johnny, o shih tzu de Jack, tinha tido uma concussão na quarta-feira por bater de frente com uma parede. Aparentemente a cirurgia no olho não tinha ido muito bem.

— *Não* — respondeu ele —, só estou cansado de ter que aguentar prima-donas preguiçosas que não conseguem fazer *uma* coisa sem dar um chiliquinho, desabar ou se sentir — ele soltou o taco para dramatizar melhor as aspas que desenhou no ar com os dedos — "oprimidas".

— Parece alguém que eu conheço — falei, cutucando Lindsey, que balançou a cabeça como quem diz *não me meta nisso*.

Mas era divertido tirar sarro de Jack, até reconfortante, uma distração bem-vinda da bomba atômica que Wolf tinha acabado de jogar na minha vida e na minha melhor amizade. Vi a bola de Annie rolar para o lado oposto ao arco.

Ela ergueu as mãos.

— Pela madrugada.

— Desculpa, o quê? — questionou Jack. — Não consigo ouvir você aí dentro da bunda da Celeste.

— Gente — falou Lindsey. — Sem brigar. É dia de festa.

— Tem milhões de dólares naquela bunda, parceiro — falei de forma doce. — Sinto muito que você não tenha sido convidado.

Ele me olhou com intensidade.

— O que você quer dizer com milhões de dólares?

— Nada — respondi rápido. Aparentemente era impossível eu não dar com a língua nos dentes onde quer que fosse. — Modo de falar.

— Olha você aí. — Era Ben, se aproximando do nosso jogo, vindo do nada com o que parecia ser uma alegria forçada.

— Desculpe, acabei de voltar. Demorou mais do que achei que fosse demorar — respondi. Passei o braço pela cintura dele e o beijei na bochecha. Ele aceitou, mas não devolveu a demonstração de afeto. — Vamos?

Ele deu de ombros. O rosto estava queimado de sol.

— Se você quiser.

Franzi a testa.

— Tá bom. Ah, Lindsey — falei, estalando os dedos —, antes que eu esqueça. — Ela estava fazendo uma última tentativa de passar a bola pelo arco. — Recebi por e-mail um daqueles cupons de vinte por cento de desconto pro "nosso lugar", se é que você me entende. Quer ir amanhã? Talvez ir tomar um brunch antes?

— Lógico! — Lindsey respondeu, sorrindo. Ela adorava ser convidada para sair. Por um infortúnio, quando ela se virou para aceitar o meu convite, perdeu a bola de croqué completamente. — Ai, não — falou. Sua voz se elevou um pouco. — Errei de novo. Qual é o meu problema?

— Tudo bem, Lindsey — disse Annie, com carinho.

— Eu sou um lixo nesse jogo. — A voz de Lindsey oscilou.

— Sua casa? — perguntou Ben.

Sorri para ele.

— Segredo, haha. Você só pode saber se vier junto.

Ele se afastou um pouco.

— Tenho compromisso amanhã.

— Ah — respondi, magoada por ele ter recusado tão rápido. — Bom, alguma outra hora, então.

*

No caminho de volta para o carro, Ben e eu caímos em um silêncio esquisito. Os mosquitos tinham aparecido a essa altura; um ficava zumbindo insistentemente na minha orelha. Eu estava remoendo o que queria dizer para ele — o que eu tinha feito com Susan, o que Wolf tinha feito com Susan, o que eu tinha feito com o próprio Ben mais cedo com minhas acusações ciumentas —, mas a compreensão de que seria impossível falar isso tudo de uma vez, e sem desabar, me compelia a ficar em silêncio. Um casal passou por nós na calçada, de mãos dadas, a mulher com um bebê amarrado no peito. *Como essas pessoas conseguiam fazer isso?*, eu me perguntava. Essas pessoas normais e bem ajustadas. Como permaneciam próximas umas das outras, próximas o suficiente para continuar apaixonadas, para ter bebês, sem nenhuma necessidade de se remendar?

Ben quebrou o silêncio abruptamente ao me contar que, quando estava conversando com Celeste, ela estava lhe contando sobre a venda da PR para a Omnipublic. Como ele era a prova de conceito da Nanü, tinha recebido uma oferta de 0,5% de participação na empresa.

— Achei bem animador — comentou, embora não parecesse animado. — Um dinheiro desses pode deixar qualquer um em boas condições por bastante tempo.

— Uhum, com certeza — falei, com um ar miserável. Poderíamos muito bem continuar despejando a merda em cima da mesa. — Olha, eu queria te pedir desculpas por hoje. Eu não estava tentando fugir. É que vi que Wolf postou uma coisa no Facebook que dava uma bela fodida na minha relação com a Susan...

Chegamos ao carro e começamos a dirigir pela cidade. Contei-lhe o que eu tinha feito com os poemas de Susan e como tinha apenas piorado as coisas agora no apartamento dela. Ele ouviu em silêncio, balançando a cabeça de vez em quando e soltando um suspiro longo uma vez. Quanto mais quieto ele ficava, mais eu sentia que tinha a obrigação de me explicar, até de me defender, embora eu soubesse lá no fundo que minha posição era indefensável. Minha voz ficou aguda até um choramingo.

— Eu não *queria* que acontecesse nada de ruim! Fiz algo muito idiota, mas só estava tentando *melhorar* as coisas pra ela!

Passamos a saída para a rua de Ben. Na maioria das vezes dormíamos na minha casa.

— Na verdade — Ben tossiu de leve. — Você se importa de me deixar em casa?

Senti as bochechas esquentarem.

— Achei que a gente fosse passar a noite na...

— Eu só tô cansado — ele disse, com voz cansada.

Dei a volta no quarteirão e parei na frente do prédio dele. Com as mãos no volante, olhei para ele.

— Eu pedi desculpas... por favor, não deixe o fato de eu ter sido uma idiota hoje à tarde estragar tudo...

— Não estou deixando nada estragar tudo. — Ele pôs a mão no meu braço nu e a manteve ali por um tempo. — Só preciso de uma noite. Amanhã eu te escrevo, tá bom?

Meus olhos, aqueles traidores, se encheram de lágrimas.

— Casey — ele apertou meu braço. — Eu não vou embora. É só uma noite. Vá dormir. A gente não tem dormido o suficiente mesmo.

Algumas lágrimas escorreram pelas minhas bochechas. Sequei-as com as costas da mão.

— Eu sei. Eu sei. Não é nada de mais. Eu não sei por que eu tô tão...

— Não estou tentando te magoar — ele falou, triste.

— Eu sei. — Meus ombros tremiam. Ah, por que o corpo sempre faz questão de dizer alguma coisa? — Também não estou tentando te magoar. Só é difícil quando... eu só imagino que... — Mas não consegui falar.

O que eu poderia dizer? Ben queria que eu confiasse nele, e eu não conseguia. Não porque não quisesse, mas porque não sabia como. Ninguém sai tocando Mozart quando tudo que recebeu foram algumas partituras e um piano desafinado com três teclas faltando.

Deixei o cabelo cair sobre o rosto.

— De qualquer maneira, eu entendo. Você também precisa dormir.

— Te vejo amanhã. — Ele apertou meu braço de novo. — Tá bom? Tudo vai estar melhor amanhã. Você tem a participação, as coisas não podem ser tão ruins assim...

— Ah, quem liga pra isso. — Funguei e limpei o ranho do nariz.

Ben se inclinou para perto e beijou minha bochecha de leve.

— Está tudo bem. E mesmo que você nunca acredite em mim, você está bem também.

*

Na manhã seguinte, fui buscar Lindsey e, depois de um longo brunch, no qual conversamos sobre astrologia, respiração ióguica e a limpeza *kitchari* que ela ia começar na segunda-feira, fomos para o subúrbio como pessoas brancas nos anos 1960 fugindo da integração.

O que Lindsey e eu mais adorávamos na Container Store era que havia caixas organizadoras para coisas que nem sequer sabíamos que precisavam ser armazenadas. A vida era muito difícil. Não havia como escapar disso. Mas ela ficava *mais fácil* quando as camisetas estavam organizadas em caixas e os temperos ficavam em prateleiras, e não se tinha problema algum para encontrar o abridor de latas. Como diziam as esposas de antigamente: o sucesso começa na gaveta interior, cortesia da Container Store!

Essa unidade específica ficava em um shopping chique a céu aberto. Lá dentro, peguei um carrinho de uma fileira impecavelmente organizada enquanto Lindsey optou por uma cesta de metal.

— Então — disse ela enquanto nos encaminhávamos para o primeiro corredor, que era inteiramente dedicado a cabides coloridos. — Você pode me contar agora o que a gente realmente está fazendo aqui?

Lindsey, bendita seja, era a pessoa mais gentil que eu conhecia, e até era gentil quando o restante de nós éramos uns escrotos. Acho que, porque ela mesma já tinha sido muito magoada, ela conseguia intuir a mágoa que havia por baixo da nossa escrotidão. Nossa, talvez ela conseguisse se identificar mais com a gente naqueles momentos vulneráveis do que conseguia quando estávamos bem.

Algumas pessoas na People's Republic ficavam malucas com a defesa expressiva que ela fazia de seus cristais, comidas "limpas" e meditação transcendental, mas eu ouvia todo aquele papo com bastante compreensão. Por baixo dele havia algum sofrimento que ela tentava fortemente superar. Como todas as pessoas feridas com dinheiro suficiente para sustentar o hábito, ela podia olhar um pouco demais para o próprio umbigo, mas a coisa boa a respeito de Lindsey era que ela também apoiava bastante o meu hábito de olhar para o meu próprio umbigo.

As palavras vieram do nada e acho que pegaram nós duas de surpresa.

— Acho que preciso sair da PR.

Uma pausa.

— Okaaaaay — Lindsey falou devagar, mexendo na pulseirinha fina de prata que usava no pulso.

Ela já tinha feito muita terapia, portanto sabia que era melhor não reagir de maneira enérgica a afirmações bizarras.

— Por que você acha isso? Ontem era o sabático, e agora você quer sair?

Então soltei:

— Bom, um sabático simplesmente não vai resolver! Primeiro porque ontem também perdi minha melhor-melhor amiga, mas daqui a pouco conto essa parte. Segundo porque acabei de pedir a um sobrevivente do *Holocausto* que pose pra propagandas de uma empresa racista. Terceiro, falei pra mim mesma que aos vinte e oito anos eu começaria a ir atrás dos meus sonhos em vez de só trabalhar em publicidade, já estamos na metade do ano e praticamente não fiz nada. E *quarto*, percebo que estou destruindo o primeiro relacionamento bom que já tive com atitudes como lutar sumô com minhas inimigas e acusar Ben de todo tipo de coisa terrível. Está tudo de cabeça para baixo, e sinto que a fonte dos problemas não tem a ver só com forças astrológicas, mas com o que a gente está fazendo aqui, com a Nanü e a PR. De algum jeito, não está certo. Dá pra sentir. Você não sente?

Contei a Lindsey sobre o que tinha acontecido com Ben na noite anterior, e com Susan e Wolf, e Mort e Tracy Mallard, sobre meu breve e vergonhoso flerte com a atuação e sobre como tinha sido horrível ver minha mãe em Milwaukee. Enquanto isso, chegávamos ao fim do primeiro corredor, passávamos por uma gôndola de purificadores de ar e virávamos no corredor de potes plásticos, onde potes de tamanhos e profundidades variados estavam empilhados junto a tampas combinando. A Container Store se preocupava tanto com os consumidores que, se você se esquecesse de comprar uma tampa e eles se esquecessem de te lembrar disso no caixa, eles te davam um pote novo com tampa de graça, *mais* o reembolso.

— Sem contar que os boatos são verdadeiros — continuei. — Celeste vai vender a PR para a Omnipublic. Ela me contou ontem. O que não vai ser problema, no fim — falei rápido, vendo os olhos castanhos-Bambi de Lindsey se encherem de preocupação. — Você e eu vamos com ela para a Nanü junto com Jack e Annie, até onde eu sei. Celeste adora vocês.

— Até onde você sabe? — Lindsey parou subitamente. — Quer dizer que você não tem certeza?

— Quero dizer que é claro que sim! Eu acho. Ninguém vai perder o emprego, tenho quase certeza. Celeste foi firme em relação a isso. Mas você não acha... que tem alguma coisa questionável nesse negócio todo?

Vi a mandíbula dela se abrir, depois se fechar. Seria difícil conversar com Lindsey se ela continuasse agindo dessa maneira. Quando ela ficava assustada, não havia como argumentar com ela, que se abaixava e se encolhia para dentro de sua versão animal.

— Não se preocupe — falei, apressada. — Não se preocupe, não se preocupe. Você vai ficar bem, prometo.

Uma parte minha queria voltar ao que eu estava dizendo antes, tentar explicar esse sentimento estranho e trêmulo com o qual eu tinha acordado como resultado dos altos e baixos da minha vida. Uma inquietação, como diriam os existencialistas. Como se, caso eu erguesse a mão no ar por tempo suficiente, ela fosse começar a se dissolver na atmosfera, uma molécula por vez. Mas até mesmo entre bons amigos — mesmo com Lindsey — havia certas coisas que não se diziam. Parte do que me tornava eu mesma, acho, ou me fazia sentir pelo menos um pouco de solidez, era que havia uma parte de mim que permanecia incompartilhável.

— Pra que servem estes aqui? — Lindsey estava olhando para uma pilha de potes de formato estranho.

— Servem pra guardar as suas formas de sapato quando elas não estão dentro dos sapatos — respondi.

Fui interrompida por uma mulher próxima a nós, redonda e vermelha feito um tomate.

— Meu aniversário é em setembro e falei pro Todd que quero um closet — ela dizia alto no telefone. Uma música antiga que já tinha estado nas paradas de sucesso tocava nos alto-falantes.

Um closet, um closet. Peguei alguns sachês da gôndola no fim do corredor e os joguei dentro do carrinho. Eu também estava querendo um closet? Esse era todo o problema? Qual era a fonte da minha infelicidade? Pensei que podia ser isso. O cara que fala no programa da Oprah sobre melhorias na casa sempre dizia que tralhas não eram simplesmente coisas físicas nos guarda-roupas; eram qualquer coisa que se colocasse no caminho da *melhor vida que você poderia ter*. Mas talvez, lidando com as coisas físicas *primeiro*, sua melhor vida fosse *vir em seguida*. Esse também era o princípio defendido na economia de gotejamento.

Lindsey foi na direção de uma gôndola que continha o que pareciam ser cogumelos gigantes de plástico.

— Sabe, sempre me surpreendeu o fato de você trabalhar com publicidade — ela disse, se sentou em um dos cogumelos e se balançou um pouco. — Eu já te falei, sempre achei que você seria perfeita na TV. — Então ela tentou pular sentada, perdeu o equilíbrio e caiu no chão.

— Lindsey! Meu Deus! Você tá bem? — falei, correndo para ajudá-la.

— Posso ajudar vocês com alguma coisa? — uma voz desconhecida falou atrás de mim.

Eu me virei e vi um homem usando um avental da Container Store, com fone de ouvido e walkie-talkie.

— Sim! — respondi.

O crachá do homem dizia que seu nome era Anthony. Ele olhou para mim com expectativa, esperando que eu explicasse qual era a ajuda de que precisava. Mas, não sei como, fiquei esperando que *ele* dissesse para *mim* o que eu queria, para que eu pudesse seguir suas instruções. No silêncio que se formou, pensei no que a mulher havia dito no corredor dois.

— Pensando bem, Anthony — respondi, esfregando as mãos —, acho que estou querendo um closet!

— Um closet! — repetiu ele, imitando meu gesto com as mãos. — Ora, então venha comigo para o nosso centro de design customizado Elfa.

Eu o segui para o fundo da loja. No caminho, passamos por um expositor de papelão com um zilhão de cópias de um livro chamado *Capitalismo consciente*.

No centro de design customizado, com a ajuda de um enorme fichário laminado, Anthony me ensinou sobre os pontos mais elegantes do design de interiores escondido. Um lugar para cada coisa, levado ao extremo. Prateleiras para um único casaco. Estantes de madeira para os sapatos poderem "respirar". Os materiais mais embaraçosos da existência humana — papel higiênico, notas fiscais e fotografias de pessoas com quem você não fala mais — podiam ficar escondidos em um friso organizado por cores.

Veio à minha mente uma imagem do meu closet como era agora — cabides que não combinavam, blusas desorganizadas, blusas de alcinha emboladas — e como poderia ficar, e pensei: liberdade é apenas outra palavra para uma vida sem tralha.

— Sim, sim, sim! — falei, em júbilo. — Vou levar tudo!

Depois de concordar com um plano personalizado de pagamento para meu closet personalizado, que Anthony e eu desenhamos até o último separador interno de gaveta para sutiã, encontrei Lindsey encarando uma parede de organizadores para gabinete de cozinha: madeira clara, madeira escura, plástico branco e plástico transparente, tudo com diversas alturas. O objetivo era maximizar o espaço do gabinete para você poder enfiar lá dentro o tanto de objetos que conseguisse. A Container Store era, entre outras coisas, uma loja que permitia que você comprasse mais coisas enquanto fingia ter menos. Lindsey havia arrastado o cogumelo de plástico até aquele corredor e estava sentada nele, observando.

— Espere só pra ver o que eu comprei — falei, me agachando ao lado dela. — O que você encontrou?

— Não estou gostando — respondeu ela, balançando a cabeça vigorosamente.

— Não está gostando do quê?

— Você não sente às vezes... — disse ela, meio que batendo as mãos —... que não tem espaço pra ser uma pessoa em lugar nenhum?

Eu não sabia exatamente do que ela estava falando, mas isso acontecia com Lindsey às vezes. A coisa sobre a qual conversava parecia estar localizada em um momento muito anterior que continuava sangrando no presente, quando as circunstâncias a despertavam. Lindsey havia me contado uma vez que, depois que a mãe dela e o padrasto saíam para beber, ela passava a noite organizando todas as gavetas e armários para que tudo estivesse perfeito quando os dois voltassem. Às vezes, em dias estressantes no trabalho, eu a pegava organizando e reorganizando os itens na mesa para deixá-los em ângulos retos perfeitos um em relação ao outro.

— Você quer ficar aqui? — perguntei, tão gentilmente quanto consegui. Não acho que essas linhas borradas entre a memória e a vida real fossem fáceis para ela. — Ou quer ir comer alguma coisa?

Eu a ajudei a se levantar e carregar o cogumelo de volta para onde ficava exposto. Às vezes eu amava minhas amigas do jeito que imaginava que uma mãe amava os filhos;

queria cuidar delas do mesmo jeito descomplicado. Estava me sentindo em paz quando fomos para o caixa de braços dados. Eu tinha meu closet novo e minha amiga mais carinhosa, e tínhamos decidido comer *quesadillas* juntas. A vida havia me dado limões e eu tinha me arrastado até a cozinha para fazer um pouco de limonada. O que poderia dar errado?

Bem, vou te contar o que deu errado.

*

Consigo pensar em tanta gente que conheço que, pelo menos de acordo com as redes sociais, tem vidas livres de problemas com trabalhos livres de problemas e relacionamentos livres de problemas que elas apresentam com um sentimento real de satisfação. Eu não. Minha curiosidade tem alguma coisa a ver com os problemas nos quais me meto, com certeza. E, tudo bem, o fato de eu ser esquentadinha. Mas não dá para não pensar que aquelas três Moiras de cabelos selvagens olharam para mim no dia em que nasci e, com uma risada maldosa, me mandaram uma dose extra de azar.

Enquanto Lindsey passava o cartão de crédito no caixa, vi Ben de soslaio. Estava usando o mesmo short do dia anterior, com uma bandana verde no bolso de trás.

— Ah! — falei, e comecei a andar na direção dele.

Então vi que ele não estava sozinho.

Na verdade, ele estava com uma mulher. Era baixa, curvilínea, de cabelo castanho e pele tom de oliva. Usava uma blusa frente única e shorts, e ficava muito bem naquela roupa. Ela e Ben estavam no corredor de potes plásticos, perto um do outro. Ela estava com uma mão na cintura. Eles apontavam cada um para um pote diferente. E estavam rindo.

Surgiu meio que um hipercubo no meu cérebro quando vi os dois juntos. Quatro dimensões de compreensão simultâneas. Elevei ao cubo o cubo de todos os homens que já conhecera e tirei uma conclusão na velocidade da luz.

— Já volto — falei para Lindsey. — Te encontro lá fora.

Ela me olhou, confusa.

— Aonde você vai?

— Já volto! — repeti ao me afastar.

Furtiva como uma assassina internacional treinada, fui para o fundo da loja, atrás do centro de design Elfa, para rodear o perímetro e pegar Ben com a boca na botija no corredor dos potes plásticos. O que eu havia aprendido com meus pais era que a negação, assim como a capacidade plausível de negar, podia deixar uma mulher paralisada em certas situações ruins. Se eu confrontasse Ben diretamente naquele momento, ele poderia inventar alguma desculpa, ligar o *gaslighting*, me acusar, como Wolf tinha feito, de ter parado de tomar meus remédios.

Então, em vez disso, me esgueirei até o fim do corredor três e saquei o celular para gravar a conversa do meu namorado com a mulher que eu acreditava ser sua outra namorada. Aquilo parecia ser a única linha de ação possível, dada a minha posição comprometida.

De onde eu estava — ou seja, ajoelhada no linóleo gasto, com a palha das sandálias *huaraches* raspando na parte de trás das minhas coxas quando eu me movia, não conseguia ver os dois adúlteros sem-vergonha. Mas conseguia ouvi-los. Cada palavra fazia meu peito doer.

— E este aqui? — perguntou a mulher, com a voz melódica.

— Acho que não é grande o suficiente — respondeu Ben.

— Mas a sua mãe tem tanta coisa!

Ah, pensei, então ele fala com *ela* sobre a mãe, ele fala com *Simone* sobre a mãe, mas não fala comigo? Ele deixa *essazinha* ajudá-lo a cuidar da mãe, mas não eu? Eu preferia ter pegado Ben no meio do coito a tê-lo pegado no meio das compras para casa com outra mulher. Pelo menos a primeira opção poderia ser atribuída a algum impulso animal selvagem. Mas isso? Isso implicava intimidade real, a intimidade banal da vida cotidiana, que é a maior parte da intimidade e, sendo realista, aquela que eu nunca havia tido.

Nas últimas semanas eu tinha percebido que isso era o que eu mais queria: aquela intimidade banal com Ben.

Eu teria feito qualquer coisa para cultivá-la, batido notas naquele piano desafinado muitas e muitas vezes até que Mozart finalmente saísse da ponta dos meus dedos. *Venha, vamos dar uma volta*, eu queria poder dizer a Ben, até o dia da minha morte. *Mesmo que a gente só fale da televisão e do clima, com você vou ser feliz.*

De repente me odiei por ter permitido que minhas esperanças voassem tão alto.

— Por que não começamos com estes aqui? — Ben estava dizendo. — A gente pode voltar a qualquer momento. Você não queria comprar um daqueles organizadores de remédios pra ela também?

Em retrospecto, consigo ver como essa última fala poderia ter servido como uma pista útil do contexto. Mas eu estava tão mergulhada naquilo que não pensava muito em contexto, inclusive ao meu redor. E foi por isso que deixei passar o som dos passos de Ben e sua senhora, e por isso que, quando eles fizeram a volta e entraram no corredor onde eu estava, tive apenas uma fração de segundo para ficar de pé e disparar na direção da saída.

Eu só tinha chegado até a metade do corredor quando ouvi Ben dizer:

— Casey? É você?

Eu me virei.

— Ben? Ben! Ai, meu Deus, não te vi aí! Oi! Nossa, que coincidência! — Eu estava mudando o peso de uma perna para a outra e balançando os braços ao meu redor como um boneco lunático de borracha. — Estou aqui com Lindsey, haha. Este é o "nosso lugar"! Parece que é o seu lugar também. Eu, ah, só precisava de umas coisas novas para o closet!

— O que você estava fazendo agorinha? — perguntou ele. Seu rosto tinha aquela expressão focada, penetrante.

— Sabe que nem me lembro?! Haha! Voltei aqui pra procurar... — escaneei o corredor com os olhos —... organizadores de gaveta de banheiro, mas aí percebi que não preciso deles! Além do mais, Lindsey já pagou; ela está me esperando lá fora. De qualquer forma, eu devia deixar vocês em paz. Sou Casey, por sinal — falei para a mulher, acenando com os dedos. — Casey Pendergast. Uma amiga do Ben. Prazer!

— Eu sou... a Maria — disse a mulher.

Ben ainda estava com a mesma expressão engraçada no rosto.

— Ela é a nova cuidadora da minha mãe. A gente vai colocar ela no quarto do térreo, pra não precisar se preocupar com as escadas.

— Ah, a nova cuidadora da sua mãe! — falei. — O quarto do térreo!

O cubo que eu havia construído estava se transformando, a claridade branca brilhante no meu cérebro foi se dissolvendo e voltando a ser uma confusão. A única coisa que eu conseguia entender a partir desse emaranhado no meu cérebro era: mim errar. E também: ele saber mim errar.

Eu precisava sair dali. Comecei a dar uns passos para trás.

— Ah, uau, que ótimo! Estou tão feliz que vocês tenham encontrado um ao outro. Não encontrado *encontrado*, haha. De qualquer forma, como eu disse, Lindsey está me esperando lá fora, então é melhor — apontei com o dedão para a saída — eu ir andando. Mas, uau, *tão* bom conhecer você, Maria, e tão bom ver você, Ben, e ver vocês dois juntos. Não juntos *juntos*, mas... tá bom, falo com você mais tarde, tá? — Eu estava caminhando para trás cada vez mais rápido. — Ok, ok. Tchau!

Então me virei e saí correndo.

Do lado de fora, encontrei Lindsey sentada na sarjeta com uma aparência desolada. Parecia uma criança cuja mãe tinha se esquecido de buscar na natação. Eu me larguei ao seu lado e apoiei a cabeça no ombro dela por um segundo. Seu cabelo sedoso e loiro roçava na minha têmpora.

— Tá tudo bem? — perguntou ela.

Suspirei e fiz que não com a cabeça.

Ela passou o braço fino ao redor do meu ombro.

— Nem comigo.

— Eu só faço merda — falei. No fim da frase, minha voz falhou.

— Todo mundo faz — ela disse, e beijou o topo da minha cabeça.

O gesto me lembrou da minha mãe. Não porque Louise fizesse esse tipo de gesto, mas porque eu sempre quis que ela fizesse.

Depois de um instante, afastei a cabeça. Olhei para ela; ela me olhou de volta.

— Eu magoo as pessoas — continuei. — O tempo todo. Não quero mais magoar ninguém.

Agora foi a vez de Lindsey suspirar.

— Não sei. Acho que magoar os outros é inevitável.

— Por quê? — Esfreguei a testa com as costas da mão.

Ela balançou a cabeça e deu de ombros de leve.

— Porque a gente tem medo — ela disse simplesmente. — E a maioria de nós não sabe ser outra coisa.

Enfiei o dedo na orelha. Estava cheia de cera. Tinha pelos crescendo nas minhas pernas e meu short estava apertado na cintura, e me perguntei se todas as mulheres se sentiam tão nojentas em seus próprios corpos como eu às vezes me sentia. Olhei para o asfalto.

— Acabei de estragar tudo com Ben.

— Estragou? Quê? Onde? Como?

— Ele estava na Container Store. Achei que ele estivesse com outra mulher.

— E ele estava?!

— Não, eu só achei que estivesse. Era a *cuidadora* da mãe dele.

Lindsey se remexeu.

— Eu ia dizer que ele não parecia ser o tipo...

Eu ri em desespero.

— Ah, ele não é. Mas aparentemente ainda assim eu precisei espioná-lo? Ele me pegou escondida nos purificadores de ar.

Lindsey se encolheu.

— Ai, Casey.

— Não sei o que faço — falei, enterrando o rosto nas mãos. — Não sei mesmo.

— Você pode pedir desculpas. Volta lá. Talvez ele entenda.

Espiei entre os meus dedos e olhei para o estacionamento.

— Ou *talvez* — falei — a gente possa só ir ao Applebee's.

Lindsey sorriu gentilmente.

— Se você quer fazer piada, tudo bem. Mas não precisa fazer, não comigo.

— É, mas — falei, ainda com as mãos no rosto. — De que outra maneira posso fazer você me amar?

Lindsey não me obrigou a ir falar com Ben de novo. Acho que ela percebeu que eu não conseguiria. Então, em vez disso, nos levantamos e caminhamos, com as mãos ao redor do ombro uma da outra, para um oásis que servia drinques neon, asinhas de frango e *quesadillas* de queijo: não aliviando o sofrimento uma da outra, isso não, nunca seríamos capazes de fazer isso, mas o vigiando, fazendo companhia.

*

Não tive notícias de Ben até aquela noite. Quando ele finalmente ligou, me contou uma história. Aos vinte e poucos anos, ficara quatro anos com uma mulher, uma mulher que antes tinha se relacionado com uns homens bem horríveis. Ben fazia de tudo para fazê-la se sentir segura — ligava toda noite, só transava quando ela começava, se desculpava e se flagelava toda vez que dizia ou fazia alguma coisa que ela considerava um "gatilho" —, até o dia em que ela lhe contou que estava tendo um caso com o chefe.

— Não posso passar por isso de novo — disse ele. — Tenho tentado o tempo todo entender melhor as suas atitudes... mas o bullying? A espionagem? Isso não posso aceitar.

— Tá bom — falei com a voz fraca.

Eu estava sentada na cama, abraçando os joelhos junto ao peito. As janelas estavam abertas e dava para ouvir a cacofonia dos pássaros de verão no bordo. Apoiei uma bochecha no joelho e olhei lá para fora. Era um pôr do sol mais do que lindo, com tons de azul e roxo melancólicos, aquele momento em que a escuridão se tornava inevitável e o dia certamente terminava.

— *Por que* você fez aquilo hoje? Logo depois de a gente... — Ele ia dizer mais alguma coisa, mas a voz estava se elevando e ele se interrompeu.

— Eu sei — falei. — Eu sou uma pessoa muito confusa.

— Acho que você é uma pessoa incrivelmente especial — ele disse. A voz falhou um pouco. — Só fico triste porque as coisas não deram certo.

— Não deram certo?

Deu para ouvi-lo soltando o ar.

— Só preciso de um tempo, só isso.

— Por favor, não vá embora — pedi, com a voz trêmula. — Eu te amo. Vou conseguir confiar em você, estou melhorando. Só vai levar um tempo.

Foi a primeira vez que eu disse aquilo. O *eu te amo*. Aberta e claramente, as palavras mais sinceras que eu tinha dito em muito tempo. Em resposta, minha respiração ficou mais profunda, eu me sentei um pouco mais ereta, e a sensação inquietante contra a qual eu vinha lutando o dia todo se dissipou. O corpo todo muda quando dizemos a verdade; mas a maioria de nós, conforme crescemos e nos esquecemos do nosso corpo, também se esquece disso.

Depois de um silêncio, ele disse:

— Eu também te amo. — Dava para perceber que ele estava chorando um pouquinho porque sua voz saía como se ele tivesse engolido uma bolha de água. — Mas não posso fazer isso outra vez.

— Por favor, não — falei de novo. Agora eu estava realmente chorando, pela segunda vez naquele dia.

— Espero que dê tudo certo pra você — disse ele. — Não se preocupe com o escritório, vai ficar tudo bem. A maior parte do meu trabalho é virtual, de qualquer forma.

Eu me engasguei ao dizer:

— Eu nem estava pensando no escritório.

Havia tudo e não havia nada a dizer, então desligamos. Com o celular ainda quente no meu colo, apoiei a testa nos joelhos e chorei.

Mas chorar não é suficiente, é? Por anos eu havia deixado que o choro consertasse as coisas. Era uma liberação necessária. Eu prosperava na catarse física, me sentia tão limpa e refrescada por ela quanto depois de um banho, me recusando a permitir que as lágrimas revelassem a informação que continham. Ações, por exemplo. Palavras. Um exame complicado do que havia levado a elas, para começo de conversa. Sem esses passos, chorar era sexo sem amor, trabalho sem propósito. Elegante, importante, prazeroso às vezes. Mas não suficiente.

Mas o que era suficiente? Eu nunca tinha sido suficiente, disso eu sabia. Nascemos xneste mundo com uma grande ausência sem nome. E foi assombrada por essa ausência, essa terrível e escancarada falta, que por fim, algumas horas depois, adormeci.

11.

O que acontece em Vegas...

No dia seguinte, uma segunda-feira, acordei e avaliei meu estado. Melhor amiga: não. Namorado: não. Sabático: não. Então me vesti sombriamente toda de preto e fui para o trabalho, resignada a fazer o melhor possível com os destroços da minha existência. Eu me consolei com o fato de que ainda teria quinze por cento de participação e dez por cento de aumento, sem contar a amizade de Lindsey e meu novo closet da Elfa. Sim, sempre havia uma maneira de ver as coisas pelo lado bom. Mesmo quando sua vida está em chamas, a luz pode ser muito bonita!

Celeste me chamou no escritório dela logo que cheguei e me entregou o dossiê para minha tarefa final — o décimo recurso — antes de levarmos a Nanü para os investidores de risco. Em resumo, eu precisava acertar o arpão na baleia branca do oceano azul. Uma baleia branca que, no fim das contas, entre todas as possibilidades, era Julian North, a pessoa que havia feito Celeste se interessar por essa coisa da Nanü em primeiro lugar. E, de todos os lugares do mundo, ela precisava que eu o atacasse em Vegas, onde a American Book Fair aconteceria naquele ano.

Celeste explicou que a ABF era o lugar onde editoras e autores promoviam os próximos lançamentos, na esperança de que os livreiros, entusiasmados pela bebida e pela bajulação, escolhessem aqueles livros para estarem em destaque nas prateleiras. Aparentemente corriam boatos pela indústria editorial a respeito das intenções de Celeste, embora todos os contratos com a Nanü ainda fossem confidenciais e fossem ficar longe dos olhos do público até o outono. Celeste não queria dar um grande impulso publicitário até que tivéssemos conseguido os investimentos e até que a papelada da venda da PR fosse oficial.

Na realidade, somente as postagens de Ben com a Waterman Quartz nas redes sociais já estavam acontecendo, mas mesmo essa pequena parceria já causava algum alvoroço. A política oficial entre autores e editores era eles serem completamente contra a "corrupção das artes literárias" e essa "completamente inaceitável" virada para a publicidade. Mas Celeste tinha contatos bons o suficiente a ponto de poder se entocar debaixo da política oficial, e o boato extraoficial era que havia muitos outros escritores prontos a ceder sua "integridade artística" se tivéssemos o discurso certo e a quantia certa à disposição.

Inclusive Julian, que, nos anos desde que eu o vira falar na faculdade havia acumulado um bom número de prêmios nacionais, além de ter publicado um romance que chegou ao topo das listas de mais vendidos. A esposa de Julian havia sido diagnosticada com um tipo raro e agressivo de câncer de mama. Ele já estava dois anos atrasado para entregar seu próximo romance, a continuação do best-seller, mas, aparentemente, dedicado como era, não era capaz de trabalhar com a esposa tão doente.

Os tratamentos também não estavam indo bem, e eram tão caros que tinham engolido o que sobrara do adiantamento dele. Havia rumores de que ele estava desesperado por ganhar algum dinheiro para continuar pagando as contas médicas.

— Ele pode até ser um leão literário — disse Celeste, com um suspiro. — Mas até os leões precisam comer.

Ao ouvir essa notícia, em vez de sentir incerteza ou prudência moral, pensei: meu Deus, talvez minha sorte já esteja mudando! Acho que queremos tanto ficar bem que até quando estamos em um caldeirão de água quente e suando feito loucos contamos a nós mesmos todo tipo de história encorajadora, histórias como: hummm, talvez essa água quente seja boa para mim, porque vai me ajudar a liberar o que Gwyneth Paltrow chama de "toxinas"; ou:

ah, por favor, *não tem como* esse banho quentinho e confortável se transformar em algo cruel e fervente! Como Susan sempre diz, meu otimismo beirava a insanidade, e um dos principais sintomas de insanidade é a amnésia seletiva.

Mas veja, Vegas era minha cidade favorita no mundo, e eu iria até lá para reencontrar meu herói literário, que já tinha resetado minha bússola moral uma vez, na faculdade. Talvez, de algum jeito limitado, ele pudesse fazer isso de novo. Eu estava ficando tão nervosa e empolgada para vê-lo que não ouvi com atenção quando Celeste falou sobre o produto que Julian havia sido selecionado para vender — um novo tablet criado por uma empresa estadunidense de eletrônicos ainda desconhecida — e seus atributos sedutores desenvolvidos especialmente para escritores, como transcrição de voz, iluminação frontal e uma caneta em formato de pena. Imaginei um cenário em que Julian, muito impressionado com o meu profissionalismo e a minha coragem, me perguntava se eu sairia do meu emprego na Nanü para ser sua *alguma coisa* em tempo integral. Assistente, talvez.

— Mais uma coisa — disse Celeste enquanto eu me levantava para sair.

Um arrepio nervoso me invadiu. Eu esperava que Ben não tivesse falado com ela sobre o fim da nossa conexão romântica por causa de alguma obrigação ética estranha. Também esperava que Wolf não a tivesse contatado por alguma necessidade de ser um completo escroto.

— O que foi?

— Eu estava falando com Ben no piquenique — ela começou. Então dobrou as mãos e as apoiou na mesa. — Ele mencionou que você estava interessada em fazer aulas de teatro. Disse que você sempre amou atuar e estava em busca de se envolver com isso de novo após uma longa pausa.

— Ele disse isso?

Ela riu sem emoção.

— Foi bastante... tocante. Ficou claro pela conversa que ele tem uma opinião muito boa a seu respeito.

— Bom... — falei, travando a mandíbula. — Eu não diria que isso é sempre...

— Me fez pensar — comentou ela, abrindo a gaveta da escrivaninha. — Eu queria fazer alguma coisa por você de qualquer maneira, para te agradecer pelas longas horas e pelas viagens que você realizou durante esse verão, um gesto. Já conheci vários produtores e agentes por causa das nossas ações com Ellen. Se estiver tudo bem para você, eu gostaria de marcar uma reunião com um ou dois deles depois que você voltar de Vegas.

— Comigo? — perguntei, em choque. — Por que você faria isso?

— Eu sei — Celeste fez uma pausa para limpar a garganta. As palavras saíam severas e rígidas — que não pareço uma pessoa particularmente... emotiva. Mas acho que fui me afeiçoando a você ao longo dos anos, e tentei o melhor que pude cultivar os seus talentos... e se houver alguma maneira pela qual nós... — Ela pigarreou — eu... possa usar melhor os seus talentos... bem, sou toda ouvidos. — Ela acelerou e voltou ao tom profissional assim que chegou à parte prática. — Falei rapidamente com uma agente que está tentando emplacar um reality show sobre pessoas na casa dos vinte anos trabalhando na cidade, e ela gostaria de te encontrar e descobrir se você se encaixaria bem no programa. Também seria uma boa maneira de dar exposição à Nanü, já que é provável que iriam querer filmar você no escritório.

— Ai, meu Deus! — falei, tapando a boca com a mão por causa da surpresa. — Eu não...

Revirei as gavetas do meu cérebro em busca de algo para dizer, mas tudo que eu conseguia encontrar eram frases de embalagens de biscoitos da sorte e banalidades de professores de ioga.

— Não sei o que dizer — falei, abaixando a mão. — Sério. Estou embasbacada.

Não, ser integrante do elenco em um reality show de TV a cabo não era exatamente tudo que eu sempre quisera, mas veja, nesse momento, talvez fosse o mais perto que eu conseguiria chegar. Senti os olhos se encherem de lágrimas, merda, *de novo*. Eu estava me tornando uma personagem de filme do canal Lifetime.

— Quer dizer, estou honrada — afirmei. — Desculpe. — Sequei os cantos dos olhos. — Eu só... acho que também estou surpresa...

— Não sou tão fria e sem coração quanto vocês acham que sou — disse ela, com um sorriso fraco. — Você fez muito pela PR este ano. Trabalhou duro, impressionou todo mundo que conheceu, não reclamou nenhuma vez...

Bem, pensei, *não para você*.

—... e já está na hora de ser reconhecida.

Eu queria correr por trás da mesa de Celeste e abraçá-la. *Mamãe!* Mas, antes que pudesse, ela havia aberto outra vez a tampa do notebook e começado a digitar.

— Obrigada — falei.

— Não me agradeça — respondeu ela, erguendo a mão em despedida, e dava para ver que ela realmente queria dizer aquilo.

*

Quando eu era criança, tinha um livro de mitos gregos que Louise havia me dado de aniversário. Eu me lembro de ficar constantemente impressionada com como alguns dos personagens eram idiotas. "Não vire pra lá, seu burro!", eu gritava para Orfeu quando ele estava trazendo Eurídice de volta do submundo. "Ela é sua mãe, seu idiota!", gritava para Édipo. Mas não gritei nada para mim mesma naquele dia, porque defeitos fatais são como certos tipos de ilusão de ótica: impossíveis de ver a não ser que se esteja perto demais. É tudo uma massa colorida disforme.

Empolgada do jeito que eu estava com a maneira como as Moiras recompensavam tão caprichosamente quanto puniam, cabulei o trabalho pelo restante da tarde, fui para casa, fechei as persianas e, chamando isso de pesquisa, reassisti à última temporada completa de *The Real Housewives* com Ellen Hanks. Nossa, como é divertido viver em uma fantasia. Desliguei o celular e enchi a cara de vinho tinto durante o dia mesmo, comi um monte de pipoca direto do saco de micro-ondas e me peguei pensando: meu Deus, eu sou a melhor, e a minha vida é a melhor, e só esqueça qualquer outra coisa, Casey! Claro que você teve alguns dias, semanas, meses, difíceis. Mas quem se importa? Quem se importa de verdade? Não você, Casey. Agora você tem um monte de dinheiro e um reality show te esperando, está de volta, está melhor e vai para Vegas, um lugar onde não há passado, não há futuro, nada além de qualquer que seja a tentação gloriosa à sua frente! Agora você vai ser feliz, Casey. Você *é* feliz. É. Não é?

*

A American Book Fair era diferente de tudo que eu já tinha visto. Ou talvez fosse parecida com muitas coisas que eu já tinha visto, mas em Vegas meus níveis de adrenalina ficavam muito mais altos e meus receptores sensoriais ficavam mais alertas. No centro de convenções no Caesars Palace, os maiores e melhores da indústria do livro eram o centro das atenções. Ficavam atrás de mesas com toalhas longas e ao lado de enormes pôsteres fazendo propaganda do próximo e mais sensacional melhor romance nacional, ou livro de memórias, ou não ficção realista. O público da feira era variado em relação a gênero, e tão variado em relação à cor de pele quanto, digamos, um galão de sorvete de baunilha.

Eu já tinha ido a convenções de publicidade ao longo dos anos, e, embora essa fosse uma indústria diferente, a dinâmica interpessoal era praticamente a mesma. Dava para notar logo de cara quem dava as cartas: tendiam a usar sapatos mais pontudos e camisas mais ajustadas, e a pele era bronzeada e hidratada como se tivessem acabado de descer do avião de volta de St. Barts. Também dava para identificá-los pelo círculo de admiradores que inevitavelmente os rodeava, a maioria homens jovens, que pareciam intuitivamente saber, mais que as mulheres, que uma das maneiras de obter poder era apenas encontrá-lo, ficar parado ao lado dele e nunca o deixar sair de suas vistas. Pois bastava abordar esses poderosos no momento certo e eles estenderiam um pouco do poder sobre você, não de maneira altruísta, mas com o prazer egoísta de um benfeitor. Sempre admirei as ambições nuas desse tipo de jovens fortes, autodepreciativos, de camisa Oxford e mãos enfiadas nos bolsos. Embora sempre tenha tido vontade de bater neles também.

Por outro lado, as mulheres no centro de convenções falavam principalmente como iguais, em pequenos grupos, entre si e com entusiasmo, ou ignorantes dos movimentos sutis do poder ou, era mais provável, já exaustas deles. Não que todo mundo se encaixasse tão precisamente nessas definições de gênero — mas na verdade meio que sim.

E então havia os autores. Ah, os autores! Jogados ali por suas casas editoriais, também eram fáceis de reconhecer: parecendo meio esquisitos e selvagens, de ombros caídos, andando de um lado para o outro de boca aberta, claramente ávidos por solidão. Mas ainda assim ali estavam, forçados a se expor, a atender ao pedido para que conversassem com, digamos, uma garota desarrumada chamada Mary Jo que administrava uma livraria independente em Boise e estava *muito* curiosa para saber de onde eles tiravam suas ideias.

Senti empatia pelos autores. Um poeta que já havia sido consultor do governo para a promoção da poesia escondia-se sombriamente num canto do salão, como o Fantasma da Ópera; um finalista do National Book Award bebia desesperadamente uma Coca diet atrás da outra enquanto três senhoras buzinavam na sua orelha como moscas vestindo roupas xadrez. Muitos ficavam sozinhos, atordoados, no meio do salão, enquanto o restante da indústria dedicava-se a si mesma.

A exceção entre esses escritores era Julian North — minha razão para estar em Vegas. Ele daria a palestra principal naquela noite, e eu o vi no saguão assim que cheguei, porque as pessoas pareciam atraídas para perto dele, assim como eu tinha sido alguns anos antes, como se por alguma gravidade horizontal. Achei-o parecido com como eu me lembrava: não exatamente atraente, mas alto e esbelto, e, com o cabelo grisalho, a calça alinhada e os óculos de armação quadrada, estava claramente melhorando com a idade.

Embora meu palpite fosse que, mesmo antes de ser famoso, ele sempre atraíra as pessoas para si. Havia uma energia que irradiava de Julian que se traduzia em uma expressividade no rosto, uma receptividade nos gestos, que por sua vez fazia as pessoas sentirem certa familiaridade ao redor dele de imediato. Tanto mulheres quanto homens ficavam à sua volta, tocavam sua manga. E Julian, em vez de fazer como muitos autores e se manter a uma certa distância física ou emocional de seus admiradores, parecia absorver tudo que eles diziam e faziam.

Pensei em me apresentar ali mesmo na convenção, mas por fim decidi que não queria entrar na bagunça de devotos. A veneração de outras pessoas ao seu herói me enojava.

Em vez disso, fiquei passeando pelo saguão. Eu tinha escolhido roupas sérias para aquele dia, porque queria que Julian me levasse a sério e acreditava que a única maneira que tinha de controlar isso era através da minha aparência. Escolhi um vestido justo de crepe preto, sapatos pretos *stiletto* e um blazer preto de crepe que joguei sobre os ombros, e carregava minha bolsa preta de couro de uma maneira muito séria, ou ao menos esperava que parecesse. Não havia muito na convenção que me interessasse, e ignorei os estandes de itens à venda, luminárias de leitura, marcadores de página, e-readers, diários com capa de couro com amarração no meio. Entediada e com aquela sensação burguesa de cansaço que nos acomete diariamente no meio da tarde, estava prestes a fazer o mesmo que um casal de celebridades e sair dali quando ouvi o grasnido nasal de um sotaque de Jersey.

— Casey? Casey Pendergast? É você?

Ora, ora, ora. Quem mais poderia surgir do nada atrás de mim através de uma névoa de perfume, fumaça de cigarro e vitalidade intimidante a não ser Ellen Hanks? Embora tivéssemos trocado alguns e-mails ao longo do verão, eu não a via pessoalmente desde aquela primeira e única vez na primavera em que ela estivera no escritório.

— Ellen! — exclamei com alegria, me virando e lhe dando um abraço apertado. — Mas o que você está fazendo aqui?!

Fiquei tão aliviada que queria rir. As Moiras eram gentis! Elas sabiam que eu precisava de uma amiga. Vegas não era lugar para uma viajante solitária, muito menos a maioria das convenções, a não ser que você fosse um sociopata ou, eu acho, um autocrata bilionário. Juntas, Ellen e eu poderíamos conversar sobre sermos peixes fora d'água perto de toda aquela gente do mercado editorial. Ou talvez mais como morsas fora d'água, de sangue quente e uma tendência a berrar.

— Eu é que te pergunto! — Ela se afastou e me deu um soquinho no bíceps como uma treinadora de softball. — Olha só pra você! Está bonita! — falou para todo mundo ao redor. — Está malhando? Seus braços estão uma beleza. Meu Deus, temos uma profissional aqui!

— Rá. Quem me dera. Você não tem ideia de como estou feliz em te ver!

— Ah, eu tenho uma ideia — disse Ellen, e começou a me arrastar pelo braço. Ela parecia a mesma pessoa de alguns meses antes, enfiada em um vestido hermético, com saltos altíssimos e toda montada, cabelo e maquiagem. — Isto aqui é uma piada. Meu editor me pediu que viesse promover o meu livro, e você acredita que ninguém quer falar sobre o meu livro? Eles nem sabem quem eu sou! Falei pra uma dessas mulherzinhas que eu estava na TV, e sabe o que ela disse? "Não tenho televisão". Quem é que não tem televisão? Só porque não fiz faculdade nem escrevi um livro de que ninguém ouviu falar sobre a... sei lá... a guerra no Iraque. Eu posso ter tido um ghost-writer, mas quantas empresas de vodca você abriu, queridinha? — Ela passou o braço pelo meu, mas continuou me puxando através do salão. — E o que *você* está fazendo aqui?

Falei a verdade. Ela era amiga de Celeste e uma cliente, então eu tinha bastante certeza de que a confidencialidade não importava. Contei que estava lá para falar com Julian sobre uma proposta de patrocínio para uma nova aposta da PR. Ao ouvir o nome, Ellen revirou os olhos.

— Aquele cara. Todo mundo aqui o está chupando a cada chance que tem.

— Ele é um escritor maravilhoso — falei. — Tipo, praticamente meu escritor favorito de todos os tempos. Aonde a gente tá indo, por sinal?

— Não me interessa se ele escreveu a caceta da Bíblia, isso não significa que ele não seja um escroto. — Ellen pareceu prestes a dizer alguma coisa, mas então se conteve. — A gente está indo pegar uma bebida, é lá que a gente está indo. Acabei de fechar com o *Dancing with the Stars* para a próxima temporada. Você vem comigo, não aceito um não...

Antes que eu pudesse responder, ela se virou, levantou o braço e gritou para o que me pareceu ninguém em particular:

— Barry! Barry, fica de olho na mesa, tá? As garotas estão indo pegar uma bebida.

A certa distância, um homem careca, tatuado e cheio de piercings, do tamanho de um tanque, acenou afirmativamente.

— É meu *sugar baby* — disse Ellen, em tom conspiratório. — Ele não é ótimo?

*

Em um bar chamado Numb, que ficava bem no meio da área do cassino, Ellen e eu pedimos coquetéis *frozen* gigantescos, completos, daqueles com tampa e canudinho, para que as pessoas pudessem carregá-los enquanto jogavam ou nadavam em uma das muitas piscinas. O meu se chamava Numb Cappuccino!

Ellen me atualizou na velocidade da luz sobre tudo o que estava acontecendo com ela — discussões com a editora, discussões com os produtores, discussões com a assistente, barganhas, esquemas, dinheiro, dinheiro —, o que durou tempo suficiente para eu lançar meio barril de drinque alcoólico gelado na minha corrente sanguínea. Depois disso, acabei abrindo a boca sobre o que tinha acontecido com Wolf e Susan, o que tinha acontecido com Ben, o que tinha acontecido ou poderia acontecer com a agente de casting que Celeste conhecia e o reality show do qual eu poderia participar.

— Você está brincando?! — Ellen comentou sobre o último item, me dando um tapa no braço. — Isso é incrível. Eu *falei* pra Celeste que você era uma estrela. Está vendo? Quer que eu faça umas ligações? Conheço todo mundo naquela cidade. Eu poderia mexer uns pauzinhos para vocês duas.

— Não precisa — falei, corando de vergonha, ou talvez por causa do álcool.

Ellen ficou incrédula.

— Ah, por favor. Você acha que vai chegar a algum lugar com essa atitude? Escuta o que estou te dizendo. Você precisa saber o que quer... — Ela deu um soco na palma da mão —... e agarrar... — paf! —... e não... — paf! —... deixar... — paf! —... escapar. Você disse que quer o seu homem de volta? Bem, então, Casey, você precisa *fazer alguma coisa* a respeito disso! Mas tome cuidado, não faça o que eu fiz, tenho duas ordens de restrição contra mim. E aquele filho da mãe — continuou ela, mudando de assunto abruptamente enquanto bebia algo chamado Fumaça Roxa. — Aquele Wolf. Primeiro de tudo, quem coloca no filho o nome de Wolf? Ele parece típico. Um típico filho da mãe. Me lembra da vez que meu ex-marido tentou me roubar depois que comecei a ganhar dinheiro, alegando que eu devia pagar pensão pra ele. Não importa, eu tornei a vida dele um inferno durante os seis meses em que o processo correu. — Ela tomou mais da Fumaça Roxa. — E amei cada minuto.

— Quero tornar a vida do Wolf um inferno. — Eu estava ficando com raiva outra vez. — Acima de tudo, quero consertar as coisas para a Susan. Eu poderia provar que ela escreveu aqueles poemas, mas ela não quer me ver nem pintada, e de qualquer forma Wolf não está nem um pouquinho com medo de mim. Está balançando o pinto por toda a internet. Outro dia ele *literalmente* tuitou "Eu sou o rei do mundo", e não era nem uma referência cultural!

Tomei um gole do Numb Cappuccino. Quando suguei, ouvi o som borbulhado no canudinho, indicando que a bebida estava no fim.

— Ele se sente invencível, e eu *odeio* isso.

Ellen debochou.

— Escroto. — Ela apontou para meu copo vazio. — Quer mais um?

Nada une mais as mulheres do que raiva compartilhada dos homens. Bem, isso e compartilhar tentativas frustradas de perder peso. Nós exploramos nossa fúria por um longo tempo, até que ela gradualmente se transformou em uma vasta troca de elogios, e "Eu te amo", e mais dois drinques do tamanho de piscinas. Nós nos abraçamos até perdermos o equilíbrio e quase cairmos das banquetas. Outros clientes chegaram e partiram do bar, com camisas havaianas, olhos embaçados de bebida e fichas de pôquer e oxigênio, inabalados pelas duas mulheres empolgadas e barulhentas que se elogiavam sem parar.

Ficamos ali por umas duas horas, talvez; a questão com Vegas é que lá o tempo desaparece. Sem janelas, o dia vira noite, que vira uma permanente e nevoenta hora mágica em que tudo é permitido, nada é proibido, e a satisfação é a melhor forma de viver.

— Então, o que você vai fazer a respeito desse Wolf, afinal? — Ellen perguntou por fim, retornando à nossa conversa de mais cedo depois que o auge da nossa bebedeira havia passado e estávamos apenas ébrias de um modo agradável.

Joguei as mãos para o alto.

— Literalmente não faço a *menor* ideia. Mas agora estou puta e quero me vingar dele. Você precisa me ajudar a pensar em alguma coisa melhor que só pegar um voo para Nova York e soltar os cachorros em cima dele.

— Ok. Bom... espera aí. — Ellen inclinou a cabeça. — Quais as chances de que Wolf esteja em Vegas *agora mesmo*? Você não falou que ele é escritor?

— Não sei — respondi. — Ah! Mas sabe como a gente pode descobrir?

Peguei o celular e abri o aplicativo do Twitter.

Bingo! Wolf tinha tuitado que estava em #vegas para a #ABF. *rindo à toa, venham se divertir cmg*, ele tinha escrito.

— Argh! — soltei, e larguei o celular na bancada do bar.

— Ele está aqui, não está? — indagou Ellen com alegria. Ela se inclinou para olhar para a tela do celular, apoiando os cotovelos no ar. Estalou os dedos. — Bartender, você tem um guardanapo e uma caneta? Ah, isso vai ser bom. Muito bom. O timing é perfeito, a gente só precisa resolver os detalhes. Deixa eu pensar... Ok. — Ela deu batidinhas no guardanapo e o empurrou na minha direção depois de escrever algumas coisas. — Você vai adorar isso. Deixa eu te contar o que a gente vai fazer.

O plano diabólico de Ellen era perfeito, feito para a televisão, e era precisamente o seguinte: ela pediria aos seus advogados — ou, mais provavelmente, a um dos estagiários de verão — que mandassem a Wolf uma notificação extrajudicial da empresa pedindo que ele interrompesse o que estava fazendo, sob pena de ação judicial. A carta teria que ser autêntica, é claro, mas, como Ellen explicou, "dá para fazer algo *quase* autêntico". O objetivo da carta não era *realmente* processar Wolf, mas fazê-lo *acreditar* e temer que poderíamos sim fazer isso e faríamos, o que o convenceria, enfim, a editar o manuscrito e tirar os trechos do trabalho de Susan de lá. Para realmente assustá-lo, teríamos de ser, como dizer, criativas com a linguagem em relação à prova que tínhamos e às possíveis repercussões do plágio.

Enviar uma carta como aquela teria sido mais que suficiente para acalmar minha consciência culpada. Mas, como essa era Ellen, e Ellen não fazia nada mais ou menos, ela declarou que precisaríamos subir ainda mais o nível.

— Não quero que esse escroto mexa com você outra vez, nunca mais — comentou ela. — Aquilo que ele fez com você em Nova York? — Ela balançou um dedo. — Uma merda dessa não cola com Ellen Hanks.

Essa última frase era uma das mais populares de Ellen no seu programa de TV.

Então a segunda parte do plano seria pedir a Barry, o acompanhante bodybuilder de Ellen, que entregasse a carta para Wolf pessoalmente.

— Barry vai fazer o que for preciso para ter certeza de que a mensagem foi passada, se é que você me entende. — Ela disse isso de modo impassível, batendo o punho fechado na palma aberta, e, embora eu tenha tido uma grande vontade de rir, me segurei. Às vezes era necessário sucumbir à realidade desmedida de uma estrela de reality show.

A lição que aprendi com essa experiência foi que, quem quer que tenha dito que a vingança não é doce não bolou sua vingança com o cérebro congelado por um Numb Cappuccino, ajudado por uma subcelebridade. A vingança não era apenas doce; era um opioide. A neblina no meio da qual eu estava vivendo desde que Ben terminara comigo — não, desde que Susan terminara comigo, não, desde que eu chegara em casa depois de ter me encontrado com Mort e minha mãe em Milwaukee, não, desde que eu tinha concordado em trabalhar para a Nanü, quatro meses antes — começava a se dissipar, e consegui encontrar o glorioso senso de propósito que eu vinha procurando. Eu me sentia ensolarada como um solstício, feliz como um artista performático. O fim de Wolf, se Deus quisesse, seria o meu início.

— Por que você está fazendo isso? — perguntei, depois que Ellen tinha falado com o advogado pelo telefone e mandado mensagem para Barry. — Quer dizer, não me entenda mal. Acho que nunca fui tão grata pela existência de outra pessoa. Mas... por quê?

Ellen suspirou e cruzou as pernas, o que foi difícil, considerando quão apertado era seu vestido.

— A razão verdadeira? — Ela deu de ombros. — Gosto de você. Se gosto de você, eu gosto de você, não é tão complicado. De onde venho, a gente zela pelos nossos. E algumas dessas pessoas aí... — Ela girou o indicador. —... são horríveis. São malucas pra caralho. E más, também. E no que se refere a pessoas, você é esperta, Casey, mas, não entenda errado, você também é bem burra.

— Como assim? — perguntei, mas a atenção de Ellen havia se voltado para o cassino. Ela observava alguma coisa, ou alguém, mas no borrão de luzes, sons, pessoas e desespero mascarado como diversão, era difícil saber o quê.

— Sabe do que preciso? — disse ela, por fim. — Preciso de uma manicure. Que horas são?

Olhei o celular.

— Merda! — Eram sete e meia da noite. A palestra de Julian seria às oito.

Ellen falou:

— Vegas é uma curva no tempo, o que podemos fazer? Da última vez que estive aqui, acabei sentada no chão do Wynn às cinco da manhã, com o vestido erguido até a cintura e um cara chamado Stefano me dando hambúrguer pra comer. Não faço ideia de como fui parar lá.

— Preciso ir! — Levantei e tirei a carteira da bolsa para passar o cartão corporativo, mas Ellen fez um gesto com a mão.

— Por favor. Essa é por minha conta.

— Ok. Obrigada. De verdade. Por tudo. Ah, Ellen? — Ela se virou e eu joguei os braços ao redor dela. Ela tinha um cheiro forte de perfume e produtos de cabelo. — Eu te amo.

— Sua doidinha — ela falou com o rosto enfiado no meu cabelo. — Também te amo.

*

Quando voltei ao saguão do centro de convenções, estava praticamente vazio. As poucas pessoas que tinham sobrado ali estavam cobrindo suas mesas de livros com lençóis brancos e desligando monitores de LCD. Embora a equipe da ABF tivesse feito o melhor possível para que o evento parecesse moderno e glamoroso durante o dia, agora que o espaço estava sendo fechado para a noite — o pessoal da limpeza já arrastava aspiradores e carrinhos para lá —, fiquei triste ao olhar para o que tinha sobrado depois que todas as pessoas radiantes e importantes haviam ido embora. Para uma convenção que celebrava o que para mim sempre parecera um esforço humano necessário — usar a linguagem para compreender a vida —, o salão parecia terrivelmente pequeno. Do lado de fora, o restante de Vegas continuava como sempre, envolvido em passatempos menos exigentes.

Achei que parecia errado que esses livros e seus guardiões significassem tão pouco para o restante do Caesars Palace. Mas é claro que as pessoas não tinham ido lá para ler. Estavam ali para apostar, beber e fingir que eram alguém diferente por algum tempo, pessoas mais ricas e mais inteligentes e não afetadas pelo passado, pessoas que arriscavam, diziam o que pensavam e não eram tão medrosas o tempo todo. Em resumo, as pessoas iam ali para se esquecer dos seus fardos, para imergir em uma realidade não familiar e empolgante por causa dessa infamiliaridade, para extravasar um pouco da raiva nessa brincadeira temporária de faz de conta.

Mas o que elas não sabiam, ou talvez soubessem, mas tivessem esquecido, era que os livros também serviam para isso. Quando eu era criança e me sentia sozinha, ou com medo, ou de saco cheio dos meus pais, professores ou amigos da escola, eu lia. Porque os livros (os bons, aqueles aos quais a gente se apega e sempre volta) nunca decepcionam. São o melhor tipo de escape porque, em vez de conduzir você para longe de si mesmo, eles acabam fazendo você voltar a si mesmo, tranquilamente, te ajudando a ver coisas não apenas como elas são, mas como você é também.

E embora fosse possível pensar que esse retorno seria a última coisa que você iria querer, já que estava em busca de escapismo, para começo de conversa, ele acaba sendo a melhor parte. Porque as pessoas que fizeram esses livros se arriscaram para fazê-los. Passaram muito tempo trabalhando; deram a você a melhor parte do que havia dentro delas, embora isso possa tê-las ferido também. E é possível sentir isso nos bons livros; pode-se até chamar esse sentimento de amor. Um sentimento tão melhor que a distração, que o prazer, que a obliteração, mas, nossa, tão mais difícil de conseguir.

Sim, eu queria poder dizer isso para aquelas pessoas que ficavam tirando selfies com a Cleópatra, ou batendo de cara com pilares porque estavam com o rosto enfiado no celular, ou comendo, bebendo ou fumando como loucas só tentando chegar a… o quê? Onde? Àquela infinitude além da solidão e do medo. Mas quem era eu para dizer alguma coisa? Eu, Casey. Conseguindo pontos por meio de ameaças e bodybuilders chamados Barry enquanto era fortemente persuadida a trabalhar na indústria publicitária.

A palestra seria em outro salão, do outro lado do mesmo andar. Fui ao banheiro primeiro e joguei água no rosto. A bebida, a bondade de Ellen, pensar em quanto eu amava livros, tudo aquilo tinha me deixado um pouco sentimental e de olhos vermelhos. Olhei intensamente para meu reflexo no espelho e tentei, por um instante, fazer as pazes com o que via. Não só com a minha aparência, mas com o meu interior.

Ainda franzindo a testa por causa do esforço, recebi uma mensagem de Ellen. *Barry disse que já cuidou do cara ;)*

Yes!!!!!!!, escrevi de volta na mesma hora, acrescentando um emoji de bíceps. Bem, eu daria uma chance para a paz mais tarde.

Entrei de fininho no fundo do auditório lotado para ouvir a palestra de Julian. Tinha acabado de começar quando cheguei, e o público estava em silêncio, completamente absorto; dava para ouvir uma caneta caindo no chão. Escolhi um dos poucos assentos livres no fundo e *acho* que fiz o que poderia ser considerado barulho demais: abri uma embalagem de chiclete, tirei o blazer dos ombros, tentei desligar o celular mas sem querer fiz com que ele tocasse, abri uma lata de água com gás que tinha roubado da convenção. Quando alguns caras na minha frente se viraram, de cenho franzido, lancei-lhes um olhar e joguei os ombros para trás como quem diz *Pode vir, cara*. Onde eles achavam que estávamos? Na igreja?

Mas, pensando bem, era exatamente onde eles achavam que estávamos. A arte é um substituto tão bom para a religião quanto, digamos, o crossfit ou a ideologia política, e os humanistas seculares que enchiam o auditório olhavam para Julian em busca de direcionamento assim como os católicos olham para o papa, e os hippies para o tarô. Como profeta, Julian era fascinante. O assunto da palestra que ele estava dando não era particularmente original — perguntar à indústria editorial como permanecer relevante na era digital saturada pelas redes já era, a essa altura, território desgastado —, mas, como qualquer bom orador sabe: não importa tanto *o que* você diz, mas *como*. Enquanto eu ouvia, absorta, ficou claro que Julian era um mestre não só ao escrever, mas ao entregar sua escrita de um jeito que parecia, bem, *poderoso*. A cadência com que ele falava era cheia de pausas dramáticas e de tons ora baixos, ora exaltados, e com as palavras ele abria as possibilidades da condição humana, nos pedia que expandíssemos as capacidades do coração. Para uma audiência inerentemente sentimental como essa, a conexão que Julian fazia entre uma verdade menor, mais prosaica (as pessoas precisam ler mais, ou esta indústria vai acabar extinta), com uma maior e mais elevada (precisamos ajudar as pessoas a encarar quem elas são sem se encolher) era divina. Como era possível eu não o amar por me oferecer esse sentimento?

Eu não estava sozinha. Julian foi cercado por admiradores e bajuladores depois da sessão de perguntas e respostas, e imaginei que a única maneira de me aproximar dele era por meio de uma guerra de atrito. Recostada em uma coluna romana falsa, bebi o café preto que a ABF havia providenciado para a ocasião e enfiei um pedaço de bolo na boca, já que tinha me esquecido mais uma vez de comer naquele dia, ou talvez estivesse nervosa demais para isso. O ambiente estava cheio e fervilhava de inspiração, e tentei capturar um pouco dela enquanto pensava em como poderia convencer Julian a embarcar no projeto.

Para além dos problemas óbvios das contas médicas da esposa doente, Julian não parecia alguém motivado por dinheiro — um sinal concreto de que tinha crescido com bastante dele. Então eu não poderia apelar apenas para o bolso. Não, a entrada de Julian na Nanü precisava ser ideológica, algo a ver com uma revolução começando de dentro. Promover um tablet que tinha características customizadas para escritores era uma maneira de combater a guerra entre a literatura e a cultura digital sobre a qual ele tinha falado na palestra. Não havia motivo para temer a tecnologia; só precisávamos nos assegurar de que a estávamos usando de uma maneira que promovesse nossa capacidade de empatia. Sim, pensei, bêbada de açúcar, enquanto pegava outro pedaço de bolo. Eu tinha certeza de que aquela seria a abordagem correta.

Não sei quanto tempo se passou. Bebi mais café e comi mais bolo, até que minhas mãos começaram a tremer. Eu estava nervosa pela iminência de falar com Julian, infinitamente mais nervosa do que tinha ficado com os outros escritores. Em algum momento, a aglomeração diminuiu; mantive meu posto na coluna romana até que, no que pareceu no momento ser minha grande sorte, uma silhueta surgiu ao meu lado.

— Você deve ser Casey Pendergast — disse Julian North.

Dei um pulo.

— Quem, eu?!

Ele riu.

— Quem mais?

— Como você sabe o meu nome?

— Celeste Winter me disse para procurar uma loira alta com pernas de gazela. Você parece se encaixar na descrição. Julian North.

Ele esticou a mão. Eu a apertei.

Alguma coisa pequenina apitou dentro de mim quando ele disse a coisa sobre a gazela, mas afastei a sensação. Vejam só o que aconteceu com Ben. Eu sempre exagerava nas minhas reações.

— A gente já se conheceu — soltei. — Você deu uma

palestra na faculdade onde eu estudava um tempão atrás. Você autografou meu livro. Foi por sua causa que acabei cursando letras.

— Não brinca! — Julian acenou em despedida para alguém atrás de mim. — Eu agradeço o elogio, mas, não me entenda mal, aposto que você teria se formado em letras de qualquer maneira.

— Por quê?

Ele sorriu de maneira inteligente.

— Meu trabalho me deixou inútil para muitas coisas, mas não para compreender a natureza humana.

— Bom... — falei. E não sabia o que dizer em seguida.

Imaginei que fôssemos nos encontrar no dia seguinte para conversar direito, já que ele provavelmente precisava voltar para a esposa. Mas foi Julian que sugeriu que fôssemos comer alguma coisa, explicando que não tinha conseguido jantar antes da palestra e estava morrendo de fome.

— Eu também! — concordei. Pensei, mas não disse: *Temos tanto em comum!*

Enquanto saíamos do auditório, ele pôs a mão nas minhas costas de maneira cavalheiresca. Pareceu normal. Tudo que Julian fazia parecia normal, ou até melhor que normal. Mágico. Repórteres que tinham escrito sobre Julian sempre destacavam o campo de força que havia ao redor dele. A única realidade era a que ele mesmo criava. Julian era magistral em fazer as pessoas falarem sobre a própria vida sem dizer nada sobre a dele.

Talvez isso explique por que não tenho nenhuma lembrança clara de ter me sentado ao *sushi bar* do Caesars e pedido uma porção completa de *nigiri* e *rolls*, além do saquê que chegou em um jarro chique de porcelana. A coisa seguinte da qual me lembro é de ter desabafado com ele sobre Susan.

— Ela é o motivo pelo qual fui à sua palestra, para começar — falei, secando os olhos com um guardanapo engomado. — Ela é minha melhor amiga há dez anos, e agora ela nem sequer atende o celular quando ligo. Não consigo acreditar que fui tão idiota confiando nesse tal poeta — eu não queria mencionar o nome de Wolf — para ajudar a publicar o trabalho dela. Não acho nem que eu *tenha* confiado nele; só queria conseguir me vingar usando ele do mesmo jeito que ele me usou.

Julian parecia completamente imerso no que eu estava dizendo.

— Eu entendo — disse ele, olhando bem nos meus olhos.

— Entende?

Ele assentiu, sem quebrar o contato visual. Não consigo nem expressar como aquilo foi bom. Acho que eu me senti, acima de tudo, honrada. Um homem como Julian North me respeitando.

— Desculpa te encher com isso — falei, afastando o olhar abruptamente, porque alguma coisa apitou dentro de mim outra vez.

Ele estava prestando atenção um pouco *demais*, e isso me deixou desconfortável. Mas, na verdade, eu me corrigi, a culpa era minha. Eu só não era boa em aceitar gestos sinceros.

Ele balançou a cabeça e pegou um pedaço retangular de atum muito bem cortado. Depois de engolir, falou, daquele jeito poderoso:

— Não é um fardo. É a vida. Tudo o que você está dizendo, tudo o que fez, do meu jeito também já falei e fiz. Olha, aqui entre nós, podemos ser quem somos.

— Você nem imagina como fico aliviada de te ouvir dizer isso — respondi. Mais lágrimas escorreram dos cantos dos meus olhos. — Fico emocionada, de verdade. Tem sido tão... devastador...

Espere aí, por que eu estava falando sobre Susan? Como chegamos àquilo? Eu não tinha um trabalho a fazer? Julian serviu mais uma dose de saquê para cada um de nós. Tentei corrigir a rota.

— De qualquer forma, me desculpe, não sei como fugimos tanto do assunto... como você está? Como está a sua esposa? Fiquei muito triste quando Celeste me contou.

Julian baixou os hashis e pegou o saquê.

— Está tudo bem.

— Eu sinto muito. Mesmo. — Fiz uma pausa. — Hummm... — Julian usava o silêncio a seu favor melhor do que qualquer pessoa que eu já tivesse conhecido. — Vamos falar de trabalho?

Ele apoiou o copo e pôs os cotovelos sobre a mesa, entrelaçando os dedos e apoiando o queixo sobre as pontas dos dedos.

— Sim. Por que não?

Então lhe contei sobre o tablet e sobre como eu achava que poderia ser uma maneira útil de unir literatura e tecnologia, mas, porque eu não conseguia manter nada longe daquele ímã que havia dentro dele, também lhe contei sobre meu dilema moral com Tracy Mallard e Mort Stillman.

— Se você se juntar à gente — então me corrigi —, à *Nanü*, faça isso de olhos bem abertos. É onde estou agora. Não quero te manipular pra que você faça qualquer coisa que não esteja cem por cento confortável em fazer... não que eu ache que eu fosse capaz disso. Mas é que você parece uma pessoa tão boa, e está fazendo um trabalho tão bom, e acho que a única maneira de fechar negócio com uma pessoa boa é tentar ser uma pessoa boa também.

Julian olhava para mim intensamente. Seus olhos eram estranhos, principalmente azuis, mas havia um pouco de castanho em um deles.

— Eu te admiro — falou ele.

— Ah. — Fiquei vermelha ao ouvir o elogio. Ele não tinha manifestado nem interesse nem desinteresse pela minha proposta até ali, então continuei e disse que achava que ele poderia ser um embaixador da literatura na era digital. — Você é o agente da mudança! Esse é quem você é, todo mundo te escuta. Você é, tipo, um herói nacional!

Ele riu um pouco.

— Uma vez uma leitora me escreveu. Ela estava em um hospital no sul da Flórida, com câncer de fígado em estágio quatro. Ela sabia que morreria logo, então estava escrevendo cartas para todos os seus heróis, para que eles soubessem quanto significavam para ela. A mulher poderia ter deixado por isso mesmo, e eu também. Mas não foi o que fiz. Pedi à minha esposa que cancelasse todos os meus compromissos e peguei o próximo avião para a Flórida. Na manhã seguinte eu estava sentado ao lado dela no hospital. Ela não queria que eu a visse... o quarto cheirava a decomposição, seu corpo estava falhando... e ela chorou quando entrei pela porta. Mas não fui embora. Sua família já tinha morrido, o marido a tinha abandonado alguns anos antes. Então fiquei com ela até o fim.

Meus olhos se encheram de lágrimas. Eu não sabia por que ele estava me contando essa história, mas me senti, outra vez, tão honrada que ele me considerasse uma ouvinte que valia a pena.

— Você se importa de esperar aqui por um segundo enquanto verifico se minha esposa está bem? — perguntou ele. — Não vai demorar, e estou vendo que não terminamos nossa conversa.

— Ai, meu Deus, claro que não — me apressei em dizer. — Claro que não. Espero aqui.

Julian fez uma pausa.

— A não ser que você queira vir comigo? Como falei, vai ser só um minuto.

— Ah! — respondi. Era um pedido estranho. Não era? Na realidade de Julian, era difícil dizer. Mas, por outro lado, eu estava bêbada, então que raios eu sabia? — Bom... tudo bem, acho — falei enquanto tateava ao redor em busca da minha bolsa. — Não vejo por que não.

A próxima coisa de que me lembro é de estar parada na frente da porta dele enquanto ele tentava algumas vezes, sem sucesso, enfiar o cartão na fechadura da porta, até que a luz vermelha finalmente ficasse verde e a porta se abrisse.

— Te espero aqui — falei, apontando para o corredor.

— Não seja boba — disse Julian, acolhedor. — Entre.

— Mas a sua... — pigarreei —... a sua esposa está dormindo, não está?

Julian viu minha expressão e riu.

— Ah, não. Jill não está aqui. Eu só preciso ligar para casa e ver como ela está.

— Ahhhhhh! — exclamei. Olhei ao redor, para minha plateia julgadora invisível no corredor. — Entendi. Tá bom. É, faz sentido. Quer dizer, claro que ela não está aqui, já que...

Parei de falar e o segui.

Em retrospecto, sei como essa história toda parece lamentavelmente óbvia. Sempre parece, não é? Mas o cérebro tem um mecanismo especial que só permite que vejamos as partes de uma pessoa que queremos acreditar que estão ali. Basta olhar para minha mãe, que passou a vida com um homem que mentia para ela a metade do tempo. A negação é parte da existência: a dissonância não é muito facilmente processada pelos nossos pequenos e delicados hipocampos. O que quero dizer é que comecei minha conversa com Julian naquela noite acreditando que ele fosse uma pessoa maravilhosa, e foi uma pessoa maravilhosa que eu segui para dentro daquele quarto de hotel.

O quarto de Julian era uma suíte completa, com uma vista poderosa da Strip de Vegas.

— Posso te oferecer uma bebida? — perguntou ele, desaparecendo em um corredor para o que imaginei que fosse uma cozinha.

— Estou bem, obrigada. — Sentei em um sofá extremamente fofo, que fazia parte de uma área de estar separada de uma área mais alta sobre a qual ficava uma cama king size. Assobiei. — Belo quarto!

— Não é? Coisa da ABF.

Cruzei as pernas e coloquei as mãos sobre os joelhos, tentando parecer profissional. Embora, é claro, algumas partes tivessem sido esquisitas, eu estava realmente gostando da conversa. Era a primeira vez que um autor da Nanü falava comigo de igual para igual, como uma adulta, e não como se eu fosse uma criança ou uma assassina de aluguel. Eu me perguntei se Julian estaria aberto a uma mentoria. Eu nunca tinha tido um mentor homem antes, só Celeste, mas Julian parecia alguém com quem eu teria muito a aprender sobre, bem, ser uma pessoa, e naquele momento eu precisava de alguém assim na vida.

Quando ele reapareceu, tinha tirado a jaqueta e a gravata. Mas todo mundo precisa relaxar depois de um dia cansativo. Normalmente eu não demoro nem cinco minutos para tirar a calça quando entro em casa.

Mas foi só quando ele se sentou bem ao meu lado no sofá, mesmo havendo pelo menos uns outros quatro lugares onde poderia ter sentado, que senti outro apito. Do nada minha barriga começou a doer. E houve um tremor no meu cérebro: do lado direito, como se algo estivesse se dobrando e eu não fosse capaz de manter a coisa reta.

— Então, me conte mais sobre esse tablet — pediu ele.

Sorri, em parte aliviada. Estávamos falando de trabalho, afinal! Eu me virei para olhar para ele. Mas, antes que eu pudesse fazer isso, ele estava com a mão na minha perna e se inclinava para mim, roçando o lábio no meu pescoço.

Dei um pulo para trás.

— Ei... ahm... quê? Desculpa...

— Está tudo bem — ele murmurou, inclinando-se para me beijar outra vez.

— Não! — O som do choque. — Quer dizer... o que você tá fazendo?

— Como assim, o que eu tô fazendo? — ele disse no meu ouvido, tirando minhas mãos dos meus joelhos, afastando minhas pernas e começando a enfiar o punho no meio das minhas coxas. Senti excitação e repulsa em igual medida. Ele beijou meu pescoço mais um pouco e eu suspirei, não porque tivesse vontade, mas pelo prazer corporal involuntário. Até que a coisa que estava se dobrando no meu cérebro se retesou com um estalo, e o instinto que tem mantido os humanos vivos e as mulheres de pé bateu com tanta força que me levantei de um salto.

— O que você tá *fazendo*? — falei outra vez, cruzando os braços sobre o corpo de maneira protetora. — Você é *casado*!

A princípio Julian não disse nada, só ficou lá sentado com aquele volume proeminente visível na calça.

— Sente aqui — pediu então, calmamente, como se estivéssemos conversando sobre o clima. Bateu com a mão sobre o lugar onde eu estava sentada antes. De repente me dei conta de como ele era mais velho que eu. Da idade do meu pai se ele estivesse vivo. — Sente aqui comigo.

— Não!

— Mas você gostou, não gostou? — ele disse com tranquilidade. — Gostou do que sentiu comigo aí no meio das suas pernas?

— Não! — Meu rosto estava pelando, meus punhos, fechados, meus tornozelos, cruzados.

— Eu sei que você gostou — ele continuou, e ergueu os dedos. — Eu senti que você gostou.

— Mas que *porra*, cara? Chega, tô indo embora. — Eu me virei e andei na direção da porta.

Não estava mais pensando em trabalho, no meu futuro, em investidores de risco, participação, livros, televisão. Não estava pensando em Wolf, nem em Susan, nem em Ben, nem em Lindsey, nem em Celeste, em Barry, em Ellen ou em Vegas. Só havia um pensamento na minha mente: preciso sair daqui o mais rápido possível. Preciso... *correr*.

Mas antes que eu pudesse fazer isso, Julian já estava de pé, me empurrando na direção da porta e então contra a porta. Ele me virou de costas de qualquer jeito e puxou meu vestido ao redor da cintura, me prendendo no lugar com o peso do corpo e uma das mãos, enquanto abria a calça e mexia na minha calcinha com a outra.

— Sai de cima de mim! — berrei, ou talvez tenha choramingado, ou talvez nem tenha dito, não lembro.

Pensei, apenas por um segundo, em permitir o que estava prestes a acontecer. Para que pudesse acabar logo, para que ele pudesse ser gentil, para que eu pudesse fechar os olhos e mover a parte de mim que importava para outro lugar daquele quarto e ele poder fazer o que quisesse e eu poder ir embora.

Mas eu não podia. Não podia fazer aquilo. O que quer que estivesse ali na minha frente, sair do meu corpo não me levaria mais para perto de casa. A única forma de escapar daquilo era entrando, ou atravessando? A única forma era impossível; era necessária. Então reuni toda a impossibilidade e toda a necessidade que havia no centro de mim, onde uma garotinha também chorava. Inspirando fundo e unindo todos os músculos do meu corpo, com a força hercúlea que permite que mães levantem carros quando seus filhos estão presos debaixo deles, empurrei Julian para trás com tudo.

Ele era mais fraco do que eu tinha imaginado. Tropeçou para trás, perdeu o equilíbrio e caiu no chão. Assim que me vi acima dele, comecei a chutá-lo, muitas e muitas vezes, com os sapatos de bico fino. Então pisei com tudo na região da virilha. Ele berrou e se enroscou em posição fetal.

— Você é um monstro! — falei. Devia estar chorando. — Um monstro! — Provavelmente falei outras coisas também. Eu o chutei mais uma vez e então corri para a porta.

Mas não consegui abrir de primeira, porque ele tinha virado a trava (tinha?). Eu a destranquei e saí correndo para o corredor, batendo a porta com tudo atrás de mim. Estava ensopada de suor. Minhas mãos tremiam e meu único pensamento — se bem que não era um pensamento, era mais um instinto — era que eu precisava bater em alguma coisa. Não, precisava bater *nele*. Estava tremendo tanto que não tinha certeza de que conseguiria manter o equilíbrio, mas saí correndo mesmo assim. Em algum momento precisei parar para tirar os sapatos de salto. Então, com os sapatos na mão, voltei a correr.

Eu tinha chegado aos elevadores quando percebi que tinha deixado a bolsa no quarto de Julian.

— Caralho! — falei, espalmando a mão nas portas de metal fechadas. Meu vestido estava pendurado em um dos ombros, meus pés estavam cheios de bolhas por causa dos sapatos. Manquei de volta para o quarto de Julian com toda a força que consegui reunir, a adrenalina ainda no pico. A adrenalina decidiu que a maneira mais segura de conseguir minha bolsa de volta era tornar aquilo público.

— EI, SEU ESCROTO! — falei, esmurrando a porta. — EU PRECISO DA MINHA BOLSA! — Se Deus quisesse, algum vizinho acordaria e sairia para o corredor para servir de testemunha.

Nenhum pio da parte de Julian. Continuei.

— OOOOOOOOOOOI! — berrei. — EU SEI QUE VOCÊ ESTÁ AÍ! DEVOLVA A MINHA BOLSA! — O que eu queria dizer era: me dá a minha bolsa para eu poder chamar a polícia e te processar por agressão sexual, mas imaginei que aquilo não me levaria a lugar algum. — ME DEIXA ENTRAR! É O MÍNIMO QUE VOCÊ PODE FAZER!

Finalmente ouvi a maçaneta girar. Julian estava lá, ainda de calça e camisa, com a minha bolsa pendurada na mão.

— Oi — falou, ainda misteriosamente calmo. — Aí está.

Olhei para ele, boquiaberta, até entender o que ele estava tramando.

— Você deveria descansar um pouco — disse ele.

E foi a maneira como ele falou, a absoluta falta de culpa que o tom implicava, a sensação de que ele não tinha feito nada de errado, que fez o animal selvagem que vivia em mim abrir um pouco mais a porta e empurrar Julian para dentro com toda a força.

— Eu deveria descansar um pouco?! — berrou o animal selvagem. — Descansar?! Você acha que eu conseguiria descansar agora?! Depois disso?!

Julian não disse nada, só continuou me olhando, impassível. Arranquei minha bolsa da mão dele, me virei e comecei a correr de volta para o elevador. Meu corpo todo ainda tremia, porque o que mais um corpo pode fazer quando está tentando compreender o completo incompreensível?

Eu estava tão dominada pela fúria do meu animal selvagem que quase não vi Wolf Prana na porta de seu próprio quarto de hotel. Estava com o celular na mão, virado para mim. Também tinha um olho roxo e o lábio inchado.

Ele olhou para mim e sorriu maldosamente.

— O que você tá olhando?! — falei, ou talvez tenha gritado, não lembro.

Então fingi que ia avançar para cima dele. Gritei obscenidades. Ele se encolheu, como eu sabia que faria, mas manteve o celular apontado para mim o tempo todo.

Quando voltei ao meu quarto, tomei o banho mais longo da minha vida. Me encolhi como uma bolinha debaixo do chuveiro e chorei. Quando saí, engoli um clonazepam e fui para a cama rezando para acordar e descobrir que nada daquilo tinha acontecido. Através das persianas fechadas, dava para ver que já era quase de manhã.

12.

... não fica em Vegas

Ainda me lembro de muitas das histórias do livro de mitos gregos que minha mãe me deu. Zeus transformando Io em vaca, o pai de Dafne a transformando em árvore, a língua de Filomela sendo cortada pelo rei que a atraiu para a floresta. Mas o mito de que eu mais me lembro é o de Cassandra. Diz a lenda que o deus Apolo se apaixonou por Cassandra; ele queria ir para a cama com ela; que disse não. Em vez de matá-la ou transformá-la em um animal, Apolo fez algo ainda pior. Ele disse: está bem, pode ir, faça o que quiser. Fuja, ou se esconda, ou se arrependa do dia que me conheceu. Mas, não importa quão longe você vá, ou quão profundamente se esconda, ou quão alto grite, é tarde demais, sua vida acabou: eu te amaldiçoei. Espere e verá. Quando você disser a verdade, ela será ouvida como mentira; quando você contar fatos, os outros vão rir deles, como se fossem heresia. Pode dizer o que quiser sobre o mundo, o que quiser sobre mim, mas você está perdida, está condenada, ninguém vai acreditar em você nunca mais. E você vai enlouquecer por causa disso. Espere e verá.

*

Passei muito tempo pensando nas últimas horas e nos últimos minutos da minha, se não inocência, exatamente, ao menos ignorância. Quando acordei, ao meio-dia, a primeira coisa que fiz foi pegar o celular, um reflexo, e tirá-lo do modo avião, que eu tinha ativado antes de ir dormir para evitar ser despertada por bips de alerta de e-mails logo cedo na caixa de entrada. A tela do celular começou a se inundar de mensagens, chegando tão rápido que o aparelho não dava conta de mostrar todas. Apareciam uma em seguida da outra, DMs no Twitter e notificações para @caseyprepublic (uma conta que eu raramente usava, mas mantinha ativa porque me parecia uma necessidade profissional), umas quinhentas notificações no Facebook e o mesmo número de e-mails, uma mensagem de Lindsey dizendo *MIGA, O QUE ROLOU?*, uma de Annie que perguntava *Vc tá bem?!?!?!*, e até Jack tinha escrito: *Liga pra Lindsey, a gnt tá preocupado!*

E o mais preocupante: havia um recado da minha mãe na caixa postal (que ignorei) e uma mensagem de Celeste: *Me liga. Agora.*

Começou a cair a ficha, devagar, no início, e depois de uma vez, como tinha acontecido com o Mar Vermelho depois que Moisés parou de dividi-lo e ele se derramou completamente, de que minha vida nunca mais seria a mesma. Eu não sabia exatamente o motivo. Ainda não tinha aberto a internet. Mas havia um flash de compreensão psíquica e de supernova. Logo ali na escuridão próxima, havia alguma coisa esperando por mim. Alguma coisa com mandíbulas enormes que se abriam.

Meu corpo começou a fazer as coisas mais estranhas. Observei essas coisas estranhas de longe, com um distanciamento curioso. Eu me vi pular da cama, começar a andar de um lado para o outro do quarto, derrubar o celular, pegá-lo de volta, derrubar de novo, chutá-lo, pegá-lo de novo. Eu me vi entrar no banheiro e sair de lá no segundo seguinte, porque não me lembrava o que tinha ido fazer lá. Andei mais um pouco de um lado para o outro, derrubei o celular de novo, tentei desbloqueá-lo, mas minhas mãos tremiam muito, caí de joelhos. Era estranho me observar me comportando dessa maneira; não havia mais familiaridade entre mim e eu mesma do que com um personagem de filme. Eu me vi agarrar o pescoço com a mão, dar batidinhas no peito e olhar para o teto como uma pessoa que está se afogando quando consegue atingir a superfície por um instante. Em algum nível, eu sabia que aquela era eu, mas eu não estava no meu corpo, nem pertencia a ele. Não. Estava muito longe.

Mais tarde eu ficaria sabendo que os humanos são os únicos mamíferos que têm ataques de pânico. Algum defeito de fabricação nosso, ou talvez um defeito na maneira como construímos nossa civilização, que nos faz achar que estamos morrendo quando não estamos morrendo de verdade. Embora o fato seja que a cada momento estamos morrendo um pouco, a cada dia, ter consciência disso é a fonte mais comum da nossa ruína.

De qualquer maneira, ali estava eu, realmente mal, incapaz de me recompor e certa de que meu comportamento logo me faria desabar, quando meu celular começou a tocar. Era o toque personalizado de Celeste, que ela mesma havia escolhido. Era "*Na Gruta do Rei da Montanha*", de Grieg. Anos trabalhando para ela haviam condicionado em mim uma reação impossível de evitar, mesmo pela morte ou pela ameaça dela. Então me sentei ereta, tentei acalmar a respiração, finalmente inspirei fundo com um tremor, exalei e, com a melhor voz possível de uma mulher normal, composta e funcional, atendi o telefone.

— Oi, Celeste, desculpa, não vi sua mensagem. — Nem tentei me explicar. — Tudo bem?

— Tudo bem? — repetiu ela, com a voz tão tensa quanto eu jamais tinha ouvido, tensa como uma serpente prestes a atacar. — Tudo... *bem*?

Então desligou.

Afastei o celular da orelha e olhei para ele, em choque. Uma mensagem de Celeste chegou. Era só um link.

Às nove da manhã, a manhã seguinte à agressão sexual de Julian North, horário nobre para a chegada de notícias e rolagem de *feeds*, e com os participantes da ABF sentados com seus laptops e uma xícara de café fresquinho, Wolf Prana tuitou para seus trinta mil seguidores o vídeo que havia feito na noite anterior de Julian e eu nos enfrentando à porta do quarto dele, com a legenda: *PIRANHA*

DE NORTH ENLOUQUECE ANDAR DE HOTEL #abf #juliannorth #northstar #melhorqueaficcao #oqueaconteceemvegas #putamaluca #northgate

O vídeo tinha áudio, mas eu não suportei ouvir. Julian estava à porta, de camisa e calça, parecendo normal e agradável. Eu estava descalça no corredor, com o vestido torto, gritando furiosa com ele, até que do nada o empurrei para trás, gritei mais alguma coisa e saí correndo pelo corredor e na direção da câmera feito um demônio insano. Dava para ler nos meus lábios as palavras "FILHO DA PUTA!" antes que o vídeo terminasse. O vídeo tinha sido retuitado cinquenta vezes e acabou sendo pego por um daqueles sites populares dedicados a agregar coisas dignas de nota dos registros da internet hora a hora, então acabou viralizando. Ao meio-dia já tinha um milhão de visualizações, e aumentando.

O tuíte seguinte de Wolf, às 9h02, era um *p.s.: a esposa do Julian tá morrendo de câncer #northgate* e um emoji de carinha morta e um de carinha usando máscara cirúrgica.

Do ponto de vista das relações públicas, eu precisava admitir que Wolf tinha acertado. Toda garota que trabalha com RP, todo jornalista, todo teórico da conspiração, caramba, qualquer publicitária decente sabe que não são os fatos que importam, mas a história que você conta a partir deles. Com umas poucas palavras na hora certa, Wolf tinha conseguido transformar uma situação em uma história, um desastre em uma piada, um trauma em um meme. Eu já tinha visto aquilo acontecer um milhão de vezes com mulheres na internet: *slut-shaming* e *shaming* por qualquer motivo: gordura, moda, *nudes*, vazamento de vídeo de sexo etc. Mas, embora esse tipo de difamação, trolagem, cancelamento, chame do que quiser, fosse comum, eu só me importava com isso do mesmo jeito que me importava com os órfãos da Romênia: ou seja, de uma maneira distante. Era uma coisa que acontecia com outras mulheres, outras pessoas e, embora fosse infeliz, não tinha nada a ver comigo.

Eu só... comecei a rir.

Ou acho que não foi bem uma risada. Foi só um som de respiração que escapou da minha boca, quase uma hiperventilação, acompanhado de uma tremedeira violenta.

Não sei por quanto tempo fiquei assim, mas acho que foi bastante.

Por fim, com o mesmo sentimento enjoado e confuso que me fazia esticar o pescoço para ver acidentes na estrada, abri a aba de notificações do Twitter e comecei a passar os olhos pelos comentários dos tuiteiros de plantão que tinham sido corajosos o suficiente para me marcar.

@wolfprana @caseyprepublic qm é essa vaca? espero q apodreça no inferno #northgate

@caseyprepublic MORRE VAGABUNDA, *antes vc que a esposa dele #northgate*

@wolfprana @caseyprepublic perdi td o respeito pelo #juliannorth dps disso #northgate

@wolfprana n acho q o #juliannorth fosse trair a esposa, essa mulher eh claramente maluca!!!

E por aí vai. O consenso geral, conduzido por Wolf, era que eu era a amante desprezada de Julian. Wolf também tinha tuitado um link para o site da People's Republic, onde meu rosto sorridente dizia que eu gostava de "ler, reality shows e me divertir onde quer que eu esteja!".

Dá para imaginar a oportunidade que as pessoas aproveitaram a partir disso. Puta burra, idiota, bruxa, vagabunda, prostituta, maluca, imoral, psicótica, destruidora de lares, magra demais, gorda demais, belos peitos, nojenta, pecadora, traidora, demônio, demônia, diabo, diaba, Jezebel, monstro. Isso sem contar as ameaças de morte e sugestões de que eu enfiasse minha cabeça dentro do forno, ou me afogasse, ou me enforcasse, ou arranjasse uma arma para me dar um tiro — essa última ainda me faz me encolher — você-sabe-onde. Toda uma subnação de cidadãos que antes não sabia nada a meu respeito agora desejava mais do que qualquer coisa que eu morresse. É difícil se orientar diante de algo tão desorientador, compreender o tão incompreensível. Se eu conseguisse sentir alguma coisa, talvez tivesse chorado de novo, mas a parte de mim que era capaz de sentir emoções humanas havia se retirado silenciosamente.

Não é muito surpreendente, mas a porcentagem de pessoas que ficou escandalizada pela suposta traição de Julian, embora não fosse pequena, era bem menor que a porcentagem de pessoas que ficou escandalizada comigo. Devo isso ao fato de que as pessoas achavam — assim como eu um dia tinha achado — que Julian North era uma pessoa maravilhosa. Um gênio. Um intelectual público e um tesouro nacional. Não parecia compreensível que ele tivesse uma amante. Julian North *não faria* uma coisa dessas, elas diziam. Não fazia sentido. Ele amava a esposa. Estavam juntos fazia vinte anos; vejam quão dedicado ele sempre foi. Ainda que ele tivesse tido um caso comigo, eu é que devia tê-lo feito cair em tentação, o seduzido. Algumas mulheres são assim, eles diziam. Era preciso ter cuidado perto delas. Manipuladoras natas.

Tudo aconteceu muito rápido. Fotos de Julian e a esposa sorrindo juntos em vários eventos começaram a circular. Alguém desenterrou as fotos do casamento deles. Alguém fez um GIF do meu grito. Depois de algumas horas, quando a indignação inicial diminuiu, passei a ser tema de piadas. Alguém fez um mash up do vídeo de Wolf com a versão de "*Crazy*", de Patsy Cline. Outra pessoa fez uma montagem colocando o meu rosto no corpo de uma vilã de um desenho da Disney. Essa foi muito vista.

As feministas do Twitter, abençoadas sejam, saíram em minha defesa. Houve alguns textos de opinião sobre bullying na internet e como viver em um patriarcado coloca as mulheres umas contra as outras. Mas o problema com as feministas do Twitter e os sites feministas é que só as próprias feministas os leem. O martelo da opinião pública decretou sua decisão depois de aberto o precedente. A reputação de Julian seria brevemente questionada, e em seguida voltaria a ser o que sempre tinha sido. E a minha estava acabada.

Por uma fração de segundo, só uma fraçãozinha terrível e traiçoeira, uma voz na minha cabeça sugeriu que eu aceitasse o conselho de um dos comentadores e acabasse com tudo ali mesmo, tornasse tudo mais fácil para todo mundo, mais fácil para mim mesma. Vá até a borda e pule, a voz sussurrou. Melhor do que deixar que te empurrem.

Mas não. Não. Balancei a cabeça vigorosamente. Eu podia estar acabada, mas não seria tema de tragédia. Peguei o celular, me atrapalhei, liguei para Susan. Ela não atendeu. Liguei para Lindsey, mas caiu direto na caixa postal. Então me levantei, meus pés parecendo blocos de chumbo, estiquei os braços acima da cabeça, e com um resmungo agudo atirei o celular com toda a minha força. Ele bateu na parede com um baque pesado que foi tão satisfatório que joguei outra vez. Calcei os tênis de corrida e vesti um top de ginástica e uma calça de ioga de noventa dólares, enfiei a chave do quarto dentro do top e desci direto para a academia do hotel.

Enquanto meus pés batiam com força na esteira, eu me lembro de ter pensado: preciso arrancar isso de mim. O que *isso* era eu não sabia descrever com palavras, era só a sensação de veneno correndo pelas minhas veias. Infelizmente, o esforço alimentado pelo cortisol me fez deixar passar a única pessoa idiota no hotel que me viu pela janela da academia e tirou uma foto.

@caseyprepublic vagabunda básica se exercitando sem remorso dps de arruinar a família do #juliannorth

Mas não fiquei sabendo disso na hora. Sem o celular, eu permitia agora que a parte reptiliana do meu cérebro bolasse um plano. Eu sabia que o escândalo poderia caminhar de uma ou outra forma: 1) poderia ser abandonado até o fim do dia, caso algum outro escândalo o substituísse; ou 2) eu estava ferrada. Cerrei os dentes e corri ainda mais rápido, e disse a mim mesma que não iria me ferrar, enquanto olhava para as telas de TV, mostrando manchetes de violência em outros países e mulheres altamente maquiadas sentadas em semicírculos rindo com a audiência.

E, para não me ferrar, eu precisaria divulgar minha própria versão dos fatos. Ligaria de novo para Susan e pediria evidências do plágio de Wolf. Escreveria uma carta aberta explicando por que Wolf tinha vazado aquele vídeo — ele estava determinado a me ferir — e como ele havia distorcido o contexto do vídeo de propósito para se vingar de uma surra legal e física que eu havia encomendado. (Ou talvez eu deixasse essa parte de fora.) Então eu explicaria, com todos os detalhes, como Julian basicamente havia me seduzido a subir para o seu quarto, agido como um velho pervertido, me agredido e negado isso, assim como incontáveis velhos pervertidos haviam feito antes dele. Um clássico. Claro como água. Típico.

Ali, correndo na esteira, aquele me pareceu um plano bastante razoável. A verdade estava do meu lado. A verdade me libertaria.

Quando saí da esteira, tinha corrido onze quilômetros em um borrão. Voltei ao quarto e corri para o celular. Liguei para Susan e dessa vez deixei um recado na caixa postal com o que certamente foi um discurso meio maníaco, pedindo que ela me mandasse capturas de tela com as marcas de data do seu manuscrito de poesia. Então abri o notebook e escrevi um rascunho da carta aberta. Eu queria ter algo em mãos, algo para ler quando ligasse de volta para Celeste. Ela odiava bagunça, e teria que limpar cada centímetro dessa antes de falar com ela outra vez.

— Antes que você diga qualquer coisa... — falei assim que ela atendeu.

Eu tinha me acomodado na cadeira de escritório do quarto de hotel, aberto as persianas que antes bloqueavam o sol ofuscante e a vista sintética e vestido meu blazer poderoso por cima do top de ginástica para me convencer de que eu era uma mulher com atitude e autoridade.

— Você tem literalmente um minuto — falou Celeste.

Falei o mais rápido que consegui sem me embolar. Não deixei nada de fora. Disse a ela que eu não deveria ter misturado negócios com vida pessoal, não deveria ter dado os poemas de Susan a Wolf, ou no mínimo deveria ter contado a ela sobre isso. Também contei que tinha encontrado Ellen, que bolamos aquele plano bêbado e o que pedimos que os advogados e Barry fizessem.

Fiz isso em uns trinta segundos. Nos trinta segundos restantes, contei o que tinha acontecido com Julian. Só que não consegui dizer tudo; naquela parte, a narrativa clara que eu tinha escrito ficou enrolada e esquisita, e nos últimos cinco segundos eu estava falando com incerteza e usando palavras como *ele estava, hum, pondo as mãos...* e *foi tipo...* e *não sei, parecia...* e *eu lembro que saí correndo.* Quando terminei havia suor escorrendo debaixo dos meus braços e na parte de dentro das minhas coxas. Não chorei, porque quem estava dizendo essas coisas era meu animal interior, e animais não choram. Quando acabei, apoiei a testa no metal gelado da mesa. E queria ficar ali para sempre. Minha cabeça estava tão pesada que eu mal conseguia erguê-la.

Mas fiz isso. Porque precisava fazer.

— Terminou? — perguntou Celeste. Assenti com a cabeça, embora ela não pudesse me ver. Olhei pela janela para aquela cidade artificial e brilhante onde eu estava, uma cidade no deserto, uma miragem feita de vidro.

— Sinto muito que isso tenha acontecido com você — disse ela.

— Está tudo bem — respondi, embora não estivesse.

— A questão é — ela continuou após uma pausa — que isso acontece o tempo todo. Já aconteceu comigo também, mais de uma vez. Os homens na indústria do entretenimento, e provavelmente em qualquer indústria, quando ganham um pouquinho de poder, usam tudo o que puderem usar sem sair feridos. Pode perguntar pra qualquer um. As pessoas veem isso acontecer o tempo todo.

— Elas... veem? Então por que...

— Não estou tentando fazer você sentir que o que aconteceu não foi, sabe, terrível. — Ela inspirou. — Estou só dizendo que você tem que olhar o cenário como um todo. Eu sei que não é o que quer ouvir agora, mas você precisa seguir em frente, ou então vai se tornar uma daquelas pessoas que... — Ela fez uma pausa —... se veem como vítimas. E isso não cai bem ao longo do tempo.

— Ok — falei, assentindo várias vezes. — Faz sentido. —

Lá no fundo eu não sabia se fazia, mas receber instruções me dava alívio.

— Tudo que estou dizendo é para você fazer o que for preciso para sair disso, o mais rápido possível. Foi o que eu fiz. Esse tipo de... você não pode deixar isso te abalar. Quer dizer, o que aconteceu entre você e Julian.

— Tá bom — falei. — Tá certo. — Naquele espaço silencioso dentro de mim que *sabia* das coisas, onde minha antiga antena costumava ficar, eu me senti esmagada; as palavras de Celeste estavam fazendo cada vez menos sentido. Ela estava me dizendo mais ou menos que o que tinha acontecido era esperado naquelas circunstâncias, um fato da vida. O que eu queria lhe dizer, mas não consegui, era: não suporto que isso seja um fato da vida. Conforme ela me dizia, sem emoção, como o mundo funcionava, percebi a diferença mais importante entre Celeste e mim e a razão pela qual a nossa relação estava condenada desde o princípio. Trabalhar para a People's Republic, embora fosse empolgante às vezes, tinha sido um grande erro. Eu não era capaz de viver com o mundo do jeito que ele era, como Celeste fazia. Queria que o mundo se tornasse o que ele tinha potencial para ser.

— É claro que o que aconteceu na internet vai além de tudo isso — falou Celeste. — Julian já emitiu uma declaração, muito bem redigida, obviamente, dizendo... espera aí, deixa eu achar. — Ouvi o barulho do teclado enquanto ela digitava. — Aqui. "A srta. Pendergast, se entendi bem, é uma jovem inteligente e cheia de imaginação. Acredito que ela ache que nós dois estivéssemos envolvidos em algum tipo de relação, mas posso garantir que não tenho um caso com essa mulher, tampouco nos envolvemos em qualquer atividade sexual. A srta. Pendergast e eu nos encontramos apenas uma vez, naquela noite específica, no *sushi bar* do Caesars Palace, momento no qual a srta. Pendergast tentou me coagir a aceitar um acordo de patrocínio com a agência de publicidade onde ela trabalha, ao qual recusei. Depois de várias bebidas, a srta. Pendergast passou a se insinuar cada vez mais intensamente, com pedidos insistentes de que eu a deixasse subir para o meu quarto. Eu neguei, mas ela deve ter me seguido após a nossa reunião.

"'É claro que não traí minha esposa. Eu a amo. Estive ao lado dela por vinte anos e por todos os estágios da doença que a acomete. Desejo o melhor para a srta. Pendergast e espero que ela consiga obter o apoio de que precisa para tratar o que parece ser uma complicada doença mental. Imagino que ela esteja sofrendo imensamente agora, por isso gostaria de pedir que vocês parassem com os julgamentos. Na verdade, em vez de puni-la por uma doença da qual ela não tem controle, ofereçam a ela sua compaixão. Doenças mentais afetam mais de um quarto dos americanos todo ano; eu mesmo sofro de depressão. Espero que esse infeliz incidente nos permita ser mais abertos em relação às batalhas que enfrentamos e a como podemos lidar melhor com elas.

"'Ao sr. Prana, que postou o vídeo e é amplamente conhecido como um agente de provocações: por favor, leve em consideração os efeitos desastrosos que suas provocações causaram da próxima vez que for usar sua considerável mesquinhez com objetivos destrutivos. A todos vocês, agradeço de antemão pelos desejos positivos, seu respeito à nossa privacidade e seu apoio contínuo às artes.'"

Bufei audivelmente quando Celeste terminou.

— Jesus, esse cara é um mentiroso criminoso.

— Esse não é o ponto — disse Celeste, duramente. — Wolf não deveria ter gravado aquele vídeo, mas você deu a ele boas razões para fazer isso. O que Julian fez é indesculpável, mas ainda não ouvi você assumir a responsabilidade por seu considerável papel na construção dessas circunstâncias específicas. Havia um milhão de coisas diferentes que você poderia ter feito para evitar isso com antecedência, você sabe. Você poderia ter me ligado no momento em que Wolf a assediou no Brooklyn. Poderia ter me contado que estava falando com ele sobre os poemas de Susan. Poderia ter me acionado no momento em que ficou sabendo que ele havia plagiado; merda, você poderia ter me ligado ontem à noite assim que saiu do quarto do Julian... — A voz de Celeste estava ficando mais alta. — Mas você não fez nada disso, não é? Manteve tudo escondido de mim, e arquitetou planos, e manipulou, e imagino que de alguma forma tenha gostado de fazer isso, não gostou? De guardar seus segredinhos, manter sua minúscula esfera de influência...

— *Não, eu não gostei!* — explodi.

Ela emitiu um som que foi meio que uma mistura de risada e fúria.

— Isso sem mencionar o fato de você ter colocado um cliente *muito* importante contra *outro cliente* pelas minhas costas. Envolver Ellen? Pelo amor de Deus, Casey. Você pelo menos assume a responsabilidade por *isso*? Wolf me mandou um e-mail hoje cedo com uma foto dos hematomas no rosto dele e está ameaçando processar a Nanü por negligência.

— *Sinto muito!* — exclamei, embora não sentisse. Na verdade, só sentia muito por mim mesma.

— E para coroar a situação, o recurso mais importante que poderíamos ter conseguido acabou de cagar na nossa cabeça em um comunicado divulgado nacionalmente. O que você espera que eu faça com isso, Casey? Que caralho você espera que eu faça?

— Como é que eu vou saber, porra? — respondi. Empurrei a cadeira para trás e fiquei de pé. — Você está querendo dizer que é *minha* culpa...

— É exatamente o que estou dizendo! — Celeste interrompeu. — Eu me arrisquei por você centenas de vezes. Confiei em você, e você traiu a minha confiança. Você falhou comigo e falhou com você mesma. "Desapontada" não está nem perto de expressar...

— Já falei que sinto muito! — explodi. Eu estava andando de um lado para o outro no quarto de hotel bagunçado como um grande gato acuado. — O que mais você quer que eu diga?

— Nada. Não quero que diga nada. Quero que ouça. Quero que me escute. Eu nunca fui mais... — Celeste fez uma pausa. — Quer saber? Tudo o que posso dizer é: que *desperdício*. Que desperdício de tempo, trabalho e potencial. Você está demitida, agora mesmo. Vou pedir à Simone que embrulhe os seus pertences e os mande para a sua casa.

Parei de andar.

— Você está me demitindo?

— Você ouviu o que acabei de dizer?

— Bom, sabe *de uma coisa*? — falei. — Você não pode me demitir. *Eu* já decidi *me* demitir!

— Ah, Casey — falou Celeste. Dizer que o tom dela era maternal não chega nem perto da realidade. — Não tem necessidade disso.

— Ah, tem, s... — Mas, antes que eu pudesse terminar, ela desligou.

— ARGH!

Pela terceira vez naquele dia, atirei o celular no outro lado do quarto. Acertei uma luminária que ficava ao lado da cama e a derrubei. Dessa vez ela quebrou. E, quando fui fazer o check-out no hotel mais tarde, descobri que Celeste já tinha cancelado meu AmEx corporativo. Eu teria que pagar.

*

Mantive a cabeça baixa de propósito enquanto arrastava a mala para fora do quarto de hotel. As pessoas que passavam, apostando, rindo e se entupindo de bebidas e comidas coloridas... será que estavam olhando para mim? Falando de mim? Será que tinham entrado na internet? Visto o vídeo? Será que sabiam quem eu era? Será que me achavam um monstro? Eu *era* um monstro? Quanto da monstruosidade era inato, e quanto nascia das circunstâncias? É preciso que quantas pessoas acreditem que alguém é um monstro até que ela mesma acredite?

A última era uma questão matemática.

Acho que a resposta é: não muitas.

Ainda que aquelas pessoas não soubessem, falei a mim mesma, elas sabiam. Sabiam só de olhar para mim que tinha algo de errado comigo. Eu havia buscado esses estranhos a minha vida inteira para que me dissessem quem eu era. Tinha tentado o máximo possível ter boa aparência, me sentir bem, ter boas atitudes, ser boa, agradar os outros, brilhar, mas nunca demais. Se eu tivesse um eu que parecesse meu mesmo, e não só um amálgama de truques e gestos retóricos, talvez não tivesse precisado tanto das bênçãos desses estranhos, mas me diga, onde raios, neste mundo, eu deveria aprender isso? Por que qualquer pessoa iria querer que alguém fosse ele mesmo quando em vez disso poderia obter um reflexo da própria imagem? Porque, quando tentei, aquelas poucas vezes, ser o que talvez seja chamado de um eu — *agir*, ser *sujeito* em vez de objeto — eu tinha acabado me sentindo maluca. Me sentindo mal.

Sim, eu era maluca. Sim, eu era má. Alguém e alguma coisa — ou seria todo mundo e tudo? — havia encostado uma faquinha de descascar no meu corpo e removido uma camada de pele. Depois mais uma, e outra, e outra, até que todas as camadas tivessem desaparecido. Não havia necessidade de me proteger mais. Não havia nada para proteger, para começo de conversa. Podem vir, eu disse àqueles estranhos com o canto do olho. Eu sei o que vocês querem. Levem meu corpo. Joguem-me no chão e me deem chutes na barriga. Sigam-me pela floresta carregando pedras. Virem a minha bunda para vocês e enfiem dentro de mim enquanto minha cabeça bate na fonte. Não sobrou nada de mim, se é que havia alguma coisa no início. Façam, levem, o que vocês quiserem.

Eu me vi esperando no saguão do Caesars, encostada na tal fonte, no meio da qual havia uma escultura clássica de mármore, com a mala apoiada nos joelhos. Eu queria ver o que aconteceria se eu não fizesse nada. Nada mesmo. Eu esperaria passivamente que alguma coisa acontecesse comigo. Então reagiria, ou não. Ficaria bem quieta pelo resto da vida. Era isso que todos queriam, não era?

Às vezes acho que poderia ter ficado recostada naquela fonte para sempre. Eu teria deixado meu corpo se desintegrar por completo e apodrecer, até que eu fosse apenas um esqueleto. E eles me manteriam ali no Caesars, porque as pessoas vão para Vegas não só para apostar, mas pelas atrações profanas. Shows de música, *peep shows*, shows de sexo e malucos. *Olhem aqui*, diria o *concierge* para um grupo de visitantes. *Aqui estão os restos mortais de uma jovem que enlouqueceu, e vejam só, ela morreu de loucura. Não é interessante?* E os visitantes tirariam fotografias do meu crânio e assentiriam porque, sim, sim, eles já tinham ouvido aquela história, ou tinham ouvido uma história muito parecida. Era típico de garotas fazer aquele tipo de coisa.

Mas não fiquei ali encostada na fonte até apodrecer porque meu celular tocou. Era Susan. Susan tinha um toque especial. Ela que tinha escolhido. Era uma canção da Yoko Ono.

Não consegui atender naquele momento. Sabe, a vergonha é um silenciador poderoso.

Mas o que consegui fazer foi me levantar do chão e caminhar desequilibrada até a mesa do *concierge* com minha mala. E quando o *concierge* perguntou: "Táxi?", consegui assentir com a cabeça. Não acredito mais em deuses e anjos, mas, se acreditasse, elevaria aquele homem a um posto entre eles. O concierge não tinha a aparência especial, mas tinha uma boca gentil e olhos que só mostravam respeito e cortesia quando encontraram os meus.

— Claro — ele respondeu. — Gostaria de uma água enquanto espera?

Assenti outra vez, e ele pegou uma garrafinha minúscula de água de baixo da mesa. Sei que ele estava apenas fazendo seu trabalho, mas na hora não pareceu isso; pareceu um colete salva-vidas.

Quando cheguei ao aeroporto, olhei as chegadas e partidas nas telas que ficavam em frente aos balcões de passagens, e por um momento cogitei pegar o próximo avião para qualquer lugar. Eu não tinha nenhum compromisso, não precisa estar em nenhum lugar específico. Não tinha ninguém, não era ninguém. Estava sozinha.

A sensação de estar parada em um aeroporto sem nada entre você e o desaparecimento completo é tão extrema que é fácil confundir a extremidade com êxtase. Possibilidades na tela de partidas: Xangai, Sydney, Frankfurt. Tantos lugares onde ninguém sabia o meu nome, onde eu poderia me foragir com a minha vergonha. Era um tipo de euforia profundamente desconcertante, e foi por isso que demorei um segundo para me recompor o suficiente para ouvir o som que vinha do meu bolso.

Era Susan outra vez. Meu celular estava tocando.

— Alô? — atendi. Minha voz soava aguda e esquisita.

— Onde você tá? — perguntou Susan.

— Eu tô... — Olhei para as telas com as partidas, todos esses planos, todas essas pessoas indo e vindo. — Tô no aeroporto.

— No aeroporto de Vegas?

— Isso.

— Você tá vindo pra casa?

— N-n-não, ainda.

— E você volta logo?

Olhei outra vez para as telas.

— Sim — falei por fim.

— Que bom. Me liga quando você pousar?

O que era toda aquela água no meu rosto?

— Sim.

— Você tá bem aí?

— S-s-s... — comecei a tremer.

— Ai, Casey — Susan falou na voz mais Susan possível, e foi mais ou menos aí que desabei.

13.

A casa da escassez

Peguei um táxi para o apartamento de Susan assim que pousei. Ela abriu a porta de calça de moletom e uma camiseta antiga de basquete dois números maior que o seu manequim. O cabelo estava amarrado de um lado da cabeça. Eu não a via desde o dia em que ela me chutara para fora.

— Oi — disse ela.

— Oi — respondi, e comecei a chorar outra vez.

Ela me conduziu a uma das poltronas que havia comprado em uma venda de garagem, me fez pôr a bagagem no chão, preparou uma xícara de chá para mim e me deixou ficar encolhida na poltrona e esconder meu rosto no peito. Enquanto ela esperava a chaleira apitar, preencheu o silêncio com uma novidade: Mary London tinha ligado para ela uns dias antes. Ela havia lido o conto de Susan que eu deixara com ela e usado as informações de contato no cabeçalho para ligar e não apenas dizer pessoalmente que era muito bom, mas também perguntar, em nome da agente da própria Mary, se ela era representada por alguém. Susan tinha gaguejado que ainda não tinha um agente, e Mary perguntara se ela gostaria de conversar com sua agente, e Susan reunira coragem para gaguejar que sim, e que na verdade estava trabalhando em um romance que adoraria que ela lesse. Mary tinha respondido:

— Ótimo, manda pra ela as cinquenta primeiras páginas.

E dera a Susan o e-mail da agente. Susan disse que ela e a agente teriam uma reunião na sexta-feira seguinte. Enquanto ela servia o chá e colocava alguns pretzels em uma tigela, reparei em como sua voz soava alegre, em como ela estava mais ereta, os ombros para trás. Eu acho que não via Susan sem estar deprimida fazia... meu Deus, anos, acho. Vê-la assim tão feliz e esperançosa foi quase o suficiente para me deixar feliz e esperançosa. Quase.

— Estou tão feliz por você — falei. Fiz um esforço para me sentar mais reta na poltrona, apesar do peso esmagador que havia sobre o meu corpo. — E também... — Desabei em lágrimas outra vez. —... me desculpa por ter feito aquilo... sem perguntar... e com o Wolf... eu sei que é tão...

— Tudo bem — disse Susan, baixinho.

Ela se sentou ao pé da poltrona, de pernas cruzadas, e deu tapinhas nos meus joelhos. Eu a encarei. Ela deu um tapinha em uma das minhas panturrilhas e, quando não me mexi, puxou minhas pernas para baixo, apoiando-as no colo, e começou a fazer massagem no meu pé. A sensação das mãos quentes dela na minha pele destravou alguma camada mais profunda de choque. Parei de chorar. Meu corpo todo começou a tremer. Ela continuou massageando meus pés em silêncio por não sei quanto tempo, e foi só quando a tremedeira começou a passar que ela parou de massagear com os dedos e, em vez disso, apertou meus pés fortemente com as mãos. Havia um conforto animal naquela pressão. Minha respiração ficou mais lenta e se regularizou. Eu inspirava, expirava.

— Obrigada — falei, finalmente. Girei os ombros para trás, alonguei o pescoço.

— Obrigada você — disse ela, olhando para mim.

— Me desculpa.

— Me desculpa também.

— Você não tem do que se desculpar — falei.

— Tenho, sim. — Ela fez uma pausa e então continuou. — Não tenho sido uma boa amiga pra você faz um bom tempo. Eu te afastei. Toda vez...

— Você estava no seu direito — respondi. — Nem sei... nem sei quem eu era. Fiquei presa numa casa dos espelhos e não conseguia sair de lá. Mas não mais. Mesmo que eu quisesse...

— Eu ergui um muro... — ela estava dizendo, balançando a cabeça, mas quando ouviu a última parte, olhou para mim. — Pera, do que você tá falando?

Contei cada momento do que tinha acontecido com Julian, contei como Celeste havia me demitido, o que eu tinha feito a respeito de Wolf com a ajuda de Ellen: os advogados, a surra de Barry. Mesmo sem querer, mesmo sabendo quão ruim era toda a situação e apesar da enorme quantidade de dor que escorria de mim como mercúrio, de alguma maneira acabamos rindo.

— Ai, meu Deus, Casey — disse Susan, secando os olhos. — O que raios você estava pensando? Pedir a uma mulher das *Real Housewives* pra...

— A ideia foi dela! — me defendi, erguendo as mãos. — Não tive nada a ver com isso! Ok, ok... — cedi. — Eu tive *alguma* coisa a ver com isso.

— Não creio. — A voz de Susan era de choque, mas havia um tiquinho de orgulho sob a superfície, tipo: *Uau, olha só essa coisa ridícula que minha amiga fez por mim.*

— Olha, o cara é um filho da puta de marca maior que *roubou* os seus poemas. Eu teria feito muito pior, pode acreditar. E ainda faria.

— Bom, então talvez *a gente* deva fazer alguma coisa — Susan disse enfaticamente, se levantando com dificuldade. Ela reamarrou o cabelo, colocou um grampo atrás para prender as mechas soltas e pôs as mãos nos quadris da calça de moletom. — Mas também, uma coisa que realmente me irritou foi: aposto que Celeste teria te mandado embora mesmo que não tivesse acontecido nada entre você e Wolf. A porra da Celeste vai para onde o vento estiver soprando. — O lábio dela se curvou um pouco. — Ela literalmente não está fazendo *nada* pra te defender de um *predador sexual*, sem contar... bom, sabe de uma coisa? Dane-se. — Susan bufou e bagunçou as mechas rebeldes do cabelo. — Ela que se foda.

Pensei em contar a Susan que as motivações de Celeste eram um pouquinho mais complicadas que isso, que, quanto melhor se conhecia alguém, mais difícil era falar sobre a pessoa, descrevê-la usando apenas uma característica, mas Susan estava ficando energizada por causa da ira, e por sua vez estava me deixando energizada também. Trabalhamos juntas a noite toda revisando a carta aberta que eu tinha escrito no meu quarto de hotel em Vegas. Inserimos no meio do texto as capturas de tela do computador de Susan com cópias de todos os poemas que eu tinha dado para Wolf, completas com as marcações de data de quando tinham sido escritos e concluídos. Com as esperanças lá no alto, postamos a carta aberta às nove da manhã do dia seguinte em todas as minhas contas em redes sociais, mandamos e-mail para várias editoras de blogs feministas e mandamos DMs para vários amigos escritores de Susan pedindo que repostassem a carta. Todos fizeram isso de imediato. Por uma meia hora, sentimos aquela alegria maravilhosa e corajosa que dizer o que pensamos proporciona.

Mas daí, nada aconteceu. Absolutamente ninguém se importou. Foram necessários apenas alguns momentos para que um tornado destruísse a minha vida, mas era assim que funcionavam os ciclos de notícias. Ninguém se interessa pelo que acontece nos dias seguintes à passagem de um tornado por uma cidade; o que nos fascina é o tornado em si. Ninguém gosta de olhar para a destruição, a não ser que haja um monte de outras pessoas olhando. Não sei o que isso diz sobre a natureza humana; tudo que sei é que meus destroços particulares, depois de terem sido revelados publicamente, não eram tão interessantes para as pessoas quanto o desastre que os criara.

Ah, sim, claro que houve uns poucos reblogs de *Com a palavra, Casey*, houve um inchaço de apoio das organizações de prevenção à agressão sexual, um pedido de um site para que as pessoas boicotassem os livros de Julian, mas nada disso ganhou muita força. Quanto a Wolf, as pessoas no mundo literário que acreditavam que ele era um escroto continuaram a acreditar que ele era um escroto, e as pessoas que não acreditavam não passaram a acreditar. Susan disse que a melhor maneira de ela conseguir sua vingança seria escrevendo um livro melhor. E, depois que ela tivesse poder suficiente com a publicação do tal livro, ela iria, nas palavras dela, "eviscerá-lo". Mas teríamos de esperar. Como consequência dos nossos esforços para que esses homens fossem considerados culpados, percebemos que não tínhamos o poder de fazer isso. Éramos apenas duas ninguéns, duas mulheres. Os homens eram inocentes até que se provasse o contrário. As mulheres eram malucas até que alguém acreditasse nelas.

*

Depois da onda inicial de esperança que a reconciliação com Susan trouxe, tentei me manter animada, mas não consegui. Perdi o ânimo até parecer que não havia nem um pouquinho sobrando. Ainda ia ao mercado, dirigia o carro, lavava o cabelo e fazia funções humanas essenciais; não havia aquela tristeza hollywoodiana encenada na qual eu ficava encolhida de pijama o dia todo. Mas eu tinha perdido alguma coisa, e não apenas meu emprego, ou meu namorado, ou minha reputação. A tristeza nos derruba, e nunca da maneira que esperamos. Eu assinava meu nome em cheques ou formulários e reparava que até meu próprio nome não tinha mais nada a ver comigo. Casey Pendergast, quem era essa? As palavras não tinham significado. Quer dizer, eu não as reconhecia, não me reconhecia, porque não havia mais eu. Eu não tinha a força nem a vontade, nenhum "eu" sobrando, para me recompor outra vez.

Depois que fui embora da casa de Susan, caminhei pela cidade como um fantasma por dias, não eu mesma, mas presa em mim mesma, assombrada pelo meu próprio corpo, sua insistência em se lembrar do que eu preferiria ignorar. Durante essas caminhadas garoentas e fantasmagóricas, percebi rapidamente que não conseguiria continuar morando no meu condomínio enquanto estivesse desempregada — eu não era exatamente o que se chamaria de uma pessoa cuidadosa com dinheiro, não tinha nenhuma economia —, então fiz o que precisava fazer e assim que pude consegui uma inquilina, uma garota de vinte e dois anos que tinha acabado de se formar na faculdade naquela primavera. O nome dela era Savannah, e ela tinha o cabelo muito bonito e muita certeza sobre seu futuro sucesso na área de recursos humanos. Cobrei o aluguel bem mais alto que a parcela da minha hipoteca, para poder ter um pouco sobrando para viver; Savannah ou não percebeu ou não se importou.

Também comecei a vender todas as minhas coisas bonitas. Disse adeus para pratos decorativos, lâmpadas artísticas, uma máquina de suco de duzentos dólares. Disse olá para mulheres de lábios apertados em lojas de consignação que penduravam meus melhores vestidos em uma arara e decidiam quanto iriam me pagar por eles, o que nunca era o suficiente. Eu não podia pagar uma empresa de mudança, então embalei o que eu não podia vender — blusas de lã cheias de bolinhas, camisetas que encolheram ao lavar, calcinhas — e doei o que eu odiava, que era basicamente tudo, já que tudo me lembrava de uma pessoa que eu não era mais. A pessoa que usava aquelas roupas e fazia aqueles sucos era uma que, se não intocada pelo sofrimento, fazia o máximo possível para mantê-lo a certa distância, com uma alegria obstinada. Essa compartimentalização não era mais possível, e mesmo que fosse, eu não queria mais nada com ela.

E, no início de outubro, mais ou menos um mês depois que voltei de Vegas, cheguei à portaria do prédio de Lindsey com duas caixas de papelão e uma mala lotada.

— Oi, colega de apartamento! — disse Lindsey, me cumprimentando em um *kaftan* de estampa japonesa. — Estou tão feliz que você chegou! — Ela me entregou uma xícara de chá de gengibre e me deu um abraço apertado. Tinha me chamado para ficar com ela, sem pagar nada, até eu conseguir me reerguer. — Vamos chamar o lugar de Tenda Vermelha — disse ela, referindo-se a um romance em que mulheres, durante tempos bíblicos, menstruavam ao mesmo tempo.

— Você realmente não precisava fazer isso — falei, ou resmunguei.

A conversa em que ela havia me convidado para morar com ela tinha sido por telefone. Eu estava deitada no chão da minha sala de estar quase vazia olhando para o ventilador de teto girando. *Masqueporra*, ele perguntava, *masqueporramasqueporra*, a cada volta. Eu estava no estágio de sentir que não merecia nada, que o que tinha acontecido com Julian era minha culpa, que a melhor maneira de agir parecia ser me isolando como um animal ferido e ficar me lambendo até ficar limpa ou morrer de infecção. Eu me condenava incessantemente. Se eu ao menos não tivesse aceitado o emprego na People's Republic. Se ao menos não tivesse concordado em ajudar a começar a Nanü. Se ao menos tivesse tirado aquele sabático. Se ao menos não fosse tão gananciosa. Se ao menos não tivesse roubado os poemas de Susan. Se ao menos não tivesse provocado Wolf. Se ao menos não tivesse ficado bêbada de Numb Cappuccinos! Se ao menos não tivesse espionado Ben. Se ao menos não tivesse que ir atrás de retribuir cada coisinha idiota. Se ao menos não tivesse sido tão ingênua em relação a Julian. Se ao menos tivesse me conhecido melhor. Se ao menos fosse mais corajosa. Se ao menos não tentasse tanto agradar os outros, caralho. Se ao menos, desde o instante em que entendera quais eram meus sonhos, eu os tivesse perseguido. Se ao menos eu, meu Deus, se ao menos eu... Outra mãe, outro pai, outra chefe, outra eu. Daria para pensar em todos os "se" desde o dia em que eu havia nascido, se quisesse. Quando alguém fica tempo suficiente consigo mesmo, pode começar a se achar bem decepcionante.

E é por isso que nenhum de nós deveria passar tempo demais sozinho, isolado, sem interrupção. Pessoas precisam de pessoas, e não apenas virtualmente. E foi também por isso que tive tanta sorte no dia em que Lindsey ouviu minha recusa à sua oferta e a ignorou com tanta dedicação.

Seu apartamento tinha cheiro de vela aromática e parecia a Casa dos Sonhos da Barbie. Era arrumado, e nós duas nos esforçamos muito para mantê-lo assim, para deixar a outra relaxada. Nas semanas seguintes, eu cozinharia e prepararia *smoothies* para ela; ela limparia compulsivamente. Uma vez cheguei em casa tarde de um passeio e a encontrei esfregando a rodabanca da cozinha com uma escova de dentes e água sanitária enquanto um podcast de meditação tocava na caixinha de som via Bluetooth.

— Eu sou a mudança que quero ver — repetia ela, esfregando com as luvas de borracha cor-de-rosa. — Eu sou a mudança que quero ver.

⁕

Eu, por outro lado, não era a mudança que queria ver. Eu era uma mulher desempregada muito triste e envergonhada. Preenchia formulários de inscrição para vagas de emprego com desinteresse, sabendo que não conseguiria nada, já que qualquer empregador que digitasse *Casey Pendergast* no Google receberia um retrato *muito* desfavorável da mocinha aqui. Embora a internet só tivesse se preocupado comigo por no máximo uma semana, uma semana é sorte grande quando estamos falando de reunir dados. Por três meses, não recebi uma ligação sequer me chamando para uma entrevista, mesmo depois de ter me candidatado para só Deus sabe quantas vagas. Não só em publicidade, mas em qualquer lugar, para fazer qualquer coisa. Mas ninguém me queria.

Talvez eu tivesse mergulhado ainda mais fundo na depressão se não fosse pela interferência de Dudley, o querido Dudley, chefe de Susan. Já que o estúdio de retratos dele ficava bem ao lado da livraria Wendys's, ao longo dos anos ele tinha passado a conhecer as três Wendys que eram donas do lugar. De maneira completamente espontânea, sem Susan pedir — ele apenas a ouviu conversando comigo ao telefone uma vez —, ele perguntou se elas estariam dispostas a me empregar temporariamente durante o final do ano. As Wendys estavam. Depois das férias de inverno não havia como garantir nada, mas ainda assim. Cheguei lá no primeiro dia com uma caneca pintada à mão para cada uma das Wendys e lágrimas nos olhos depois de passar no estúdio para agradecer a Dudley.

— Pelo amor de Deus, não precisa me agradecer — exclamou ele, rindo e me dando tapinhas nas costas como um vovô faria. — É apenas uma questão de empatia e justiça.

Dudley sabia o que tinha acontecido no Twitter — Susan tinha tido que lhe explicar — e, embora nunca tenha mencionado nada para mim, eu podia sentir a todo momento que ele tentava, de maneiras simples, me lembrar de que havia, sim, coisas chamadas empatia e justiça. E de que, embora cinquenta por cento ou mais do mundo pudessem ser realmente merda, os outros cinquenta por cento eram feitos de pessoas que tentavam fortemente fazer o que era justo para os outros, pessoas cujos corações eram grandes o suficiente para se importar com todo mundo, não apenas com as pessoas que elas conheciam. Esses cinquenta por cento eram fáceis de esquecer, porque não falavam tanto quanto a outra metade, não eram tão exibidos. Mas existiam, sempre existiram e sempre iriam existir. Misericórdia. Olhe ao redor, treine seu olhar; em algum momento você vai passar a vê-los em toda parte. São bonitos, estou te dizendo. Bonitos como uma pintura.

*

— Posso ajudar? — perguntei. Era o aniversário de três meses da agressão e da humilhação que eu sofrera, e ali na Wendys's eu tentava mesmo dominar o poder do pensamento positivo.

— Estou procurando um livro chamado, hum, *Os incendiários* — disse a mulher do outro lado do balcão de atendimento, pegando um pedaço de papel para conferir o título.

— Ah! — dei um largo sorriso. — Sim, claro!

Os incendiários era o novo romance de Julian North, que tinha saído bem a tempo do Natal e vinha recebendo resenhas empolgadas.

— É para o meu clube do livro — disse a mulher, em tom de desculpas. Ela tinha cabelo grisalho e curto e usava luvas sem as pontas dos dedos que pareciam ter sido feitas por ela mesma. Eu havia reparado, na minha até então curtíssima temporada no comércio, que muitas mulheres sentiam que realmente precisavam se desculpar por pedir qualquer coisa, ainda que me pedirem algo apenas significasse que eu precisaria fazer o que minha descrição de cargo indicava. — Você já leu?

— Sabe?! — comecei. Eu tentava terminar todas as minhas frases com um ponto de exclamação. — Ainda não li esse! Mas todo mundo que leu parece realmente — cerrei os dentes — amar!

Eu a conduzi até a mesa de mais vendidos na frente da loja. No meio da mesa, em um daqueles prendedores de metal, havia um grande pôster de Tracy Mallard parada com ar contemplativo ao lado de um lago. Havia um jornal, uma revista, um caderno e uma caneta em uma pedra perto dela, com uma caixa de barras de cereal da Nature's Harvest. *A poesia do silêncio*, dizia o pôster. Ao lado do título havia um curto parágrafo escrito pela própria Tracy:

> *Não há nada que eu ame mais que um passeio pela mata para me reconectar com a terra. Nosso mundo pode ser tenso, mas nossas mentes não precisam ser. É por isso que sempre carrego uma Nature's Harvest comigo. Elas alimentam meu corpo e minha mente e, o melhor de tudo, são naturais. Assim como você e eu.™*

Havia um discreto logo da Nature's Harvest no pé do anúncio. A Nanü, no fim daquele ano, estava de pé e prosperando. Celeste havia levado Lindsey, Annie e Jack com ela, com um pacote padrão atraente da start-up que incluía opções de ações e participação. Jack estava fazendo a direção de arte — esse pôster tinha o nome dele por todo lado — e Annie, junto a algumas novas contratações, fazia agora o meu trabalho. Lindsey havia assumido o que Celeste vinha chamando de "manutenção de recursos" — pegando os autores pela mão para garantir que seus projetos corporativos corressem sem problemas —, embora torcesse para, o quanto antes, leal como era, conseguir sair de baixo do toque de Midas de Celeste.

A maior parte das outras pessoas na PR não tinha tido tanta sorte. Como esperado, Celeste havia vendido a PR para a Omnipublic. Houvera três levas de demissões em massa, sem explicação por parte da chefia, a não ser que precisavam cortar custos. Meu palpite e o de Lindsey era que Celeste havia conseguido um preço melhor abrindo mão da independência da PR, e dinheiro importava mais do que nunca agora que tinha ficado claro que ela mesma precisaria fazer a Nanü decolar. (Depois do desastre de Vegas e da recusa pública de Julian, os investidores de risco haviam perdido a confiança.) Em um e-mail para toda a empresa, que Lindsey tinha me mostrado só depois que eu ameaçara derrubar suco de laranja por todo o piso recém-limpo da cozinha, Celeste havia escrito que, embora estivesse "ansiosa por novos começos", também estava "profundamente entristecida" que a era da People's Republic estivesse chegando ao fim. Também tinha escrito que nunca teria vendido a PR se não fosse pela publicidade ruim e turbulenta da agência causada por uma "ex-funcionária desequilibrada", associando, assim, todo o ressentimento das demissões a mim.

Se eu ainda tinha alguma simpatia por Celeste, alguma compreensão de como ela, como minha chefe, poderia ter se sentido traída por meus planos menos que honestos e por baixo dos panos, qualquer resquício dela desaparecera quando vi aquele e-mail. As pessoas se revelam na escrita mais do que em qualquer outro lugar; mostram na página o que mantêm privado na vida. Eu vi quem ela era naquele e-mail, pela primeira vez, inteiramente. E, para ser sincera, aquilo me chocou.

— Ah — disse a mulher na Wendys's, pegando o tijolo em capa dura com um olhar apreensivo. — É mais longo do que pensei que fosse.

— É — respondi. — Acho que os livros dele sempre são longos!

O que eu não disse foi: porque ele é megalomaníaco!

— O clube do livro é depois de amanhã — a mulher falou. — Não sei como vou conseguir.

— Bom... — Coloquei a mão na cintura e olhei para o teto, como se estivesse refletindo sobre o que eu lhe diria pela primeira vez. — Ouvi dizer que é meio lento. Mas sabe o que você poderia fazer? Quer dizer, é meio trapaça, mas...

— O quê? — Ela estava sorrindo. Eu realmente adorava quando pessoas mais velhas ficavam maliciosas.

— Você *poderia*, já que só tem dois dias, apenas ler as resenhas da Amazon. Pegar a ideia geral do livro sem precisar... — fiz um gesto com a mão —... sabe, lidar com a linguagem autocentrada, exagerada e pomposa...

A mulher cobriu a boca com a mão e riu.

— Não conta pra ninguém, mas *sempre* achei que ele era um pouco nariz em pé demais...

Bati palmas.

— Viu só?!

Encorajar os clientes a não comprar o tijolo pretensioso que era o romance de Julian era um dos pontos altos dos meus dias como vendedora temporária na Wendys's. O outro ponto alto, é claro, era ler. Eu devorava livros nos meus intervalos de almoço, usava meu desconto de funcionária para comprar um romance por semana e desaparecia dentro deles durante minhas folgas. Eu não lia com tanta voracidade desde a faculdade — não tinha tempo, pois havia dedicado longas horas de trabalho à PR, e além do mais a cultura da publicidade havia afastado meus interesses da autorreflexão e os aproximado da gastança — e mesmo assim não demorei muito para engatar outra vez no hábito. Entrar em um mundo de fantasia criado com dedicação e esforço por outra pessoa, ouvir uma história bem elaborada no momento exato em que minha vida não tinha narrativa: isso sim era alegria. Uma alegria baseada não em dinheiro, status ou reputação, mas criada entre mim e um estranho que pensava e se sentia da mesma maneira que eu. Por minutos, horas, até dias seguidos, esse estranho me oferecia alívio do que me parecia, quando eu olhava para fora, um deserto interminável de solidão. Voltar ao hábito da leitura também permitiu que Susan e eu nos conectássemos de uma maneira que não fazíamos havia meses. Isso compensou as desvantagens de ser uma vendedora temporária na Wendys's: trabalhar muitas horas por dia, salário baixo, clientes excêntricos, só para citar algumas. Mas, mesmo com essas desvantagens, em geral eu voltava para casa com o coração mais leve do que quando chegava na loja, após passar o dia rodeada de livros e de pessoas que os amavam.

Inclusive minha nova amizade, Chris, que também trabalhava temporariamente na Wendys's e foi mais uma das pessoas cuja presença na minha vida foi um grande presente, e por isso um desafio para o meu desespero mais ou menos constante em relação ao fato de que o mundo era uma merda. Chris se identificava como pessoa trans não binária, usava o pronome "elu" e, além de ser mais *millennial* do que qualquer *millennial* que eu conhecia, também era a pessoa mais engraçada que eu já tinha conhecido, apesar de uma de suas fontes de humor favoritas ser tirar sarro de quão branca eu era (Chris era uma pessoa preta). No início, nos demos bem por causa da poesia de slam. Chris tinha bastante fama pela cidade, nesse nicho específico, pelo menos; Gina, a amiga de Susan, era sua amiga também; e Chris tinha conseguido chegar ao campeonato nacional no ano anterior. Quando lhe contei que eu tinha "feito um pouco de slam" na faculdade, Chris riu tanto que eu pensei que precisaria trazer o desfibrilador para a salinha de intervalo, onde estávamos conversando à mesa de fórmica.

— GAROTA! — dissera Chris, ainda rindo, balançando a cabeça. — Você? Sobre o que você escrevia? Sobre perder a sua jaqueta da *Canada Goose* em uma festa da fraternidade? Ai, não, me deixa adivinhar... o seu *transtorno alimentar*?

— Hum, *não* — respondi, embora, é claro, fosse exatamente sobre aquilo que eu escrevesse.

Eu estava à mesma mesa de fórmica da sala de intervalo, lendo as notícias no celular no fim do meu turno, esperando dar o horário do ônibus, já que estava economizando no combustível, quando Chris entrou, com seu piercing no septo e jaqueta jeans, dizendo:

— Ai, meu DEUS, você já ficou sabendo? — Chris parecia um raio de sol quando entrava em algum lugar: luz brilhante por todo canto.

Tirei os olhos do celular. Estava lendo sobre uma greve de drones.

— Do quê?

— Ellen Hanks vai vir aqui na loja!

Derrubei o celular na mesa com um baque.

— Ela vai?! Pera, você sabe quem é Ellen Hanks?

— Tenho uma verdadeira obsessão por *Real Housewives*. Se ela aparecer vou literalmente MORRER. Eu amo essa mulher! É minha pessoa favorita no Instagram. Você sabia que ela acabou de escrever um livro de memórias? — Chris fez uma pausa rápida para inspirar rapidamente. — Por que você achou que eu não saberia quem é a Ellen Hanks? Só porque...

— *Não* — falei, antes que Chris pudesse continuar —, mas *Real Housewives* não é meio burguesinho pra você e sua anarquia radical?

— *Real Housewives é* anarquia — afirmou Chris, largando o corpo em uma cadeira de plástico em frente à minha e pegando uma tangerina de uma cestinha de Natal que a Wendys's tinha dado aos funcionários. — Onde mais a gente poderia ver meninas brancas esqueléticas se socando na TV?

— Bem lembrado — respondi.

O que eu não disse foi que eu conhecia Ellen, e até se podia dizer que a conhecia bem, se conspirar para cometer agressão e ameaça contasse. Ninguém na Wendys's sabia da minha vida pregressa, a não ser que tivessem me procurado no Google, mas eu tinha deletado todas as minhas contas de redes sociais e evitava sair com outros colegas além de Chris. Com Chris eu me sentia segura, diferente da maneira que me sentia com a maioria das outras pessoas novas. Acho que isso sempre acontece com pessoas que você pode olhar direto nos olhos e ver de imediato que elas também já viajaram até o limite; talvez, ou mais provavelmente, até mais longe que você.

De qualquer maneira, Ellen e eu não tínhamos conversado muito desde que eu fora demitida. Não acho que ela tenha deduzido que o cara que postou o meu vídeo era o mesmo cara em quem o *sugar baby* dela, Barry, tinha dado umas bofetadas, e eu não queria sujeitá-la ao meu inferno. Ben tinha me ligado, também, em algum momento daquela primeira semana, mas também não liguei de volta. Nem para a minha mãe. Eu não aguentaria aquilo. Só queria me refugiar nos livros, em Lindsey, em Susan e agora em Chris, cuja risada superalta na sala de intervalo era como um fósforo aceso para o fogo extinto do meu coração.

Mentes e corações são coisas frágeis, sabe. Perdi ambos por um tempinho. Só as pessoas especiais, os livros especiais — aqueles que te lembram de que, apesar de você ter morrido antes, é possível voltar a viver —, ajudam a reencontrá-los.

Quanto às outras pessoas, as menos especiais... bem, eu tinha decidido que só iria me esconder delas até o fim dos tempos.

Mas, pensando bem... Ellen iria à livraria. Valeria a pena não me esconder em troca de apenas um de seus abraços apertados e superperfumados.

— Por que você tá sorrindo desse jeito? — perguntou Chris. — Tá com cara de maluca.

— Nada. Eu só... — sorri ainda mais, então coloquei as mãos nas bochechas. — Acho que talvez eu esteja feliz de verdade.

Chris olhou para mim como se houvesse um monte de parafusos caindo pelas minhas orelhas.

— Hum, é, você deveria *mesmo* estar feliz — falou, balançando as mãos erguidas só com um pouquinho de ironia. — É NATAAAAAALLL!

*

No ônibus de volta para casa, passamos por um bairro comercial. Através da escuridão, olhei para as vitrines das lojas de departamento cobertas de neve falsa, pinheiros falsos e corpos falsos cobertos de plumas, lã e caxemira. Passei por uma loja da Encore com manequins de corpo inteiro usando lingerie e dois pôsteres enormes. O primeiro dizia "Seja feliz!". E o segundo era uma *tagline* que eu simplesmente sabia que Mary London tinha escrito, embora não houvesse o crédito: "MANTENHA SEUS AMIGOS E SEUS PEITOS GUARDADOS A SETE CHAVES NESTE INVERNO". Ninguém na Encore teria sido inteligente o suficiente para pensar em algo desse tipo sem Mary London no comando.

Desci do ônibus com uma multidão de passageiros, pessoas diferentes de mim, pessoas com as quais eu não precisava conviver quando dirigia para lá e para cá no meu carro, isolada por camadas de metal e vidro. Eu tinha passado a achar reconfortante essa comunidade anônima, passageira, sentada ombro a ombro com outros corpos. Em alguns dias, era o único toque que eu recebia. Meu celular apitou com uma mensagem de Susan. *Vai fazer o q hj, miga?*

Vou me ocupar, respondi, *com meu amado, o sr. programa de TV*

Cabe mais uma?

Eu sorri. Cabe até quatro. Vou mandar uma mensagem para Lindsey.

*

Durante um intervalo comercial, depois de um trecho particularmente emocionante de *The Bachelorette*, no qual a heroína fazia uma viagem de balão com um dos candidatos, Lindsey tirou o som da TV.

— A gente precisa se atualizar — disse ela, séria. — Susan, quero saber o que está rolando com o seu livro! Sempre esqueço de perguntar.

Nós três estávamos bebendo vinho e comendo queijo e bolachinhas no conjunto de sofá e namoradeira de Lindsey, que era de suede bege e não tinha nenhuma mancha até o dia em que eu me deitara como um cadáver e caíra no sono assistindo a *Orgulho e preconceito* com um saco de M&M's de manteiga de amendoim. Lindsey tinha separado uma coleção de almofadas e cobertores para nós; sua sala de estar parecia um mundo de marshmallow. Em resposta à pergunta de Lindsey, Susan sorriu, um sorrisinho como se estivesse mantendo em segredo algum prazer por muito tempo e devagar estivesse se acostumando a revelá-lo em público.

— Sabia! — falei quando vi o sorriso. — Não é você que sempre esquece, ela é que é tímida. Mas acho que está indo bem — falei para Lindsey.

— Tô vendo — disse Lindsey, sorrindo também. Ela afastou o cabelo do rosto e suas pulseiras tilintaram. — Por sinal, terminei *A casa da alegria*. Você terminou?

— Terminei! — exclamei. Susan tinha me dado o exemplar dela da última vez que viera, dizendo que "poderia ser útil". Lindsey, inspirada, havia comprado sua própria edição para Kindle imediatamente. "Primeiro encontro do Clube do Livro da Tenda Vermelha!", ela havia dito, talvez um pouco empolgada demais para o gosto de Susan, que, com seu terror de qualquer coisa organizada, achava que existia uma distância perigosamente pequena entre clubes sociais e neonazismo. — Hum, Susan, não sei quanto tempo faz que você leu, mas... você sabe que ela *morre* no final, né?

A "ela" a quem eu me referia era Lily Bart, a heroína de *A casa da alegria*, que é expulsa de seu círculo social da alta sociedade nova-iorquina após acusações falsas de ter tido um caso e acaba morrendo sem um centavo em uma pensão. As semelhanças estavam lá para quem quisesse ver.

— Sei! — disse Susan, inclinando-se para a frente e apoiando os cotovelos nos joelhos. — Mas ela morre de maneira honesta...

— Mesmo assim, ela *morre*! — repeti.

— Mas ela morreu finalmente admitindo que amava Lawrence! E Lawrence também a amava! — completou Lindsey.

—... e a morte dela é o último prego no caixão — terminou Susan, usando o dedo indicador, como sempre fazia quando sabia que estava dizendo uma coisa importante — para Wharton mostrar a covardia da moralidade da classe alta e a falsidade idiota da burguesia...

— Ah, se ele tivesse chegado a tempo... — comentou Lindsey, melancólica.

Fiquei surpresa ao perceber que estava sorrindo outra vez, pela segunda vez no dia, o que devia ser um recorde. Que estranho, esse sorriso. Que incongruente. Porque eu não sabia muito bem como ser uma pessoa outra vez, não sabia realmente muito sobre nada.

E ainda assim.

Às vezes eu só estava... bem.

Às vezes até sentia um amor enorme no coração.

Às vezes.

Enquanto eu continuava a dar palmadinhas nas bochechas, maravilhada, Susan e Lindsey entraram em uma discussão muito gentil — o único tipo de discussão com a qual Lindsey, como uma autoproclamada "pessoa muito sensível", era capaz de lidar — sobre se *A casa da alegria* era uma história de amor ou não. Susan mantinha sua posição de que era uma sátira social; Lindsey ficava dizendo:

— Mas e a química?!

Ouvi por um tempo, ainda sorrindo para minhas amigas ao ver como as duas eram doces.

— O que me lembra — comentou Lindsey depois de um tempo, aparentemente do nada, virando-se para mim. — Você falou com Ben?

— Quê? Ah... não. — Dei de ombros de modo casual. Muito casualmente. — Ele ligou, tipo, logo depois da... — Abanei a mão. — Mas não liguei de volta.

— E por que não? — perguntou Susan com veemência.

— Que bom que ele ligou — comentou Lindsey.

— Ele deixou recado? — questionou Susan.

— Não — respondi. — Por isso não liguei de volta.

— Você devia ligar — falou Susan.

E para Lindsey:

— Ela não vai ligar.

— Quem sabe ela ligue! — exclamou Lindsey.

— Gente, eu tô aqui! — apontei para mim mesma. — Tô literalmente aqui do lado.

— Ela tá com medo — Susan disse para Lindsey, como se eu não tivesse dito nada. — É compreensível. Mas ela vai ter que deixar de ter medo em algum momento. Você não acha?

14.

Um palco todo seu

No dia da leitura pública de Ellen, seria minha vez de fechar a loja, mas pedi a uma colega também temporária que trocasse de turno comigo, para que em vez disso eu abrisse a loja, e em troca eu faria a limpeza pesada dos banheiros no fim do meu turno, para que ela pudesse fazer só uma limpeza leve quando terminasse o dela. Uma concessão substancial, já que os nossos banheiros não tinham aromatizador e eram abertos ao público.

Preciso dizer que é uma sensação especial esfregar privadas usadas por aproximação meros quarenta e cinco minutos antes de se encontrar com uma amiga subcelebridade com quem você já bebeu Numb Cappuccinos! Quando terminei, eu tinha uma camada de sujeira de banheiro nos joelhos e suava debaixo do braço, e nem tinha pensado em levar uma troca de roupa.

Enquanto eu limpava, Chris e vários outros funcionários tinham ficado encarregados de organizar a área de eventos para a leitura de Ellen. A expectativa era de casa cheia. Havia uma mesa montada com pilhas altas de cópias das memórias de Ellen, *Tudo de verdade*. O título, é claro, era a mesma *tagline* que havíamos criado para a campanha da marca pessoal dela, e o close no rosto dela que ocupava a capa toda era a mesma fotografia que Lindsey tinha passado horas intermináveis photoshopando. Ver o trabalho da minha equipe naquela forma completa, pública, trouxe uma onda de orgulho simultânea a uma sensação mais familiar de perda.

O livro tinha sido incluído no quadro "Ideias de presentes de Natal!" no programa matinal da CBS, que era nosso afiliado, e também tinha aparecido no jornal local. Às seis e meia, já havia umas trinta pessoas circulando na loja para o evento das sete horas, o equivalente literário a um estádio lotado. Alguém tinha levado um fardo de garrafas da água *fit* de Ellen, a *Ellian!*, e amostras de seus palitinhos de carne sem nitrato, os *Hankfurters!*, para o evento. Peguei um de cada e fui confabular com Chris, que estava usando fone de ouvido e coordenando os outros funcionários com pulso firme como o de um diretor de palco no Emmy.

— Audiovisual? — Chris latia ao microfone de espuma preso na bochecha quando me aproximei. — Audiovisual, está na escuta?... É, ALEX, estou falando com você. Com quem mais eu estaria falando? Vamos precisar diminuir a reverberação aqui em cima, compreendeu?

— Olá, comandante — falei, abraçando Chris. — Posso ajudar em alguma coisa? E você acha que estou com cheiro de desinfetante de privada?

— Quê? Ai, meu Deus, sim, está — respondeu Chris, se afastando. — E não, já é tarde demais. Isto aqui está um desastre. O show vai começar em vinte minutos e nossa estrela LITERALMENTE não está em lugar algum.

Não me dei ao trabalho de ressaltar que aquilo não era um show, e sim um lançamento em uma livraria local, porque Chris estava gostando demais de interpretar seu papel de general em sofrimento, e achei justo lhe dar esse prazer.

— Isso é LITERALMENTE maluco — respondi.

— NÃO É? Se ela não aparecer aqui em cinco minutos eu vou LITERALMENTE chamar a polícia. — Chris empurrou o microfone de espuma para mais perto da boca. — O que você disse, Alex?... Você o quê?... Você só pode estar BRINCANDO COMIGO!

— Vem cá — coloquei a mão no braço de Chris —, eu sei que agora pode não ser, sabe, *a melhor hora*... — Chris começou a se preparar para reagir a uma afronta —... mas antes que ela chegue aqui achei melhor te contar que eu meio que conheço a Ellen. Bom, não *meio que*. Quer dizer, eu a conheço. Do meu passado. De antes do incêndio.

Era assim que Chris e eu havíamos decidido nos referir à minha humilhação: o incêndio. Uma vez tínhamos saído para beber e eu lhe contara brevemente sobre Julian, Wolf, Celeste e Las Vegas. Ainda era difícil falar a respeito daquilo; eu me encolhia o tempo todo, mas tinha conseguido contar os detalhes mais importantes. "Eu *sabia* que te conhecia de algum lugar!", Chris tinha dito, sem se abalar e com um grande sorriso depois que terminei, me dando um tapinha no braço. "Eu ficava tipo: já não vi essa garota no Giphy??"

Continuei.

— Não se preocupe, ela vem. Ela nunca perdeu uma aparição pública na vida. Acho que vocês vão se dar bem, mas se você vir a gente conversando, só... fique em paz, tá? Não precisa atacar ela por trás nem nada do tipo. Ellen fica agressiva quando se sente ameaçada.

Chris pôs as mãos na cintura e me olhou com exasperação.

— Qual é o seu problema? Você esperou até AGORA pra me contar que conhece Ellen Hanks?

Ergui as mãos.

— Eu não sabia como contar!

— O quê? — Chris falou no microfone. — Ok, NÃO SE MEXA. Já tô indo. — E se voltou para mim. — Talvez em uma das milhões de vezes que te contei o que eu tinha lido no site da *Us Weekly*, por exemplo!

— Eu sei, eu sei, desculpe! — Eu me senti idiota e desnecessariamente reservada. Agora que estava livre do pretexto da Nanü e da PR, eu odiava especialmente guardar segredos. — Eu tenho *questões*!

Naquela noite, no bar, nós havíamos nos aproximado por causa de nossas *questões*. Em algum momento, Chris tinha dito: "Sabe de uma coisa? Se eu fosse um animal, provavelmente seria um daqueles cachorros resgatados que nunca vão confiar em ninguém, não importa quanto tempo tenham vivido com sua família suburbana feliz". E eu tinha chorado de rir.

— Não precisa pedir desculpas, só faça ela vir beber com a gente depois! — Chris me respondeu enquanto saía correndo para resolver qualquer que fosse a besteira que Alex tinha feito.

Escolhi um lugar na segunda fileira, no canto, para Ellen poder me ver, mas sem que eu parecesse desesperada demais. Eu tinha muito medo disso naqueles dias, de parecer desesperada. Ou, na verdade, de parecer *qualquer coisa*. Com o passar dos meses, tinha começado a usar chapéus e roupas mais folgadas. Fazia pouco contato visual com as pessoas; não queria ser vista por ninguém. Não apenas porque ainda estava paranoica achando que as pessoas me reconheceriam. Mas porque eu não queria que ninguém me visse. Minha pele, meu rosto. Ainda não suportava que colocassem os olhos em mim. Tinha medo do que encontrariam se fizessem isso. As cadeiras ao meu redor iam se enchendo aos poucos com várias formas e tamanhos de humanos, e não teria sido impossível eu me inclinar para trás, para a frente ou para o lado e dizer *Oi, tudo bem? Como foi o seu dia?*, o tipo de coisa que eu sempre tinha feito com estranhos, a vida toda, criatura curiosa que eu era.

Mas não fiz isso. Tinha perdido aquela parte de mim. Ela havia morrido. Provavelmente as pessoas tinham se esquecido de mim, se é que tinham chegado a pensar em mim de novo depois daqueles cinco segundos do meu rosto em uma tela ou do meu nome em uma piada. Mas eu não tinha esquecido. Ainda não esqueci.

Foi por isso que precisei escrever isso tudo.

Toda manhã, quando acordava, por apenas um momento, eu pensava: talvez *hoje* seja o dia em que vou parar de sentir vergonha. Mas então eu girava as pernas para a lateral da cama e a vergonha retornava, uma nuvem densa dentro do meu crânio. Às vezes, durante o dia, a névoa se dissipava, por um ou dois segundos — quando eu estava lendo ou se encontrasse beleza no mundo lá fora —, e eu via por um momento essa enorme paisagem de liberdade. Então eu pensava: é assim que a sua vida pode ser, a cada momento, se você puder simplesmente aceitar tudo que já... mas então, quando eu começava a terminar o pensamento, a névoa começava a voltar.

Eu tinha me acostumado com essa névoa durante aqueles três meses; tinha esquecido que havia um mundo por trás da névoa, que havia milhares de quilômetros de diversas altitudes e climas. Então me encolhi dentro de mim mesma enquanto esperava que Ellen aparecesse. Como eu tinha medo da internet, não peguei o celular. Só fiquei ali sentada, pequena e em silêncio. Eu tinha emagrecido naqueles meses, mas não de um jeito bom. Havia linhas no meu rosto e uma expressão por trás dos meus olhos de que eu não gostava. Eu evitava espelhos o máximo possível.

Ah, bom. Eu me aconselhava de que não havia problema em estar sozinha. Porque, eu também me aconselhava, nós sempre estamos sozinhos. Até, eu dizia a mim mesma, quando fingimos não estar.

— Tira a sua jaqueta da cadeira, por favor? — pediu uma voz familiar.

Olhei para cima. Susan estava na ponta da fileira, carregando nos braços o casaco fofo. O cabelo comprido estava escovado, e os olhos, brilhantes. Ela parecia leve e feliz.

Precisei olhar duas vezes.

— O que você tá fazendo aqui?

— Como assim, o que eu tô fazendo aqui? — Ela me entregou minha jaqueta e minha bolsa e se sentou na cadeira ao meu lado. Colocou nas minhas costas a mão ainda gelada por causa do frio lá fora. — Você realmente achou que eu ia deixar você ficar cara a cara com o seu passado sozinha?

— Ah... por favor! — Eu me estiquei e a abracei.

Apoiamos a cabeça uma no ombro da outra. Eu não tinha pedido a ela que fosse, porque tinha ficado com vergonha. Porque é tão vergonhoso pedir ajuda. É tão vergonhoso se sentir desamparada. E isso apesar do fato de que, quando vemos nossos amigos desamparados, sentimos uma enorme onda de ternura.

Mas Susan sabia me ajudar de qualquer maneira. Eu nem precisava pedir.

— Obrigada.

Ela ergueu a cabeça e abriu a bolsa.

— Quer chiclete? — perguntou, tirando de lá uma embalagem de papel-alumínio.

— Claro. — Peguei um chiclete de menta do envelope.

— Parei de fumar — disse ela, quebrando em duas a barrinha verde coberta de açúcar antes de pôr na boca. — Ontem. O que é bom, mas também quer dizer que eu já masquei uns dez pacotes de chiclete desde então. Vou acabar virando um daqueles cadáveres com uma massa de cinco quilos no estômago.

— Que se dane! Ainda conta como progresso. — Masquei o meu chiclete. — Falando em progresso, ontem *eu* decidi parar de sentir pena de mim mesma e entrei tipo em um período profundo de misantropia.

Ela riu.

— Isso sim é progresso!

Aí eu ri.

— Eu odeio — continuei, rindo — todo mundo.

Isso a fez rir ainda mais, e aí eu ri ainda mais, e pude sentir um pouco do veneno que havia em mim saindo para a atmosfera, subindo bem alto no céu, onde não poderia machucar ninguém.

— Ahhhhhhh — falou Susan, alongando bem os braços. — A vida. *La vie*.

— É capaz de te matar, vou te contar.

Ela apoiou a cabeça no meu ombro outra vez, e eu apoiei a minha no dela. Ficamos daquele jeito por um momento. O tempo deixou de ser linear e se tornou uma série de momentos que se empilhavam um em cima do outro como blocos de construção translúcidos. Eu estava enroscada junto ao peito da minha mãe, minha melhor amiga do jardim de infância estava me abraçando com tanta força que eu mal conseguia respirar, eu estava no cinema, grudada no primeiro menino por quem me apaixonei na vida, estava de pé em uma colina à beira do rio com Susan, vendo um pôr do sol aos dezenove anos, estava sozinha no bosque de pinheiros atrás da casa dos meus pais dando nome às árvores (*você* é uma bétula, *você* é um bordo) e encontrando consolo na companhia delas. Era o sentimento exatamente oposto ao que tinha surgido logo depois da situação com Celeste, Wolf e Julian, quando eu tinha caído em um buraco no chão, no fundo do qual havia outros buracos, formados por todas as lembranças ruins que eu já tivera e algumas que eu nem sabia que existiam: lembranças de punição e correção, momentos de negligência e abandono.

Mas, por um segundo, ali, na livraria, quando o tempo se estendia de modo vertical, e não horizontal, e o amor estava no centro da linha, esqueci aquilo tudo.

É tão simples, eu sei, mas talvez tudo que seja necessário para nos consertar, no fim das contas, sejam pessoas que nos amam. Que nos encontram quando estamos perdidos, que aparecem com uma lanterna quando nos embrenhamos demais no bosque. Elas chamam nosso nome, ouvimos e somos lembrados de nós mesmos. Elas nos lembram. E se lembram de nós. E nos fazem pertencer outra vez.

E então atendemos ao chamado. Nós nos recompomos outra vez. Porque, meu Deus, nós as amamos também.

— O que você vai falar pra ela? — perguntou Susan.

— Sabe que nem cheguei a pensar nisso? Estava na expectativa de só me deitar aos pés dela e começar a chorar.

— Gostei. Bem eficiente.

— E elegante! — respondi. — É meu modus operandi atualmente. É por isso que você talvez tenha achado que estou com cheiro de banheiro feminino.

Ela me cheirou.

— Seu cheiro está normal.

— Tem certeza?

Antes que Susan pudesse responder, Ellen subiu ao púlpito como um furacão, vinda de lugar nenhum, com uma nuvem de pelo branco atrás de si. A forma e a textura do casaco se pareciam muito com a do Abominável Homem das Neves na adaptação em stop-motion de massinha de uma história popular de Natal que Lindsey e eu tínhamos acabado de ver na TV a cabo enquanto esperávamos nossas máscaras faciais coreanas secarem.

— Olá, olá, olá, olá, olá.

Ellen foi tirando o casaco e ofegando no microfone, que fazia estática. O cabelo dela, como sempre, era um capacete castanho impecavelmente finalizado, o corpo sem gordura como um peito de frango, os dedos cobertos de anéis, e a pele bronzeada uniformemente. À direita dela, vi Chris gesticulando furiosamente para a equipe de audiovisual, vulgo Alex, que estava de pé ao lado de um único amplificador. Chris passou o dedo pelo pescoço em um gesto ameaçador.

— Oi, oi, me desculpem pelo atraso, pessoal. Sou Ellen Hanks, mas acho que vocês já sabem disso. — A audiência riu, satisfeita. Estávamos preparadas para gostar de Ellen, para idolatrar tudo que ela dissesse. Caramba, ela poderia ter falado por meio de um fantoche de meia sujo e teríamos ficado empolgadas. — O dia hoje está terrível, o motorista do Uber se perdeu e não faço ideia de onde minha assistente esteja agora. Eu a perdi no shopping. Mas, pensando bem... vocês são todas mulheres trabalhadoras. Sabem como é.

Rimos satisfeitas outra vez. Olhei ao redor. Era verdade, o público era composto inteiramente por mulheres, principalmente de trinta e cinco a sessenta anos, embora houvesse uma ou outra mais jovem, como Susan e eu. Vi os olhos de Ellen escanearem a audiência em busca de um rosto familiar. Aquela era a cidade que ela adotara para si, afinal. Quando seus olhos encontraram os meus, dei um aceno tímido. Imediatamente o rosto dela se iluminou. Então o meu se iluminou, porque ficar empolgada por ver alguém e perceber que a pessoa ficou empolgada por ver você é o melhor resultado possível do impulso humano de espelhar, isso sem mencionar que é uma das melhores sensações do mundo.

— Para ser sincera, nem sei o que dizer para vocês esta noite — Ellen falou depois de um instante, apoiando os cotovelos no púlpito e se inclinando para a frente. — Todas vocês provavelmente já leram o livro. E mesmo que não tenham lido, é provável que saibam tudo que há para saber sobre a minha vida. Minha vida é um livro aberto, né? Estou viajando por todo lado e falando sobre esse livro há... o quê, um mês agora? E uma coisa que aprendi com essa experiência, ou o que quer que isso seja, é que, meu Deus, vocês, mulheres, têm muitas histórias. Uma atrás da outra! Fico sentada àquela mesa lá no fundo — ela gesticulou para a mesa com pilhas altas de seu livro — depois das leituras, autografando os livros e conversando com vocês, e é inacreditável, vocês vêm falar comigo e me contam coisas que me deixam impressionada! Fico pensando comigo mesma, enquanto as mulheres falam: caramba, por que eu sou famosa? Você é que deveria ser famosa! Teve uma mulher em Seattle que, pra dar um jeito de sair do casamento de merda, começou a trabalhar secretamente como costureira e a tirar pequenas quantias da conta conjunta, para que ela pudesse largar o marido escroto já com algum dinheiro no banco. E uma outra, em Boston, caralho... desculpem o meu palavreado... mas caralho, ela foi estuprada enquanto caminhava para casa certa noite depois que os bares tinham fechado, e sabem o que ela fez? Abriu o próprio negócio! Uma empresa de táxi operada só por mulheres! Isso que é fazer uma limonada, não é?

"De qualquer maneira, o motivo pelo qual estou mencionando isso... vai soar meio maluco, mas sejamos honestas, vocês sabem que eu sempre soo meio maluca... é que, depois de Boston, tive uma ideia: quero que esses eventos sejam mais como rodas de conversa. Parece idiota eu ficar aqui em cima e ler pra vocês algo que já leram e contar coisas que vocês já sabem. Estou cansada de falar. Passei a vida inteira falando. Passei o último mês inteiro falando. Agora falem vocês. Nesse momento vocês têm muito mais a dizer do que eu."

Ela se afastou do púlpito e gesticulou para nós.

— Venham!

Ali na audiência, nós, que estávamos preparadas apenas para passivamente receber entretenimento naquela noite, nos remexemos desconfortáveis. Não tínhamos certeza do que fazer, de como começar, de como... hum, como se diz? Criar alguma coisa para nós mesmas a partir do espaço negativo em vez de esperar que alguém nos desse instruções.

Chris, por sua vez, estava com a aparência de alguém que poderia cagar nas calças ali mesmo. Isso não estava no roteiro da transmissão do Emmy!

— Vamos lá! — falou Ellen, abanando os braços como um animador de palco de hip-hop. — Aqui em cima, aqui em cima!

Como ninguém se prontificou, ela se inclinou e falou no microfone, em voz cantada:

— Casey Pendergast. Estou olhando para você.

Eu acenei. *Oi!*, minha mão dizia. *Pare com isso agora mesmo, obrigada!*

— Isso! — Susan cochichou, me cutucando na costela. — Vai lá!

— Veeeenha aquiiiii — Ellen cantou. — Gente, Casey é uma amiga querida que é incrivelmente hilária, uma baita estrela. Eu já conheço ela há um tempo e ela é muito doida, uma garota realmente maravilhosa. Teve alguns problemas um tempinho atrás, mas... bom, vou deixar a própria Casey contar pra vocês. De qualquer jeito, Casey, precisamos de você aqui em cima! Garotas, podemos dar uma salva de palmas para Casey?

Cruzei os braços sobre o peito e coloquei as mãos debaixo dos braços. Olhei para Ellen e sorri. *PARA!*, meu sorriso dizia. *Estou tentando me apagar dos registros públicos, por favor, obrigada!*

— Vai! — cochichou Susan. — Isso é perfeito!

— Não consigo! — cochichei de volta.

— Claro que consegue!

— Eu não quero!

— Quer, sim! Desde quando você diz não para um microfone?!

— Eu não tô pronta!

— Você nunca vai estar pronta! É só ir lá e falar!

Olhei para Susan quando ela disse isso, e havia uma esperança brilhante em seu rosto.

— Vou estar aqui o tempo todo! — disse ela.

Isso, vindo de Susan, logo ela, que tinha se enterrado em livros e papéis por tanto tempo e estava finalmente, finalmente, começando a voltar à vida real com a ajuda de Mary London, Gina e a agente dela e talvez, só talvez, apesar de todas as confusões, com um pouquinho da minha ajuda. Talvez isso seja tudo que amigas precisam fazer uma pela outra. Encontrar refúgio uma na outra, sim, mas também empurrar uma à outra para a frente; porque o amor é tanto risco como refúgio.

— Casey! — Ellen gritou, agitando os dedos para mim. — Estamos esperaaaaaando!

Olhei para ela. Olhei para Susan.

— Casey — disse Susan. — Você tem que ir lá.

— Arrrrgggghhhhh — falei. Fiz uma pausa. — TÁ BOM.

Recebi alguns aplausos esparsos quando subi ao púlpito. Um mar de cinquenta rostos pálidos e cansados me encarava.

— Ah — comecei. — Olá. — O microfone apitou, como costuma fazer nesses momentos mais vulneráveis. — Meu nome é Casey Pendergast — falei devagar. — Algumas de vocês, hum, talvez já tenham ouvido falar de mim. Como Ellen comentou, me envolvi em uns problemas uns meses atrás e meu nome esteve brevemente meio que por toda a internet.

Eu não sabia o que mais dizer. Ficou claro que meu nome foi reconhecido por mais ou menos um quinto das presentes; ao menos houve um fio de reconhecimento. Essas eram pessoas dos livros, afinal. Vi cenhos franzidos e cabeças inclinadas de algumas delas, como se estivessem tentando me encaixar em alguma memória. Braços cruzados de outras, como se já tivessem ouvido falar do que tinha acontecido e já tivessem opinião formada. Algumas pegaram o celular, e imaginei que fosse para me procurar no Google.

Senti uma onda de medo ao ver isso, mas ela veio com a sensação de que o que estava acontecendo já estava acontecendo. Era tarde demais para fugir, para me esconder. Eu precisava falar, agir. Na Roma Antiga, a palavra *fata* denominava palavras ditas pelos deuses, e foi ela que originou a palavra do inglês atual para destino, *fate*, que, na Idade das Trevas, começou a significar algo com um pouco mais de nuance: algo como "o espírito que guia". O que esse espírito seria — divino ou comum, neuroquímico ou fantástico —, bem, quem sou eu para dizer? Mas o que não se pode questionar é a presença, ao longo do espaço e do tempo, de um impulso comum aos humanos de *fazer* alguma coisa em relação ao que nos perturba. Eu já senti esse impulso na direção de consertar as coisas antes, e senti ali também. E foi por isso que continuei de uma vez.

— De qualquer maneira, o incidente pelo qual passei há alguns meses me fez pensar. Tive muito tempo para pensar recentemente, haha, depois de ter perdido o emprego e o apartamento e, ah, minha identidade e não sei mais o quê. Tenho passado muito tempo sozinha, longe do computador, e preciso contar pra vocês, foi difícil no começo. Eu era meio que viciada em redes sociais. E quem não é? Mas em algum momento eu me acostumei com o silêncio e, sinceramente, prefiro o silêncio. Não o tempo todo, é claro, mas com certeza ele é melhor do que cair em poços de autodepreciação no Facebook e no Instagram.

"Agora que tomei alguma distância do que aconteceu, consigo ver que todo aquele... como é que as mães chamam?... *tempo de tela* não faz muito bem para o meu cérebro. Não dá para espremer uma vida em duas dimensões. Ou dá, mas tem um custo. Para mim, esse custo tem sido uma diminuição gradual. Não só da minha cintura, porque é claro que nós, mulheres, estamos sempre tentando diminuir isso, mas da minha, sabe, *pessoalidade*.

"Eu só pensei, ah, talvez se eu conseguir deixar quem eu sou e a minha vida do tamanho certo, e me documentar e documentar a minha vida do jeito que se espera que eu faça, alguns desses problemas pessoais mais... como posso dizer... de *longa duração* possam ser diminuídos também. Como a minha ansiedade por algum propósito além do interesse em mim mesma. E meu desejo por significado, também. Além da tristeza e da raiva, embora a tristeza e a raiva sejam basicamente a mesma coisa. Eu realmente achei que pudesse consertar esses problemas imutáveis focando na estética. E sei que isso soa desequilibrado, mas não é isso que a cultura visual nos ensina? O que a publicidade nos ensina? Que, contanto que as coisas ao nosso redor sejam bonitas, nada vai nos magoar?

"Mas as coisas magoam. Não sei vocês, mas algumas pessoas *me bagunçaram*. Pior, eu mesma *me* baguncei. E baguncei *outras* pessoas também, porque *eu* estava bagunçada. É um círculo vicioso. E quando enfim percebi que vinha me sabotando, colocando ovos podres em cestas podres, era tarde demais. Eu não sabia como parar. Por sorte, ou por azar, quem é que sabe, eu não precisei. Alguém — um homem — me parou."

Hum. Foi um começo estranho, e não foi na direção em que eu pensei que iria. O público parecia um pouco confuso. Exceto Susan, que fazia sinal de positivo para mim.

Mas o que eu estava percebendo, gostasse disso ou não, era que os planos mais bem elaborados terminavam em desastre com tanta frequência quanto os nada elaborados. A vida, de maneira geral, era um desastre, e terminava do mesmo jeito para todo mundo. Poderia até, minha boca estava me dizendo, falar a partir do coração. Um coração que não só estava quebrado, mas também estava se espalhando, se expandindo, cobrindo muito mais território do que costumava cobrir.

Sim, sim, eu já tinha ouvido outras pessoas se referirem à adversidade — uma palavra que eu detestava por sua característica limpinha — como um presente. Doença, perda, sofrimento. Eu, *pessoalmente*, nunca iria me referir à minha ávida participação em um negócio moralmente falido, meu comportamento cada vez mais podre lá dentro, uma agressão sexual e uma campanha de difamação no Twitter como presentes. Mas essa sou eu. Se alguém *me* perguntasse, eu diria que presentes são bons amigos, e piadas engraçadas, e sexo oral, não o cru e cruel fim da vida como era antes.

E ainda assim. Conforme o tempo passava, eu começaria a pensar em todas essas coisas que tinham acontecido como a minha rocha. Minha rocha espiritual, um elemento da minha vida que era pesado e imóvel. Não importava quanto eu tentasse empurrá-la para longe ou lascá-la, ela viveria comigo, em mim, tão permanente quanto minha falta de jeito e a cor dos meus olhos. O que significava que, se eu ia viver, se eu ia me tornar quem eu era, eu teria que, se não amar essa rocha, ao menos fazer um acordo com ela.

Eu diria: olá, rocha. Estou te vendo. Conheço todos os seus cantos. Entendo o custo da sua presença. Também entendo os direitos que você me dá. O custo, muito obrigada, parceira, é muito alto, e, porque o corpo se lembra de tudo, vou continuar pagando para o resto da vida.

Mas, ao mesmo tempo, vejo que os direitos que você me dá são muitos. Graças a você, sei o que significa sofrer. Graças a você, sei que meu sofrimento não é tão especial, porque todo mundo sofre, e acreditar que de alguma maneira eu teria direito a uma vida sem sofrimento é não apenas muito bobo, mas uma receita para o desespero. Sinto isso agora quando conheço as pessoas, todo dia: que a vida é dura e todo mundo está fazendo o melhor que pode, e a maioria de nós sabe que o nosso melhor ainda não é bom o bastante para pelo menos uma pessoa que decepcionamos, ou um elemento que esquecemos, e de alguma forma temos que continuar adiante, temos que viver com aquilo. É sempre a mesma coisa, nós somos sempre os mesmos, você não vê? Nossas lutas são parecidas. Tento não ignorar mais essa mesmice, embora às vezes ainda ignore, porque sou humana. Graças a você, nunca me senti tão sozinha. Mas também nunca me senti tão pouco sozinha.

Porque, se tem uma coisa que você me deu, rocha, que poderia talvez ser chamada de "presente", é que há um tipo de amor no mundo que é fundamentalmente impessoal, e portanto sempre presente. Então, quando as coisas desmoronam, como sempre acontece, esse amor sempre vai estar por perto. Porque não é o tipo de amor que se vê nos filmes e na televisão, não é romance e fogos de artifício. É apenas um sentimento de não estar separado. De nada. Não estar separado da dor, da alegria, nem dos pássaros, ou dos refugiados, ou dos atiradores, ou das árvores. É um sentimento de que eu sou o mundo e o mundo é eu. E não vou selar esse mundo, rocha. Pois esse amor é o que me mantém viva.

De qualquer forma.

Continuei.

— É engraçado, não é? Como os homens se gabam de tamanho. Pau grande, ego grande, grande coragem, grande personalidade. E são recompensados de várias maneiras assustadoras. E como o tamanho nas mulheres, ao contrário, é desencorajado. Passei a vida toda vendo homens dominarem mulheres e vendo mulheres sendo dominadas. Me mostre um homem poderoso e vou te mostrar uma fila de mulheres silenciadas no rastro dele. Políticos. Magnatas dos negócios. Estrelas de Hollywood. Autores. Sempre foi ruim para essas mulheres, mas é ainda pior com a internet. Vocês sabem quantas ameaças de morte recebi depois que o tal incidente em que me envolvi viralizou? E eu não sou ninguém. Isso dá uma ideia do que figuras públicas de verdade passam. As pessoas estavam dizendo para eu *me matar*. Nossa praça pública se tornou um poste público de chibatadas. Por um tempo pensei que fosse morrer de vergonha.

O ambiente ficou em silêncio. Eu só ouvia respirações e o roçar de tecidos se ajustando nas cadeiras. Meu cérebro também ficou em silêncio, aquela quietude das sinapses que acontece quando a mente se acomoda e sincroniza com o corpo.

— Mas Ellen é uma mulher sem vergonha, e estou dizendo isso no melhor sentido possível. Nada nela é pequeno, exceto pelo corpo muito, muito magro, o que vamos deixar de lado por... bem, que se dane, se a mulher quer malhar por duas horas todos os dias para manter o corpinho, está no direito dela. Mas pensem na *personali-*

dade dela. É enorme! Ela não tem medo de ninguém, de nenhum homem, e quer que vocês também não tenham. Vocês conhecem a história dela. South Jersey, família rígida, casamento ruim, mil empresas que não deram certo. Mas a história que vocês nem sempre escutam, e que fico muito feliz que esteja no livro, é a de como o passado dela a tornou feroz, de como ela faz barulho quando se importa com alguma coisa e de como ela é leal aos amigos.

"Então, sabem o problema que eu tive um tempinho atrás? Um pouco de contexto pra vocês: um cara roubou um trabalho da minha melhor amiga e divulgou como se fosse dele. Quando confrontei o cara a respeito disso, ele alegou que não tinha feito nada. E o que é pior, me chamou de maluca. Isso me fez me sentir maluca! Mas Ellen me fez me sentir o oposto de maluca. Ela me ouviu. Acreditou em mim. E o que é melhor, me ajudou.

"A ajuda dela realmente funcionou a meu favor? Bom, não. Acabou em catástrofe, e a consequência da catástrofe acabou viralizando. Mas, catástrofe ou não, não há tantas pessoas assim no mundo que estão cem por cento ali por mim, e Ellen é uma dessas pessoas. Ela é infinitamente leal e, do seu jeito bizarro, quer tornar o mundo um lugar melhor de verdade.

"Então, se Ellen escreve um livro, é claro que vou ler o livro. Mas não só porque ela é minha amiga. Porque ela é honesta. A única coisa desonesta a respeito de *Tudo de verdade* é o retoque na imagem da capa... desculpa estragar sua capa, Ellen..."

Ellen sufocou uma risada, descruzando as pernas e gritando um "É verdade" conciliatório para o público.

—... e nós não estamos todas, nesse momento, sedentas por honestidade? Acho que o que estou tentando dizer é... — continuei. Em algum momento eu tinha tirado o microfone de espuma meio gasto do pedestal e caminhava agora pela área de eventos como uma pastora em um culto amador. — Acho que, se pararmos de gritar por um segundo e *ouvirmos* umas às outras, como Ellen está sugerindo, se falarmos e escrevermos sobre o que realmente importa, e fizermos isso com honestidade, podemos fazer um mundo melhor do que o que existe agora. Um mundo no qual não causemos dor e violência. Um mundo além da vaidade, do dinheiro e da documentação das nossas próprias vidas. Um mundo onde não precisemos nos encolher a uma pequena caixa em duas dimensões. Um mundo, como Ellen estava dizendo, feito de histórias. Histórias compartilhadas. Histórias que importam. Um mundo no qual nós falamos *e* recebemos uma língua franca.

"Essa é a maior moeda de troca das mulheres, sabem. Histórias. Elas mantêm muitas de nós vivas. Mas paramos de compartilhá-las. Em vez disso, repetimos o que outras pessoas dizem e humilhamos umas às outras, e às vezes abrimos mão do discurso completamente em favor de uma selfie fazendo biquinho, e não sei vocês, mas estou *cansada* disso.

"Sim, estou furiosa, e ainda mais, *finalmente* recuperei a fala. E tenho algumas coisas que preciso contar a vocês. E vocês tem coisas para *me* contar. Será que ousaríamos perturbar o universo erguendo nossas vozes? Podemos fazer isso? Vamos fazer isso? Podemos, vamos e, mais ainda: devemos."

Quando devolvi o microfone ao pedestal, vi que minhas mãos estavam trêmulas. Não porque eu estivesse com medo, como estava antes. Mas porque eu tinha falado a verdade, e a verdade havia liberado alguma coisa. A verdade havia me libertado.

É claro que nem todo mundo precisa dizer a verdade em frente a um público, ao vivo, para sentir esse tipo de libertação. Mas eu, Casey Pendergast, não sou a maioria das pessoas. Por muito tempo pensei que isso fosse a pior coisa a meu respeito — a coisa de não ser igual a todo mundo —, mas parece que é a melhor parte de mim, afinal. Parece que é a melhor parte de todo mundo.

O público explodiu em "iuhus" e aplausos. Ellen me deu um abraço enorme, que me deixou cheia de pelos brancos de coelho na boca.

— Foi maravilhoso — ela disse, com o rosto sobre o meu ombro. — Maravilhoso pra caralho. Me diz uma coisa, estou com bafo? Fiquei preocupada de ter comido alho demais.

Cheirei.

— Não, está normal. E eu, tô fedendo a banheiro?

— Quê? — Ela fungou. — Não, acho que não. Ah, espera... — Ela correu para o microfone. — Casey Pendergast, não é mesmo, meninas? Mais uma salva de palmas para ela.

Todas aplaudiram. Fiquei ali parada, com as mãos unidas na frente do peito, um pouco sem graça.

— Podem formar uma fila ali no fundo para os autógrafos. Tem garrafinhas de *Ellian!* como cortesia e degustação de *Hankfurters!*, e se acabarem alguém pode sair pra buscar mais. Obrigada a todas pela presença! Não se esqueçam de dar um oi para Casey aqui também, e se vocês ainda não estiverem me seguindo no Twitter, no Instagram e no Facebook, façam o favor de começar! Boa noite, boa noite! — Ela se afastou do microfone.

Um segundo depois, à sua maneira típica de TDAH, enquanto remexia na bolsa e tirava o casaco, ela se virou para mim. Encontrou o que estava procurando, um frasquinho minúsculo de perfume roll-on, e esticou os pulsos.

— Ei, o que você vai fazer às cinco e meia da manhã de amanhã?

— Hum... — respondi. — Dormir?

Ela tampou o perfume e então, em uma reflexão tardia, o passou para mim.

— Quer me encontrar nos estúdios do Channel 27?

Tirei a tampa do perfume. Tinha cheiro de Ellen.

— Por quê?

— Como assim "por quê"? Quer ou não?

— Hum... — Fiz uma pausa. Havia muitos motivos para não ir. O primeiro era dormir. O segundo era que eu estava frágil demais nos últimos tempos para fazer qualquer coisa espontânea. O terceiro, que eu também vinha mantendo minha vida cuidadosamente reservada, de modo que eu podia usar leggings em vez de calças normais e ter certeza de que nunca mais machucaria ninguém e de que ninguém nunca mais me machucaria. — Claro! — respondi.

A curiosidade matou Casey! Mas veja, talvez a tenha salvado também.

— Boa, garota — disse Ellen.

— Boa, garota! — falou Susan, aparecendo ao meu lado e me dando um abraço apertado. — Não sei de onde aquilo veio, mas uau.

— Mesmo?

— SIM!

— Obrigada.

— De nada.

— Não, quero dizer por...

— Eu sei o que você quer dizer.

— Tá bom — respondi. Olhei para Susan, mas fiquei tímida de repente e apoiei meu queixo no ombro. — Eu te amo. Ah, Ellen, essa é a Susan, por sinal. Minha melhor amiga, aquela de quem eu te falei.

— Também te amo — Susan estava dizendo quando Ellen interrompeu.

— E eu amo vocês duas! — falou, sumindo dali rapidamente para ir até o fundo da loja autografar os livros. — Jesus, suas doidinhas. Vocês acalmam meu coração.

15.

Manual de Literatura para Damas

— Entramos no ar em cinco — falou Tony, nosso assistente pessoal, dando batidinhas no meu rosto com uma esponja cheia de pó translúcido. Meu cabelo já estava escovado e eu já estava vestida com o figurino e posicionada esplendidamente em uma cadeira Danish moderna parcialmente voltada para a cadeira ao lado e parcialmente voltada para o nosso esquema de três câmeras e o público que assistia ao vivo no estúdio. Meu pequeno programa diurno local, Manual de Literatura para Damas, havia chegado ao centésimo episódio, e tínhamos planejado um episódio muito especial.

Tinha se passado mais ou menos um ano desde que Ellen me arrastara às cinco e meia da manhã para os estúdios do Channel 27 e exigira que eles dessem uma olhada no vídeo que alguém havia subido para o YouTube do meu discurso, devo admitir, sem foco, mas *muito* apaixonado, na Wendys's na noite anterior.

— Estão vendo esta garota? — ela disse aos produtores. Ellen já tinha repostado o vídeo no Instagram, no Twitter e no Facebook, e ele tinha recebido um número impressionante de visualizações. Não tantas, é claro, quanto o vídeo do meu ataque de fúria a Julian North, mas o suficiente para Ellen se convencer de que havia um público para o meu tipo de performance, não muito convencional, mas muito séria. — É uma estrela, eu sabia desde o minuto em que a conheci. Não é verdade, Casey? Vocês serão uns idiotas se não derem um jeito de usá-la aqui no canal.

Tínhamos ido lá supostamente para Ellen gravar um segmento fitness de fim de ano para o jornal da manhã, um daqueles "Não engorde no Natal com as dicas x, y, z!". Então você pode imaginar que os produtores ficaram surpresos ao se verem em uma reunião para a minha apresentação, quando só tinham uns trinta minutos para fazer a maquiagem dela, colocar o microfone e repassar a entrada dela com os apresentadores do jornal. Mas era assim que funcionava com Ellen. Ninguém tinha muita voz sobre o que acontecia quando ela estava por perto. Era bom ter amigos assim, amigos que não só viam o mundo como sua concha, mas que viam a si mesmos como a pérola. Essas pessoas te encorajam; quero dizer, *te dão coragem*. Então, esses produtores, que normalmente poderiam ter dispensado uma garota como eu logo de cara, não só por ter *zero* experiência na televisão, mas também por ter uma reputação *terrível* na internet, por fim se viram assentindo em concordância com Ellen.

Não fez mal algum, é claro, que o velho juiz que antes ocupava o horário das dez às dez e meia da manhã da emissora com seu programa de tribunal irritante, mas fundamentalmente compassivo, tivesse morrido em um infeliz acidente de diciclo durante o feriado de Ação de Graças. E também que, mesmo no pico do programa, o juiz só tivesse conseguido três por cento da audiência. Mas a verdade da vida é que às vezes o necessário para chegar a algum lugar é talento e trabalho duro, e às vezes só é preciso estar no lugar certo, com as pessoas certas, na hora certa. Às vezes isso funciona a nosso favor, às vezes contra nós. Nesse caso, depois de uma torrente de azar que tinha parecido mais uma bola presa por uma corrente ao redor do meu pescoço, finalmente tive uma trégua.

— De que tipo de programa estamos falando? — perguntou um dos produtores, Gary. Ele tinha sotaque neozelandês e falava com Ellen como se eu não estivesse lá.

Ellen olhou para mim.

— Bom... — falei. Eu estava hesitante no início; brinquei com os punhos da blusa. — Sabem o clube do livro da Oprah?

Ellen pisou no meu pé por baixo da mesa redonda. *Vá atrás do que você quer!*, disse a dor no meu pé. Ergui a voz.

— Que fazia muito sucesso?

Gary e os outros dois assentiram.

— Mas aí... — Minha voz estava trêmula. Eu a equilibrei. — A Oprah saiu do ar, e com isso o clube do livro televisionado acabou. E até hoje não apareceu ninguém para ficar no lugar. Certo?

Gary e os outros dois assentiram outra vez.

— Então, em termos de negócios — Encorajada por eles não terem me dispensado imediatamente, me sentei mais ereta e joguei os ombros para trás —, poderíamos dizer que ninguém ficou com esse elemento específico do market share da Oprah. Tem muitas mulheres tentando substituir a Oprah, é claro, em termos de distribuição, mas nenhuma delas conseguiu replicar o que ela fazia quanto a leitura e público leitor. Em termos de negócios... — limpei a garganta de um jeito que eu esperava que parecesse profissional —... chamaríamos isso de oceano azul. Um espaço de mercado inexplorado, caso vocês nunca tenham ouvido o termo. Nesse caso, o espaço de mercado inexplorado tem não só incentivos financeiros, tanto para a emissora como para a indústria editorial, mas também incentivos culturais para mulheres que estão em casa durante o dia, talvez trabalhando, talvez com crianças pequenas, e que querem mais opções além de programas de reforma de casas, programas de culinária ou fofocas de celebridades.

"Não estou dizendo que quero ou sou capaz de ser a próxima Oprah. Ninguém jamais poderá substituir a Oprah, que Deus a tenha. Não, eu sei que ela ainda está viva" eu me apressei a dizer quando vi Gary erguer um dedo paternal. — "Mas o que estou dizendo é que gostaria de substituir o clube do livro da Oprah. Pensem só: um clube do livro interativo, com público ao vivo no estúdio, em que as pessoas de casa também podem participar pelas redes sociais. Vamos trazer autores, eu já conheço um monte, e poderemos ter quadros em que mulheres, mulheres normais, vão poder escrever e contar suas próprias histórias.

Uma coisa desse tipo nunca foi feita, e se a gente não fizer, alguém vai fazer. De qualquer maneira, prometo que isso vai trazer para a emissora muito mais dinheiro do que aquele juiz, que Deus *realmente* o tenha, vinha trazendo, se você quiser ser pragmático ao extremo. Então" falei, enfim respirando. — "O que você acha?"

Tive outro sentimento estranho quando terminei. Outro daqueles momentos de destino. Guiado pelas coisas do espírito. Eu não tinha pensado conscientemente em nada do que tinha dito com antecedência. Tudo que eu tinha dito era bem novo para mim. E ainda assim, ali estava, completamente formado. Esperando que eu estivesse pronta para falar.

Os produtores assentiram em aprovação.

— Está aí o seu acordo! — disse Ellen, esticando a mão para Gary.

— Você é a agente dela? — outro homem perguntou.

Ellen pareceu ter se ofendido.

— Não, não sou a agente dela — retrucou. — E sou Ellen Hanks, pareço ser agente de alguém? Eu sou amiga dela! Você deveria arranjar um amigo também.

*

Não quero pensar mal de ninguém — ah, mas quem eu quero enganar?, eu penso mal das pessoas o tempo todo —, mas acho que uma das razões pelas quais Gary e os produtores originalmente concordaram com o programa foi porque pensaram que seria um desastre. As pessoas gostam de assistir a desastres. O primeiro teaser do programa me chamou de "Casey Pendergast, fenômeno descreditado da internet". Acho que eles esperavam que as pessoas fossem assistir para rir da desgraça alheia.

Mas o ponto é que *Manual de Literatura para Damas* foi mesmo um desastre, pelo menos no começo. O público não sabia o que pensar de um clube do livro que se encontrava de segunda a quinta. Como se esperava que eles falassem de *um* livro durante a semana toda? Sem se distrair e acabar indo parar em conversas sobre homens, crianças e programas de TV? Para completar, as mulheres realmente estavam assim tão interessadas em ouvir histórias reais sobre outras mulheres normais como elas? Era tão interessante assim conversar com autores? Ao menos havia pessoas suficientes lendo livros para formar uma massa crítica? Havia muitas perguntas para as quais não tínhamos respostas.

Sim, as pessoas foram um pouco repelidas pela novidade do formato, e os primeiros retornos da Nielsen foram baixos. A emissora começou a fungar no nosso pescoço na mesma hora, mas uma das coisas nas quais Ellen, que era produtora-executiva, ficava insistindo era que eles precisavam ter paciência.

— Ela vai conquistar as pessoas — dizia ela. — Ela conquista todo mundo. Esperem só para ver.

E conquistei. Devagar e firmemente. Ellen dividia o palco comigo toda quinta, sempre que a agenda dela permitia. Também chamei a amiga de Susan, Gina, para um quadro de poesia chamado "Slam a Toda Hora", Chris para um chamado "YQY", focado em "literatura marginal", e Susan para um quadro semanal chamado "Um Quarto Para Você", composto por conselhos e estímulos para escritores iniciantes. Quando o romance de estreia de Susan, *Eu não f*** com você*, estava pronto para explodir no palco literário, ela já tinha seguidores suficientes nas redes sociais para que sua editora grande e chique de Nova York concordasse em enviá-la para uma turnê por todo o país. E sua primeira parada seria no nosso centésimo episódio. O plano era que ela escrevesse posts sobre a turnê para o site do programa, o que esperávamos que fosse boa publicidade para nós duas.

Então era verdade o que Ellen dizia sobre todos os barcos subirem o rio, e que tudo que vai, volta. Mas descobri que era muito mais lento do que eu esperava. Eu queria que a mudança acontecesse toda de uma vez; queria que o arco da justiça se apressasse e terminasse seu arco-íris bem no meu colo. Mas não é assim que funciona. A mudança de verdade, mudança duradoura, demora para acontecer.

Mas, assim como as geleiras que derretem e lentamente aumentam o nível dos oceanos, o programa e os meus amigos lentamente iam subindo no mundo. Lindsey tinha saído da Nanü, vendido sua parte, começado aulas de massagem e passado o verão praticando com um curador xamânico em algum lugar do Alasca. Ela esperava abrir a própria empresa de "cura e liderança cerimonial". Eu a chamava de vez em quando para trabalhar nos bastidores durante momentos estressantes, e ela também participava do programa uma vez por mês para falar sobre os lançamentos de autoajuda. Toda aquela dor antiga que ela carregava por trás dos olhos tinha ficado em algum lugar do Círculo Ártico, e ela parecia em paz. Vivia uma vida que tinha mais a ver com ela do que a publicidade jamais teria, uma vida de tratamentos de pele silenciosos, ioga e monasticismo. Mesmo que nem sempre eu entendesse do que raios ela estava falando, eu sempre soube que Lindsey tinha um bom coração.

E, falando em corações, Louise tinha começado a me escrever cartas depois que eu voltara de Vegas, embora eu nunca tivesse retornado sua ligação. A primeira carta trazia uma citação de um livro de contos que ela costumava ler para mim muitas e muitas vezes quando eu era menina. *Eu te amo para sempre/ vou gostar de você pela eternidade/ enquanto eu viver/ você vai ser o meu bebê.* Abaixo da assinatura havia um PS: *Estou aqui para você de qualquer maneira que você precisar.* Embora o trecho do conto parecesse apenas sublinhar o problema fundamental — eu não era um bebê, para começo de conversa, muito menos era *dela* —, ficou claro que minha mãe estava me enviando amor com sinceridade do alto de suas capacidades, e, embora a altura delas fosse, bem, uns bons quinze metros abaixo do que eu achava que precisava, eu não iria mais ignorá-la; não iria mantê-la fora do meu coração. Então lhe respondi, e ela me respondeu, e agora já fazia meses que estávamos em contato daquele jeito, uma carta por semana de cada uma de nós, ambas assinando as cartas com "com amor". Na carta anterior, ela havia deixado no ar uma sugestão de vir me visitar, mas eu ainda não tinha respondido; as chances de eu dizer sim eram de cinquenta por cento, mais ou menos a mesma chance de que a visita fosse uma catástrofe.

Quanto a minha outra mãe, Celeste tinha me ligado depois que o *Manual de Literatura* tinha começado a receber boa publicidade, supostamente para me dar os parabéns, mas mais provavelmente para se certificar de que qualquer influência que eu estivesse obtendo jamais seria usada para ir atrás da influência dela. Tivemos uma conversa de dez minutos muito civilizada, e nunca mais falei com ela. Eu tinha cada vez menos tempo para pessoas muito autocentradas, e igualmente pouca empatia, e zero interesse em mexer com essas proporções. Mas eu não lhe desejava mal algum, especialmente quando a imaginava se mantendo bem, bem longe de mim. Tipo, em Plutão. Sim, quando eu imaginava Celeste em Plutão, eu tinha muita bondade no meu coração; sentia uma enorme paz interior.

*

Em relação a Wolf ou Julian, bem, meu coração tinha uma posição mais complicada. Conforme a audiência e a influência de *Manual de Literatura* continuaram a crescer, eu pensava neles cada vez mais. Não por ser "grata pela adversidade" ou porque sentisse que lhes devia qualquer coisa, mas porque conseguia me ver neles, de verdade. Eu era tão humana quanto eles, não removeria de mim a parte que eles tinham ferido, nem seria capaz de fazer isso, e o mesmo valia para a parte de mim que era capaz de ferir outras pessoas. E fiquei mais consciente do poder e dos abusos de poder, mais atenta às minhas próprias ações conforme ganhei um pouco de poder, mais determinada a usar minha influência com sabedoria, de maneira ética, e nunca às custas dos outros.

E esse talvez seja um lugar melhor, um lugar mais atento, no qual terminar do que a terra do perdão, um lugar que talvez fosse um pouco meloso demais para mim. Susan diz que o perdão, de qualquer maneira, não passa de uma construção filosófica, uma armadilha instalada por aqueles que estão no poder contra aqueles que não têm poder, para que a responsabilidade de aceitar as merdas ruins continue recaindo sobre estes.

Então, em vez disso, acredito na *possibilidade de ser quem perdoa*, que para mim significa esperar que esses escrotos que foderam comigo assumam alguma responsabilidade por suas ações. E eu, para tornar essa prática impecável, em troca terei que abordar as pessoas que *eu* fodi gravemente, abaixando a cabeça e admitindo que *eu* também preciso assumir a responsabilidade, e não, não quero o perdão deles; só estou me aproximando para admitir o que fiz. Se eles me perdoarem, ótimo. Mas o ponto não é esse. O ponto é que não é apenas útil, mas também necessário, se responsabilizar, dizer "Eu tenho culpa, eu te fiz mal", olhando direto nos olhos da pessoa que sofreu o mal — e, ainda mais, falar com sinceridade.

E foi por isso que, depois que o programa tomou um pouco de impulso, liguei para Simone. Ela não atendeu, mas deixei um longo recado me desculpando por ter gritado tanto com ela durante aquela luta de sumô e, em geral, tê-la tratado como minha inimiga mortal. Ela não retornou a ligação, supostamente ocupada demais nadando nos rios de dinheiro da Nanü. Não me deixei desencorajar por esse fracasso inicial e também liguei para os autores que eu tinha recrutado para a Nanü e lhes disse como eu sentia muito por tê-los seduzido para a empresa e perguntei o que eu poderia fazer para facilitar a vida deles, como eu poderia consertar as coisas. Aqueles com quem consegui falar — Izzy, Betty, Geoffrey, Tracy e, é claro, Mary — meio que surpreendentemente disseram que eu não precisava. Disseram que não se importavam de fazer aquele trabalho, e, exceto por Tracy, que continuava docemente alheia a problemas terrenos, todos claramente gostavam do aumento nos rendimentos. Para pacificar a minha consciência mais que a deles, que pareciam, coletivamente, não estar preocupados, não só convidei todos para participarem do programa, mas também trabalhei com as três Wendys, com quem eu tinha uma parceria frutífera, para garantir que ao menos os livros desses autores estivessem sempre com a capa virada para a frente nas prateleiras.

De fato, durante o verão, as Wendys haviam me cedido uma mesa, bem ao lado do caixa, com uma placa que dizia: *Manual de Literatura: escolhas picantes!* Todos os escritores da Nanü também tinham um espaço ali, inclusive Johnny Hard, que tinha desaparecido da face da Terra depois de ter recebido o valor referente ao roteiro para a White Castle e em quem eu pensava com frequência e com bastante remorso. E Mort, que tinha falecido naquela primavera (depois de uma corajosa batalha contra o Parkinson) aos oitenta e oito anos, tinha sua própria mesa. Mort e eu tínhamos trocado alguns e-mails — ele tinha me encorajado muito quando o programa estava com dificuldades, no início, me dizendo que, mesmo que eu tivesse um único espectador, já seria um sucesso, porque o objetivo não era fazer sucesso, e sim criar alguma coisa de "valor moral real" —, e chorei quando li a notícia da morte dele. O *Manual de Literatura* planejava viajar naquela primavera, quando as novas alas do museu judaico de Milwaukee seriam inauguradas. Eu esperava poder dedicar a semana inteira aos livros de Mort e ao seu legado.

Felizmente, mais ou menos, tanto Julian quanto Wolf receberam o troco merecido em algum momento. Durante a turnê do livro de Susan, ela conseguiu um espaço na National Public Radio, e, durante a entrevista, lhe perguntaram sobre períodos de dificuldade que ela havia tido como artista antes de fazer sucesso. Ela mencionou o plágio de Wolf e quanto aquilo a havia ferido, quanto ela havia se sentido apagada e privada de sua própria linguagem; ela foi esperta o suficiente para chamar atenção para as ações dele quando a carreira dela estava impulsionada o bastante para que a acusação fosse levada a sério. Depois disso, várias pessoas se expuseram e comentaram dizendo que versos de seus poemas ou frases de seus blogs também tinham sido roubados por Wolf. Eram pequenos trechos, então sempre era possível que ele negasse, mas as pequenas acusações somadas levavam a um resultado real. Sem demora, Wolf se tornou o objeto de sua própria campanha de difamação na internet, ao fim da qual sua carreira estava completamente estagnada. Por um instante.

Então ele se mudou para Hollywood.

Com Julian, a justiça demorou bem mais para chegar, os resultados foram bem mais cinzentos e também foram necessárias bem mais pessoas. Cinquenta de nós, no total. Mulheres. Fomos descobrindo uma sobre a outra uma por vez. Eu falei sobre a agressão de Julian no programa uma vez, só um pouco e sem mencionar seu nome, porque ainda era muito difícil encontrar as palavras, quanto mais falar o nome dele, e de qualquer maneira eu não queria que o programa fosse *sobre mim*, exatamente, só *comigo*. Tem uma diferença. Depois disso, uma mulher que tinha assistido ao episódio mandou um e-mail. Descobrimos que Julian tinha passado a mão nela depois de um evento que ele fizera na última vez que estivera na cidade dela para uma leitura pública.

Obrigada por dizer alguma coisa, escrevera ela. *Eu tentei me convencer de que não tinha acontecido, ou pelo menos de que eu estava exagerando, de que tinha sido consensual ou algo do tipo. Mas não funcionou, e tenho estado um caco. Manter isso em segredo — não contei nem para o meu marido — tem me deixado doente. Eu me sinto empacada, sabe? E apenas saber que não estou sozinha já me faz me sentir melhor.*

É claro que respondi na mesma hora. Essa troca motivou toda uma cadeia de correspondências, e outras mulheres — por sinal, isso levou *séculos* — se conectaram a nós uma por vez em fóruns e posts discretos em redes sociais e no boca a boca, até que tivéssemos reunido testemunhos suficientes para que uma advogada, recomendada por Ellen, achasse que seria possível levar a denúncia ao tribunal. Tenha em mente que esse processo levaria cinco anos. Tenha em mente que, embora cinquenta denúncias de agressão sexual tenham sido feitas contra ele,

ele só foi considerado culpado por três. Tenha em mente que o juiz manteve a sentença dele, que poderia ter sido de décadas, em dois anos de liberdade condicional, levando em consideração o tempo que as acusações haviam demorado para ser feitas e a saúde relativamente frágil do acusado, cuja esposa havia, por fim, perdido a corajosa batalha contra o câncer. A reputação pessoal de Julian sofreu um sério baque nesse momento, mas sua reputação como escritor, não. Apenas alguns meses antes do julgamento, ele havia sido nomeado para o Man Booker Prize.

Julian era um contador de histórias bom demais para conseguirmos mudar sua própria história. Mas a vida é longa, e ele provavelmente vai morrer antes de mim, e a história não vai ser gentil com ele, não se eu tiver algo a dizer a respeito. E tenho muito a dizer. Assim como outras mulheres. E a cada dia há mais de nós, e a cada dia temos menos medo.

*

Naquele dia — o centésimo episódio de *Manual de Literatura para Damas* —, Susan, como comentei, tinha sido convidada para o programa, mas também havia um convidado misterioso: um convidado que nem eu mesma sabia quem era, alguém que tomaria o palco de surpresa. O público costumava adorar as minhas reações desmedidas; os produtores sempre vinham com alguma brincadeira para cima de mim. No Dia de Ação de Graças, me fizeram ler um livro infantil para um peru vivo.

— Um minuto! — falou Tony, saindo de perto de mim com um último toque de pó no meu rosto.

O set de filmagem era montado de uma maneira bastante informal, como se fosse a sala de estar de uma amiga, cheia de almofadas e com decoração alegre, completa com baldes *muito* grandes de pipoca e taças *muito* cheias de vinho para os convidados e para mim, além de para os membros do público que assistia no estúdio, muitos dos quais eram convidados para subir ao palco durante a filmagem. O que tornava o *Manual de Literatura* diferente de outros programas — e Ellen e eu não abríamos mão disso — era a interação. O programa era ao vivo, e na parede atrás de mim ficavam três monitores grandes com atualizações automáticas do Facebook, do Twitter e do Instagram do programa para que as espectadoras pudessem participar. Elas também eram convidadas para tirar selfies com os livros que discutíamos e publicá-las com a hashtag #leituradasdamas, e mais ou menos uma vez por mês escolhíamos uma dessas mulheres para participar do programa no estúdio ou, se ela morasse longe, para participar por Skype. Uma dessas mulheres tinha até conseguido um contrato para publicar um livro depois de contar ao vivo sobre a infância que tinha passado nos corredores do Cirque du Soleil, onde os pais dela trabalhavam como artistas. Era esse tipo de movimento para a frente, individual e coletivo ao mesmo tempo, que alegrava meu coração.

Alisei a saia lápis sobre as pernas — eu era uma apresentadora de programa de TV; precisava interpretar o papel — e as cruzei no ângulo mais favorável. Tínhamos a casa cheia, com espectadores de todas as idades, a maioria mulheres. Acenei para eles quando as luzes mudaram e pararam.

— E AÍ, PESSOAL? — perguntei.

— UHUUUUUUUUU! — eles responderam.

— Estou tão feliz em ver vocês! Obrigada por terem vindo!

Eles continuaram gritando e aplaudindo. Sim, alguém tinha a função de indicar que fizessem aquilo antes que eu entrasse no palco, mas juro que o programa tinha uma característica realmente festiva, e não só por causa da bebida. Provavelmente tinha alguma coisa a ver com o fato de que eu estava feliz de verdade de estar ali. Alguma coisa a ver com o fato de que, pela primeira vez, eu estava mais ou menos tranquila sendo eu mesma. E, pela primeira vez, realmente participando do mundo em que eu vivia, do jeito que ele era, do jeito que poderia ser, comprometida por completo. Não sei bem o que vinha primeiro, se a participação ou a tranquilidade, mas tenho bastante certeza de que as duas existiam de maneira simbiótica.

— Trinta segundos! — alguém avisou.

Olhei para baixo, para meus cartões de anotações sobre o livro de Susan, mais algumas coisas sobre as quais eu queria que ela falasse. Nós duas estávamos tão ocupadas que era difícil encontrar tempo uma para a outra atualmente. Quando a vi nos bastidores, nós duas demos gritinhos tão altos e nos abraçamos tão apertado que os assistentes precisaram nos separar, preocupados que fôssemos estragar os microfones ou a maquiagem.

— Em cinco, quatro, três... — Tony fez a contagem regressiva dos segundos restantes com os dedos, até que vi as luzes vermelhas aparecendo nas câmeras.

— Oi! — eu me ouvi dizer, como já tinha dito noventa e nove vezes antes. — Eu sou Casey Pendergast. Sejam bem-vindos ao... — esperei o rufar de tambores sintetizado. — *Manual de Literatura para Damas!*

*

Meu Deus. Meu coração bateu tão forte quando vi Ben Dickinson sair dos bastidores que pensei que ele fosse saltar para fora do meu peito e pular na direção dele como uma bola de basquete. Susan, é claro, sabia muito bem quem era o convidado misterioso — ela mesma havia conversado com os produtores e esquematizado a coisa toda, embora Lindsey talvez tenha dado uma mãozinha também. Elas ficavam me perturbando desde sempre para retornar a ligação de Ben, mas não liguei. Não conseguiria aguentar. Ainda não conseguia aguentar. Na verdade, eu ainda não conseguia aguentar namorar, ponto-final.

É claro que às vezes eu me forçava a responder a alguém em um aplicativo de namoro e sair para um encontro terrível de uma hora e meia em um bar passável, mas sempre parecia uma perda de tempo. E acho que isso tinha menos a ver com a perda inerente daquele tempo e mais com o fato de que eu não estava pronta. Que tarefa impossível é a intimidade, e mais ainda conforme envelhecemos. Duas pessoas com toda essa bagagem, todas essas feridas nas quais podiam tocar acidentalmente, além das diferenças biológicas e de gênero — eu acreditava que cada passo que eu dava na direção de alguém acontecia em um campo minado. Para todo lugar que eu olhava, eu via perigo. Parecia mais fácil, mais seguro, mergulhar no trabalho, nas amizades e no meu vibrador de duzentos dólares.

Então era isso que eu fazia.

Susan, que estava no palco comigo naquele momento, havia informado ao público que Ben e eu éramos velhos amigos, então não estava completamente além da imaginação de ninguém que eu reagiria como reagi quando o vi: ficando de pé, joelhos tremendo, palmas suando. Nós nos abraçamos na frente de todo mundo. Ele tinha o mesmo cheiro de que eu me lembrava, mas parecia um pouquinho mais velho: havia mais pelos brancos na barba, mais ruguinhas ao redor dos olhos. Estava usando o mesmo blazer azul-marinho de veludo que tinha usado no dia em que nos conhecemos.

— Pendergast! — disse ele, me segurando à sua frente. — Que bom te ver! — Ele manteve as mãos no meus ombros por um pouco mais de tempo que o necessário.

— É? — Meu rosto se incendiou. — Quer dizer, ah, é! Bom te ver também, quero dizer!

— Uhuuuuuuuu — exclamou o público.

A química. Dava para o público perceber. Não importava quão longe tivéssemos estado, física e emocionalmente, não importavam a mágoa e as feridas, a química não tinha ido embora.

Ben estava no programa supostamente para falar de seu novo livro, uma coleção de ensaios, a maioria previamente publicados, que incluía também um novo texto, muito emocionante, sobre o Alzheimer da mãe dele. Eu tinha recebido um exemplar antecipadamente — da editora, eu achava, que mandava livros para o programa o tempo todo — e o lido inteiro, apesar da dor no meu peito toda vez que eu quebrava a lombada. Contudo, não ficamos no assunto do livro por muito tempo. Depois que Susan de modo bem discreto se levantou e desapareceu nos bastidores, nós dois, Ben e eu, imediatamente voltamos à relação fácil que tinha nos conectado de início e que ainda nos conectava.

*

— Então, você! O programa! — disse ele, enchendo a mão de pipoca e jogando os grãos na boca. Mastigando, continuou. — Estou tão feliz por você. Parece a realização de um sonho.

— Parece mesmo um sonho — respondi. — Quer dizer, no começo era um pesadelo, mas aí as coisas mudaram de figura. — Percebi que estava escorregando cada vez mais fundo na cadeira. As luzes do palco estavam me deixando aquecida. — Mas acho que isso é a vida.

— É uma boa vida — disse Ben. Estava olhando para mim com aquele olhar de laser. — Uma vida muito boa, na verdade.

— É, sim — falei. Lágrimas tímidas surgiram nos meus olhos. — Sou muito sortuda.

— Eu também. — Os olhos dele não desgrudavam dos meus.

As lágrimas ameaçavam ultrapassar a barreira e escorrer. Pisquei para afastá-las.

— Por que demoramos tanto para perceber que temos sorte?

O público estava em silêncio. Ou talvez fosse eu que não conseguisse ouvir nada a não ser a vibração baixa dentro do peito de Ben, o lugar onde ficava aquele coração terno.

— Porque não somos feitos para nos sentir sortudos. Somos feitos para querer mais.

Sequei o canto dos olhos com o dedo anelar.

— E se eu me sentir sortuda *e* quiser mais?

Ben sorriu, de leve, aquele sorriso de menino pelo qual eu havia me apaixonado.

— Bem-vinda de volta, Casey — disse ele.

*

Depois que as câmeras pararam de gravar, durante o encontro que eu fazia com o público no fim de cada episódio, no qual eles eram convidados para subir ao palco para conversar, tirar fotos e me perguntar o que quisessem, vários deles pediram que Ben fosse presença constante no programa.

— Ah… — eu desconversava com o máximo de educação que conseguia. — Não sei.

— Mas vocês dois são maravilhosos juntos! — as mulheres diziam, segurando meu antebraço com as mãos maternais de unhas feitas.

— Ah, bom! — Uma verdade banal, mas essencial, junto com "faça com os outros o que gostaria que fizessem com você", "escove os dentes e passe fio dental" e "durma oito horas": não ouvimos as coisas realmente até estarmos prontos para ouvi-las.

Havia uma festa marcada para aquela noite em um daqueles bares de karaoke onde se pode fechar o local para a festa. Pedido meu. Eu amava ser o centro das atenções, aquela coisa. Mas eu tinha prometido à equipe que não cantaria. Era uma noite para *eles*; eu queria que eles tivessem a vez deles sob os holofotes; queria que enchessem a cara, falassem bobagem, comessem sushi do bufê e sentissem aquela expansividade que eu sentia quando subia ao palco, o que eu tinha sorte o bastante para fazer quase todo dia. Ellen, que estava absurdamente ocupada gravando uma nova temporada de *Real Housewives*, também tinha jurado que conseguiria sair mais cedo de uma cena que teria em um bar próximo e daria uma passada, desde que pudesse cantar sua música favorita dos Bone Thugs-n-Harmony. Ela também ofereceria um engradado de vodca da sua marca própria e cintas modeladoras grátis para todo mundo.

Quanto a mim, para celebrar o centésimo episódio, eu tinha tido uma aula de edição com uma pessoa da equipe e em seguida tinha feito uma montagem de fotos em vídeo muito sincera da equipe. O nome era *Lembranças*, e a trilha sonora era uma compilação de todas as melhores canções de formatura do ensino médio. Eu tinha gravado o vídeo em cinquenta pen drives que tinha feito especialmente para cada membro do programa. Eram roxos, e na lateram diziam "Amor por Casey", o que podia significar tanto um desejo meu para eles quanto o oposto.

De qualquer modo, vi Ben e Susan conversando depois do encontro com o público. Mas que surpresa! Ela havia convidado Ben para a festa, afinal. O que era engraçado, porque eu tinha planejado *não* o convidar para a festa. Susan parecia muito satisfeita com isso. Ben estava tão cauteloso quanto eu achava que eu mesma estava.

— A gente vai se divertir tanto! — Susan riu e me empurrou um pouco mais para perto dele.

*

Seis horas, duas bebidas e uma tonelada de *california rolls* depois, eu me vi sozinha a uma mesa com Ben enquanto um operador de câmera chamado Lars estava debaixo de um globo espelhado e cantava Bruce Springsteen com toda a emoção. Olhei de relance e pensei que Susan com certeza ia terminar aquela noite com Lars. Ele era completamente o tipo dela, um viking gigante barbado com um coração de ouro e mãos enormes. Ela o observava com atenção e batia palmas de maneira elogiosa em momentos aleatórios da música. As luzes estavam baixas e a iluminação colorida em neon se movia e refletia nas paredes escuras. Ben e eu estávamos conversando, conversando, conversando e conversando mais. Sempre tínhamos tido a capacidade de conversar. E de nos divertir, e de transar, e de rir juntos.

Mas todo o restante, nossa, como era *difícil*.

— Você tá saindo com alguém? — Ben perguntou em algum momento, de uma maneira que achei um pouco casual demais, girando a cerveja na garrafa marrom antes de pegá-la da mesa para beber.

Balancei a cabeça e falei, também um pouco casualmente demais:

— Tenho andado ocupada. E você?

— Não. — Ele tomou um gole. — Ocupado, também.

— Huummmm.

— Nunca me importei de ficar sozinho.

— Nem eu.

— Mas às vezes é solitário — disse ele.

— Mas as pessoas também fazem a gente se sentir solitário — falei e tomei um longo gole de água com gás. Não que eu tivesse parado de beber, mas por algum motivo não queria ficar bêbada perto dele. Parecia... a palavra estranha que me veio à cabeça foi *desrespeitoso*. — Por sinal, como está a sua mãe?

— Nem todas as pessoas — ele falou ao mesmo tempo que eu. Então olhou direto nos meus olhos. — Não muito bem. Às vezes acho que seria muito mais fácil em uma daquelas casas de repouso, mas... não consigo. Ela é minha mãe, estou preso a ela. — Ele fez uma pausa. — E às vezes você quer ficar preso às pessoas. — Seus olhos não desgrudavam dos meus. — Sabe?

Ah, o que é que eu podia responder? Vou te dizer o que eu poderia ter respondido. Eu poderia ter dito que sim, eu sei. Algumas pessoas nos fazem sentir o oposto de solidão; elas nos fazem sentir não só que não somos tão horríveis quanto secretamente tememos ser, mas que na verdade somos mais maravilhosos, mais incríveis, mais cheios de riqueza, sabedoria e beleza do que jamais teríamos pensado ser possível. E é a essas pessoas, tão poucas e tão distantes umas das outras, que pertencemos. Pertencemos ao lado delas. Nós as envolvemos com nossos desejos, e elas nos envolvem com os delas. Elas se tornam os nossos desejos. E nós nos tornamos os delas.

E, com esse pertencimento, esse ser-desejo, essa conexão, paradoxalmente, vem a liberdade. Eu poderia ter dito: eu sempre senti que pertencia ao seu lado. Poderia ter dito: e quanto mais forte se torna esse sentimento, mais se intensifica o meu medo. Poderia ter dito: porque eu fui ferida e feri. Poderia ter dito: porque já estraguei tudo com você uma vez e morro de medo de fazer isso de novo.

Mas eu não queria dizer isso. Porque o que ele tinha me pedido, todo aquele tempo antes, havia sido um recomeço, uma folha em branco. E mesmo que eu nunca pudesse lhe dar aquilo completamente, podia ao menos tentar não rabiscar a folha toda antes que começássemos a escrever alguma coisa juntos. Não só a minha história. A história de nós dois, juntos.

Então, o que respondi foi:

— Sei.

Então estiquei a mão por cima da mesa e peguei a mão dele.

Estava tão quente quanto eu me lembrava.

Agradecimentos

Aos meus professores — Charles Baxter, Nicole Grunzke, Jan Jirak, Kate O'Reilly e Julie Schumacher — por serem, como Steinbeck disse, artistas das pessoas.

À minha agente, Michelle Brower, por mudar minha vida.

À minha editora, Anna Pitoniak, pela mão tranquilizadora nas minhas costas, que me empurrou mais longe e para mais direções do que eu jamais pensei que poderia ir.

Às minhas colegas escritoras — Lara Avery, Kate Galle, Elizabeth Greenwood, Jackie Olsen, Carrie Schuettpelz e Emma Törzs — por enxugar minha testa enquanto eu dava à luz essa coisa e por serem tão geniais por mérito próprio. Um agradecimento especial à Molly Weingart por sua singular e tenaz lealdade. Um agradecimento especial também à Carrie Lorig, por permitir que eu pegasse uma linha de seu poema, *The Pulp vs. The Throne* ("Aí está todo mundo no acalmar das suas feridas"),* que é algo que eu não acreditava no começo, mas que se provou repetidas vezes ser verdade.

Aos meus apoiadores, torcedores e patronos — Rick Baker, por sua generosidade de espírito e pela paz de Flatrock; Luke Finsaas, por suas ideias prestativas nas primeiras etapas; Nancy Angelo e Nancy McCauley, pelo refúgio de 18 Plu; Jack Franson, por muitas coisas, mas especialmente pelo que você disse naquela noite no Marinitas; Studio 2 Café e The Loft Literary Center, por me deixarem andar em volta de suas propriedades como uma pessoa louca; e, é claro, ao Kimmel Harding Nelson Center for the Arts, ao Minnesota State Arts Board, à The MacDowell Colony, à Ucross Foundation e ao Programa MFA da Universidade de Minnesota, pelo tempo e espaço tanto para brincar quanto para me colocar em contato com assuntos que intimidavam.

* Do original, "*there is everyone at the lessening of your wounds*". [N. E.]

A todos na Random House — Gina Centrello, Avideh Bashirrad, Theresa Zoro, Christine Mykityshyn, Leigh Marchant, Andrea DeWerd — pela sua inteligência e visão formidáveis, e por acreditarem neste livro. É uma honra estar na sala com vocês.

Aos meus amigos — Elizabeth Abbott, Isaac Butler, Ginny Green, Katie Hensel, Helene McCallum, Emily Meisler, Neil Pearson, Alexis Platt, Jordan Poast, Jenn Schaal, Ginny Sievers, Andrea Uptmor, Mandy Warren, Hannah Wydeven e Matt Zinsli — por me amarem mesmo quando eu desapareço por meses a fio, e até por me aplaudirem como se eu fosse algum herói nacional quando eu volto, atordoada e desnorteada. Vocês são as flores no jardim da minha vida, ou seja lá qual for essa citação.

Aos meus alunos, atuais e antigos, por me ajudarem a ver o mundo de maneiras novas e me trazerem alegria.

À minha família, sem a qual eu não sou nada.

E por último, mas com certeza não menos importante, a Ben, minha verdadeira bênção. Você veio depois, mas fez toda a diferença.

Fontes TIEMPOS, QUEENS
Papel PÓLEN BOLD 70 G/M²
Impressão ESKENAZI